离梦最近的地方

龚江南 著

海天出版社
·深圳·

图书在版编目（CIP）数据

离梦最近的地方 / 龚江南著. —深圳：海天出版社，2020.8
ISBN 978-7-5507-2926-1

Ⅰ.①离… Ⅱ.①龚… Ⅲ.①长篇小说－中国－当代 Ⅳ.①I247.5

中国版本图书馆CIP数据核字(2020)第099155号

离梦最近的地方
LI MENG ZUIJIN DE DIFANG

出 品 人	聂雄前
责 任 编 辑	陈 嫣
责 任 技 编	梁立新
封 面 设 计	龙墨文化 0755-83461000
出 版 发 行	海天出版社
地　　　址	深圳市彩田南路海天综合大厦（518033）
网　　　址	www.htph.com.cn
订 购 电 话	0755-83460239（邮购、团购）
设 计 制 作	深圳市龙墨文化传播有限公司（电话：0755-83461000）
印　　　刷	深圳市晶宇印刷有限公司
开　　　本	787mm×1092mm　1/16
印　　　张	22.5
字　　　数	380千
版　　　次	2020年8月第1版
印　　　次	2020年8月第1次
定　　　价	68.00元

海天版图书版权所有，侵权必究。
海天版图书凡有印装质量问题，请随时向承印厂调换。

谨以此书献给深圳经济特区建立四十周年

目 录

第一部

楔　子		002
第一章	警车开道进特区	006
第二章	50亿美元的话语权	010
第三章	内地名记者的特区第一炮打哑了	014
第四章	两摊子工作主要都是谢辰同志抓	017
第五章	夜明珠	020
第六章	这明明是社论嘛	023
第七章	阴阳怪气荆江龙	027
第八章	农业省来的记者也能写工业	030
第九章	应该直接找总经理	034
第十章	环湖让他想到了环法	037
第十一章	难以启齿	042
第十二章	饭局都是生意	046
第十三章	凤凰牌自行车	051
第十四章	阿梅，以及廖志刚	056
第十五章	百里香	061
第十六章	市场需要机器人	064
第十七章	导向出问题了？	068
第十八章	"谢老师"微服调研	072
第十九章	这样的机会不是谁都有的	075

第二十章	装配电器对不起熊立伟的学问	080
第二十一章	天上掉下个童妹妹	083
第二十二章	撩妹的功夫真不是吹的	086
第二十三章	你真没在英特尔干过?	090
第二十四章	5万,美元	094
第二十五章	假洋鬼子也是特区的人	098
第二十六章	京城的科技人员开始开公司了	103
第二十七章	那是爱情的"陷阱"吗	105
第二十八章	洪州发生惊天走私案	109
第二十九章	童小华是潜在的集成电路天才	113
第三十章	特区吃偏饭的时代?	117
第三十一章	热点	122
第三十二章	阿梅也要结婚了	126
第三十三章	到美国去?	129
第三十四章	特区背靠的是中国,不是美国!	134
第三十五章	一字之差,熊立伟出走特区	137
第三十六章	看我怎么把倍通赶出中国!	140
第三十七章	小熊通信开张大吉	145
第三十八章	和美国的热线断了	150

第二部

第一章	梦想越来越近了	154
第二章	科技创新型城市的出发点	157
第三章	不是谁都有本事心血来潮的	161
第四章	派你去新加坡	166
第五章	丁冬杀进股市大户室	168
第六章	他两眼大睁着,谁也不认得	172
第七章	5万美元	176
第八章	两小时后,局长自动免职	180

第九章	徐副市长请你们吃饭	183
第十章	徐副市长不提采购小熊的产品	187
第十一章	你们爷娘心疼啵	192
第十二章	读那么多书就是到县里来装电话	196
第十三章	洪波,抱抱我好吗	198
第十四章	我没有保护好他	202
第十五章	他发誓要将飞天大盗绳之以法	206
第十六章	李二公子	209
第十七章	三个婆婆管不好一个工业区	214
第十八章	老余想把童小华引进来	218
第十九章	我好像有孩子了耶	220
第二十章	500多	225
第二十一章	五一你不许结婚!	231
第二十二章	特区等不起啊	233
第二十三章	只争朝夕	236
第二十四章	我要回中国	240
第二十五章	我有儿子了	242
第二十六章	外界传说你是为了童小华小姐来的	246
第二十七章	那个大男孩,就是我心中的国	249
第二十八章	"祖国"两个字压在心里的分量有多重	252
第二十九章	原来他是皇帝的继父的后代	256
第三十章	这是老丁家的人啊	259
第三十一章	就是好香,我闻到孙子的味道了	263
第三十二章	别惹她,老姑娘就是这样的	266
第三十三章	你能给我两房一厅吗,能给我嘉陵摩托吗	270
第三十四章	失败了心还就不服	274
第三十五章	美国是华尔街的	277
第三十六章	我不能看着别人欺负咱们	282
第三十七章	立即解除对罗伯特夫人的软禁	287
第三十八章	跟我去香港,现在	289
第三十九章	智擒飞天大盗	291

第四十章	中国人联手干	295
第四十一章	回——家——了	299
第四十二章	给张副市长送一份礼物	305
第四十三章	风帆	308
第四十四章	部长，相信特区人民吧	313
第四十五章	网聊软件	317
第四十六章	我们对华尔街充满好奇	322
第四十七章	我不拒绝和世界上任何人握手	326
第四十八章	今天错过了中国，将错过21世纪	330
第四十九章	核心技术	333
第五十章	我们有文化有内涵的女人	339
尾　声		344

第一部

楔　子

至少还要 5 年，向文俊才能问鼎中国互联网业，眼下，在满是俊男靓女的经济特区，这个傻白甜的大男孩甚至连"给人留下印象"的资格也没有。

1999 年秋天，首届中国国际科技博览会在鹏港经济特区新落成的科博会馆举办。5 万多平方米的展区万头攒动，人声鼎沸，展位里坐满了或谈笑风生或唇枪舌剑的洽谈者，风投家穿着低调的深色西装，眼睛贼溜溜地寻找着"猎物"……每个整点都有好几场签约仪式同时举行，衣冠楚楚的企业家、官员、风投家济济一堂，好一个科技大集。当然，更多的是看热闹看新奇高科技物件的各色人等。

唯独设在 B2 馆成长企业展区的这个展台乏人问津。展台的主人向文俊身高 1.8 米，皮肤白净，眉清目秀，着装也很得体。但科博会显然不是拼颜值的地方，他麻木又茫然地站在展台前，呆鹅般望着人群从面前走过，心里着急地喊着：看看我的百灵鸟啊！

——他身后，是两张长条桌，桌上铺着一块蓝布，上面印了一只像他本人一样呆萌的百灵鸟的图案，百灵鸟下面是中英文双语美术字标：

"百灵 Q 即时通信"。

百灵鸟是中国传说中声音最美的灵鸟，但通常只闻其声，不得其踪。这个图案把雄性百灵鸟做了变形，它有着两只人类婴儿才有的圆圆的大眼睛，头上那一撮栗红色的羽毛俏皮地耷拉到尖尖的嘴边，两只短短的翅膀像在敲击键盘。

这只百灵 10 年后才能成为世界上最值钱的小鸟。

向文俊把几乎所有的家当——一眼望去，也就五六台 486 电脑吧——搬到了展会现场，使这家名不见经传的公司有了点高科技的意味。几个和向文俊差不多年纪的小伙子坐在展台后面，面前的电脑闪着什么，他们也不关心，只是和向文俊一样呆呆地看着川流不息的人群从面前走过。

终于到了10月8号，准备在博览会把自己卖个好价钱，最后却一无所获的向文俊竟然恶狠狠地轻松起来：

终于可以结束了！

向文俊永远不会忘记这个时刻，一个背着双肩包、一望而知是个住青年旅馆的大学生模样的小老外，踏着和他这个年纪配套的轻快脚步从他面前走过。他不经意地扫了一眼那只百灵鸟和上面的英文，"嘘"地轻轻吹了声口哨，迟疑一下，还是走了过来，朝向文俊友好地挥挥手，然后好奇地看看他们的电脑。这一看不要紧，他仿佛被迷住了，习惯性地操作起来。

满屏的聊天室，聊天记录不停地在往上弹。

上面的中国字小老外看不懂，只好点开另一个界面，绿色的增长曲线在上升。

向文俊发现这小子操作电脑还真溜，心生好感，便用英语说了句："中国的OICQ。"

"Yes。"来人头也不抬，随口应一声，还在看曲线。这种人向文俊见得多，一头扎进界面就"六亲不认"。小老外就这样弓着背玩了半天，才扭过头来问道："你们是给MSN还是IBN做的？"

"NO。"向文俊摇摇头，"我自己开发的软件。"

"My God！"小老外一脸惊讶的样子，"你太伟大了！"

向文俊是名校出身，了解外国人尤其是这种阳光少年一惊一乍的本色，他苦笑一声："你确定不是在讽刺我？"

"Why？你看，你有100万用户，太不可思议了。"

向文俊挠挠脑袋，说："可是，这100万没人给我钱，我的服务器就要到期了，我都没有钱续费了。"

小老外大摇其头。"No，No，No，我听说中国有十几亿人，这是属于你的市场，OK？而你……"小老外又熟练地敲了几下键盘，"仅用一年时间就拥有了其中100万人了。"

向文俊郁闷地说："这不是收费软件，我们是免费下载的。"

小老外又大摇其头。"不可能有100万人给你money！"他同情地看一眼这个一头雾水的同龄人，"难道你认为100万人都付费才能盈利？你有了100万人，应该增加升级服务了。知道二八定律吗？有20%的人为你的升级服务付费，你就可以进入全球大互联网公司行列。我想你能走得很远。"

向文俊盯着这个和自己差不多年纪的老外,看他摇头摆尾大吹大侃,渐渐悟出点个中的奥秘:"对呀!我可以通过为少部分人提供付费的高级服务来实现盈利啊!"

就在这时,不远处一个金发碧眼、同样穿着T恤衫牛仔裤的年轻女子朝这边招手,尖声喊道:"伊夫!伊夫!"

那个被称作伊夫的小老外连忙说了声"Sorry",便匆匆跑了。

向文俊还愣在那喃喃自语,片刻过后,他瞪大眼睛:"那女的叫他什么?伊夫,我的天啊!他怎么是伊夫?!"

向文俊顾不上同伴诧异的眼光,拔腿朝伊夫跑掉的方向追去——那是世界最大的互联网公司KIQ公司的创始人。三年前,就是这个伊夫从斯坦福辍学,在自家车库里创办了KIQ互联网通信公司,伊夫的成长经历对向文俊的影响很大,伊夫几乎就是他的偶像。

向文俊刚走,两个身穿西装的小伙子就过来了,说:"伊夫先生跟你们说了什么?我们是香港苏伊士亚洲投资公司的……"

徐洪波大步流星地朝B2馆走来。他身材魁梧,油黑的头发一丝不苟,露出宽阔的前额,修长的剑眉下,黑亮的眼眸闪烁着和他的年龄身份相称的神采。此刻,他正急着要找到那个在浦城和鹏港都卖不掉自己的软件的傻小子,这个傻小子可是他徐洪波哄着留下来的呀,也不知在这个盛会上无孔不入游动着的风险投资家们,有没有人看上他的百灵Q。

嗯,麻烦,连展位都找不到呢。

徐洪波蹙着眉四处张望,结果,他先看到人,才看到百灵Q的展位。向文俊直起腰来鹤立鸡群,眼神也好,他先看见了正匆匆走过来的徐洪波,连忙蹽开大长腿,紧赶几步迎上前。

"徐大哥,你来得正好,我刚打电话给熊老师,还准备打给你呢。"

向文俊脸上洋溢着天真单纯的笑容,一看见那笑容,徐洪波心里一块石头落了地:"呵呵,找我干吗?"

"我们很快要签协议了。我是你引进的,总不能不请你吧!"

徐洪波有点不悦,心想倒好像请我参加签约是给我面子,我是给你站台呢!不过看向文俊眉飞色舞的样子,就没有计较。"怎么,有人买你的软件了?"他顺口开了句玩笑,此时,他已经知道这个小伙子要的是给公司的投资而不仅仅是卖掉所开发的聊天软件了。

向文俊说:"你老是记得我是卖软件的?伊夫说了,我现在做的是互联网工程。"

"衣服?什么衣服?"徐洪波下意识地看看向文俊笔挺的西装,总算有了点满意的意思:这个大男孩还懂点礼仪,打扮很正式,像开会的样子。

向文俊被他带得抻抻衣角。马上又说:"不是,是伊夫。"这次,他用重音念了"夫"字,还拖了一拍。"伊夫,KIQ 创始人。算了,说了你也不懂。我见到伊夫了,还聊了一下,伊夫告诉我怎么利用好我的流量赚钱。卖软件,小 case 而已。"

徐洪波拳头已经攥出了水,就看从什么角度猛击这张傻气十足的脸了:刚刚是要给我面子,现在又一口一个"你不懂",忘了我老徐啥身份了!唉,这个年纪的大男孩也就这德行了,智商高,情商却低到扑街!将来估计连老婆都找不到。想到这,他心里又偷笑了,算了算了,别跟他一般见识。于是和蔼地问:"找到投资了?"

"是人家主动上门的,香港天使投资,第一笔给了我 250 万。"

"呵呵,250 万港币不多吧?"

向文俊瞪大眼睛抗议道:"不是港币!我们做互联网的谁还谈港币啊,是美元好不好!"

"你说话别老呛人好不好。"徐洪波再有修养也恼了,没好脸色地学他的口气回了句。

向文俊"嘿嘿"笑着挠挠后脑勺,但一开口就故态复萌:"250 万美元啊,我现在有钱了,可以开一个像模像样的公司了。你不懂,互联网成长极其野蛮,告诉你,不出三年,我们一定是中国最大的互联网公司!"

徐洪波终于忍受不了了,他大吼一声:"什么我不懂,我明白得很!有钱就行了?先别做梦!踏踏实实干!"

向文俊终于被训醒了,他嘟囔道:"谁做梦了?是梦想,梦想有什么不好?我这么年轻,没梦想不完蛋了?到你这把年纪就变得很实际了。"

"我这把年纪?"徐洪波心中一凛:"文俊,你多大了?"

"23 啊。"

徐洪波心头微微一颤:

23 岁,好遥远的 23 岁!徐洪波在目前这个地位风华正茂前程似锦,可当这个口无遮拦的大孩子炫耀似的报出自己的年龄——其实他根本连炫耀的意识都没有好吗——的时候,徐洪波内心还是受到了震动,在这个他参与了并奋斗了并即将圆满收官的世纪工程里，他却突然为23岁感动。也正是在这样的时刻，他才会受到如此之大的感动：多单纯的人生啊！23岁那年，他雄心万丈，前路一片开阔地，所有的方向都向他展示着光荣的终点，但他只能走向一个，他走向了最正确的这一个。不，绝不是冥冥之中的司命星在引导着他，而是一个本来就应该属于这座城市的路标，是许许多多当年和他一样年轻的人把他带到这里来了。

始终保持着诗人般敏锐而热情的心的徐洪波思绪在飘荡，23岁，他也有这么天真单纯的脸，也有这么激情四射的心，也有这么五彩缤纷的梦。23岁，他来到了南方最大的经济特区……

第一章　警车开道进特区

从穗城开来的大巴刹车时飘滚的黄尘还没被飒爽的海风吹散，23岁的徐洪波就"嗖"的第一个跳下车，他扬起轮廓分明的脸，微微眯起眼睛，认真地望着百米开外那幢崭新的大楼：楼顶，五星红旗猎猎飘扬，一楼门楣上，悬挂着一块巨大的牌匾——"鹏港经济特区新安边防检查站"。

在检查站东边，是一片正在施工的工地，看那庞大的体量，像是一个大型公共建筑，后来，他才知道，那座临国道的建筑，正是新的保安县政府；西边，是一片还荒着的水田，西边再远处，就可以看见大海了。那不是真正的大海，而是珠江口。午后灼热的阳光照得海面波光闪闪，而海中的小岛屿则呈现出黑色的剪影。作为记者，徐洪波在调来鹏港特区日报社之前，对这座城市的前世今生做了很多资料收集工作：现在，他脚下的土地，正是特区的"母体"保安县。这是一座有着1700多年历史的小城，国际大都市香港是近百年前从这个县域划出的，而当前引领着中国经济全面开放的鹏港经济特区，也是在这个县域诞生的。日后，徐洪波专程到保安县采访时，听到当地干部骄傲地说：保安生了两个漂亮的女儿，一个香港，一个鹏港。他还以此写了一篇散文《两个女儿的母亲》，发表在他供职的《特区日报》上。

检查站广场上是熙熙攘攘的人群，都是些跟他差不多的青年人，有的短袖长裙，有的还穿着厚厚的西装或夹克衫，空气中嗡嗡地传来不间断的喧哗，南腔北调，但都不约而同地洋溢着年轻人掩饰不住的激动、不安、焦灼。在20世纪80年代中期，每天，都有成千上万的年轻人，他们甚至不知道自己将在这里停留多久，干什么，但都怀着同一个梦想和野心，从特区的各个关口涌进来。徐洪波看着眼前的人潮，心中油然涌动起一种难言的自豪。

"特区，我来了！"他颇为抒情地在心里大喊一声。他想找个人分享一下此刻的心情，便随口叫了声："丁冬，咱们离特区还有多远啊？离金融中心有多远呀？"

没人答话，徐洪波连忙转过头，诧异地看看四周，这才发现，在他刚下车的大巴上，一个体型巨大的胖子拎着一个大包，正艰难地往车门外挤，边挤边喊道："洪波，你等一下，我告诉你怎么过关！"

白胖子打了摩丝的头发锃光油亮，越发显得他肥肥的大脸也锃光油亮，他穿了一件黑色的T恤，下身是一条浅色的、完全配得上他身材的肥大的老板裤。

由于毗邻英国占领下的香港，占地360多平方公里的鹏港经济特区被一道铁丝网与内陆地带隔离开来，这就是所谓的"二线边境"。进入特区有4个陆路检查站和1个海路检查站，所有非特区人员要进入经济特区，都要在这5个口岸检查由户籍所在地县级以上公安局开具的边境通行证，那是一张粉红色的临时证件，上面贴着持证人一个月内照的照片，盖着公安局的钢印。当然，如果是长期在特区工作，而户口又没有转入特区的，特区公安部门会发一张一年内有效的暂住证，那是一张黄色的卡片。

丁冬好不容易挤下车，气喘吁吁地走了过来。"你从这边过，我从那边过，我有暂住证，咱们到关内会合。记得还上这车啊！"

徐洪波盯着一头大汗的胖子摇摇摆摆地走过来，便顺手指了指铁丝网里面的杂树林，说："丁冬，这就是特区啊，我看怎么像乡下一样。"

被称为丁冬的胖子撇了下嘴："这里是特区的郊区，市中心还远着呢。"

两人边说边随着人群往检查站走去。就在这时，突然来了几个边防警，让大家靠边站好。人群仓皇起来，向一侧闪。

一辆崭新的丰田考斯特中型面包车打着双闪疾驰而来，在关口广场上稳稳地停下。一群边防警负责人不知从哪儿冒出来的，向考斯特迎过去。

从车上探出一位穿着白色衬衣、身材瘦长、约莫50岁的领导干部模样的中年人。一个边防警作搀扶状想扶他一下，他微笑着摇摇手，竟然从车门踏板上跳了下来，然后又转身，微笑着迎接另一位年纪比他略大、有点秃顶的干部。这时，边防警领导也迎上来了，两人满脸笑容地依次和前来迎接他们的边防警领导们亲切握手。一名工作人员模样的人向边防警们介绍："这位是特区发展委员会副主任乔峰同志，这位是新来的市长谢辰同志。"

徐洪波正看着谢辰发呆，车上又下来一个人，他眼前一亮：那不是宋厅长吗？他连忙赶上前去。

第三个下车的，是昌江省外贸厅原厅长宋晓光，没多久前，才从昌江省奉调国家特区发展委员会。

两人几乎同时对上了眼。

"宋厅长！"

宋晓光也紧走两步，迎上徐洪波，含着笑意说："哈，小徐记者呀，你怎么在这里？"

徐洪波朗声道："我调到特区日报工作了。"

"哦？好啊，特区很有发展前途嘛。"

这边，乔副主任和谢市长已经和边防官员握完手，正准备上车。宋晓光拍拍徐洪波的肩膀，转身跟了过去。徐洪波礼节性地跟上去，送他到车门边。

一个年龄看上去比徐洪波大几岁的特区干部一个箭步赶过来，对徐洪波说："你能赶来太好了，谢市长临时改变行程了，要先去看一下企业，我正发愁呢。"不由分说，就把徐洪波推进了考斯特。

徐洪波被这个干部打得措手不及，不过当记者的总是反应极快，他马上意识到，一定是谢市长的活动安排临时有变动，而特区日报的记者没能及时赶到，于是这位仁兄把他拉上了。当然他一定是看到自己和京城来的宋晓光打得火热，不会是坏蛋，要不这个行为就太莽撞了。

徐洪波的口袋里已经揣着特区日报的调令，理论上就是特区日报的记者了，有紧急采访任务，能不顶上来吗？他下意识地上车，直接走到了后排，然后站着对车下眼巴巴地望着车屁股的丁冬拼命打手势。兄弟，行李就靠你了！

前后也就几分钟时间，考斯特在一辆警车引领下，向着关内绝尘而去。丁冬张口结舌地看着徐洪波就这样进了关。好一会儿，似乎惊魂未定的胖子才自言自语道："大记者就是大记者。"他也不知道下面该说什么了，剩下的，除了羡慕还是羡慕了。

卖票大姐过来八卦："你那个朋友是干什么的，好威哦。"

丁冬"嘘"了她一口，压低声音说："别给美蒋特务听到了，我那个朋友是个中央领导的公子，那辆车是专门来接他的。"

见多识广的大巴车卖票大姐白了丁冬一眼："吹水（粤语吹牛皮的意思）。"

面包车上，拉徐洪波上车的特区干部就坐在他身边，这会儿小声问道：

"我怎么没见过你呀?"

徐洪波像骗子被人当场揭穿,尴尬得不行,只好小声说:"我叫徐洪波,刚调来特区日报。"

干部还想说什么,前面,宋晓光正向乔峰和谢辰介绍:"小徐记者以前是我们昌江省报的,写了不少好文章。我记得最清楚的,有一次我们开了外经贸形势发布会,他写了篇文章,题目就叫《昌江在悄悄追赶国内先进水平》,受到我们省长表扬呢。"

谢辰回过头来,和蔼地看了一眼年轻的记者,说:"好啊,今天你跟我们一起看看企业,你可以写一篇《特区在大张旗鼓地追赶世界先进水平》!"

一车的领导都为新市长的幽默夸张地鼓起掌来。

"市长说得太好了,大张旗鼓地追赶,说明咱们改革开放很有声势,太绝了。"

"还是市长站得高,我们都想不到啊!"

"小徐记者,市长把题目都给你取了,你该给市长发多少稿费啊?"

徐洪波反应极快,他朗声说:"谢市长的指示是无价之宝,我们特区日报多少钱也买不来呀!"

大家又开心地笑了起来。

乘这机会,那个干部又问他:"你怎么知道乔主任和谢市长临时决定去看企业的?"

徐洪波红着脸,说:"我不知道,是……凑巧。到底是怎么回事?"

干部眼珠子瞪得要爆出眼眶:"凑巧?不是钟主任安排的?"

徐洪波摇摇头,说:"我今天刚到特区,还没报到呢。"

"……你不是来采访的?"

"不过,我算特区日报的记者,可以开始采访了。"

"啊?好吧。记住,我叫张力力,力量的力,不是美丽的丽,市委办公厅的处长。今天谢市长从省城接乔副主任带队的特发委调研小组来调研。乔副主任临时接到通知,明天一早要回京城开会,所以谢市长就决定改一下行程,先让调研组看看企业,晚上再座谈。"

"哦,难怪了。"徐洪波这才把事情的线索连上。

跟着一车重量级的领导说说笑笑,就到了第一个考察点:华夏自行车公司。

第二章　50亿美元的话语权

丁冬把徐洪波的行李送到了特区日报社，告诉门卫是一个叫徐洪波的记者的。门卫很认真，把事情问得仔仔细细：行李到底是谁的？为什么是你帮他送来？行李主人去哪了？前两项丁冬倒说清楚了，至于行李的主人哪去了，丁冬就傻眼了，只好语焉不详地说徐洪波在关口被一伙很大的领导接走了。最后，丁冬在登记册上留下了姓名电话。

特区日报社出现了一阵不小的骚动：

先是门卫告诉报社办公室，说有一个叫徐洪波的记者来报到，行李到了，本人却在关口上了一辆大领导的车，不知所终。

办公室管人事的大姐翻看记录，真有一个叫徐洪波的记者从昌江省来，分到政文部。于是，大姐打了个电话给政文部主任：

"钟主任，你们要的徐洪波记者的行李到了。"

"行李到了？人呢？"

"听说他在新安关上了一辆大领导的车。"

"……"钟传杰一脑袋糨糊：上了大领导的车？怎么解？

就在这时，耳边传来一声尖利的喊叫："钟传杰，你搞什么鬼！"钟传杰一回头，一个留学生头、尖下巴、短眉毛、小眼睛的年轻记者满脸怒容地向他疾步走来。"你让我去政府候会，这边又派人去现场采访，这算啥事？！"

钟传杰脸涨得通红，也提高了嗓门："刘勇，你嘴巴放干净点！谁到现场采访去了？"

被称为刘勇的气势汹汹："我在办公厅听说市长临时决定先看企业，咱们的一个记者跟去了。那还要我在市政府等什么？"

钟传杰抓狂了，顾不上计较刘勇的大不敬，脱口而出："不会是他吧！他还没报到呀！"

刘勇是政文部的记者，本来下午应朋友之邀，要去参加一个企业的开张仪式，是有纪念品和车马费拿的，但市委办公厅突然来个通知，要求派记者到市政府会议室候会，刘勇很不情愿地去了，结果中途办公厅通知他说，不用等了，新市长带着中央调查组看企业去了，有个记者在关口和市长会合了。刘勇两头扑空，霎时一股邪火无处可泄，杀气腾腾地回到报社，就想跟这个他看不太起的主任吵上一架。见主任也抓狂,刘勇气消了一大半,没好气地问:"你说的他是谁?"

钟传杰皱着眉头说:"一个新来的。我的天啊,他不会把事搞砸吧。"说完,把刘勇撂下,惊魂不定地跑到总编辑办公室,向总编辑方重报告这一意外情况。

特区日报的总编辑方重是长年青灯黄卷的夜班编辑的标本:皮肤偏黑而粗粝,剪着寸头,花白头发看上去若有若无,眼窝微微向里凹,眼角已经有明显的皱纹。他听完钟传杰的叙述,习惯性揉揉眼睛,简洁地把事件复了盘:"这个新来的小徐报到途中在关口遇上了市长,听说市长要视察企业,就主动跟去了。是这样吗?"

钟传杰点点头,又说:"问题是,他刚从内地过来,什么情况都不清楚,谁也不认识,怎么就能上市长的车呢?"

方重也想不明白,只好笑笑说:"这个小伙子倒是挺有工作主动性的嘛。也好,临时救了急。先不管这些了,你晚上盯一下稿子,把好关。"

钟传杰匆匆走了,方重疑窦重重:

"是啊,他怎么上了市长的车。"

徐洪波阴差阳错地开始了他在鹏港市的首秀。

这其实也是谢辰作为市长在鹏港的首秀,上任伊始,他就到省城开特区工作会议,然后便陪着特发委调研小组开始视察特区的出口工厂,一个下午视察了彩管厂、自行车厂、手表厂和一家服装厂,这些企业都是特区各自行业里出口创汇的重点企业。领导和调研组的同志们边看边听企业负责人汇报,越听越高兴。直到天色渐黑,一行人才驱车前往市政府,那边,鹏港市委、市政府的各路领导在等着和市长见个面,然后连夜开情况汇报会。

徐洪波也被留了下来。

当年,特区很多会就是这样开的,在市政府会议室坐定,没有寒暄,直接就进入了会议模式。

副市长秦宝枫向谢辰市长和调研组介绍情况:"……全国性的大调整也波及特区,特区的基建项目砍掉了50%以上,今年的基建量只有区区16亿,工业企业发展的资金也非常短缺……鹏港的指导思想和工作重点已经从前几年的铺摊子、打基础转向抓生产、上水平、求效益方面来了。根据中央的部署,鹏港今年的工作重点就是发展以工业为主,工贸结合的外向型经济。压基建,保生产,上水平,求效益。这个重点既管今年,也要管今后相当长的一段时期。"

乔峰频频点头道:"你们这个思路很好,符合特区工作会议的精神。我们只用了短短几年时间,就把一个边陲小镇,建设成了一个粗具规模的现代化城市。但是,建设一个城市不是主要目的,发展外向型经济,发挥好'技术、知识、管理和对外政策四个窗口'的作用,才是建立特区的根本目的。"

秦宝枫接着说:"特区全面调整发展思路,着重发展工业经济和发展出口工业,我们把这个阶段称作'奋力爬坡'……"

秦宝枫介绍完,主持会议的谢辰笑着看看乔峰和宋晓光,乔峰摆摆手道:"我们只带耳朵来听。需要提醒的是,当前工业发展出现的投资停顿、外资进入特区的速度放缓是有解的,现在西方世界经济还在滞胀时期,国际金融市场上大量过剩资金正在寻找出路。日本日元升值后工业产品成本大幅上升,出口竞争力下降,中小企业在日本国内很难发展,纷纷寻找成本低的投资场所,很多都盯上了中国,特区要利用这个机会,做好大规模引进日本资金这篇文章。眼下最重要的就是要为外商提供一个按国际惯例办事的好环境。"

谢辰是国家机关空降特区的副部级干部,自然跟调研组多数人相识,看看时间不早,也就不再客气,他扫视了一下在场的各位领导,说:"同志们,我刚到鹏港工作,现在还两眼一抹黑,就不多讲了。鹏港市委、市政府在当前形势下狠抓工业经济的战略思路是正确的,'奋力爬坡'这个口号也很带劲。爬坡很吃力,也没人喝彩,但爬上去了,就是一个新的高峰嘛。刚才乔主任给了很高的评价。我只是特别强调一下,在我南下前,中央领导叮嘱,到本世纪末,也就是2000年的时候,特区出口要搞到50亿美元。那时,特区就有话语权了!让我们共同努力,如期完成这个任务。"

历史上的实际情况是,到1999年,这个中国最大的经济特区的外贸出口额已经突破500亿美元,到2003年,单月出口就达到了50亿美元。

会议开得干脆利落,结束时,一直坐在后排记录的徐洪波突然站起来,对着谢辰问道:"谢市长,我想提个问题行吗?"

谢辰还没来得及回答,张力力连忙站起来说:"你们这些记者就会钻空子,还让不让领导休息啊?"

谢辰和蔼地说道:"《特区日报》是咱们的喉舌嘛,小徐记者,你想问什么?"

徐洪波说:"谢市长,中央领导要求到本世纪末,特区的创汇要达到50亿美元。请问,中央为什么对这50亿美元这么重视?此外,50亿美元关系到话语权,请问怎么理解?"

谢辰敛容,想了想,说道:"小徐记者问得好。我的理解是,我们当初建立经济特区的初衷，是建设一个出口创汇的基地，建设一个拉动全国出口经济的基地，那么，要发挥好特区的窗口作用、辐射力、影响力，需要用实打实的工业成绩、经济指标说话。落实中央对经济特区工作重心转移到经济建设上来的指示精神，要求我们加快出口创汇的步伐。到本世纪末只剩下 10 多年时间，到时能不能创造 50 亿美元的出口额，关系着我们创办经济特区、改革开放的话语权！"

徐洪波心头泛起了一种沉甸甸的神圣感，他点点头，说："谢市长，我懂了，我就按照您这个思路报道。"

谢辰语气坚定地说："是按照中央的思路。"

鹏港市的领导一行陪着调研组出去了。这时，张力力把徐洪波拉到会议室休息区，一个中等身材，方脸上戴一副近视眼镜的中年人站起身来：

"是徐洪波同志吗？"

徐洪波点点头，求助地看看张力力。

张力力捅了他一下："这是你的主任，特区日报政文部主任钟传杰。"

徐洪波脸唰地红了，连忙双手握住钟传杰的手，说："对不起对不起。"

钟传杰说："方总叫我过来接你。不错，人还没到家就干起来了，张处长都夸你呢。"

徐洪波表态说："事情有点突然，所以来不及请示了，不过我会把稿子写好的。"

这才是张力力关心的，他连忙问："小徐记者，你有把握吗？"

徐洪波一脸轻松的样子："没问题，我们记者就是写稿的呀。"

张力力很不满意徐洪波的轻慢，"啧"了一声，说："这是谢市长到鹏港工作的第一次讲话，乔主任的指示也很重要。今年境内外对经济特区有很多说法，谢市长这个时候来，市里上上下下可都非常重视，连香港都在关注，明天你们《特区日报》的新闻怎么表述很关键的。"

徐洪波用肯定的语气说："张处长放心，我跟了一下午，心里有数。"一旁的钟传杰也连忙说："张处长别担心，我看过小徐的材料，他的文字功底还是很扎实的，还获得过昌江省的好新闻奖呢。再说，我们还有方总把关。"实际上，钟传杰一点也不了解自己这位新兵，但怎么说徐洪波也是报社的记者，在上级部门的人面前，当然要护犊子。

张力力这才点点头，说："那就好。"

徐洪波和张力力告别了。日后，他们总会在人生的关键节点会合。

第三章　内地名记者的特区第一炮打哑了

报社与市委隔着一条小道，是特区大道旁一栋五层的新楼，钟传杰和徐洪波出了市委大院后门，遛个弯就回了。一路上，钟传杰和徐洪波拉着家常，对他做个最基本的了解。

"小徐，你很年轻啊，参加工作几年了？"

"钟主任，搞新闻我是个新兵，才三年呢。"

"你一毕业就在昌江省报工作？"

"是啊，一毕业就进了报社，见习期当了半年校对。"

钟传杰呵呵地笑笑，这是报社的老传统，新来的记者，不管是学校分配来的，还是选调来的，一般都要从事半年或以上时间的校对，以培养准确使用文字的能力。

"你以前是跑什么口的？"

"我在农村部。"徐洪波口气似乎不无自豪。报社一般都对应社会的某一个或几个相关的行业设立相应部门，组织实施日常采访，记者也根据所在部门的业务，跟踪某一行业的报道，行话叫跑线，也有叫跑××口的。昌江省是中国的农业大省，农村部是报社最大的部门，农村部的记者一般都是跑省内各县，一个县就是一个大社会，党政工农商学兵各行各业都要接触，农村部的记者一般业务能力都很强，而且都是知识丰富的"杂家"。

"以前出差来过特区吗？"

"没有。"徐洪波说完，连忙又补充道，"我对特区一无所知，当记者也是新兵，以后钟主任要多带带我呀。"

钟传杰没有接过这话头，只说："咱们是新报社，人手很紧张，来了就得自己去杀开一条血路。你刚来，要多下基层，多了解特区，自己多琢磨，这样才能写出好新闻。"说着，他扭头看了一眼身边这个高个子小伙子。小伙子还真是一表人才，英俊的面容虽说还有些稚气，但眼神透着机敏和儒雅，是一块好记者的料。

说话间就到了报社。和徐洪波原来工作的昌江省报那老式办公楼不同，特区日报办公大楼是特区高速建设时期的产物，是一幢五层的框架式国际标准厂房式建筑，一楼和地下层是印刷厂，二楼以上是办公区。钟传杰把徐洪波带到三楼政文部，一片敞开式的办公区里，蓝灰色的隔栏隔成一个一个的座位，典型的特区写字楼格局。早过了下班时间，但办公楼里还有很多年轻的记者在伏案写稿。大厅里很安静，偶尔有几个人在一起谈论稿件或别的什么事，声音也压得很低，隔着一个隔栏，只能听到一阵嗡嗡声，嗡嗡声混合进了窗外特区大道传来的若有若无的车辆驶过发出的声音和冷气口出风的声音。

徐洪波奔波了一天，本来还真有点累，一进入这样的环境，顿时莫名地亢奋起来。

"你就在这里写吧。我在那边。"钟传杰没注意到徐洪波的情绪变化，他把徐洪波安排到一张空桌子前，然后又指指最里面一个卡位，说。

"好的。"徐洪波朗声说道。他看看桌上，有现成的稿纸，笔筒里有蓝色圆珠笔和改稿用的红色圆珠笔——当时，还没有电脑，记者写稿还是用稿纸。

钟传杰终于想起这个小伙子今天刚到，他搓搓手，有点难为情地说："呃，这个，本来应该让你先休息一下，可是新闻不等人，老一辈记者都教导我们要当24小时记者。你就辛苦一下吧。注意原则，又好又快！"

徐洪波一边铺开稿纸，一边拿出采访本，虚应着说："没事，我一点也不累。"正准备动笔，钟传杰又问道："小徐，你有把握没有？要不……当然，不是不信任你啊，对特区的情况我了解得多一点，帮你参考一下？"

钟传杰说得很艺术，意思还是对这个刚到特区的小记者有点不信任。徐洪波感觉脸有点发热，他的记忆中自己从来没让部门领导不放心。不过转念一想，这也难怪，谁让自己脚刚踩到特区就开始采访的。他委婉地说："主任，当然是要您把关的，我快一点，打个草稿，把采访的材料堆上去您再斧正？"

钟传杰有点尴尬，"哦哦"了两声，回自己卡位去了。坐了一下，见徐洪波在埋头写稿，又下楼抽了几根烟，眼看快到晚上10点，距离截稿时间也就剩下一个小时了，便又荡回大办公室门口，看到徐洪波还在奋笔疾书，便走了过去。徐洪波听到动静，一扭头看见了他，露出了个灿烂的笑容："主任来得正好，消息写完了，您过目。"说着，也没起身，就把几页稿纸递了过去。

钟传杰呵呵一笑。"你倒是快手——什么？"他眼光落在稿子上时，一口气就差点背过去，"《谢辰：到世纪末，特区出口50亿美元》？这……老弟呀，这可是重要的政务新闻啊，怎么能用这样的标题？"

"您……您先看……我想让人一看就明白。"

钟传杰已经在一目十行地看稿子了，不过没影响他嘴巴的功能："我还看什么，这个题目不规范。我不知道你们内地怎么报道领导活动，咱们这儿，领导活动的报道是有规范的，比如'特区建设一日千里，四个窗口作用显著'这样的引题，然后是主题，比如'鹏港市政府主要领导向特发委调研组通报上半年工业情况'。题目是新闻的眼睛，眼睛长坏了，这篇新闻就完了……我觉得有点问题，我看还是……"

钟传杰猫下腰，抽出一支红笔，在稿纸上画起来。

"导语部分，还是别这样表述，你不了解情况，市委今年初确定的目标没变，还是压基建，保生产，上水平，求效益。这个重点既管今年，也要管今后相当长的一段时期。你突出的是'特区将在本世纪末实现出口创汇50亿美元'，这两个提法衔接不上啊……还有这里，还是突出一下'奋力爬坡'……"

"主任您坐。"徐洪波早站起来了，钟传杰一屁股坐了下来。徐洪波探着头，看着钟传杰用红笔在稿子上大删大砍。

"就这样吧，题目还是用我刚才说的。"钟传杰把稿子重重地按在桌子上，这就是定了！报社的夜班每个环节都有"生死线"，交稿、编辑、检字、出小样、出大样、编辑审、主任审、值班总编辑终审，一环一环扣得非常紧，是容不得争论的。徐洪波连忙点点头，说："好好，我马上誊清。"

消息不比文学作品，有时一篇消息可以容纳很多信息，徐洪波的原稿并不是没有写压基建、保生产、上水平、求效益这个今年和今后一段时期的工作重心，只是放到了第二段，最醒目的导语部分突出了"50亿美元"，他原本想着传递一个信号：特区要更大力度发展出口创汇生产，但看来不符合当地报纸的传统风格。钟传杰改过的消息缺少"50亿美元"这样让人为之一振的冲击力，但四平八稳、中规中矩、无懈可击。徐洪波一边誊写一边心里别别扭扭，到特区的第一篇稿子就让主任改得七零八落，说明这篇稿子失败了，主任的口气里已经有不满的意味哦。

到特区的第一炮打哑了，以后的日子看来不会像在老家那样得心应手。徐洪波别扭完了是郁闷。

钟传杰临走，看见桌上还摊着一张写得密密麻麻的稿纸，便顺口问了句："这又是什么？"

"评论。"

"谁说要写评论了？"

徐洪波脸唰地红了，讷讷说："我觉得谢市长今天的讲话透露的信息太重要了，光消息不过瘾，原来想干个评论解读一下。"

钟传杰头"嗡"地就大了："这发表评论不是你说了算的呀，起码得值班老总安排啊！"

徐洪波的声音像蚊子一样："我稿子写完了看您还没过来，就写起来了，万一……如果……可不就有现成……"

钟传杰暗暗叫苦：真是遇上个愣头青了！转念一想，这小伙子也挺有意思，工作还是挺主动，挺有主见的。于是他和蔼地说："想法还是好的，今天太晚了，来不及讨论了，你早点回去休息吧。给你安排了周转房，门卫室有保安会带你去，就在附近。"

第四章　两摊子工作主要都是谢辰同志抓

新市长南下初次视察在这座敏感的城市是一件敏感的大事，《特区日报》破例在头版头条刊登了谢辰市长的活动。有没有准确全面生动传达新市长的指示精神，报社方面本来应该很快收到反馈的，然而直到当天下午快下班时，总编辑方重才接到市委办公厅副主任赖本忠的电话。赖本忠和方重都是局级领导干部，两人的通话充满着互相尊重，话题也彰显着常人难以企及的政治高度。

赖本忠操着带有浓重的客家口音的普通话，问长问短，极尽关怀："……老方啊，你的偏头疼主要是上火，你们报社啊，经常熬夜，咱们都奔五的人了，要注意休息啊……我现在也是深有体会。你知道，办公厅的工作……咳，别说了，跟着领导，不也老熬夜吗。有时，工作都受影响，也没少挨剋啊。你是知道老书记的脾气的。"

方重一边哼哼唧唧应付，一边嘀咕：这老兄怎么了今天。

赖本忠云山雾海介绍了半天岭南养生秘籍，才似乎漫不经心地说："方总，我有个建议，个人意见啊，以后跟主要领导，还是要派政治素质高一点的记者，特别是跟谢市长的。市长刚来，我们都要逐渐适应他的风格嘛。老书记现在有更重要的工作，以后市委和市政府两摊子的工作主要都是谢辰同志抓，你们的报道工作一定要跟好啊。哎，你们那个叫什么波的，不是跟领导的吧？"

方重心下一凛，办公厅副主任可是市委主要领导身边的干部，赖本忠口吻轻描淡写却暗藏玄机呀。

"赖主任，你说的是徐洪波吧，昨天才来报到的，还没正式安排呢。是不是他的文章有什么问题？"

"没有没有,我个人认为文章写得还是不错的。但是,他昨天采访专门向谢市长提了一下 50 亿美元,我看他文章也没突出表现嘛。当然,这也不是什么大毛病,只是听到一些反映,就顺口提了一嘴。以后注意就行了。不过方总,我没别的意思啊,这个问题最早还是你们自己的记者发现的,你们那个小刘很敏感啊,一大早就向我们这边反映……"

"哦——"方重隐隐明白了,便含糊其词地说,"记者总是希望多跟你们这些身处核心的干部交流嘛。"

赖本忠打着哈哈说:"理解理解,你这支队伍很有活动能力的。"说完,又交代了几句养生方面的知识,还说不行就让老太婆也就是他老婆帮方总煲点广南出名的老火汤补补。

领导的水平高就高在点到为止。

放下电话方重马上召来钟传杰,把赖本忠的话原原本本说了一遍,只是不提刘勇。完了说:"传杰,你分析一下,这是什么情况。"

钟传杰额头上已经渗出麻麻点点的汗珠,脸也有点发红,市长看来对新闻稿没有突出 50 亿美元的目标有点不悦,这对机关报来说,和漏发重大新闻没什么区别,说是一次事故也不过分,作为把关的主任,他当然不能甩锅,于是讷讷地说:"这个……这个我有责任。小徐在参会的时候是专门向谢市长提了 50 亿美元的事,他当时写得还比较突出。编他的稿子的时候我觉得和当前的工作结合还不是很密切,就……"他支支吾吾地把昨晚的过程简单说了一遍,边说边抬起眼睛望了一眼方重。

方重脸上没有愠怒的表情,木已成舟,责备一个值班主任也来不及补救。他以后会注意的,他想。方重微微闭着眼,过了一会儿,终于苦笑一声,安慰钟传杰说:"这事你看,说大不大,说小不小,给新市长的见面礼不太好看,慢慢补救吧。"

饶是方重不追究,钟传杰还是心事重重。干坐了一会儿,他才小心翼翼地说:"方总,那我先回了。"

方重"嗯"了一声,又叫道:"等等。你们这个小刘跟这篇稿子有什么关系,他怎么主动跑到人家那去说三道四的?"

钟传杰眼睛瞪得像铃铛:"你是说刘勇?他说什么了?"

"我怎么知道他说什么了。赖主任的意思好像是他向办公厅提醒了稿子没突出 50 亿美元。"

"他怎么就知道小徐昨天专门向市长提问了 50 亿美元?"

方重微微蹙了一下眉头，说："留心了呗。这个同志啊……"

钟传杰站在那发了会儿呆，用征询的眼光望着方重："我再找找徐洪波。"

方重半开玩笑半认真地说："你不是要封他的口吧。"

钟传杰苦了一下脸，说："我小钟是那种人吗？"他重新坐回来，说："你刚才不是说补救吗，昨晚这小子还想写一篇评论，我刚一着急忘了。"

方重坐在大班椅上，用笔下意识地"嘟嘟"地敲着桌子，良久，终于点点头："我看行，时间节奏上讲得过去。你亲自把关，围绕主题，突出50亿。"

钟传杰连忙回到部门，结果，徐洪波不在。他一拍脑袋：哦，下班了！他连忙打电话给保安室，让他们派人赶紧到徐洪波的住处去找人。特区日报社是重要机关，政府分配了周转房，徐洪波一到便分到了一间房，距离报社也就一站路的距离。保安员很快回来了，说徐记者不在家。钟传杰暗暗叫苦，特区的年轻人都属大雁的，一只追随着一只飞来。这些年，朋友同学为刚到特区的新人接风此起彼伏，小伙子十有八九被谁拉走了。钟传杰脑瓜转了半天，猛然想起昨天徐洪波的行李是朋友送过来的，那人应该留下了电话。他连忙亲自下楼来到门卫室，一查，果然有一个叫丁冬的人留下了电话。他站在门卫室门口就给这个号码打了过去。真是好彩，还真有人接，是一个小姑娘的声音："你找丁经理啊，他出去了。你有什么话要我转吗？"

钟传杰一听对方说出"经理"二字，心里有了底，这年头不就是经理喜欢请人吃饭吗。

"呃，我是特区日报社的。我想问一下丁经理是不是带一个姓徐的先生吃饭去了。"

"好像是哦，他好像说要请一个报社的吃饭。"

"太好了，小姐，请你帮忙，务必帮我找到丁先生，就说让那个徐先生马上回报社，是钟主任找他有急事。我姓钟。"

电话那端"扑哧"一笑："钟先生叫我阿梅好啦，我是丁经理的房东。小姐很不好听啦。"

钟传杰忍不住也"嘿嘿"地尬笑了一声，"小姐"这个雅致的称呼这两年在特区的确贬值得厉害，暧昧不明。这一分心，他放松下来。

第五章　夜明珠

钟传杰猜得不错，徐洪波一大早就接到了丁冬的电话：

"晚上和你暗恋的芳姐喝酒去！"

徐洪波斥了他一声，又不好意思地傻笑起来，心里软软的。到特区，他想见的第一个人就是芳姐。某种程度上说，徐洪波到特区，就是冲着芳姐来的呢。

芳姐是他俩的师姐。徐洪波和丁冬本是昌江省城洪州二中的同学。最初，文科班学霸徐洪波压根瞧不上丁冬这个又胖又顽的学渣，他迷上了同班的校花，赵丽芳。赵丽芳比他俩都大。当年，电影《第二次握手》风靡全国，讲的是科学家苏冠兰和旅美女科学家丁洁琼悲欢离合的爱情故事。男女主人公是姐弟恋，苏冠兰就叫丁洁琼为琼姐。多情种徐洪波暗地里就称赵丽芳"芳姐"了。但那个时代的中学生生性腼腆，只敢暗恋，连纸条都不敢递一张呢。有一天，徐洪波发现同班的丁冬竟能神态自如地和芳姐在一起说话，看得他心痒痒的，便主动邀请他上晚自习前一起散步。两人在校园里樟树下的小路漫步，有一句没一句瞎聊。徐洪波是高智商的人，每一句都能或明或暗指向芳姐，这才知道芳姐的爸爸和丁冬的爸爸原来都是洪州电子元件厂的，两家住一栋楼。改革开放后芳姐的爸爸调市工业局当局长。丁冬把芳姐小时候的故事一一道来，把徐洪波馋得心痒痒的。丁冬就这样成了徐洪波的朋友。

早恋没有占用学霸太多的脑容量，徐洪波考上京城大学，丁冬自然名落孙山，顶替在电子元件厂当大厨的父亲。丁冬会吹能喝，加上当大厨的父亲良好的人际关系，干了不到一年，便在销售科谋了个以工代干的业务员。走南闯北的生活，使他在一票同学中最早动了到特区闯荡的念头。

芳姐早去了特区，丁冬在特区站住了脚，惹得徐洪波心又痒痒了，便让丁冬帮着打听。没多久，他就意外地收到了赵丽芳从特区寄来的信，信中夹了一张《特区日报》，头版登了一则招聘记者启事。一个梦就这样在他的心中萌发了。那个年代，他像全国许许多多年轻人一样，没来过特区，却心驰神往。于是，徐洪波按报纸上提供的地址，给特区日报投了一份简历。两届昌江省好新闻一等奖获得者很快领略到了特区速度，这不，他已经在特区日报上班了。

这天一下班，徐洪波就往离报社不远的粤丰酒楼赶。

丁冬先到了，他身边还跟了一个年龄相仿的小个子。一见面，丁冬便介绍："熊立伟，我原来的同事，也是名牌大学毕业生呢，原来是我们厂的技术员,去年调来特区的。不过他老家是章南余关的,山里娃娃。"

熊立伟瞪了他一眼:"去你的,我们那最靠近广南了。"说着和徐洪波握手。丁冬哈哈笑着说:"还说不是,我刚来的时候,这小子来看我,看我在看香港台的电视剧,就很严肃地跟我说:'丁冬,你刚从内地来,不要多看,毕竟香港还是资本主义社会,不要受资产阶级生活方式的影响。'"熊立伟脸又红了。徐洪波更喜欢这个朴实的小伙子了,他职业性地打量了一番熊立伟。熊立伟是典型的昌江南部山区人形象,个头不高,肤色偏深,椭圆形脸,眼睛不大也不是很明亮,但有着一种执着的神情,嘴唇有点厚,看上去话语不多。

"你现在……?"

"哦,我在一家建设公司。打工的。"

徐洪波还没说话,丁冬就抢着说:"小熊他们单位可是特区最好的国营企业了。可惜这小子不知足,还要考研究生呢。"

徐洪波打着哈哈说:"特区就需要高层次人才呢。"

熊立伟有点尴尬地笑了一下,说:"别听他瞎说,这不还在复习吗。"

正说着,一个白衣女子款款进了酒店大堂,徐洪波和丁冬都像被电击了一下:她还是夜明珠似的美女啊!

白衣女子就是赵丽芳。她丰腴的脸庞轮廓柔美,像玉一样柔润,此刻,她穿一身雪白的裙服,差不多就是通体洁白。看到徐洪波和丁冬,她嫣然一笑,藏在又浓又密的睫毛里的月牙眼波光粼粼,探寻般的热忱好似娇羞一般,稍纵即逝,那是他俩多么熟悉的眼神啊!两个傻小子仿佛又回到了中学时代,傻傻地站在那。

"洪波、胖子,你们早到了。"

"早到了。"两人同时回答,然后互相看一眼,一齐傻笑起来。

芳姐掩嘴而笑:"怎么还是这德行。"

丁冬说:"哦,对了,忘了介绍,熊立伟,原来也是咱们厂的,分来的大学生,他来的时候你们家已经搬走了。"

赵丽芳笑吟吟地和熊立伟握握手,说:"那还是老乡啊!我叫赵丽芳,中心医院的护士。"

熊立伟满脸通红,偷偷看一眼芳姐又连忙把眼睛避开,嘴里"嗯嗯"着说不出话来。丁冬忍不住推了他一把,哈哈大笑起来。

说说笑笑上了楼,几人找了个靠窗的位子坐下,开始扯起闲话,无非是围着赵丽芳问长问短,感谢她提供资讯,让他们在特区会合。然后开始阴一句阳一句，说起中学的事，丁冬口无遮拦，一点也不顾徐洪波的面子就揭发起他背地里给芳姐写了什么诗，题目就叫《夜明珠》。还嚷嚷着说还记得几句。说着，他做出一副诗人的酸样子，念念有词：

> 夜明珠啊，暗夜里永恒的光，
> 照耀着我的思念与惆怅。
> 心灵的等待从不相许，
> 爱永远不会失约。

徐洪波脸红耳热，赵丽芳笑得合不拢嘴，给三个男士倒茶都洒了一桌子水。熊立伟嘴拙，在一旁憨笑。徐洪波赶紧岔开话题，和芳姐聊起在洪州的往事，又问起她来特区后的情况。丁冬不客气地拦住他："洪波，你得赶紧改掉你这内地人的习惯呀，我们特区人才不管别人的私生活呢。"徐洪波调皮地朝芳姐吐了一下舌头，芳姐连忙说："别听他瞎说，咱们是同学，互相关心应该的。不过你别老问我，别冷落了我们厂的小熊啊。"

徐洪波对熊立伟抱歉地笑笑，说："小熊对不起啊，我们几个是中学同学……"丁冬撇了一下嘴，说："这个书呆子本来也不喜欢讲话。哎，对了，熊立伟，你嘴巴这么笨还到特区大学炒更，给人家上课，你讲得了吗？"

熊立伟瞪了他一眼，又不知道怎么回应，只好憋着。徐洪波到底是记者，马上反应过来，觉得熊立伟的生活挺新鲜，便问："你不是在国营企业上班吗，怎么还可以到大学教书？"

熊立伟讷讷地说："什么大学呀，特区大学就是一间技术学校而已，还不如内地的中专呢。他们现在师资力量太缺了，朋友有时拉我去给他们学生讲讲课，其实就是教他们怎么修电器。"

徐洪波皱起眉头，说："特区大学是创办不久，但也不至于像间技术学校吧？"

熊立伟说："反正跟咱们昌江工学院没得比。他们不但老师素质不高，生源也很差，都是些考不上大学来混张文凭的，反正毕业了也就是到电子厂去打工。"

一句话说得徐洪波毛骨悚然，这可是特区唯一的大学呀，特区文化教育这么差呀！他突然想是不是找个机会去采访一下，这可是个有深度探索价值的新闻呢。

"你是因为特区的文化教育太落后就想考研究生,将来好回来贡献自己的聪明才智?"

熊立伟愣了许久才小声说:"我哪有这么伟大。其实,真像丁冬说的,我就是个山里娃,家里比较穷,想到特区多赚点钱,到了特区我才发现这里不适合我,如果能到京城或者浦城,哪怕到穗城都好,这些地方才是搞事业的。咱们昌江人就是喜欢读书,像我就想搞点研究。"

徐洪波有点黯然,闷闷地说:"也是。"突然他一激灵:"怎么,你是想离开特区?"

熊立伟支吾着说:"也不能这么说,怎么说呢,我想考科学院,如果能考上,当然希望留在京城了。"

徐洪波脑袋"嗡"地大了,毕竟他刚从洪州调来,觉得特区是最好的地方,不承想连个山里娃都瞧不上特区。他心里顿时有点不快。

是啊,特区怎么是这样的?如果真的就是像丁冬这样倒买倒卖做点生意,办些加工厂为国家出口创汇,那,这个冠着特区名头,全国年轻人敬仰的城市,岂不是格调太低了?难道,到本世纪末出口创汇 50 亿美元就是特区的使命吗?!当它的观念和精神带动起全国发生了变化以后,这座城市完成了自己的历史使命后,还应该向哪里走?还能走多远?

徐洪波霎时觉得一个宏大的主题逼近了他。

就在这时,丁冬腰上的 BP 机响了。他看了一眼,连忙站起来到外面打电话。未几,他匆匆忙忙赶回来。

"洪波,你赶快回去,好像是你们的头有急事找你!"

第六章　这明明是社论嘛

粤丰酒楼到特区日报两站路,打的起步价要 10 块钱,刚到特区,还没领到工资的徐洪波有点心疼,便蹽开长腿,一路狂奔,只用了五六分钟就回来了。他一进大院,就看见钟传杰蹲在大楼前的台阶上抽烟。

"钟主任,我回来了!"徐洪波气喘吁吁地说。

钟传杰一看见徐洪波就放心了,他看看表,还不到 8 点,就假模假式地说:"也没什么特别急的事情,看你跑得一身汗。"

徐洪波喘匀了气,有了积极表现的心情了,便高调地说:"主任找我再小的事也是大事。"

新闻单位的人都喜欢开些不疼不痒的玩笑，钟传杰也心情放松，就笑骂道："你可别学人家油腔滑调的。"说着起身带着徐洪波就往里走。到了政文部办公区，钟传杰让徐洪波坐在自己身边的一张沙发上。徐洪波这才注意到主任这个卡位比记者的要大很多，还摆了沙发和一个小茶几。他坐下来，仰起脸，神态自如地看着钟传杰。作为记者，他心里明白，钟传杰这么晚把自己叫回来，不可能没什么特别急的事情，而是恰恰相反，但万变不离其宗，无非是稿子的事情，对他这个刚到特区的记者而言，无非是"50亿美元"的内容。

他很淡定。

钟传杰手里拿着一根烟在桌上敲着，笑容有些尴尬，斟词酌句地说："小徐啊，你昨天有没听张力力处长说，香港那边很关注谢市长的到任。我有一种感觉，咱们今天发的这篇新闻应该会对香港产生一些影响。你有没觉得，咱们今天这个……这个，力度还可以再加强一下。"

"呵呵，呵呵。"——当然，这是徐洪波心里在笑。但他脸上却做出深思的样子，他蹙着眉头，也斟词酌句地说："主任，您是不是认为，咱们可以就市长的最新发言再做些延伸，比如……"

"市长提到的到本世纪末，特区出口创汇50亿美元。我觉得这个提法很有冲击力呢！"钟传杰为徐洪波的识相所激励，他暗暗佩服这个年轻人的情商之高，比这个年龄时的自己有过之而无不及，情绪便高昂起来。"谢市长很重视50亿美元这个目标，看来中央对这个问题也很敏感，特区最初的动因就是建出口加工区，出口、赚外汇，是当下特区的一项重要工作。至于说到话语权，无疑是针对目前社会对特区的质疑而言的。我理解新市长的意思，如果特区到本世纪末，真能实现出口创汇50亿美元，改革开放就有话语权了。你说，是不是这个意思。"

"这些都是我采访时问到的，在昨天的稿子里也写到了的好不好。"徐洪波心里不满地嘀咕着，但他还是决定好人做到底，送这位顶头上司一个大礼包。于是他做出恍然大悟的样子："主任，您真是太敏感了。这样，我就按您这个意思，写篇评论，您看怎么样。"

钟传杰见目的已经达到，关键是这个新来的记者也没有任何抱怨，更开心了，便说："本来你刚来，应该让你好好休息一下……"

徐洪波连忙高调表态："主任有任务就吩咐，老前辈教育我们年轻人，要当24小时记者嘛。"

"好好。我的意思啊是这样的,为了配合好学习谢市长的讲话,咱们明天发一篇评论,好好地诠释一下市长对特区发展出口创汇工业的要求。小徐你辛苦一下,马上写出来。是你采访的,市长的意图你最清楚嘛。放心,我陪着你,帮你把把关。"

徐洪波完全就是受宠若惊:"那太谢谢主任了!那我先去写着。"

徐洪波回到自己的卡位,磨蹭了一下,取出昨天写了一半的稿子,看了看,又梳理了一下头绪,便埋头写作起来。

钟传杰在自己的卡位里磨蹭了一番,又到楼下抽烟去了,等他回来,徐洪波连忙把几张稿纸送了过来:"主任,我写完了,请您过目。"

"这么快?"钟传杰知道他昨天就开始写了,但还是觉得快了点。果然,稿纸上的字龙飞凤舞,好在还在能认清的范围内。他念念有词:"50亿美元的话语权!这个题目?"

"我想既然香港人关注,咱们就试一回,像香港报纸一样,用大标题冲击一下他们的视觉?"

钟传杰"嗯"了一声,认真看了起来,心里所有的小九九这时都不复存在了。

……政策紧缩之下,海内外有人悲观地说:经济特区大潮退去了!殊不知经济特区沿着自己的发展轨迹,前进的大潮总是势大力沉地进行着,一个新的时期正浩荡推进……

大海的惊涛骇浪固然蔚为壮观,激动人心,但这不是大海的本质,大海的本质是潜伏于深处的洋流,唯勇敢的弄潮儿可见可感……经济特区的洋流正是蓬勃兴起中的现代产业,这不是经济特区发展过程中的战略转移,而是一次顺应时代大潮的大挺进……

特区的话语权是什么?就是打破一切阻挠生产力发展的条条框框,最大限度发展社会主义生产力,我们绝不仅仅是在建设一个出口加工区,而是建设一座社会主义现代化试验城,在全球竞争日益激烈的今天,社会主义能不能争得潮头,让我们用50亿美元给予响亮的回答……

到本世纪末,鹏港为什么要实现50亿美元,这不是一个简单的经济数字,而是我们改革开放的话语权!

钟传杰再也装不下去了,他腾地站起来,一把揪住徐洪波的肩膀,双眼放出饿狼般的亮光:"这是你写的?"

"是啊。"

"你怎么可能……"钟传杰话一出口就想打自己脸,是啊,怎么他就不可能,听说他还获过好新闻奖呢。"对不起啊。哎呀,真不错真不错,这文章真过瘾。"

徐洪波看看钟传杰兴奋得通红的脸,心里很感动,想起那句话:天下报社的部门主任都一个德行,哦,不对,是一样可爱。他由衷地说:"谢谢主任的鼓励,我再认真改一下。"

"再润润色。我看这里还可以再调整一下,你看这段……"钟传杰一把把徐洪波按在自己的椅子上坐下,拖过一把椅子,坐在徐洪波身旁,用红笔勾来勾去。

徐洪波由衷地点着头,内心说:"这老头也还真不是吃干饭的,要不人家怎么能当主任。"——其实钟传杰那年才四十出头。

"行了,时间不等人,你快去誊清,明天头版头条就是它了。"

两人拿着稿件上楼去总编辑方重的办公室。方重正在揉眼睛,看两人进来,眨巴了一下眼睛,仔细打量了一番徐洪波,小伙子报到途中主动出击介入领导重要活动的采访,给他留下了深刻的印象,心里觉得这个小伙子有担当,很敏感,是块好材料。现在,这份好感更强烈了。小伙子年轻英俊,步履沉稳坚定,两眼炯炯有神,既文雅又活力四射,一看就是个活动能力很强的记者。不过总编辑室和印刷厂都正等着稿件呢,他也顾不得和徐洪波说客套话了。他接过钟传杰递过来的稿件:

"50亿美元的话语权!嗯?"

方重刚看了题目,就抬起头来望了徐洪波一眼。徐洪波连忙小声说:"方总,我觉得,新闻越重要,越要让老百姓一眼就看明白。"

方重眼睛没离开稿件,嘴里却说着:"'一眼就看明白'。嗯,这个思路有点意思。"

两个部下都不作声了,戳在方总的办公桌面前,大气也不敢出。

方重终于抬起头,盯着徐洪波:"你写的?"

"呃。"徐洪波看看钟传杰,"钟主任指导……"

方重脸却板起来,瞪着钟传杰说:"一个老记者,老编辑,连点常识都没有,这是评论?明明是社论嘛!"

钟传杰心里狂喜,口里却讷讷地说:"是是,方总说得对,应该是社论。"

方重放下稿子,把身体往大班椅背上一靠,长长地吁了一口气,轻得几乎不让人听见地说了声:"好了。"

第七章　阴阳怪气荆江龙

《特区日报》的社论《50亿美元的话语权!》真的"好了",但它的作者和方重总编辑都没想到会这么轰动。

钟传杰一大早就打电话给办公厅的处长们探风声,听到的是一片叫好。市委办公厅不缺乏才子,溢美之词不同凡响,说这篇社论是"夏日里南海吹来的飒爽的清风",是"椰林里一阕雄浑的螺号"。

赖本忠第一时间给方重打来电话,因为是代表谢辰同志表扬《特区日报》,所以省略了养生环节,直奔主题传达了谢辰同志的核心思想:《特区日报》关于加快发展出口加工业的社论,全面深入地领会了市领导的精神,起到了很好的舆论引导作用。方重总编辑及《特区日报》编委会政治觉悟高,思想素质强,业务水平精,全面深入准确地体现了市委、市政府的最新决策精神。谢辰同志特别向方重同志并《特区日报》全体同志表示感谢,希望《特区日报》再接再厉,要多报道特区大力发展出口工业。

方重听得心下爽得不行,再三表示要进一步领会市委的重大决策精神,充分发挥党报宣传群众的作用,并请赖主任向谢辰同志请示,适当的时间到本报视察指导,云云。

赖本忠不再称谢市长,而是称谢辰同志。方重领会了其中奥妙。

接完赖本忠副主任的电话,方重连忙通知召开编委会紧急扩大会议,传达谢辰同志的最新指示,政文部主任钟传杰自然是要参加的。方重传达完市长的指示,马上让政文部和经济部拿出一个方案来,落实市长关于多报道特区大力发展出口工业的指示。

钟传杰忍不住"咦"了一声,脱口而出:"这小子成精了,他怎么知道市长有这个想法?"

方重一愣:"你是不是说那个新来的小徐,他又怎么了?"

钟传杰说:"今天一上班,他就跟我建议,搞一组系列报道,报道特区的电子、服装鞋帽、钟表、自行车企业的发展成就,借以推动全市掀起一波出口创汇的热潮。"边说,钟传杰边从包里拿出几张写得密密麻麻的稿纸,向方重递过去。"他搞了个方案,我还没来得及细看。"

方重毕竟是老新闻人,接过来瞄了几眼,然后淡淡地说了声:"什么成精?夸大其词,稍稍有点脑子的记者都想得到嘛。我不看了,你组织大家完善一下,然后尽快去做吧。咱们还是老打法,建议你们成立一个报道小组。我这个人一向认为谁提方案谁最有干劲,既然是小徐提的,那就让他当组长。"

钟传杰很是感慨,老头(在他这里,方重是老头了)看来喜欢上徐洪波了,他嘴巴说"稍稍有点脑子的记者都想得到",却让这个小年轻当组长,不正说明这点吗?

钟传杰决定从政文和经济两个部门抽调记者组成采访组,分头深入相关企业,由徐洪波统筹稿件写作。

钟传杰回到部门,他马上通知参加采访的记者开会。其他记者都三三两两来到楼层的会议室,扎堆聊天,嘻嘻哈哈,关键人物徐洪波却没见人影。钟传杰派人找了两遍也没找着,有人急了,说:"不等了吧,到时有啥事让他干就是了。"钟传杰心里着急,口里却说:"情况他比较熟悉,让他先说说,少走点弯路。"于是"哄"的一声,大家又各找借口回自己的卡位干活去了,丢下一句话:"那小子来了叫我一声就行了。"

徐洪波没有走远,这会儿,他正坐在市委办公厅张力力处长的办公室里。下午一上班,张力力就打电话把他召到办公室。由于是第一次来,张处长屈尊到办公室门口迎接他,徐洪波双手握住领导的手,连声说:"罪过罪过。"记者就是自来熟,他和张力力才第二次见面,已经可以开些不咸不淡的玩笑了。

张力力没跟他多费口舌,直接把他拉进办公室。一个着装时尚的青年微笑着从沙发上站起来,盯着徐洪波看。

"来,徐记者,认识一下,你的同行,香港《维港》杂志记者荆江龙。你就叫他老荆吧。"

徐洪波向荆江龙伸出手,快速打量了他一番。荆江龙穿着格子休闲西装,里面是T恤衫,下面是牛仔裤,脚蹬一双波鞋,头发微鬈,典型的香港时尚青年。再仔细看,荆江龙长相虽说一般,但……对,那双不大的眼睛,似笑非笑,杀机四伏。见徐洪波探寻地盯着自己看,荆江龙坦然地就势拉了徐洪波一把,轻巧地把他拉到沙发上坐下,说道:"认识你很高兴,我和张处长是老朋友,希望你以后多关照我。"

徐洪波心里一颤,这个个头并不大的香港青年手劲真大,而且力道很巧。还有,他一口长江中部人口音的普通话,不像香港人。他有些不知所措,望了一眼张力力，张力力像服务员，在倒水。

荆江龙已经掏出一张名片递给徐洪波。

"哦，谢谢，对不起，我还没印名片。我姓徐，徐洪波。"徐洪波边说边仔细看名片，"《维港》杂志，以前还没看过呢。"

荆江龙脸上马上浮出敝帚自珍的神情。"我们在香港发行3000多份，是大刊物。"说着从包里掏出一本封面印得花花绿绿的杂志递给徐洪波，"就是这个。"

徐洪波随手翻一下，上面尽是华商、华建之类的中资企业的广告，正文似乎都是夹在广告中，就像相声里说的，广告中插文章。他想，也许香港的杂志就这德行吧。再仔细一点看，翻目录，翻版权页，溜了几眼里面的文章，凭他的专业眼光，发现全是些东拼西凑的大路货新闻。他暗暗好笑，便没话找话说："荆先生，你们这杂志很丰富啊。"

"那是，我们是同人杂志，也是本老杂志，50年代就有了，在香港很有名的。"

徐洪波看看荆江龙那似笑非笑的眼神，心里说不出的别扭，便扭头对张力力说："张处长，您找我？"

张力力把水递给他，说："是，老荆要一篇谢市长谈50亿美元的稿子，我想你采访了市长，可以给他提供。"

荆江龙说："对对，是我请徐先生帮忙。"

徐洪波警觉地说："这……可能不合适。张处长，你知道，咱们不能随便给香港媒体提供稿件。"

荆江龙调皮地歪歪嘴，说："我们是进步刊物，是香港爱国人士办的。"

徐洪波摇摇头："对不起，荆先生，我很抱歉，我们内地记者有纪律。"

张力力翻了一下白眼，对荆江龙说："我说什么来着？"

荆江龙非但没有生气，徐洪波感觉他眼睛似乎还有了真诚的亮光。他说："我问过你们的李副书记，他都同意了。"

徐洪波看看张力力，又看看荆江龙，最后说："我的稿件其实特区日报已经刊登了，公开发表的，你们香港杂志要引用我也拦不住。"

张力力也拍拍荆江龙的肩膀，说："老荆，你别为难小徐了，他刚来，谨慎点好，怎么说你也是香港记者，防着你是对的。这样，你们那本破杂志不就是到处抄吗，你就把《特区日报》的文章抄一下，还要补充点什么我跟你透露点吧。"

"我们是严肃刊物！"

徐洪波在一旁看着张力力和荆江龙哥们似的关系，心里有点明白了，《维港》显然是有内地背景的，这个荆江龙也带有明显的长江中部省份的口音，这老兄也不会是香港人。

荆江龙看看徐洪波，有点不好意思地说："徐先生，那我就……引用一下您的大作了，不过可能署名不太好办，不署你的名没意见吧。当然，我们会给你稿费。"

徐洪波把头摇得像拨浪鼓："您放心引用吧，只是别曲解了我的意思就行。稿费无所谓的。"其实，徐洪波真心想知道香港的稿费水平。

三个人又扯了点别的，张力力自然把谢辰同志对今天的社论的表扬说了一遍。张力力说："是你写的吧，以前我没见过《特区日报》有过这样的文笔。真不错，看不出来你还是个大才子呢。"徐洪波直翻白眼，什么叫看不出来，才子是你能够看出来的？不过表面他还是谦虚得四脚着地。荆江龙凑过来附和道："今天的社论看上去确实有股气势。了不起，有这样的文笔，徐先生将来大有前途啊！"

徐洪波架不住两人的围攻，连忙告辞。临别，荆江龙朝他不停地拱手："以后我到特区来采访，少不了要徐先生帮忙，你可不能推辞哟。当然，你以后有机会到香港去，有什么需要我效劳，一句话。"

第八章　农业省来的记者也能写工业

徐洪波晃晃悠悠地回到了报社。钟传杰又蹲在大楼门口台阶上抽烟，一见他，满脸不高兴："跑哪去了？等你开会。快快！"说着，带着徐洪波就上了电梯。徐洪波小心地说："钟主任，我不知道要开会呀。"钟传杰没好气地说："不说这个了。"两人直接往楼层会议室赶，边走钟传杰边招呼人："开会了开会了，都过来！"

"呵，大侠回来了，真难请啊！"

"是不是找方总调评论部去了。"

"这么多人等他一个，这是二主任啊。"

"咋的，不服？人家是红区来的。"

接着是一阵"嘭嘭、嘭嘭"用力挪动椅子的声音。

徐洪波隐隐约约听见，心里很别扭，这不是因为他开会迟到，分明是忌妒嘛！但他很快冷静下来，自己毕竟是新人，还是夹着尾巴吧。他溜到后排角落坐了下来。

记者的采访工作会是没有什么讲究的，钟传杰也没在意，他拍拍手道："好了，有个重要策划，把大家找来碰碰头。谢辰市长来了后，对出口创汇工业企业的报道有新要求，报社准备拿出重要版面，连续推出系列报道。徐洪波做了个方案，我看了一下还不错。小徐，你给大家先说说吧。"

钟传杰的话轻描淡写。他原本没打算让徐洪波说，可刚刚他也听到了一些风言风语，临时起意树一树这个新人的地位，但又不能让徐洪波显得鹤立鸡群遭人嫉恨。谁知他话音未落，刘勇就腾地站了起来。

"等下，钟主任，谁布置任务呀？"

刘勇本能地和徐洪波结下了梁子，原因自不待说，偏偏徐洪波撰写的社论又一炮而红，更让刘勇由妒生恨。见钟主任竟然让刚刚调入报社的徐洪波来布置任务，让他倍感受辱。"钟主任，小徐刚从内地到特区，而且，还是来自一个比较落后的地区，让他来布置特区出口创汇工业任务，他行吗？你让我们是听他的，还是不听他的呀。"

刘勇是京城人，天然带着京城人的目空一切，平时甚至都不把钟传杰放在眼里，现在又来这么一出，钟传杰心下很不爽，于是白了刘勇一眼，说："策划就是小徐做的，方总点名让小徐来统筹稿件，先听听他的。"

"他懂吗？"

徐洪波脸涨得通红，心说我再不站起来你还不知道我也是有脾气的。于是他在角落里阴阳怪气地扔出几根刺来："刘记者，前辈教导我们，记者要当杂家，有的同志干了这么多年的记者，还在问懂不懂，新闻业务素质成问题啊。"

刘勇脸上红一阵白一阵，找不到词反驳，一下子愣在那。

钟主任很佩服徐洪波的反击有理有节，他的身份不好火上浇油，便打个圆场："今天咱们不是讨论新闻业务，而是讨论采访分工，大家还是先听小徐讲讲吧。"

刘勇回过神来了，说："钟主任，对不起，我是政文部的记者，是跟会跟领导的，工业我不熟，写不来，我不想参加这个组。"

钟传杰生硬地说："不熟悉的就不会写，当记者干什么，采访干什么？我知道你什么意思，你就说干不干吧。"

徐洪波见钟传杰火了，便拦住他说："钟主任，要不这样吧，我多写两三个版没有问题。我们《昌江日报》是家小报纸，记者什么活都干，我什么题材都能写。"

钟传杰平素对刘勇就没好感，这会见刘勇打退堂鼓，徐洪波又一副无所谓的样子，便顺水推舟说："那好，那就小徐辛苦一下，小刘你就先忙别的吧。"

刘勇原以为钟主任会百般挽留他，然后他就表示给主任面子留下来，没想到钟主任一句话把他打发走了。他悻悻地回到自己的座位，心里很不是滋味，就有了被这个新来的踩了一脚的感觉了。

刘勇一走，大家都低着头不说话，毕竟主任发了脾气还是少惹为妙。钟传杰不动声色地端坐着，扫了一眼大家，声调不高但霸气十足："还有谁觉得不适合写工业稿子的？"

大家伙面面相觑。

钟传杰这才对徐洪波说："你坐过来，躲在角落里干什么，有什么见不得人的？你给大家说说吧。"

徐洪波已经打定主意要低调了，他依然站在那个角落里，身子向前倾着，像极了刚从落后地区来的新人。他声音干涩地说："各位大记者，其实，刘记者误会了，这个方案是钟主任的意思。这两天他指导我写市长的稿子，所以我也记录了一点他的想法。钟主任有个战略性的想法，就是把市长的要求由点及面，给每个企业一到两个版的篇幅，全面展示特区工业企业的发展成就，形成一种声势浩大的效果，推动特区奋力爬坡。

"钟主任的意思是，特区这些年大力发展出口创汇工业，短短的几年里出口创汇就超过了内地许多省市，充分显示了中央创办经济特区的巨大成功。钟主任对领导的精神理解是，出口创汇的成果是果，而创办经济特区是因。因此，咱们选取部分国有、合资和'三来一补'企业，深挖跨越式发展的根本，这里面，有特区人敢闯敢试、敢为天下先的精神，有'时间就是金钱，效率就是生命'的意识，有积极参与国际竞争的拼搏作风，这种精神、意识和作风的活水之源，就是改革开放政策给中国社会带来的活力。要把特区的经验放在全国的大背景之下来分析和思考，这样文章才会有深度。一定要突出宣传特区的政策、机制。钟主任还跟我谈了他对这组稿子在写作方面的希望，他希望咱们尝试一种新的风格，当然，文无定法，但他提出可以尝试一下用一种高屋建瓴式的政论风格来组织文字。"

谈到写文章，记者们立刻忘了刚才的不快。

经济部的一位年轻记者周瑞强接口道："对，现在《中国青年报》一些年轻记者都在尝试这种写法，最近的电视政论片也出现了一些新的风格，语言都很短，很有冲击力度，给人留下深刻印象，一些句子还成了大家日常引用的句子呢。"

徐洪波说："我也在想这个，咱们试着磨合一下，统一风格。大家先看看是不是可以分几个篇章，每个篇章一个主题……"

年轻记者们越聊越兴奋，你一言我一语，不知不觉就拉出了一张谋篇布局的清单。刘勇坐在自己的座位上，听这边越谈声音越大，夹以击节拍掌的亢奋，心里越发酸溜溜的，就收拾起东西，恨恨地离开了。

谢辰刚刚考察的第一站华夏自行车厂自然在徐洪波列的采访名单中。可说到让谁去华夏厂采访时，大家都谦虚地表示这家企业太"伟大"了，怕自己的能力阐释不了他们的精神，或阴或阳拒绝去华夏厂采访。

徐洪波不知深浅，见没人愿去，竟说："没想到大家这么谦虚，要不……"他看看钟传杰，"我去试试。"徐洪波内心其实没这么低调，还想着大家都不敢写的东西，他一定要拿出一篇大文章立一下江湖地位。钟传杰面部表情有点复杂，像哭又像笑，说："那，你跟他们的公关部经理高贵生联系。我有他的电话。"

大家都不吭声了，看徐洪波的眼神有了点同情的色彩。

钟传杰更是觉得自己不厚道，他已经感觉徐洪波在新闻业务上有很多新思想新思路，同时也很善于组织采访活动，内心也很感谢徐洪波在阐述自己的想法时，把功劳归到自己头上。可自己……

大家都发表完意见了，钟传杰赶紧收拢思想，说：

"方重总编辑亲自策划和部署了这次宣传工作，我们要从政治的高度来认识这次报道工作……"钟传杰一针见血，一下子就点破了这次报道工作的重要性，而且把徐洪波刚才说的一切都归功到更高层次的领导身上了。"刚才大家说的，我都同意，我补充三点……"钟主任高度概括地补充了三点，到底是搞新闻的行家，他补充的，恰恰是大家忽略了的，因此大家都由衷地称赞钟主任水平高。

钟传杰向方总汇报去了，他情不自禁就学着徐洪波，把成绩归功于上级，他汇报说他本人重点强调了这次任务是方总亲自抓的，所以大家更加重视了。方重觉得很受用，提醒他要把这项工作抓紧抓实，尽快成文见报。

钟传杰临出门，方重似乎是漫不经心地问了一句："老钟，怎么小徐刚来就跟刘勇不对付了,听说小徐还怂恿你把小刘赶出了这个小组?"

钟传杰"啧"了一声,他属于方重组建《特区日报》时的老班底,和老总自然比较随便,就笑着说:"怎么,这么快就把小报告打到你这来了。这个同志啊,怎么说呢,个性比较强,他可能对安排小徐组织这次采访有些抵触吧。"

方重不置可否地说:"你这个当主任的还是要学会协调好各种关系。"

第九章 应该直接找总经理

徐洪波第一时间拨通了华夏自行车厂公关部经理高贵生的电话。高贵生听说是特区日报的记者,口气非常客气,问明意思后,口气依然很客气:"徐记者,非常感谢贵报对我们厂的重视。不过,哎呀,你知道,眼下全厂正加班加点确保时间过半完成任务过半,厂领导和外方经理都在生产第一线,没有时间接待记者呀。"

徐洪波还当他是谦虚,就说:"高经理,贵厂是特区创汇的龙头企业,有着举足轻重的作用,如果没有华夏厂的经验报道,我们的这组报道的分量就打折扣了。"

高贵生说:"徐记者,这就有点为难了,要在平时我们一定会配合你们的工作,但现在不正好是'双过半'的节骨眼吗,真的不方便接待,请您谅解。"

徐洪波听出高贵生在推托,心里很不爽,就说:"高经理,这次报道,是谢市长亲自点题的,你知道,谢市长一到特区就到你们厂去视察,如果报道没有华夏厂的经验,咱们都不好交差呀。"

那边,高贵生估计眼珠子在滴溜溜乱转,好一会儿,他才说:"这样,徐记者,我传一份文件给你,基本反映了我们的工作情况,你拿去改一下,然后传回来我看看。这样就省得你跑这么远了。你看,天气这么热……"

徐洪波哭笑不得,心想这家企业对新闻的认识水平真的很差,但他一时半会不知道怎么回答,再说采访前他也的确需要看点资料,就答应了。

华夏厂的文件很快电传过来,徐洪波一看,差点没晕过去,文件只有一页纸,上面写道:"华夏自行车厂是鹏港经济特区机电工业公司与香港乐途集团、英国WB公司三方资本组成的中外合资企业,是以自行车为核心产品,产销一体化的多元企业。有员工3000人,其中各类工程技术及管理人员600人。生产的自行车产品有郊游车、赛车、爬山车、童车、高级铝合金车和健身车

6大类,设计年生产能力250万辆,出口美国、西欧、日本等十几个国家和地区……"

甚至连车型简介都懒得发过来了。

徐洪波这才反应过来为什么大家都不接这个活了。他还不死心,又给高贵生打电话,高贵生嗯嗯叽叽了半天,实在拗不过,便冷冷地说了声:"那我请示一下吧。"

"好的,我留Call机给你。"

所谓Call机,学名叫无线寻呼机,是20世纪80年代风靡的高科技通信手段,一个三寸见方的小电器,寻呼方通过寻呼台,留下自己的电话号码,接收方的Call机在一定范围内可以接收到这个号码,在显示屏上显示出来。由于接收寻呼时会发出"哔哔"的响声,所以也叫BP机。

一天过去了,两天过去了,徐洪波没接到高贵生的电话,Call机也没收到传呼,只好自己再打过去。

"哎呀!"高贵生口气充满自责,"我真是忙坏了,我请示过领导了,还是那句话,'双过半',没有时间接待呀。徐记者你看是不是改个时间?"

这就是拒绝了。

徐洪波倒憋一口闷气:什么破工厂,简直是滚刀肉嘛!他怏怏地来找钟传杰,把高贵生前天传来的那份简介递给他:"主任,你看,这是他们想要的稿子。"

钟传杰面无表情地接过来,看也不看就放在一边,嘟囔说:"还是这把戏。怎么,碰了个软钉子?"

"这是多好的机会呀,他们怎么这样。"

钟传杰挠头了,他心里明白,华夏厂并不完全是店大压客,一来因为是中外合资企业,刚刚进入中国的西方人小心翼翼,对记者自然是敬而远之;二来华夏厂的"阿米达"山地车特别紧俏,自然少不了找各种借口上门,或软或硬要搞一辆车的,烦不胜烦,最后索性祭出谢客规定。可这些话怎么跟一个新来的说呢,最后,只好含含糊糊地说:

"他们的自行车都是外销的,不需要在内地打广告,所以对宣传一直是能推就推。没关系,小徐,不行就把他们勾掉,特区有的是大企业。"

徐洪波闷声闷气地说:"市长一来就去他们那视察,不写他们有点讲不过去。那天我听他们厂长介绍,这个厂还是很有料的。"说到这,他突然眼睛一亮,对呀,他一个跟市主要领导的记者,怎么去求一个破经理,他应该找他们总经理呀！他大叫一声："我直接去找向火荣！"

"你……"钟传杰被徐洪波的异想天开吓坏了，华夏厂的向火荣总经理是那么好找的？人家是机电公司副总经理，副局级领导，又是国内如日中天的自行车厂的总经理，位高权重，一般的副市长他都不怎么买账的好不好！你一个新来的小记者……但作为部门主任总不能打击年轻人的积极性吧。于是他又斟词酌句地说："向总在宣传方面一向比较低调，据我所知，他从来不过问这方面的工作，都是让副手或者厂公关部出面的。"

徐洪波抚掌而乐："太好了，要是他随便过问一下，那下面的人都会当大事来抓了。太好了太好了。"

看徐洪波乐颠颠的，钟传杰忧虑他的神经了，忙说："小徐你没明白我的意思，据我所知，向总这个人从不接受采访。"

徐洪波说："我不采访他，是采访他们厂。"

"唉。"钟传杰咳了一声，终于无可奈何地说，"你有所不知，咱们得罪过向火荣。去年吧，小周去这个厂采访，回来写了一篇稿子，里面很多地方涉及向总，说他老人家每天总是第一个到厂，一边吃早餐一边和技术人员探讨技术革新；说他怎么严于治厂，有一个工人装错了飞轮被他当场开除；还说……唉，听说向总看了报道气得把高贵生的祖宗都骂遍了，从那以后，他再也不接待记者了。"

徐洪波越听心越凉，眼睛圆溜溜地盯着钟传杰："那……算了？"

钟传杰被问住了，滴溜着眼不知同意还是不同意。

"我再想想。"徐洪波心很不甘，回到自己的卡位，就这一会儿工夫，他又有了新想法。

第二天，徐洪波赶到华夏自行车厂门口时，是6点50分。华夏自行车厂建在郊外的一片低矮的山坡上，荔枝树和台湾相思树环抱着白色的建筑群。徐洪波下了公共汽车，向那片建筑群走去，越走越觉得有点怵：前些天陪市长视察，他见过向火荣，一个50岁上下的北方男人，长脸、浓眉，眼角有些向下耷拉，隆鼻薄唇，在市长面前也很少有笑容，活脱脱一个冷面人。而特区日报又实实在在地得罪过他，没准真像大家预料的那样，会给自己一个大难堪呢。转念一想，他总不会让人把我抓起来吧。反正也没退路了，只好硬着头皮走过去。就在这时，他远远就看到正对着大门的办公楼新挂上了一条大红横幅。"看来，他们的'双过半'提前完成了，倒是个好兆头。"走近一看，忍不住以手加额：天助我也！

他在厂门口的大路旁停下来，舒展身体。华夏厂高墙环立，正门紧闭，两个保安员警惕地看看这个在厂门口伸胳膊踢腿做早操的小伙子。不时，有人从大路上匆匆走来或骑车赶来，有人回头看了他几眼，以为他是准备来应聘的内地青年。徐洪波一边运动一边注意着来人，终于，他看到了一个熟悉的身影，向火荣总经理昂着头，骑着一辆八成新的山地车，不疾不缓地向厂门口而来。徐洪波连忙伸出一只手作拦车状，口里叫道：

"向总！"

向火荣一惊，紧按下刹车，一条腿已经支在地上："你是……？"

徐洪波笑容可掬地拍拍自己的胸："向总，我是特区日报的，小徐，前几天陪市长来过。"边说边伸出手去。

"哦？哦，你这是……"向火荣脸上好不容易挤出一点笑，旋即又冰天雪地，也没伸手让他握，"我忙啊，没时间。"

徐洪波满不在乎地摇着头："我是冲这个来的！"那只被拒握的手顺势一指办公楼前那条横幅。

第十章　环湖让他想到了环法

"热烈庆祝'特锐'被成哥选为环法用车！"

向火荣顺着徐洪波的手势向厂内望了一眼，脸上泛起一丝笑意。"你怎么知道的？这个嘛，倒是可以宣传一下。"

"哈哈，果然挠到您老的痒痒了。"徐洪波心中暗喜。口里却说："向总，这件事对特区来说太大了，林焕成要真骑着您的车参加环法，全世界都知道咱们特区也能生产高级自行车了。"

向火荣蹁腿下车，然后推着车子向厂门口走去。"你知道环法自行车赛？"

环法自行车赛是公路自行车赛最重要的赛事，创办于1903年，每次赛期23天，平均赛程超过3500公里。环法不但是一项历史悠久的体育赛事，也是自行车品牌的竞技场。中国自行车运动员至今还没有资格正式参加环法公路自行车大赛，在20世纪80年代，全中国知道这一赛事的……用一个大词说吧，数以万计——仅指字面意思。眼前这位小记者显然不是自行车行业内的人，他怎么会知道？

徐洪波呵呵一笑，说："向总，我是记者呀，记者什么都得了解一些吧。这么热门的赛事，我当然要有所了解啦。"

事实是，徐洪波原来供职的昌江省有着中国著名的湖泊——彭蠡湖，湖区的湖岛县有一个副县长是浦城当年的下放知青，自行车运动爱好者。徐洪波到湖岛采访时，这位副县长带他去看该县刚落成的一条高规格的公路，一高兴，竟然异想天开地说："要是环彭蠡湖都修上这样的公路，咱们就可以像环法自行车赛一样，搞一个环彭蠡湖国际自行车赛，那就可以带动环湖地区的经济了。"徐洪波为此还专门写了一份内参给昌江省政府，遗憾的是那个年代，经济相对落后的昌江省根本没这个能力实施这项工程。但环法自行车赛深深烙在徐洪波的脑海里了。

"嗯。"这个小记者真的见多识广呢，竟然知道环法大赛。向火荣对徐洪波有了一点好感，也就不拒绝让他陪在自己身边。

徐洪波不能让谈话冷下来，又接着问道："向总，我记得上次来，您向市长介绍的车型里面，没有这种'特锐'赛车吧？是你们的新产品吗？"徐洪波到过华夏厂，也看过他们的简介，依稀记得华夏厂的产品里没有这个牌子。这个名字很帅气，他如果听过是不会忘记的。

向火荣眉头一抖，不无得意地说："我们把'贵客'改了嘛，当然要改个新名字。"说着，他手一扬，指着越来越近的那条大红横幅："要不干吗要庆祝，咱们自己生产的车也上环法了！"

徐洪波点点头："'特锐'，好名字，向总您取的名？"

向火荣赶紧摇摇手："不是不是，你们记者可别乱写，是我们英国专家取的。Trine，英文的意思是'三位一体'，我们厂不就是内地香港英国三位一体嘛。我们英译名叫'特锐'，有一往无前的意思。"

香港优秀运动员林焕成在20世纪80年代作为业余选手参加环法，他的用车以前都是英国本土产的"贵客"。这个徐洪波并不了解，但一听向火荣突然冒出个"改"字，马上意识到有料，便追问道："您刚才说到改是什么意思？"

向火荣和颜悦色地边走边说："特锐其实是一款改装车，是在英国老牌赛车'贵客'的基础上完成的。我们根据中国人的身高体重和骑行特点，对'贵客'做了很多根本性的改进，林先生出发前试骑了一段，感觉跟以前大不一样。这次我让他把特锐带到环法，再实地检测一下。"

"向总，前几天谢市长来您怎么没介绍这个？"

向火荣有点尴尬。"这不当时还没最后定嘛。前天才接到林先生的电报，说就用咱们的车了。不过这个——"他指指那条横幅,"不是我让挂的,没必要声张。哎,对了,我说小徐,你不要瞎报啊!"

徐洪波有点撒娇似的抗议道:"怎么是瞎报,我是党报记者,要实事求是嘛。咱们不满足于当组装厂,自力更生开发适合市场需求的新车型总不是瞎说吧。"

向火荣猛地停下,早晨的阳光照得他的脸意气风发:"我就是这个意思,我觉得咱们不能老干组装外国品牌赚中国人的钱的事!改'贵客'是第一步,我们马上要着手研制自己的自行车了。"

徐洪波由衷地说:"向总,这种理念比生产多少辆自行车都有价值啊。"

这句话让向火荣对徐洪波的好感更增添了许多,这个小伙子看问题总是能深入本质。他微笑着点点头:"你说得对,改革开放,最根本的是要解放思想,我们搞工业的,解放思想就是要创造出属于自己的产品。我这么大一个厂,不能总装配外国人的自行车吧!"

"咱们这么大一个国家,不能总跟在别人的屁股后面!"

向火荣语气庄重地说:"我老向干了30年的工业,一直在模仿别人的东西,先是苏联人的,后来是欧洲人的、日本人的,再不干自己的,就要退休了。你别小看自行车,材料、设计、工艺、技术讲究着呢,我们要做的事情太多了。"

两人越聊越投机了,徐洪波趁机问:"向总,您的这些话,我能不能写进报道?"

"为什么不行?这不是我一个人说的,我们搞工业的人都这么想!"

两人就这样站在办公楼前说着话,徐洪波已经完全进入了采访状态。正在这时,一个穿工装、留小分头、模样30多岁的人慌慌张张跑了过来。

"向总!"

向火荣看了他一眼,脸上恢复了威严的神情:"小高,你来得正好,这是特区日报的记者小徐,你好好接待一下。我看可以找些人谈谈咱们的赛车的情况。"

小高鸡啄米似的点头:"向总,我明白。"

徐洪波友好地冲小高笑了一下,小高双手早伸了过来,紧紧握住徐洪波的手,用很夸张的热情的口气说:"徐记者,我们早就盼着你来了!"

你才传了一份简介给我好不好!徐洪波心里骂道。不过俗话说得好,伸手不打笑脸人,尤其人家老板还在面前,于是他也笑容可掬地说:"您就是高经理吧,谢谢您的安排呀。"

"小高，叫我小高。"

向火荣像突然想起什么："小徐还没吃早餐吧，走，一起到食堂去。"

于是，小高尾随着向火荣和徐洪波，颠颠地向食堂走去。

进了食堂，向火荣熟门熟路地在大厅顶头的一张餐桌坐下，并示意徐洪波坐他对面。高贵生则识趣地坐在相距不远的另一张餐桌。

徐洪波是很会聊天的人，他一坐下就开口道："向总，我注意到上次市长来视察，您说得最多的是咱们厂有600多名技术人员。您说要创造出自己的品牌，这支队伍就是您最大的底气吧？"

向火荣哈哈笑了起来："你这年轻人，抓问题很能抓核心嘛。我跟你说，我这些人就像梁山好汉，玩什么绝活的都有……"

向火荣好像忘了是在食堂，如数家珍就跟徐洪波聊了起来，以至于食堂阿姨端上了馒头稀饭和咸鸭蛋，他俩都没有时间去吃。高贵生远远地看着老板和那个被自己拒之门外的小记者手舞足蹈，纳闷得快要憋死了。

直到向火荣的秘书喘着粗气赶来，在向总耳边嘀咕几句，向火荣才一拍后脑勺，有点尴尬地看着徐洪波："你看你看，我10点钟还要去市政府开会，这……小高，你过来，安排一下徐记者采访。"

高贵生又是鸡啄米似的点头："我明白，我一定按您的指示安排好。"

向火荣匆匆走了，徐洪波才赶紧扒拉完已经凉了的稀饭馒头，然后在高贵生的陪同下向厂部大楼走去。

"徐记者，你跟向总很熟？"

徐洪波情知高贵生是在刺探自己跟向总的关系，有心让这个小干部对自己更崇拜一点，好让他在采访中更好地配合，于是他含糊地说："上次我陪谢辰市长来视察高经理可能不在场……"说完，他高深莫测地笑笑。高贵生心下一凛，忙说："哦，明白，明白。"

两人向办公楼走去，刚进门，突然蹿出一个年轻人，差点和徐洪波迎头相撞。高贵生脸板得铁青：

"童小刚，你能不能稳重点！"

童小刚抬起头，冲高贵生吐了一下舌头："高经理，对不起！"

徐洪波职业性地打量了他一眼。这个年轻人有着一对机灵的大眼睛，一笑露出小虎牙，个子不高，手却很细长，有点像传说中的刘备。总之，是个讨人喜欢的小伙子，即便是头发有点长。

"你匆匆忙忙的干什么？"

"我要去搬东西,我的辞职报告批下来了。"童小刚兴奋而轻松地说,好像辞职是他梦寐以求的。

高贵生有点不悦,声音发闷:"这里不会这么差吧,看你那高兴劲儿。"

"呃,不是啦,其实我还是舍不得咱们厂的。"

高贵生终于伸出手和他握一下:"去吧,有空多回来看看,毕竟向总还是很欣赏你的。"

童小刚似乎被点了穴,也有点呆了。终于,他又笑笑:"会的。高经理,也很感谢你这一年多对我的照顾。"

高贵生说:"你看,你当初的提议都实现了,记者都来采访了。这位是特区日报的徐记者。"

童小刚赶紧和徐洪波握握手,说:"你抓住他就对了,我们厂的事都装在高经理的脑袋里呢。"说完告别了。

徐洪波愣了愣,转头看他,已经不见人影,便对着高贵生咕哝一句:"这个人,是要去外企吧,瞧他那高兴劲……"

高贵生摇摇头,说:"这小子想自己办厂。"

"嚯,真有雄心。"徐洪波顺嘴一说,没再继续下去。

果然如徐洪波所料,总经理轻轻交代一句,下面就鸡飞狗跳,高贵生根据徐洪波的要求,陪着他跑科室,走车间,访技术人员,看生产一线,还找来一大堆资料,其中就有周瑞强去年写的那篇让向总恼火的报道……一天下来,徐洪波记了半本采访笔记,写一版通讯的材料足够了。

徐洪波把焦点聚在了华夏自行车厂自主创新,开发和英国共有产权的"特锐"这个角度上,为此,他着力采访了攻关小组和英方经理,获得了大量一手材料。在文章中,他真实地讲述总经理向火荣没日没夜地和工人技术人员奋战在生产第一线……

记者徐洪波的长篇通讯——《环法赛道上的中国特锐》登上了《特区日报》头版头条。文章在特区第一次提出了国营和中外合资企业的创新发展,树立了特区工业的一个新标杆,让人耳目一新!

文章一出街,徐洪波就接到了高贵生的电话。高贵生激动得像要从电话线爬过来:"徐记者,向总好开心啊,说你的文章就像《哥德巴赫猜想》,他问你是不是徐迟的什么人!"

《哥德巴赫猜想》是大作家徐迟的报告文学作品,写的是数学家陈景润克服重重困难,演算两百多年前德国数学家哥德巴赫提出的数学猜想的故事,轰动一时,在全国掀起了学习科学的热潮。徐洪波的水平当然不能跟大作家徐迟比,再说,他写的是长篇通讯,不是《哥德巴赫猜想》那样的报告文学,向火荣把两者相提并论,可见有多喜欢他的文章了。

徐洪波心下得意扬扬,表面只是"呵呵"笑着跟高贵生客气了一番。到了下午,高贵生又打电话来了,这回他激动得声音都变尖了:"徐记者,你的文章谢市长也看了,就在你们报纸上批了字,表扬我们自主创新的精神,还点了向总的名呢!"

主要领导在党报上就某一重要新闻做批示,及时指导某一方面的工作,徐洪波自然司空见惯,他淡定地说:"主要是你们工作做得好。"

"不是,不是,向总说是你写得好。晚上一起吃个饭吧,你在厂里我们也没好好陪你喝两杯。"

徐洪波呵呵笑起来,说:"吃饭应该可以,可是今天没空呀,要不等我写完这组报道再约时间?"

第十一章 难以启齿

徐洪波很享受把自己的文章和《哥德巴赫猜想》相提并论,心想芳姐不知道有没有注意到这篇文章,有心给她打个电话提醒一下,又担心美女笑他太肤浅。正烦恼着,丁冬找上门来了,要请徐洪波见识一下特区人宵夜的生活。徐洪波乐了,在内地他就听说宵夜是广南人最有特色的夜生活,还正想找机会去见识呢。

丁冬站在报社大门口,见徐洪波下楼,连忙招手:"快来快来。"

丁冬今天穿了条背带老板裤,土不土洋不洋的,模样挺滑稽,但这不是最重要的,最重要的是他身边停着一辆半新的雅马哈大摩托。徐洪波走过来,好奇地摸摸这摸摸那,说:"是你的?得1万吧?发财了?"丁冬咧开大嘴笑,说:"公司的,奖励给我用了。"

"丁冬,你们公司不是谁都有这车吧?"

那年头,有一辆雅马哈250在特区就是有钱人的标志了,丁冬趾高气扬地说:"那当然,我这回给公司做了一单大生意,还得了不少奖金呢。这不,特意来接你去宵夜。"

"好啊，叫上芳姐吧。"

"放心，芳姐我给你叫了。"

两人上了摩托，丁冬突然说："芳姐可能没那么快，要不我先带你兜兜风，看看特区夜景？"

徐洪波说："我来了这么久，还没关心过老同学你呢，到你那看看去怎么样？"

丁冬说："好啊，反正不远。"说着，把徐洪波拉到了龙湖的一条背街，在一间临街铺面门口停了下来。"就这。"徐洪波看看这家铺头，门柱上果然挂了块有机玻璃牌子，上面写着"特区环球电器贸易公司"。丁冬打开门，徐洪波走了进去，略微有点失望，他知道丁冬供职的是家小公司，但没想到这么小：门店不过五十几平方米，摆了几张办公桌，靠门的地方摆了一套沙发和茶几；里面还有个小单间，看来是老板办公的地方。

丁冬大大咧咧地让座，又张罗着倒水。徐洪波在沙发上坐下来，环顾了一番。

"你们这个环球电器贸易公司到底是家什么公司，这么有钱啊。"

丁冬真心喜欢这家公司，也喜欢自己的老板，他表面咋呼，离经叛道，心性其实非常单纯。

1986年春节后不久，丁冬在洪州电子元件厂办了停薪留职手续，到特区闯世界。这个自带老板气质的肥仔却没人敢请，从老区带来的钱很快被5块钱一碗的面条压榨殆尽，雄心壮志的胖子沦落到在大排档捡啤酒瓶度日。中国的《易经》讲相生相克实在是至理，发现丁冬的天赋的，是一对精瘦的合川兄弟，哥哥叫朱蓉生，弟弟叫朱锦生。这天，哥俩在大排档喝啤酒庆祝做成一单生意，无意中看到丁冬肮脏的衬衣胸前印了几个字：国营洪州电子元件厂。再仔细打量，了不得，捡个啤酒瓶都那么有老板派头！于是，哥哥一把抓住丁冬的手："来不来我们公司，我们是环球电器贸易公司，底薪100块一个月，还有提成。"

朱家兄弟成了丁冬到特区的第一个老板，也是贵人。世事沧桑，命运跌宕，丁冬与朱家兄弟的友谊始终如一。

正是这种发自内心的感恩，丁冬声情并茂、添油加醋把自己的公司描绘了一番。

徐洪波是记者，对什么都感兴趣，他听得津津有味，完了评论道："没想到你们一年竟然能干一两千万，真不能小看你们呢。"

丁冬鼻子翘上了天："那当然，特区嘛！"

徐洪波没来由地叹口气说:"咱们洪州那么多国营企业要都像你们,早实现'四化'了。"

丁冬"哧"地笑一声:"他们?他们就不是做生意的人,他们只会等着国家给他们下计划下指标,等国家的指标来,到2000年也看不上电视。哎,忘了跟你说,我刚刚给我的老东家洪州电子元件厂搞了2000套电视机彩管,他们今年的日子好过了。我们厂长还说要请我吃饭哩。"

彩色显像管占彩电价值的64%以上,是国家严控的生产资料,丁冬这种人能搞到,十有八九是走私。徐洪波毕竟刚到特区,根本不知道个中水深水浅,只想为国营厂买生产资料是办了件大好事。他欣喜地看着丁冬,说:"行啊,你这胖子,看上去傻乎乎的,没想到干了这么大的事。你跟我详细说说,我写篇文章,发回昌江去,让咱们省报给你报道一下。哎呀,一个洪州的落后青年,到了特区思想觉悟发生了这么大的变化,主动支援老区的'四化'建设,这是什么精神?这是身在特区情系家乡的精神啊!"

丁冬一听说写新闻,脸都白了,连忙按住徐洪波取采访本的手。他实在说不出口。这次从洪州回来,他的经历混杂着噩梦和荣耀、扭曲与痛快。

丁冬回洪州,跟同学说是搬家,其实是根据朱家兄弟的安排,游说洪州电子元件厂给他开张证明,委托特区环球电器公司购买2000套彩色显像管。开始,丁冬以为老板是因为有彩管脱不了手,要找内地厂家接盘,便颠颠地回洪州了。洪州电子元件厂的厂长孙家勇宁可相信有鬼也不相信丁冬能搞来彩管。但最终他还是屈服了,这些年生产不景气,能装配2000台内地紧俏的彩电,起码一年的工资是够发了。孙家勇收下了丁冬送上的一台特区产的电视机(当然,第二天他搬到厂会议室去了),吩咐厂办公室给丁冬开张证明。

丁冬揣着这张证明,和老同学一起回到了特区。

回到特区,丁冬发现事情和他想的不一样。朱蓉生让他穿上胸前印有"国营洪州电子元件厂"字样的厂服,和一个叫于丽丽的可疑少妇请汕港电视机厂厂长助理王及第喝酒。王及第见丁冬穿着内地工厂的厂服,人又木讷,完全符合他心目中内地人的风格,便放松了警惕,欣然赴约。丁冬和于丽丽在粤丰酒楼订下一间包房,丁冬以他的海量,很快把东北人王及第喝得七荤八素,连连讨饶,坚决不再喝下去。喝得脸红耳热的于丽丽脱掉上衣,白花花的大臂膀晃得两个男人眼花缭乱。于丽丽一把抱住王及第的头,说:"你不喝老娘就灌了。"说着真像给小孩喂药似的给王及第灌酒。说时迟那时快,包房的门突然被推开,三个黑衣人闯了进来,其中一个拿着照相机"咔嚓咔嚓"地给这对看上去像在拥抱的男女立此存照，另外两个扑过来，照着王及第就是一顿拳打脚踢，说："竟然敢泡我的马子……"说着又叉着于丽丽的脖子，把她推到门外去了，不知所终。

丁冬从来没见过这阵仗，吓得瘫倒在地，尿都流出来了。三个黑衣人却没为难他，而是晃着照相机对王及第说："是去派出所还是回去把你们彩管的提货单给我拿出来。"

丁冬后来才搞清楚原委：汕港电视机厂是一家来料加工的电视机组装厂，组装一款叫"歌乐"的彩色电视机。和其他一些"三来一补"企业一样，汕港也经常虚报损耗，多进少出，把一部分产品销往内地市场。当年，拜特区各路大神运作，很多电器如彩电、录音机，都是特区生产，转口香港销往世界，但不少过了海关又流回特区。为此，20世纪80年代中后期，内地学者甚至香港媒体人没少诟病特区是滋生走私的沃土。朱家兄弟的环球电器公司向汕港电视机厂订了2000台"报废"的歌乐21英寸彩电，毛利差不多200万。内地一家效益不是太好的千人大厂刨去人吃马喂，一年的利润也不过如此。谁料想，被一家刚刚成立的潮州人的公司——富美电器公司给截了。朱蓉生通过道上的朋友好不容易了解到，富美的老板是汕港厂港方厂长陈祖模的亲戚。于是朱蓉生决定让丁冬化装成内地采购客，把汕港电视机厂保管彩管进货单的厂长助理王及第勾出来，让他"被嫖娼"。

行动非常完美。王及第连夜带着黑衣人回厂部，从保险箱里盗出了绝密的、没有海关签章的5000套彩管的提货单。第二天，朱蓉生拿着这张提货单找汕港厂的港方厂长陈祖模谈判。陈祖模的嘴歪得难看，把胸脯当鼓打，承诺原来签的合同没有失效，2000台"报废"歌乐准时交付。

就在两人端起酒杯一笑泯恩仇之际，一个穿着胸前印有"国营洪州电子元件厂"的厂服的肥仔飞也似的扑过来，一把抱住朱蓉生，大声喊道："朱老板，好不容易找到你，你答应的彩管什么时候给我啊，我可不能再等下去了。"

朱蓉生挣扎着想逃，说："丁经理，我把钱都周转了，缓一个月。这不，我刚刚跟这位大老板谈好了一笔生意，马上可以还你钱了。"

肥仔死死揪住他："我不要退钱，我只要彩管，我们厂都揭不开锅了，就等着这批彩管救命呢！价格好商量嘛。"

"你把我杀了吧，我哪里有彩管啊！"

"朱总，你当时要我先打款过来可不是这样说的呀。我在特区住了半个月了，靠捡啤酒瓶才有住店的钱，你要给不了我彩管，回去我和老婆都要被炒鱿鱼了。"说着竟"扑通"给朱蓉生跪下来,眼泪哗哗地流了出来,并且很快哭出了声。肥仔个子大,哭声也特别巨大,简直就像传说中的狼嚎,引得周围的人都来看,场面大乱。

"这这……"朱蓉生强行要拉肥仔,以他的体格根本拉不动这个重达100公斤的大汉,只好哭丧着脸对陈祖模说:"陈老板,你看,救人救到底,送佛送到西,你帮我个忙吧,再给我2000套彩管,价格好商量。我保证一张纸片都不留。"

肥仔一听这话,马上不哭了,就地给陈祖模跪着:"你有彩管,哎呀,你是我们厂的大救星啊!我给你磕头!"

陈祖模何许人也,他冷漠地看着两人的表演,心里把朱蓉生100代以来的女性亲属都问候了个遍。

朱蓉生出了一身汗,心里却对丁冬的机智佩服得不行。这一来,他做成了两单生意。

瞧瞧,这哪是徐大记者说的"支援老区'四化'建设",分明是一桩丑闻好吗!丁冬生怕徐洪波再问下去,连忙拉起他:"走走,你的芳姐应该快到了,咱们快走!"

"你急什么,这是好题材呀!"

第十二章　饭局都是生意

说话间,丁冬已经载着徐洪波来到了一条小街,映入徐洪波眼帘的,是一个很典型的充满南国市井气息的场面:一条不宽的小街,两边全是用铁架和木板搭起来的大排档,每个大排档都挂着一盏雪亮的电灯,照着大排档上看上去很新鲜的虾、鱿鱼、八爪鱼、各种蚌类螺蛳,潮州卤水,客家河粉,穗城烧鹅,每一个大排档都围满了食客,热气腾腾。

丁冬在路口停好车,拉上徐洪波就往里走:"我约好了一个档口,芳姐和熊立伟应该到了。"果然,没走多远,就看见芳姐和熊立伟站在街头东张西望。徐洪波迎上前,跟芳姐抱歉地说去看丁冬的公司了。刚说话,身后传来一阵喧闹,回头一看,只见几个卖花的小女孩不约而同抱住了丁冬的大腿,用肃江话大喊:"老板,给这个小姐买束花吧。"

徐洪波和熊立伟都吃了一惊,芳姐则笑得合不拢嘴,赶紧把他俩推开,让那些卖花女缠着丁冬一个。"谁让他那么肥,一看就是老板。"大家都笑了。丁冬苦着脸,买了一大束花,送给了赵丽芳,然后吼着那些小孩:"不许再找我们了!"

赵丽芳抱着花,笑得花枝乱颤。

乱了一阵,四个人才找到档口坐下。芳姐盯着丁冬说:"说好了,今天我请客,你别抢哈!"丁冬满不在乎地说:"谁请不一样啊。"徐洪波有心要炫耀一下自己到特区来后的成绩,就扭头对芳姐说:"芳姐,还是让我请你吧,我赚了不少稿费呢。"赵丽芳用赞许的眼光看着他,说:"对呀,洪波,你真是个才子。你写自行车厂的那篇文章我看了,写得太好了,像小说似的。"徐洪波顿时满脸放光,他要的就是这种结果,文章就要美人赏啊!特别是芳姐……不过,他还是决定表现一下自己"伟大"的谦虚,谁知丁冬突然插了上来,说:"对呀,我从不看报,洪波来了以后我才看《特区日报》。你那篇什么'环法赛道的特锐',真写得好。要说我们厂也有这样的能人,熊立伟就算一个,就是没人带着他们干。"

徐洪波瞪大眼睛看着丁冬,没想到这小子不学无术,竟然是最懂他文章的。他兴奋得抄起一瓶啤酒敬过去:"丁冬,你能成为我的知音太难得了!"

丁冬听到夸奖,眼睛笑得只剩下两道缝,一口闷了一瓶。他擦擦嘴,把头伸到徐洪波耳朵边:"洪波,你跟华夏自行车厂的人很熟吧?"一句话又把自己打回原形,徐洪波好没趣地嘟了下嘴,虚应着:"认识了几个人。"丁冬觍着脸,说:"你能不能帮我搞辆他们的自行车。"

"不可能,他们的车都是出口创汇的。"

"一般出口企业都有一些出口转内销的指标的,有点质量问题的也不怕。"

徐洪波还是摇头:"我刚来就搞这个不好。你要理解。"

丁冬翻翻白眼,没趣地说:"那算了。"

徐洪波见状有点过意不去,就说:"你都有大摩托了,还要这么高级的自行车干吗,骑不上一天就会被偷掉。"那些年,特区自行车被盗十分严重,有段子说:没被偷过自行车的人不能叫特区人。

丁冬咧嘴:"我不是自己骑,是想回去换一辆凤凰。"

徐洪波说:"你这不是脱裤子放屁吗,买一辆凤凰不就完了?"

丁冬说:"你站着说话不腰疼,你们干部要什么有什么,我们这些贫民窟出来的,有些东西有钱都买不到。凤凰就不是我们这种人能买到的。"

"你为什么非要凤凰……"

"我……"丁冬情绪有点激动。他张罗这顿饭还真是有小九九,那天,他一看到徐洪波写的自行车厂的报道,就存下了一个心眼,让徐洪波帮忙买一辆紧俏的山地车。原来想等徐洪波酒酣耳热的时候说的,这不话到嘴边了,他就张口了,没想到徐洪波这么坚决地堵了回来。他好生郁闷。

"我就想死都要给我爸爸买一辆凤凰。我记得我大概读三年级的时候,我们邻居家有一辆老款的凤凰28,放在门口,我不小心推倒了。那辆车的大梁在石头台阶上磕了一下,擦掉了一块漆。他妈的算什么事。我们邻居跑出来,抓住我不放,一定要我赔。我爸爸过来说了半天好话才罢休。后来我爸爸一看到他们家自行车脏了就帮他擦,每次都擦得亮亮的,擦了一个月啊。擦得那人最后不好意思了。"

丁冬说着说着眼圈就红了,说不下去。

举座默然。

丁冬擦了一下眼睛说:"你们不知道那些天我多难过,我经常到咱们五金交电公司大楼去,去门市看那些自行车,就看凤凰牌,心想什么时候我也能买一辆新款的,气死那个人。可是我买不起,更买不到。"

徐洪波心里酸酸的,过了会儿,他拍拍丁冬的肩膀说:"我明白了。先别急,让我想想。"

"凤凰牌自行车……"

徐洪波脑子里总浮现出丁冬爸爸帮人擦自行车的场景,他一直在想着怎么开口让高贵生帮丁冬搞到一辆华夏山地自行车。这刚想着,高贵生电话来了,说不能再等了,今天务必请徐记者喝两盅,地点就在离特区日报不远的粤丰酒楼,还说你多带几个朋友都没关系。徐洪波一听,计上心来,乐呵呵地满口答应了。然后又连忙打电话给丁冬,约他晚上一起吃饭。丁冬爽快地说:"好,你定地点,我请你。"徐洪波说:"不是你请,有人请,你到我报社来就行。"

傍晚,两人来到粤丰酒楼,高经理和一个满脸堆笑的中年男子在酒楼门口恭候他们,见面,双方互相递名片,那个中年男子接过徐洪波的名片,看了又看,连声说:"徐记者我仰慕已久了,你的文章写得太好了,太有文采了,真像我们向总说的,是《哥德巴赫猜想》啊,我女儿把你的文章当范文天天读呢。"

徐洪波向两位介绍了丁冬,特别说明他是自己的中学同学。

接过丁冬的名片时,中年人看都没看就放进了自己的裤口袋。然后,他给徐洪波和丁冬发了自己的名片。徐洪波一看，原来此人是华夏自行车公司的销售部总经理刘吉。

高贵生见徐洪波在关注刘总经理的名片，连忙介绍说："刘总可是我们公司的大人物啊，我们两个多亿美元的销售额都是刘总做出来的。"

刘吉谦逊地说："哪里哪里，都是领导的指导，同事们的努力，我就是一颗小螺丝钉。"

丁冬早已满面潮红，他已经嗅到了华夏山地自行车的油漆味了。

"洪波真够朋友。"他心说。

一行人簇拥着徐洪波走进了包厢。

特区最大创汇企业的销售老总出马，气魄就不是一般的大，他订的包间比实际需要的大得多。与其说是包间，不如说是一个厅堂，铺着厚厚的红地毯，中间是一张可供十多人用餐的大圆桌，桌上摆上了四套餐具和高脚酒杯，四周是欧式的沙发和茶几，墙上还挂着世界名画（临摹的），一角放置了一张麻将桌。一进门，刘吉就指着麻将桌问徐洪波："来几圈？"徐洪波笑着说自己不会。刘吉只好用商量的口气说："那咱们就喝起来？"没等徐洪波说话，他就对等候在一旁的服务生打了个手势："上菜！"

顿时，人参家鸡老火汤、澳大利亚老虎斑、泰国基围虾、挪威三文鱼刺身……依次上桌，法国XO也斟上了。高贵生自己把面前的高脚杯灌了半杯洋酒，举到徐洪波面前，诚恳地说："徐记者，别的都不说了，说什么也不如向总夸你夸得好。我老高有眼无珠，今天借刘总的酒向你赔礼，请徐记者多多担待。这杯我干，你随意！"

徐洪波也端起酒杯，对高贵生说："高经理言重了，高经理那么配合我，安排得那么好，我还要感谢您呢。"

一杯下肚，高贵生又说起徐洪波的"哥德巴赫猜想"，又打听徐记者跟大作家徐迟是不是亲戚。徐洪波自然是不认的，丁冬也作证说徐洪波在中学就是才子，又考上京城大学中文系……

四个人吃着海鲜，喝着XO，不知不觉酒酣耳热，话题也更广泛。徐洪波这才听出，原来这顿酒是刘吉的销售部请客，而刘吉请酒，竟然是因为他女儿。刘吉的女儿已经读初中，热爱文学，写了不少小说散文什么的，就是没发表过。刘吉突发奇想，请徐记者帮个忙，推荐一下他女儿的文章到《特区日报》上发表。

听高贵生支支吾吾地说出真实意图，徐洪波哭笑不得，心想不就在副刊发篇习作吗，这些企业人士竟然搞得如此惊天动地。他还没来得及说话呢，丁冬大包大揽地说："小事一桩呀，徐记者是报社总编的嫡系！"

刘吉用崇拜的眼神望着徐洪波，说："那是那是，看徐记者写的大文章就知道，徐记者在报社肯定是首席大记者了！"

徐洪波羞得要钻地毯，他连忙答应帮忙把刘小姐的大作推荐给副刊，而且承诺一定可以发表一二。这点他倒是有底气，副刊的编辑是钟传杰主任的太太，他又是钟主任的"嫡系"，在副刊发篇文章是没问题的，大不了亲自帮她改改。

刘吉乘机拿出一摞他女儿的习作，交给徐洪波，一迭声说："徐记者你批改一下，实在不行就撕了，别为难啊。"徐洪波也一迭声答应说："不为难，不为难，举手之劳。"说完，他便连忙岔开话题，关心起自行车厂的大事来："你们公司生产的车都是出口的，有没有出口转内销？"刘吉说："很少，国内目前很少有人消费得起山地车。"

徐洪波说："现在特区人的生活水平还是比较高的，应该消费得起吧。"

刘吉说："当然主要还是我们出口任务重，没有多余的车提供给国内。现在京城浦城布了一些，省城有一点，其他地方基本就不可能了。"

徐洪波已经帮着把话挑明了，大家也都喝得脸皮发红，丁冬小心地把头凑到刘吉面前，问道："刘总，您是销售公司的老总，应该有点指标吧，您能不能给我……批一辆山地车。"

刘吉猝不及防，被呛得直咳嗽。高贵生笑得差点栽倒在桌子底下，过了好一会儿他才装模作样地板起脸，挖苦丁冬说："这位胖兄弟，不带这样骂人的哈。他是谁，我们的销售老总啊，每年经他手的车可是30万辆，几亿美元！你见到刘总只要一辆车，这不是骂人吗？"

丁冬听出高贵生话中有话，连忙把头向刘吉凑近了一点，吓得刘吉躲闪不及。丁冬说："那，您能给我批多少？"

刘吉端起茶杯喝了一口茶，恢复了元气，便从裤袋里掏出丁冬的名片看了看，然后喃喃地说："你们这个公司规模应该不大吧？多了可能也消化不了，这样吧，给你10辆'阿美达'吧。再多我真有点为难。"

丁冬直接石化了，10辆"阿美达"山地车！

胖子在心里快速地盘算了一把，乐得心脏狂跳几乎昏厥。他恢复平静的办法很简单，拎起XO瓶子，给自己满上，然后举到刘吉面前："刘……刘总，啥都不说了，你是我的恩人。"话音刚落，一满杯洋酒"咕咚"就下了肚。

刘吉摆摆手说："丁经理客气了，你是徐记者的同学，徐记者跟我们向总的关系又不一般，搞点车，举手之劳嘛。"

徐洪波乍听到刘吉要批10辆，有心说不需要，但好在他反应快，知道丁冬是做生意的，这种紧俏货到他手里是有用的，便不吭声。

刘吉掏出一个小本子，写了几行字，无非是特批10辆"阿美达"山地车，给特区环球电器公司，然后签上个"刘"字。写完，他又在底下写了个"外"字并画了个圈。他撕下这页纸交给丁冬，说："你拿这张条子去我们销售部找小戴吧，就说是我叫你找他的。我也会交代他。"

丁冬一把接过来，仔细看了半天，夸张地叹了口气："刘总大手笔，哎呀，什么叫气魄，这就是气魄啊！"

高贵生哂笑道："你不会连这个都不懂吧，有时候条子比红头文件还管用呢。"

一顿饭，双方的事情都办成了。告别后，丁冬见他俩走远了，连忙对着徐洪波一个劲地竖大拇指："徐记者，你是大罗汉（方言，指有江湖本领的人），你在特区想不发财都难啊！"然后他又小声说："事成之后，一定重谢。"

徐洪波笑着说："谢就不必了，你好生给你爸爸送一辆去。"

第十三章　凤凰牌自行车

丁冬一天也没耽误，马上从公司开出了公函和支票，到自行车公司办理了提货手续。

丁冬做事讲究声势浩大，他要以一个光彩夺目的形式处理这批紧俏的自行车。于是，他到了位于龙湖火车站附近的昌江省外贸厅驻特区办事处，让刚认识不久，但没少请吃饭的驻特区办事处主任给洪州五金交电公司总经理张金宝打了个长途电话，然后很快登上了开往洪州的绿皮火车，和衣往卧铺上一倒，呼噜声随即惊天动地地响起。一觉醒来，列车进入了洪州。回家放好行李，就晃荡着肥大的身躯，去了洪州五金交电公司。

洪州五金交电公司在洪州最繁华的中山路上，是洪州最大的国营日用电器和交通器材商场。丁冬大摇大摆，直上公司三楼，找到办公室，推开虚掩着的门，又敲了敲，一个年轻姑娘抬起头来，冷冷地看了他一眼："找哪个？"

丁冬一见美女声音就柔和了，像所有求人办事的人一样捏着嗓子说："我找张总。"姑娘说："你是谁？"丁冬又说："我是张总朋友的朋友，从特区来的。"

"特区"两个字引起了高冷姑娘的一点注意，她多看了几眼丁冬，然后站起身走了出去。不一会儿回来了，对丁冬说："张总开会去了，胡经理接待你。"

丁冬未置可否，跟着姑娘到了胡副经理办公室。

胡副经理是一个年纪比丁冬略大的年轻人，看上去应该是洪州的潮人，穿格子衬衣，深色西裤，尖头皮鞋。丁冬呢，还穿着洪州电子元件厂发的厂服，款式和质地与胡副经理一比，高下立见，丁冬这种厂服式衬衣，明显属于衬衣鄙视链的最底端，何况胸前还印了字。

胡副经理接过丁冬递上来的名片，草草看了一眼，又仔细打量丁冬的着装，用不确定的口气问道："丁经理是洪电的？"

丁冬嘿嘿一笑，在胡副经理办公室的藤椅上坐下，说："是啊，停薪留职去了特区。"

胡副经理点点头，不无嘲讽地说："丁经理到了特区也不忘本呀，你们厂找我们代销收音机的人现在都不穿这种衣服了。"

丁冬露出尴尬的模样："我的关系还在洪电。胡经理这衬衣要20块钱一件吧？"

胡副经理颇有派头地抻抻领角，说："25。"

丁冬说："哇，我们连西装一套才40块钱，还是厂子效益好的时候发的。"

胡副经理语言轻佻地说："那怎么能比。不过丁经理到特区发了大财吧？"

丁冬换上苦大仇深的表情说："哪里哦，都以为特区是钞票厂，去了就有钱捡，其实像我这样的人都是混口饭吃。还是你们好，工作又闲，奖金又高。"

胡副经理在气势上已压了特区来的人一头，心满意足地跷起了二郎腿，脚上的尖头皮鞋也抖了起来，这双皮鞋看上去也比丁冬的皮鞋贵得多。不过现在不是晒宝的时候，要赶紧把这个特区来的穷小子打发走才是，于是他板起脸来，不冷不热地问道："丁经理有什么事要办？"

"我想买一辆凤凰自行车。"

"噗！"胡副经理正端起茶杯喝了一口茶，一听丁冬这冒冒失失的话，一口好茶全都喷了出来。无耻的人他见得多了，但无耻到这么没底线他头一回见：穿这样一件破厂服，就想买凤凰？"不可能！"他几乎是尖叫道，"干部都分不匀，还有车给你？"

丁冬一副蠢相："我刚才在楼下，看见摆了很多凤凰啊。"

因为张经理交代过是朋友介绍来的人，所以胡副经理只好耐心地说："那都是计划的，你有市领导的批条吗？有商业局的条子也行。"

丁冬鼓起眼睛摇摇头："没有，我有那个本事就不用麻烦胡经理了。"

分明是个神经病！胡副经理站起身来，要送客了。

丁冬说："要不我等下张经理？"

"张经理在市里开会，今天不回来了。没有条子谁都没办法给你凤凰。这是洪州最紧俏的商品，哪能随便卖给你。"

丁冬无奈地站起身来，口中喃喃地说："这么俏啊，比特区的'阿美达'山地车还俏。"

胡副经理一脸不屑的样子说："你要是能搞到'阿美达'，一辆换两辆。"

丁冬哆哆嗦嗦地从包里掏出一份华夏山地车的车型介绍，递给胡副经理，指了指"阿美达"山地车，说："你看看这个能不能换。"

胡副经理一脸不屑地接过来，看了一眼，脸上马上白一阵红一阵，他看看丁冬身上的厂服，又看看他那张蠢脸，口气还是不屑："你有'阿美达'？"

丁冬怯生生地说："要不，就一辆换一辆？"

胡副经理一把把丁冬按在藤椅上："你等一下。"说完，飞也似的跑了出去。不一会儿，一个身材高大的黑汉子打着哈哈进来了，还在门口就伸出了双手："哈哈，是丁经理吧。怎么不到我办公室去坐呀。万主任说你是他的朋友，万主任的朋友就是我老张的朋友嘛。来来来，到我这边吃茶。"

丁冬知道这人就是张金宝了，他心里问候了几句对方的女性亲属，不过脸上还是堆满了笑容："张总这么忙，一点小事怎么好意思打扰你。"

张金宝拉着丁冬的手往自己办公室拽，一边说："见外了，见外了，丁经理是特区来的，正好来给我们老区人民介绍一下改革开放的经验。"

办公室的高冷姑娘看到一把手出面了，连忙跟过来泡茶。

张金宝的办公室比胡副经理的明显大了许多，还配了沙发，张金宝把丁冬让到长沙发上坐定，迫不及待地说："丁经理手上有'阿美达'？"

丁冬说："不多。"

张金宝说："不用多。哎呀，我的女儿哦，中学毕业了，想死了要特区的洋货，就看中了这款车，你说，我在落后地区，到哪去搞？"

丁冬又恢复了他憨憨的模样："怎么，张总只要一辆？"

张金宝一愣，还没反应过来，胡副经理早抢过话头："还有啊？我也要一辆。"

高冷姑娘把茶倒在了地上,嚷嚷起来:"我也要!"

丁冬伸出肥肥的手指,点着他们三个:"一、二、三,三辆。张总,你们要得太少了吧?"

张金宝彻底傻了:"你说什么,你有很多?"

丁冬面无表情,从包里掏出一个大信封,边递给张金宝边说:"我们公司也做机电产品生意,我在特区就想给家乡做点贡献,这次,我想丰富一下家乡人民的物质生活,搞了一些最新款的'阿美达'山地车,你看,10辆。如果张总要,马上就可以发货,钱嘛,你们收到货以后再付也没关系,家乡人嘛!"

张金宝一听是10辆"阿美达",倒冷静下来:骗子!

他把信封里的文件看了又看,然后说:"你先坐一下。"说完就走了出去。丁冬知道他干吗去了,不慌不忙地端起茶杯喝起了茶。胡副经理和高冷姑娘——现在她满脸通红,目光如炬地盯了丁冬的一举一动,生怕他变卦。

经理室静得掉一根针都会产生大爆炸的音效。

过了好一会儿,走廊上终于传来一阵急促的脚步声,张金宝满脸堆笑回来了。"哎呀,丁总,你是真人不露相啊。小胡!"他叫胡副经理,"你去望江楼订个房,晚上为丁总接风!"

丁冬连忙摇着手说:"不必了不必了。"

张金宝说:"一定要去,孙厂长,孙家勇也要过来。"

丁冬一听自己的前老板、洪州电子元件厂的厂长孙家勇要来,心下高兴,就说:"那我就留下来陪一下孙厂长吧。"

张金宝说:"哪里话,你给洪电立下大功了,孙厂长还要感谢你呢。"

高冷姑娘不失时机地说:"张总,我要一辆'阿美达'呀!"

张金宝笑嘻嘻地说:"那就看你晚上能不能陪好丁总了。对了,丁总,这是我们办公室的小陶。"

丁冬赶紧跟小陶打个招呼。小陶得到这样的指示,心里一块石头落了地,冰山秒变雪莲。

丁冬对张金宝说:"张总,你们公司是洪州最大的五金交电公司,以后我们还有很多合作项目,这次我只是投石问路。你知道,这种车都是出口,国内没有销售,我是费了很大的劲搞来的。"

张金宝频频点头,说:"有数有数,你们孙厂长也说了,丁总是个人才!你看,你到特区这么短的时间,就连只供出口的'阿美达'都搞到了,了不起呀!你还能想到家乡父老,这太让人感动了。哎呀,要是咱们洪州的人才都能像你这样有觉悟，何愁到本世纪末实现不了'四化'！"

"是啊，是啊。"胡副经理和小陶也像鸡啄米似的对着丁冬点头。

丁冬摇着胖手，一脸害羞的样子说："我做得还不够。"

一个工人模样的男子气喘吁吁地跑到张金宝的办公室来，在他耳朵边嘀咕了几句什么。张金宝一脸又惊又喜的样子，看着丁冬，丁冬若无其事地问道："是货到了吗？"见那个工人点头，丁冬对张金宝说："我随身带了一辆跟我同车回来，是专门给张总的，交个朋友。"

张金宝连谢谢都忘了说，就往楼下跑，一干人跟着他飞奔下楼。果然，在门市上放着一个白木箱子，上面贴着一张崭新的红白相间的标签，写着密密麻麻的英文。张金宝把脸凑过去，一下子就闻到了烤漆和机油好闻的味道。丁冬笑着说："张总，叫他们打开箱子，马上可以安装了。"张金宝看了一眼大家，叫了两个老师傅过来，吩咐他们赶快把车装起来。吩咐完毕，他双手紧握住丁冬的手，像是泣不成声地说："兄弟，你真是兄弟。啥也别说了。这样，这里的凤凰，你拿两辆走。我说了，两辆，你拿两辆走。"

丁冬一想，一不做二不休，干脆，男式女式各一辆吧。于是他迟疑地问："张总，我能不能要一辆男式的，一辆女式的？"

张金宝二话不说，又叫来两个人，吩咐道："马上给丁总装两辆，一男一女。"

丁冬说："那咱们先去签这批车的合同吧，签了我马上叫特区那边发货。"张金宝连声说："好好好。"

签完合同，一干人坐上张金宝的北京吉普，向望江楼驶去。洪州电子元件厂厂长孙家勇的北京吉普已经停在酒楼门口，孙家勇一边抽着烟，一边有点焦急地看着路上的车。

当晚望江楼一片欢声笑语，出人意料的结果是丁冬被放倒了；不可想象的情况是他是喝啤酒喝倒的；难以启口的原因是他是被小陶，那个高冷美女灌倒的；最不可思议的是，当时的场面是小陶用大碗，丁冬用杯子……

总之，丁冬被小陶玩残了，不过这丝毫不影响他第二天兴冲冲地骑着一辆崭新的凤凰牌男式自行车，右手还牵着一辆女式的凤凰牌自行车，稳稳地荡进了洪州老城区里的一条小巷，还在巷口，他那堪比巨大的音箱的大嗓门就扯开了："老爷子哎，快出来接车子哦！"

丁冬叫了两三声，从一栋破破烂烂的小炮楼一样的民居里才传出一个底气不亚于丁冬的声音："吵什么？接官啊？这么大声。"

一个面相和丁冬相仿的老胖子走了出来，两辆自行车的前轮同时直抵他的裆部，把老人吓了一跳："搞什么呀？哎？凤凰啊，哪来的？"

丁冬说："买的啰，街上有这么新的车子偷啊？"

丁父丁道福的声音温柔了很多："买的呀，哪里买的？"

丁冬的嗓门又大了起来："市五金交电公司啰。"说着，他还不住地瞟一眼对门，那家的男主人，也是个老头，果然探出头来。

"总经理亲自批给我的！"

丁道福双手在裤子上拼命擦了擦，有点胆怯地抚摸着锃亮的自行车龙头，好一会儿才问："怎么两只？"——洪州话喜欢用"只"做量词。

丁冬说："人家就要批我两只了，我想也好，你一只，娘一只。"

丁道福顿时恢复了威严，骂道："你发了疯啊？一家人一只就够啰，不要钱的呀？一买就两只。去退掉去退掉！"

丁冬说："你恴是特区来的呀，有的是钱，朋友又多，怕什么！"

丁道福看着儿子那趾高气扬的模样，有一种想哭的感觉，忍不住小声骂一句："你就会梭泡（洪州方言：吹牛吹得口角有泡沫），从小就梭泡。"

第十四章　阿梅，以及廖志刚

芳姐结婚了。

乍从丁冬手里接过署着廖志刚、赵丽芳大名的请柬，徐洪波的心狠狠地抽搐了一阵。他早知道芳姐要结婚了，她不就是为了未婚夫来特区的嘛。芳姐比他和丁冬大一岁，算起来也到了结婚年龄了，而且听说那个廖志刚是昌江的一个老干部的儿子，和赵家很有些渊源，甚至可以说两人是青梅竹马。可是真的临到这一天，徐洪波还是像突然被抽了魂魄，他瞪着眼睛，却似乎什么也看不见，只有一个始终魂牵梦绕的白色倩影飘然入云，身外的世界一片空蒙。

丁冬小心地不跟他说话，悄悄地走了。

到了日子，芳姐和廖志刚站在粤丰酒楼门口迎宾。穿着婚纱的芳姐像个小仙女，恰如少年徐洪波灵感大发时形容的璀璨的"夜明珠"。她秋波流转，藏在又浓又密的睫毛里的月牙眼有点羞涩地微笑着和人们打招呼，那风姿、那神态、那眼中的粼粼波光……

徐洪波仿佛入定了，藏在距离她好几十米的一棵大榕树下，不动了，眼勾勾地看着远处那个美丽的幻影般的人儿。他很想说服自己别过去了。他呆呆地站在那棵榕树下,垂头丧气地看着远处的芳姐发呆。好一会儿,他才看到丁冬走出酒店,跟芳姐在说着什么。不一会儿,丁冬径直向这边走来,东张西望。徐洪波有心躲避,但又迈不开腿,只好喊住他。丁冬一看见他,连忙说:"走啊走啊,就等你呢!"

徐洪波苦笑道:"丁冬,要不你帮我把这个红包带给芳姐,我就不去了。"

丁冬一把拉住他,着急地说:"开什么玩笑,来都来了。你怎么……算了,你又不是不知道人家有老公的。"

徐洪波回过神来,懊丧地拍拍脑袋:"也是。"还是不动身。

丁冬叹口气,突然说:"洪波,你和芳姐,你们……没什么吧?"

徐洪波何其聪明之人,他看了一眼丁冬:"什么意思,什么有,什么没有?"

丁冬的眼睛里露出一丝狡黠。"老廖很早就来特区了。我看过你写的芳姐事情了,她们医院和你们报社又近,我不信你们没来往过。"

天黑了,徐洪波脸红看不清,笑声有些尴尬——上中学时,他们也这样谈论芳姐,说:"真没什么,就握过一次手。"

"啊,怎么握?怎么握……你别磨叽!"

"其实上大学后我也没见过她。1984年,老市场发生了一场大火,那场大火你应该知道,震惊全国。当时,我记得出动了好多消防战士,省市的几家医院也出动了,我被派去现场采访。我赶到时,正好一批伤员被抢救出来,其中有一个躺在担架上,一身烧得黑黑的,样子很惨。抬他出来的那几个战士一路喊着:这人不行了,这人不行了!这时,一个医生带着护士冲了过来,叫战士把担架放下。那个医生用手捏开伤员的嘴巴,用棉签往里抠,抠出了很多黑黑的脏东西,然后拼命按他的胸,给他做人工呼吸,做了一阵,又换上一个护士,她按了一阵,突然一把揪掉口罩,这时我才看清她是芳姐,她是省人民医院急救科的护士。她俯下身子,嘴对嘴就给伤员吹气,不一会儿,那个伤员就剧烈地咳嗽起来……看到芳姐时我就没动窝,一直用照相机对着她。把这个过程都拍下来了。

"回到报社,我把照片冲洗出来。照片中的芳姐脸上沾满了黑灰,白色的护士服也脏兮兮的,但都掩盖不了她的美。最后我没有选那些吹气的,而是选用了一张她抬起头来那瞬间的,焦点就是她那双眼睛,那么圆,那么亮,那么纯。

"照片洗出来，我和编辑部的同事都有一种感觉，它一定会打动人心的。我们老总看了也很感动，破例在头版给放了一张四栏图，题目是《美丽的心灵》。报纸登出来的当天，就有好几千读者给我们报社打电话，希望去慰问这位有着美丽心灵的护士，要向她学习。我于是又专门到省医去采访她，写了一版报告文学，题目是《天职》，因为她跟我说，她所做的完全是一种本能，是护士的天职。我就以此做了题目，登在省报上，又引起了很大的轰动。这样一来二往，我们又好像回到了中学时代。

"省医离我们报社不远，我就找各种借口去看她。有时分手了，我还舍不得走，就在门诊部周围转悠，希望再有什么借口进去看她。

"直到有一天，我们在省医院子里慢慢地散步，那天，她情绪很不好，我们久久不说话，就这样走啊走啊，后来，她一把抓住我的胳膊，对我说：我要调去特区了，我男朋友在那。我没法形容我当时的心情，只是一把抓住她的手。她背过脸去，也不把手抽出来，让我抓着……我忘了我们是怎么分手的……"

"完了？"

"啊，完了。"

"后来就没别的了？"

"没了。"

丁冬哈哈地怪笑起来："你们读书人真没劲，你真没劲。"

徐洪波懊恼地拍拍脑袋："那我还能干什么？我不是还太嫩嘛。"

丁冬两只手朝上伸了个懒腰，说："算了算了，芳姐都急死了！走吧，快开席了。"

徐洪波说完了，又让丁冬抢白了一通，心情好了一些，就挺直腰杆，跟着丁冬过去了。

芳姐婚礼包下的大厅早已坐得满满的，他们被安排在前三排靠墙那一桌。两人急急坐下，徐洪波这才注意到丁冬身边坐个小巧玲珑的姑娘，她有着一张俊俏的瓜子脸，大大的双眼微微凹陷，清澈得如水晶一般，两颗黑亮的眸子看一眼就让人难以自拔；她的嘴唇饱满，假装生气时一嘟起来就像一朵含苞欲放的花蕾。

见老同学在注意这个姑娘，丁冬的大脸充满了血，他看一眼姑娘，又看一眼徐洪波，小声说："我的房东，阿梅。"

"哦——"徐洪波、熊立伟讪笑着，夸张地叫了一声。丁冬脸更红了，阿梅也脸红红的。

阿梅是丁冬的房东林先生的独生女，读到高中，林家两口子见她实在不是读书的料，便在家里开了个铺头让她守着。正值青春年少，却当起了女掌柜的，阿梅好生郁闷。就在这时，丁冬来了，这个傻白甜的大男孩就擅长和女孩子打闹，不出三天两人就混得难舍难分。丁冬以阿梅为骄傲，一直想找个机会让她在朋友中亮个相，给他挣点分。机会终于来了，芳姐的婚礼，嘉宾云集，丁冬便正式向她发出了邀请，阿梅心性天真，也有心把肥仔当男友，很爽快就答应了。

"阿梅，他们都是我同学，徐洪波，大记者；熊立伟，马上到京城读研究生！他们没我帅，可都比我有学问呢。"

阿梅是守铺头的人，见的人也多，落落大方地和大家一一点头，光笑不说话，大眼睛却闪烁着少女的清纯。熊立伟和徐洪波两人更喜欢她了。熊立伟情商极低，冷不丁来一句："你怎么会看上丁冬？"丁冬还没来得及自辩，徐洪波抢着一本正经地纠正说："阿梅别听他的。丁冬并不像外界传说的那么坏。"丁冬脸上立刻暴汗："谁说我坏了！"徐洪波笑得合不拢嘴，说丁冬："你紧张什么，你要真坏这小子还不敢跟阿梅说呢。"他巧妙地把刚才的玩笑化于无形，然后认真地对阿梅说："阿梅，丁冬人真的不错，又会赚钱，性格又好，又肥，将来你怎么打他都不疼，就像打在被子上。"

大家笑得更欢了。

"对对对！"丁冬刚刚让熊立伟和徐洪波的玩笑吓得发白的脸又红了，这回是兴奋的红，他信誓旦旦地对阿梅说："肥哥这身肉，你看上哪块尽管打……"

阿梅掩口而笑，肉乎乎的小手让一众少男都心猿意马。

这时，司仪领着新人过来了："廖总和丽芳来给你们敬酒了。"

廖志刚，芳姐的丈夫第一次出现在妻子的崇拜者们眼前。

赵丽芳满脸红彤彤地指着身边西装革履却孔武有力的汉子对徐洪波几个说："这是廖志刚，在新坪工业区市政公司打工。"

廖志刚微笑着向大家伸出手去。

廖志刚个子没有徐洪波高，但身材比他魁梧，他脸上焕发着颇有男人气度的宽厚自信的微笑，这笑容能让徐洪波瞬间丧气。廖志刚伸出手和大家握了握，他的手很厚实有力，是那种从事过体力劳动的人才有的劲道十足的手。

"来，我猜猜……"他指着徐洪波对赵丽芳说，"这位一定是你老说起的洪波小兄弟。"赵丽芳笑着点点头。"这个最靓的肥仔，应该是丁冬。"大家都笑了。

丁冬说:"廖总的眼睛真毒,一下子就发现了长得最靓的是我。"

廖志刚说了句:"你目标大嘛。"大家又笑。廖志刚站在徐洪波身边,他嗓门和他人一样宽厚,底气十足。他又一次握住徐洪波的手:"洪波,我一直想找机会谢谢你呢,你在昌江的时候,给小芳写了篇文章,我都看了,写得真好。我都没发现她有这么好呢。"

徐洪波本来对廖志刚有种天然的抵触,凭理智,芳姐站在他面前,就像小鸟依人,老廖那粗壮的胳膊可以轻轻把她托举,老廖的粗犷和芳姐的精致竟然是那么搭,但越是这样越让他觉得沮丧。一听廖志刚说到自己和芳姐最美妙的一段往事,心下戚戚,还有一种莫名的恼火,一时竟不知如何答话,只是愣愣地盯着廖志刚。好在廖志刚已经转向丁冬,正在夸丁冬会赚钱。丁冬红光满面,瞄了一眼阿梅,说:"哪能跟廖总比呀。"他用夸张的语气对徐洪波和熊立伟说:"廖总现在是新坪工业区市政公司的副总了,所有的道路改造工程都归他管,很多道路的新建也少不了他。真正的大老板啊。"

廖志刚仰脸一笑说:"哪是什么老板,我是打国家工的。"

廖志刚敬完酒没马上离开,又和蔼地看了看熊立伟,关切地问:"你是小熊吧,我听说你要考研究生。"

熊立伟说:"正在复习功课,谁知道能不能考上。"

廖志刚说:"祝你考上。特区这些年你们都看到了,对高学历的人才越来越重视了,你有了研究生的文凭,在特区肯定更有前途。"

熊立伟属于那种一根筋的人,没有被廖志刚的这番"鸡汤"灌倒,他若有所思地说:"特区是做生意的地方,像我这种喜欢搞基础性研究的人不一定适合。"

廖志刚笑着说:"做研究要钱支持啊,我看啊,特区以后会是国内资金最雄厚的地方,现在咱们的财政收入差不多相当于内地一些中等的省,可人家的收入要支付一个省的人头费,像什么医生、老师、警察、公务员,还有公用设施建设,人家随便修一条路,也几百公里吧。这样算下来,他们哪有富余的钱。咱们只是支付比一个县多一点的人头费,修路建桥也花不了那么多。省下来的钱,支持你们搞什么研究还不是洒洒水。你们看看香港就知道了,香港几个大学都很棒,新科技也很棒,政府有钱支持嘛。所以说,小老弟,你的前途大得很哪。"

廖志刚是"老特区",又是大哥级的人,所以大家都认真听他讲。徐洪波虽说排斥廖志刚，但对他的这番话却听得尤其仔细，从听说熊立伟要离开特区，他就有一个心结，这特区以后向哪里发展。廖志刚这番话，让他感到些许宽慰。

赵丽芳拉他一把，用嗔怪的口吻说："老廖，你又在作报告了！大家都是老乡，不是你的员工。"廖志刚连忙笑着赔罪，请大家吃好喝好，以后再一起叙叙乡情，说完带着芳姐到其他桌敬酒去了。

第十五章　百里香

芳姐结婚那顿酒，徐洪波喝醉了。但他很快振作起来，用辛勤的写作挤去那个白色的身影。这种日子过得飞快，转眼就到年尾。腊月二十七，鹏港人去楼空，但洪州的三条汉子都决定留下来过年：徐洪波要加班，熊立伟研究生考试就在年后几天，丁冬答应过年带阿梅去新开张的度假村玩摩天轮。三个人决定在熊立伟的宿舍来个光棍团圆。熊立伟是建设公司的，公司开发了一批宿舍房，都是厨卫齐全的，还没分出去，就腾出一些给员工作临时周转房。所以他的住房条件是最好的。

丁冬早早过来了，他带来了一只瓦罐，里面装了一道让他后来在特区声名远扬的洪州名菜——瓦罐汤。他一进门就到洗手间东张西望，最后他拿出两只铝脸盆，拿到房间里问正躺在床上看书的熊立伟："哪只是洗脚盆？"

熊立伟看了看说："一般而言，两只应该都洗过脚。"

丁冬把两只盆都洗了一遍，说："不干不净，吃了没病。"又荡回厨房去了。他往一只铝盆里填上在煤气炉上烧红了的木炭，把瓦罐坐上去，然后再用另一只扣上去。等这一切完成，他也舒舒服服地架着脚，坐在沙发上看起了电视。过了好一会儿，熊立伟突然闻到了一股奇特的香味，他放下书本，像狗一样嗅嗅，喃喃道："什么味儿？"然后循着味道走进厨房，不一会儿，丁冬就听到厨房里"乓"的一声铝盆落地的响声，接着就传出熊立伟的声音："丁冬，你怎么把我的脸盆当锅了。完了完了！"

丁冬满不在乎地应一声："等下吃的时候你就知道了。"

熊立伟用一块抹布夹着一只铝盆来到客厅，"你看你看"。他把铝盆的里侧向着丁冬，丁冬看了一眼，已经烧黑了。丁冬急得跳起来，说："开不得开不得，你怎么揭开了，味全跑光了。"他一把连抹布带铝盆夺过来，又扣在瓦罐上。扔下熊立伟在一旁唉声叹气。

不过丁冬做的这道瓦罐汤果然美味非常，等徐洪波到时，已经可以出锅。徐洪波先行品尝，他尝了一口，咂着嘴赞不绝口："地道，地道。没想到丁冬还得了这道名菜的真传。"

丁冬大出意外，说："还真是名菜啊？"

徐洪波说："你不知道？这道菜是洪州名菜，叫'百里香'。源自宋朝。当年，金人兵临城下，太后逃难南方。路过洪州时，当时的洪州知府进贡了许多鸡鸭鱼肉，供老太后路上享用。因为路上走得急，不能老停船，也就不能及时补充食品，随船的御厨为了节省，就想了个办法，把太后吃剩的鸡鸭鱼肉汤汤水水装进一个瓦罐，晚上就煨在火盆里，第二天再拿出来给随从们吃。这样省下来的新鲜食品就能专供太后一个人享用了。谁知这种用炭火煨出来的杂碎汤香浓异常，老太后闻到，执意要尝尝鲜，结果一吃就上了瘾，一路上她都吃这种煨汤。她的船在昌江走了百里，她就喝这种汤喝了百里，日后回到京城，她亲自命名这道汤为'百里香'。现在只有接待中央首长的昌江饭店才有高级厨师会做这种汤。不好意思，我在采访时喝过，我感觉还不如丁冬做的。丁冬，你真了不起啊。"

丁冬被徐洪波的引经据典镇得一愣一愣的，许久才说："我爸爸做了几十年汤，都不知道有这么个典故。"

徐洪波得意地说："昌江的饮食文化博大精深啊。"

熊立伟笑着说："记者就是记者，见识广，吃得多。"

徐洪波谦虚地说："哪里哪里。"他端起装着白酒的小碗，举过头顶："丁冬、小熊，为我们在特区的第一个春节，干杯！"

"干杯。"

一口酒下肚，又尝过瓦罐汤里的肉菜，熊立伟突然没来由地说了句："要是芳姐在就好了，四人帮啊。"丁冬瞪了他一眼，斥责道："大过年的就不会说些高兴的话。"徐洪波知道丁冬的意思，便呵呵一笑道："过年思念共同的朋友，人之常情呀。别停下来，丁冬，祝你新年发财！熊立伟，祝你考上研究生！"

"干杯！"

又一杯下肚，徐洪波问熊立伟："你考中科院机电所，挺难考的吧。你准备得怎么样了？"

"应该没问题，我觉得很有把握。我跟导师也通过信，谈了一些我的想法，看得出，他挺欣赏我的。"

徐洪波闷闷地喝了口酒，说："那就好。不过呢，我说熊立伟，我对你离开特区还是有点耿耿于怀。你说你才来,还没摸清特区的脉搏就匆匆忙忙走了,是不是有点……"

熊立伟不知怎么回答,心虚口拙地说:"还不定能考上呢。"

徐洪波说:"当然还是希望你考上。"

正喝着,远处传来了一阵阵此起彼伏的歌声和笑声,徐洪波站起身,推开窗,歌声淋漓尽致地灌进三个年轻人的心中:那是对面工业区宿舍楼里留守的年轻人在唱歌。三个人挤到窗口,向不远处的工业区望去。目光越过工业区不高的围墙,穿过黑夜,他们看到工业区内新建成的厂房和工地之间的空地上,闪烁着星星点点的蜡烛的光亮,隐约间,可见一群人围坐在蜡烛旁。熊立伟说:"这一定是留守的打工仔打工妹,他们在开 party 呢。真好。"丁冬开心地说:"我们也过去吧。"

丁冬的提议马上得到了大家的一致赞同,于是三个人麻利地穿好衣服,带上还剩下半瓶的酒,高高兴兴地向工业区内走去。还没走到人家面前,丁冬就大叫道:"朋友们,新年好!"

"新年好!"那些小伙子大姑娘一齐回过头来,接着又"哇"地欢呼一声,一齐鼓起掌来,有的小伙子还举起了手中的杯子:"来来来,见者有份,喝杯酒。"

特区除夕的夜晚也是寒风嗖嗖,烛光在寒风中摇曳,映照着这群年轻人脸上开心的笑容。借着烛光,徐洪波看清了他们面前摆了一张巨大的塑料布,上面摆着用各式各样的碗装着的饺子、凉菜,还有酒及其他饮料等等。几个人已经站起来挪了位置,让他们坐下。熊立伟自我介绍说自己是建设公司的,有一个姑娘借着烛光仔细打量了他一眼,说:"是是是,我见过你。不过你今天晚上没穿工装。"熊立伟这才发现自己套了一件在洪州时穿过的蓝卡其布旧棉衣,忍不住笑了起来,说:"这不是冷吗。"丁冬接过话头说:"说明他不帅。要是我,就是披一条破麻袋,腰里扎根草绳也会迷死你。"众人大笑。那个姑娘嘴也不饶人,说:"你这一吨多重的身材肯定帅了。"

一阵调侃把两拨本不熟悉的年轻人拉近了。大家互报家门,原来他们并不是一个厂的,只是老家大多是东北的,家里实在是太远了,回不去,就聚在一起过年。丁冬问:"你们为什么不看春节联欢晚会?"刚才跟他斗嘴的姑娘说:"大哥,我们哪有电视机啊。"

徐洪波说:"春节晚会有啥好看的,哪有这样开 party 好玩啊。看我们,都受不了诱惑,加入你们的 party 呢。"

"没错。"他们其中一个留分头的小个子说,"在咱老家谁敢大年三十到这野外聚会,冻死你。这多好玩儿啊。"徐洪波接着刚才的话题说:"你们都唱了些什么歌呢?"那个小姑娘说:"可多了。我们先是唱了与妈妈告别的歌,然后又唱了想家的歌。可是我越唱越想家了,想我妈……"姑娘说着,突然低下头去,不说话了。

这时,小分头用低沉的声音轻声唱了起来:

我的家在东北松花江上,
那里有我的同胞,
还有那衰老的爹娘……

那个活泼的小姑娘忍不住抽泣起来,另一个大点的姑娘赶紧把她搂在怀里,轻轻地拍着她。突然,黑暗中有人迟疑地问了句:

"哎,你是那个记者吧?"

徐洪波吃了一惊,定睛一看,问话的是一个头发很长的小伙子,一笑露出两颗小虎牙。

"童小刚,你怎么在这?"

第十六章 市场需要机器人

童小刚向徐洪波伸出手:"我们哥几个的工厂在这呀。"

"你还真开上工厂了。"

"准确点说,是作坊。"

"对对,我们现在还只能说是作坊。"童小刚身边几个小伙子也说。童小刚连忙介绍:"这些都是我的搭档,小何,原来是特区经济发展公司的;小杨,原来是邮电局的;小于,原来是精萃手表厂的。还有些工人,都回家了。"

徐洪波没能记住大家的名字,眼前几个年轻人全都是典型理工男形象,穿着色调灰暗款式落伍的衣服,头发很长,感觉好像脏兮兮的,但大家脸上都洋溢着开心的笑容,让人感觉很单纯。他突然发现自己光顾高兴,还没给自己人介绍童小刚。特区人有个习惯,一见面首先都打听对方是哪里人,于是他就大声对丁冬和熊立伟说:"给你们介绍个老乡,童小刚,也是咱们昌江人,是滨湖市的。小刚，我们都是昌江的。我和这个胖子，丁冬，是洪州的；这个，熊立伟，是章南老区的。"

童小刚兴奋得满脸是花，一个劲地抖着丁冬和熊立伟的手。"哎呀，没想到今年过年在这里碰上这么多老乡。"握过手，又说，"昌江的人才都跑到特区来了！"

徐洪波去年夏天采访华夏自行车厂时，在办公楼巧遇童小刚。当时，童小刚办妥了离职手续，欢天喜地的劲头给他留下了深刻印象。在采访过程中，他了解到童小刚原来是厂里的业务骨干，改造特锐自行车他解决不少技术难题，总经理向火荣特意请记者要多写写这个"小叛徒"，当然，别提他已经辞职了。正是这次采访，徐洪波知道了童小刚是昌江北部滨湖市人，在文章里写他的事迹时就格外用心，对他美化了不少。而童小刚后来也从《特区日报》发表的文章中，记住了一面之交的徐记者，不过到现在才知道大记者原来是自己的老乡。

徐洪波把丁冬和熊立伟介绍给他们，大家又握了一回手。

熊立伟好奇地问："你们开工厂，生产什么的？"

童小刚还没来得及说，徐洪波就先抢过话头介绍说："小熊是学电子技术的。"

童小刚眼睛一亮："是吧，正好和我们小何是一个专业。我们搞的东西也有电子技术的。我们是做机器人的。"

熊立伟眼睛瞪得老大，马上又撇撇嘴："机器人，就你们……"

徐洪波拍了他一把。

童小刚也瞪起眼睛："当然是机器人，不信你去看。"

"走，走，去看看。"熊立伟是实在人，马上就答应了。

一群人本来应该是簇拥徐洪波的，结果簇拥着熊立伟向马路对面走去。

"就这。"

众人来到一个工业区里，童小刚没有带着大家走进厂房，却来到了两栋厂房中间的一间破败不堪的铁皮房，虚掩的大门边上挂了块牌："兄弟精制。"熊立伟差点"噫——"出声，不过人家早说过是作坊了，他也就没再怼人家，但心里却肯定这里不是造机器人的所在。

童小刚推开门，顺手开了灯，请大家进去。车间里有几台机床，一张角钢和铁皮焊成的工作台上堆着一些仪器，靠墙的位置，摆放着十几个奇形怪状的机械臂。童小刚直接把客人带到那堆机械臂前。

"喏，我们的产品，还没做完的。这个也可以叫工业机器人。这是主基座，这是驱动系统和控制系统，它的手臂可以多角度旋转，还可以伸缩升降。这是它的手，负责抓取原料，只要不停电，它可以无休止地工作，喂料非常精确。我们这台机器人是人工智能的，完全用内置电路自动控制。如果有几十台这样的机器人，装一个控制柜，就可以组成一条很完整的生产线。当然，我们今后要做的不止这个，机器人的原理大同小异，今后只要是单调的、重复的长时间作业，还有危险、恶劣环境下的作业，例如在冲压、压力铸造、热处理、焊接、涂装、塑料制品成型、机械加工和简单装配等工序，我们都可以帮他们用机器人来代替人工。"

徐洪波问："这些机器人卖给谁？"

童小刚说："朋友推荐了一家注塑厂，他们还付了点货款呢。"

要说熊立伟就是典型的山里人，喜欢较真，看了一会儿，便满口轻蔑之意："你们这是模仿法纳科（FANUC）的机械手。"

童小刚发现这个小个子是今晚的参观者中唯一懂点行的，听他这样一说，心下不服，便顶回去："能仿制出来也是能力好不好？法纳科搞机器人搞了几十年，我们才刚起步。再说，我们这不叫仿制，叫逆向设计！"

熊立伟一直弯着腰在看，还用手去试试机械臂的关节，这会他直起腰来拍拍手，说："机械部分我不太懂，不过我想现在的技术好解决，我不信你们的电子技术能过关。"

童小刚知道自己遇上了对头，只好认栽，便承认说："关键技术咱们不是还在研究吗，现在我们的工控芯片还要从香港进。"

"伺服系统呢？"熊立伟说的是机械臂同步响应系统，那个年代，中国的工厂还不能生产伺服电机的。

一旁的小何是负责电子部分的，听到这话有点蔫，讷讷地说："是日本的。"不过他马上又昂扬起来："但是控制器、控制板、传感器什么的，我们已经消化得差不多了，我敢说目前在国内还是比较先进的，你要不要看一下。"

熊立伟哼了一声："告诉你，我是西北交大毕业的。"

童小刚叫道："小何，这个搞电子的怀疑你，你来搞掂他。"

"放马过来！"小何颠颠地拉着熊立伟往那铁台子走去。

徐洪波和丁冬也浏览了一圈，啥也没看明白。不过徐洪波还是兴致很高，他问童小刚："刚才听你介绍，你们都是国营单位的人啊，是停薪留职出来做的吗？"

"哪里，我们都辞职出来的。"

"差点被小刚骗了,他们单位还给他留职,好在他自己辞了,要不我打死他!"

"就是,最早下决心的就是小刚,还想放我们鸽子!"

童小刚一脸委屈:"我们老板器重我,不让我走好不好。"

看着三个年轻人说起辞职似乎如释重负,徐洪波内心却重重一震,他明显感觉,对特区而言,这几个家伙的辞职比做机器人的意义大多了。"你们都是金饭碗啊,干吗来冒这个险?"

"呃?"三个小伙子愣了,良久,小于才说:"在特区,人人都想当老板。比如我,很早就想自己做点什么,可是自己一个人又干不来,后来跟这帮兄弟喝酒聊天,一聊,就凑起来搞了这个兄弟精密制造公司了。"

"咱们有技术啊,怎么不搞点别人搞不了的东西,赚别人赚不了的钱。"

"要说机器人技术已经是成熟的技术了,我们上大学都接触过,就是没动过手,动手试一下,发现也不是干不了。"

徐洪波说:"机器人好歹也应该算是高级技术吧,就你们几个人搞?"

童小刚说:"暂时够了,你看,我是搞机械的;小何,搞电子的;我,小杨,搞传动的;小于搞液压的。造一台机器人没问题。"

徐洪波没来由地自己问自己:这是不是体制内人才出来创业的苗头出现了?

童小刚不知道徐洪波心里想的,但很赞同他的看法,连声说:"徐记者你说得太对了,现在体制内出来的人不少,我们其实也是受他们影响。我跟你说,新坪现在有很多小厂,都是这样的,几个小兄弟合伙开一家,有做机壳的,有绕线圈的,有搞注塑的,反正市场要什么就有什么在做。我们最早其实也是一个兄弟搞了个电池厂,他们搅拌电解液的时候烧了几个工人的手,赔了一大笔钱,我就说我给你搞个机械手,怎么烧也烧不坏,他就给了我十万块钱,我们就干起来了。等我们给他搞成了,他就推荐了这家。这家要的量比较大,我们不能再炒更了,只好辞职出来专门给他们生产。"

徐洪波又问:"你这是典型的以销定产,要是以后没人要了,你们怎么生存下去?"

童小刚想了一下说:"我们有信心,机器人是制造业发展的方向,国家也在研究,京城、浦城、东北一些地方的科研院所都在加紧研制,我们是赶这个空当,抢先一步直接打进生产企业,先占领市场再说。"

丁冬在一旁搭腔道:"洪波你是你们公家人的想法,自己做老板是这样的啦,有风险,也有大把机会啦。"

徐洪波瞪了他一眼:"我是在采访好不好?"

童小刚拍着手说:"徐记者真的要写我们啊,你在《特区日报》帮做个广告呗,就说我们有能力为特区企业提供智能机器人。"

徐洪波说:"我不好随便给你打广告,我是想探讨一下特区体制内的年轻技术人员下海的问题。我想,这是科技生产力的释放,对特区未来的发展很有价值。"

童小刚笑道:"什么事到你们记者嘴里就变伟大了。"

"你刚才说咱们国家很多科研机构都在做的就是这个,那现在国内的水平怎么样?"

"我手上的资料不多,咱们国家从1972年就开始研制自己的工业机器人了,国家投了不少钱,示教再现式工业机器人成套技术的开发才完成,研制出了喷涂、点焊、弧焊和搬运机器人,但好像大规模投入民用工业领域的不多,我们应该是第一批直接对接市场的。"

徐洪波忍不住拍起巴掌:"市场,这就是市场的力量。我记得在哪听过一个专家说,市场推动技术进步。此言不虚啊。"

那边,熊立伟和小何也走过来了。只听得小何调门高高的:"我说什么来着?这就是你师兄我干的!"

熊立伟脸上带着惭愧的笑意,边用棉纱擦着手边点头:"服了服了,没想到特区还有何师兄这样的人才。"

徐洪波回头望了他们一眼,说:"怎么了,小熊?"

熊立伟说:"他们的自动化系统还真有些自己的创意。小何原来还是我师兄呢,服了。"

小何大声说:"你还去考什么研究生,来给我打工吧,包你一年后成为万元户。"

熊立伟龇牙咧嘴,好不尴尬。

徐洪波赶紧打圆场说:"咱们先回去接着喝酒吧,我和小刚还有些话要说。"

第十七章　导向出问题了?

一个丰收的春节?

很多日报在春节后都会出现"稿荒"。当然,并不是没有稿子发,报纸要开"天窗"，而是刚过完年，没有重大题材的稿件。就像一个花园，满苑绿枝碧叶，却没有一朵娇艳的鲜花亮人眼球。1987年春节后的《特区日报》，头版先后推出了记者徐洪波的一组业内人士暗暗叫好的文章，大家都说：题材新颖、观点鲜明、立意别致，文笔更是如行云流水……

除夕夜，徐洪波意外地抓住了一个新鲜话题，他不但看到童小刚的这个成长性极好的企业，更从童小刚口里找到了一些线索。节后一上班，徐洪波写了一篇报道《特区机器人悄悄走来》，登在《特区日报》上，产生了很大影响。随着新坪的工厂陆续开工，徐洪波又深入工业区，专门采访了一批由下海工程师、全国各地来特区的大学生和工程师自主创办的创新型企业，发现了一片新的海洋，这些成长性良好的小企业在电子技术、精密制造、精细化工、医疗器械等很多行业已经逐渐形成了产业链，昔日的国营和中外合资电子厂周边，已经开始形成一个电子产业的配套群。这些报道，内行人一看就知道记者留了一手，是什么呢？徐洪波采访越深入，他越感到这里面水很深，最深的水就是人才流动问题。这个问题是不能见诸报端的，于是，他写出了到特区后的第二篇内参：《科技力量释放带来的思考：鼓励科技人才放下包袱大胆创业要有制度保障》。

这组报道和内参，徐洪波暗自得意。当然，这半年在特区笔耕不辍，他的敏锐和才华，以及倚马可待的敏捷，在市委、市政府和社会层面都给人留下了深刻的印象，甚至连刚刚接任市委书记的谢辰也几次在有关场合提到他写的文章。特区日报已经把他作为重点培养对象，去年底就给了他一个正科级待遇，据说还准备先让他当政文部的主任助理呢。徐洪波可谓春风得意，前程似锦。

这不，人家都回家过春节了，他却主动要求留下，而且竟然就抓住了这么一组让人眼热的新闻界大"活鱼"！

就在徐洪波三天两头看着自己的大作见报，晚上躺在床上还端着剪报本自我欣赏的时候，钟传杰却把他叫到办公室，客客气气地请他坐，然后东拉西扯，说着过年的话。徐洪波开始以为组织上要宣布那早已传说的提拔他当主任助理的事，可看看钟传杰脸上堆着的有点尴尬的笑容，又敏锐地觉得不像。钟传杰也看出了这个年轻部下的脸上开始有了疑惑的神情，便打住了话头，突然问："小徐，你最近有没见过张处长？"

"没有。"徐洪波摇摇头，"怎么了？"

钟传杰像害牙疼似的咧咧嘴，又像自言自语地说："这组文章方总也觉得很不错呀，我们怎么没想到呢。"

徐洪波更丈二金刚摸不着头脑了："钟主任，什么没想到？文章没事吧？"

钟传杰像在害牙疼："不应该呀。"他皱着眉头，看了一眼徐洪波，然后手指头往上指了指，说："现在我们也拿不准了。有一个说法，说你这组稿子啊，好像跟大书记的想法有点冲突。"

"啊！"徐洪波倒没吓着，但绝对吃惊不小。作为一名基层记者，他写的报道能跟这座城市的一把手的想法发生冲突，那是抬举他呀！冲突产生的政治影响，责任是报社领导层的。当然，他不会刻薄到希望报社领导被批评，但哪个报社领导抽屉不放几份事先写好的检讨书啊！此刻，他选择不作声，只是盯着钟传杰。

"我也是才听说，谢书记春节就没闲着，都在京城活动呢，走访一些工业部，要拉一些大国企来特区。听说书记的工作思路还是重点布局大型国营企业。可咱们却在大张旗鼓宣传那些不起眼的私营企业。听说办公厅有人在嘀咕呢。"钟传杰口气变得有点不耐烦，"说什么的都有。今天赖主任又给方总讲养生了，这回说的是补阳气。"

徐洪波眼前不禁浮现出办公厅副主任赖本忠那精瘦飘逸的形象，忍不住笑了起来："赖主任又说什么了？"

"赖主任说，"钟传杰学着赖本忠的客家普通话，"方总，办报我是外行，你别笑话哦。我觉得还是要紧跟主要领导的思路，这样才能统一思想，引导舆论，凝聚力量。现在特区的经济实力还远远不够，我们要把力量集中在一个点上，重点突破，完成中央交给特区的使命！"

徐洪波眼珠子转了好几转，还是想不明白赖主任的"宏言大义"，过了好一会儿，他才用不确定的口吻说："主任，抓到篮里就是菜，抓大不放小，咱们报道一下有成长潜力的民营企业，应该也不会干扰书记的部署吧。"

钟传杰瞪了他一眼，说："你当然没这个本事。不过跟不上主要领导的思路，说明咱们缺乏政治敏感呗。"见徐洪波有点难过的样子，他又苦笑着说了声："其实我们分析，文章没有什么问题，就是发得多了点，可能会冲淡发展大型国企的势头。"说着，他点点徐洪波的鼻子："你呀，你太能写了！"徐洪波想扮个鬼脸，可是他不敢，悻悻地走了。

从钟传杰办公室出来，徐洪波胸口像堵了棉花，一口气吐又吐不出，咽又咽不下，就像钟主任分析的，报道民营企业本身没有问题，但连篇累牍，形成声势，就有很强烈的倾向性了，要命的是倾错了方向。没想到"太能写"竟给报社闯了个大祸——导向问题呀！谁说经济报道就不是政治了，如果真的干扰了市委主要领导的部署，那不就是政治问题了？他在办公桌前坐下，一个上午都在发呆。

刘勇摇晃着身子来上班了，远远地看了他一眼，然后兀自哼起了一首流行歌曲。

大家都知道了。

徐洪波苦笑一下，心想也好，来特区这半年干得太顺了，栽点小跟头谁说不是坏事变好事呢。他就这样一忽儿责备自己，一忽儿自我安慰，最后想找个什么机会，跟总编辑方重做个检讨。

下午一上班，报社办公室通知徐洪波，市委办公厅张力力处长找他，要他立即过去。这会儿，他心里已经坦然，张力力跟他也熟，所以他内心波澜不惊，过去跟钟传杰打个招呼。钟传杰平静地说："我知道了，估计就是这事，你去一下也好，张处长也是通天的人，跟他做做解释，让领导不要误会嘛。"

徐洪波颠颠地来到张力力办公室。张力力脸上没有什么特别的表情，既不是和蔼可亲，也不是面目狰狞，只是惯常的口吻，"来了，坐吧"，然后给他倒了一杯水，反正就像什么事情也没发生。徐洪波笑嘻嘻地说："张处长，过年也没跟您拜个年呢。现在晚不晚？"张力力没好气地说："哪有过年？我一个春节假期都陪着书记在京城跑，比上班还累。"

"我听说了。"张力力的口气有一种朋友间的亲切意味，徐洪波心情完全放松了。"听说收获很大，达成了好几个引进意向是吧。"

张力力半仰在沙发上，眯起眼睛，故作诡谲地一笑："书记的手腕真不是吹的……哎呀，中央部委的那种气魄……"突然，张力力站起来，向办公桌走去，边说："你倒好，也不让人消停。"他找出一沓剪报本，这是办公厅为市领导专门准备的各报刊的相关报道资料，扔给徐洪波，说："书记一回来就看到了你老兄的这些长篇大论。"

徐洪波心又紧绷绷的，他小心地指指上空："生气了？"

张力力咕哝道："反正我看他板着脸……"

"哦！"

"书记推掉了明天的会，告诉我去看看这些破厂子。"

"啊？"这是什么情况？徐洪波又惊又喜，惊的是书记心情肯定不是很靓，喜的是可能受到了什么震撼。本来嘛——多年以后，当他自己也坐上了一定高位后，他才明白——很多在基层看上去捅破天的事情，在高层领导的认知中是有所不同的，在他们的指挥若定之下，什么都不是事呀！当然，此刻他还没想明白，张力力又开腔了："你准备一下，明天带路，陪书记一起去看看。谢书记的意思是，不要惊动他们。呃，算是微服私访吧。"

第十八章 "谢老师"微服调研

"谢书记，就是这。"

"哦，就这么个工棚？"

"呃，他们还在创业时期呀。"

"很好，精神可嘉。对了，你们看一会儿怎么称呼我好？"

"您？谢书记呀。"

谢辰穿着一件深蓝色的夹克，灰色休闲裤，脚上是一双挺时髦的新波鞋（运动鞋）——这双鞋是他到特区后置办的，就像新坪大街上一个普通的老文员。他眯起眼睛想了想，说："咱们还是别惊动小伙子们，你就说我是你的同事，一个老编辑，怎么样？"说着，市委书记谢辰有点调皮地对徐洪波笑笑。

徐洪波直挠头："可以是可以，就怕我不小心穿帮了。"

谢辰哈哈一笑："挺机灵的小伙子怎么会穿帮。就这么定了，就叫我谢编辑吧。"

"呃，呃，谢老师。"

"对对，你们文化人都称老师。我年纪大，就当一回老师吧。"

徐洪波赶紧奉承道："您的水平够当博士生导师了，当我老师委屈您了。"

"哈哈。"谢辰开心地笑了，又问，"小张，你叫什么？"

张力力说："我？我就叫张编辑吧。"

"张老师。"

张力力咧着嘴："不过我这个老师和谢老师不能比哈，谢老师是博导，我最多是个助教。"

谢辰只带着张力力、徐洪波和司机出发了，第一站，就是童小刚的兄弟精密制造公司。

到了车间门口，徐洪波伸长脖子向里面张望，看见童小刚和小于在一个角落里摆弄一台机械臂，他连忙喊了几声："童小刚，童小刚。"

童小刚回头一看，笑得小虎牙合不拢，颠颠地跑过来，想伸手去握，又缩了回来:"算了,这一手机油,不握了。你怎么来了?正好,中午请你吃饭,谢谢你的文章,今天上午就有人找到我们厂来了。"

徐洪波好不容易拦下他热情洋溢的话,说:"给你介绍一下,这位……呃,是我……我们报社的编辑,谢老师,这位是张老师。"

童小刚笑着冲谢辰微微一鞠躬:"谢老师好,张老师好。一起呀。"

"你别光惦记吃,谢老师是专门来参观你们工厂的。"

童小刚嘿嘿一笑,说:"一个小作坊,都在这里了,有什么好参观的。"

说话间,徐洪波见过的小何、小杨、小于都过来了,热情地跟徐洪波打招呼,徐洪波生怕冷落了微服私访的市委书记,又赶紧向他们介绍"谢老师"和"张老师"。

"谢老师好。"

"张老师好。"

马上主角又转回徐洪波:"徐记者,你真了不起,就跟我们随便聊了一下,我看你笔记都没做,就写了那么长一篇文章,你真是个大才子呀。"

"徐记者,你是带着录音机吧,那种搞谍报用的。"

"徐记者,你的文章我们原来单位的人也看到了,还有个哥们也想跳槽跟我们干呢。"

"徐记者……"

徐洪波狼狈不堪:兄弟们啊,我的大大老板在身边好不好!但又不能明说,只好大声说:"咱们等下说好不好,你们先招呼谢老师啊。"

谢辰看着年轻人在自己面前叽叽喳喳很开心,便说:"你们继续聊,不用管谢老师。"

大家这才抱歉地冲谢老师笑笑。童小刚说:"其实也没什么好看的啦,徐记者的文章都写得很清楚了。"

谢辰毕竟是当领导的,自带牵引力,他不用人请,就在这间小车间里四处走动起来,倒像是他带着几个年轻人在参观,他边走边看边问。走了一圈,他才站下来说:"小徐记者的文章我也仔细看了,我这个老人家有些好奇,咱们特区前两年就和科学院合办了一个科技园,在我印象里面就有先进机械制造的厂子,你们几个为什么不调他们那去,要车间有车间,要技术有技术,要资金有资金,和相关企业配套也没问题,干吗要冒这么大风险,辞职出来自己干?我看你们这样的技术,在那可以更好地发挥嘛。"

童小刚正等着这位看上去挺有风度,让人尊敬的老师夸他们几句呢,没想老先生张嘴来了这么一段。情商不高的理工男口气有点生硬地说:"就他们?能搞出什么东西!"

"就是,我去看过,工人看不到,文员倒不少,还都穿着西装呢。"

这些不着调的理工男,出言不逊,徐洪波越发尴尬了,连忙朝童小刚使眼色。谢辰察觉到了,笑着说:"这又不是上报纸,让年轻人说嘛。"

童小刚说:"也不是说人家不行,只是……我们都是国企出来的,知道国企的运作,要干成点事情太难了。"

"呵呵。"谢辰笑道。几个工人搬了凳子过来,徐洪波想帮谢辰擦一下,谢辰早一屁股坐了下去。"来,你们都坐。"

"谢谢谢老师。"

谢辰说:"你们说说看,怎么个难法,比你们在这破房子里开个作坊更难吗?"谢辰的脸色已经没有刚才的和颜悦色,这座城市的一把手一板脸还是挺威严的。谢辰从这几个不知自己底细的年轻人口里蓦然领受到了一个新鲜的理念,唤起了他的思考:这座城市的未来、希望,这些年轻的弄潮儿已经在用自己的行动探索了。

压根不知面前这位大神真实身份的童小刚没有注意到谢辰的脸色骤变,依然一副满不在乎的样子。他跷着腿坐在谢辰对面,侃侃而谈:"我不知道我理解的难和谢老师您理解的是不是一样。要我说现在一些国企办成点事的确很难。我们几个为什么会出来做?就是因为您刚才说的那个科技园。我有个朋友开电池厂的,想找人帮他们做一种机械手,搅拌电解液,找上他们了。人家倒是很热情,说马上就找京城的专家给他设计,算下来设计费要好几万。这还不算,还得打报告报京城科学院去。咱们这边效率很高,用特快专递报到京城了,可人家说自己的科研任务还没完成,哪有时间给他们这样一个小厂子设计,再说,还要联系工厂给他们制造,开模、加工、成型,还不知道猴年马月能做成。做成了没几十万都拿不下来。这就黄了。我那个朋友跟我喝酒时聊起来,说还不如去倒点外汇买国外的。我说我就认识几个朋友,你把钱给我,我帮你做两个。我就这样接到了一单活。我们几个知道点原理,对着外国的资料,找了几家私人的模具厂、机械厂,还有修电器的厂子,搞了半年就给他搞出来了。"

挺传奇的一个故事,谢辰的脸却板得更难看了。"这是体制、机制的大问题呀!小徐,你的文章怎么没写这个呀。"

"谢……呃,谢老师……"徐洪波脸涨得通红,他在采访时,只想着怎么鼓励科技人才创业的问题,没往体制方面想,让市委书记这么一问,他觉得自己很肤浅，便讷讷地说："我没往更高层次的方向想，所以采访时就遗漏了。"

谢辰看看他，终于还是没再说什么，又跟童小刚等交谈起来。

"也不能说他们不想干事，我们国企有国企的管理规章，的确有时候会束缚住自己的手脚。你们年轻人思想活跃，有什么好想法改变这种状况呀？"

童小刚一伙面面相觑，老师，这不是我们这些小年轻思考的问题呀！他们愣了一下，又"哄"地笑了起来，感染得"谢老师"和一直在做记录的"张老师"也跟着他们笑了起来。

"谢老师，这是市长思考的问题呀！"

"对，我们就是干自己的工厂，等我们办下执照来，我们一定做特区最大的机器人工厂。"

"你以前跟我说是中国最大的……"

"那不是喝高了吗。"

"你等等！"谢辰似乎又发现了什么，"你说等你办下执照？你们这是无照经营的？"

童小刚的笑容立刻凝固了，大家也都沮丧起来。"开始吧，我们几个还在职，办企业要我们单位盖章，我们没办法，只好辞职。后来，工商局说我们的经营范围不明确，'精密机械'不具体，机器人又不在目录里面，还要研究研究。就这样耽搁，现在还没……"

谢辰连忙叫张力力把童小刚的话记录下来。

"这个我倒是可以帮你们问问。"

童小刚眼睛一亮："您认得审批科的刘科长呀？"

谢辰哭笑不得。"我哪认得什么科长，我只认得他们市局的张局长。"他马上意识到什么，又补了一句，"在一起开过几次会。"

徐洪波憋住笑，憋得腮帮子都鼓起来了。

第十九章　这样的机会不是谁都有的

市委书记谢辰原定调研一天，结果老人家兴致很高，竟然带着徐洪波调研了两天，全是些不起眼的民办小企业。回到市委，谢辰把张力力和徐洪波带到自己的办公室，却脸朝着徐洪波。

"说说吧，你又看了两天，印象更深刻，你有什么想法。"

徐洪波已经有了自己的思考,他沉着地说:"跟书记调研了两天,感受特别深的,还是书记第一天说的那个问题,体制问题。"

"嗯。"谢辰作了个手势,鼓励他说下去。

"民办企业最大的特点是产权非常明确,企业是自己的,权责利都是自己的,一旦成功,他就发财了,所以他们的动力非常大。因为要赢得市场赚取利润,他们就一定要人无我有,人有我优,人慢我快,所以他们创新的意识非常强。咱们很多国企不是做不到他们那样,但权责利不清晰,动力就不够大。"

他小心地看看谢辰,见他仰着头,面无表情地望着天花板,知道他听进去了,而且在思考,便接着说:

"另外,特区国企、外企、合资企业多,市场竞争非常激烈,民办企业想赢得市场就要以快打慢。我听他们说得最多的一句话是,现在不是大鱼吃小鱼的时代,而是快鱼吃慢鱼的时代。所以他们决策机制非常单一,老板看准的事,一个人就可以定,定下来马上就可以执行。而我们的国企有很多环节,除非有乔厂长那样的大刀阔斧的改革家,否则很难做到这一点。"——徐洪波说的乔厂长是当年一本很著名的小说里的改革家,以雷厉风行破解改革中的各种阻力闻名。

徐洪波的话到此戛然而止,谢辰扭头看了他一眼:"就完了?陪你跑了两天,你就三言两语把我打发了?"

徐洪波怔了一下,心下嘀咕:"是我陪了您老人家两天好不好。"但在书记面前他哪敢这么造次,于是他小心翼翼地说:"还有一点我拿不准。"谢辰"嗔"了一声,说:"这是小范围交流,拿不准也可以拿出来讨论一下嘛。"

徐洪波说:"那,我就说了。我觉得,还有一点至关重要,就是政府不管他们。"

"你说什么?"谢辰一激灵,挺起身子盯着他。

徐洪波这才发现自己这话有点糙,但话出了口,也就不管不顾了,侃侃而谈起来:"这种说法也许有点过,准确地说是政府干预少,对民办企业是有利的。民办企业主要是走市场的,在市场经济体制下,企业是市场竞争的主体,企业离千变万化的市场需求最近,是市场信息变化的第一个接收者,对市场信息、市场需求最为敏感;而政府往往是市场需求和市场信息传递的最后接收者,政府根据最后一道信息制定的产业政策,往往跟不上市场的变化,会出现滞后的状态。政府当然也在不断改进管理,提高办事效率,但出于公共管理覆盖面广影响力大的实际,政府在决策时程序更复杂,制定规划、确立政策需要非常慎重的考虑。国企与政府绑得太紧，所以在经营活动和对市场的反应上比较迟钝，而民办企业一抓住机会就会很快决断，抢占市场。这是他们的先天优势。比如我陪您视察的兄弟精密制造公司，就是这样钻空档，科研院所还没搞成，他先把市场占了。他们不用请示谁，自己辞职就干起来了。要是国企或者科研院所，层层报批，决策效率很低，等他们的手续办下来，人家早把市场占了。"

谢辰点点头："你说的也有一定的道理，不过政府决策慎重也不是坏事嘛，可以减少很多失误。咱们跑了两天，也听过不少民企失败的例子，这就是仓促决策造成的嘛。如果能把政府的决策模式和他们的模式结合起来，我想他们也不至于倾家荡产。"

徐洪波高频率地点着头："那是那是，民企大多是年轻人在干，年轻人总是容易冲动。"他感觉书记其实已经听进去了他的话，接受了他的意见，所以不惜对书记的点评给予最虔诚的拥护。

谢辰满意地"嗯"了一声，又喃喃地说："机制好、市场反应灵敏，的确是民企的优势。这些年轻人是给自己干活，工作是自己的，赚钱是自己的，像咱们过去说的，上交国家的，留足集体的，剩下的都是自己的。这就有动力了嘛。"

他扫了一眼徐洪波，又加重语气道："在科技创新方面，国企要唱主角，这个不能动摇！但怎么样鼓励科技人员，尤其是吸引全国的科技人员到特区来创业办企业，要提上议事日程，我们应该建立一个机制。"

谢辰肯定是边说边完善自己的想法，说到这，他看了一眼张力力："小张，你尽快拿出一个调查报告，让工业、科技、税务、工商、劳动、银行都来，搞一个鼓励科技人员特别是内地科技人员兴办科技企业的办法出来，争取近期内开个会好好研究一下。"

张力力"嗯嗯"地做着记录，待书记一说完，他连忙补充道："书记，小徐对这项工作很有心得，调查研究也很深入，我看是不是把他也吸纳进来。报社那边，我跟方重同志说说。"

谢辰是抓大事的人，哪犯得着管得这么细，他眼皮也不抬，说了句："你们自己去办。"

徐洪波傻眼了：老大，我是记者，不是你办公厅的人好不好。我每月有工作量，我得靠这个领工资啊！再者，调查报告的章法措辞、归纳总结比之新闻体裁是完全不同的规范，徐洪波作为职业记者不能说不会写，但总不如一般的消息通讯甚至报告文学来得得心应手。他有心推辞，但市委书记都默认了，是没有退路了，只好悻悻地跟着张力力去了他的办公室。

"我记得你到特区还不到一年吧。"

一回到自己的办公室，张力力理所当然就成了领导，他大大咧咧往高背椅上一靠，用下巴示意小记者徐洪波在自己对面的沙发上坐下。"这样的机会，连我们办公厅的人，也不是每个人都有的。"

"张处长什么意思？"

"你就这样当一辈子记者了？"

"记者是高尚的职业！"

"小徐，我老张阅人也多，你是个素质不错的小伙子，我建议你给自己的定位要高一点。在特区工作，你要谋大事、干大事。"说着，他意味深长地看了徐洪波一眼。

点到为止，听话听音，徐洪波知道张力力是站在书记的谋士的角度谈"大事"观，而且对自己也是这个要求，他不知道怎么回答更合理，一时无语。

鼓励科技人员下海创办科技企业的问题列入了1987年初鹏港市政府的工作重点，市政府专门为此成立了科技发展中心，秦宝枫常务副市长亲自担任主任并主导相关政策的制定。徐洪波随办公厅副主任赖本忠、处长张力力住进了市委北湖招待所，一个人员不多但五脏俱全的班子同时搭建起来，市委政策研究室、科技局、各工业公司、工商税务、劳动人事、金融监管等相关部门的负责人和综合科室的专业人员济济一堂。大家一见面少不了拱手作揖、嘻嘻哈哈、吹吹拍拍，你敬我一根烟，我给你点个火，好不热闹。徐洪波年纪最轻，又是新特区人，大多数人以为他是办公厅派来的记录员，自然被挤在角落里。

秦宝枫敲敲会议桌："好了，同志们，现在咱们开会。咱们的会只有一个主题，就是研究制定一个政府规章，用以调动发挥科技人员的积极性，促进科研与生产直接结合，发展外向型的先进技术，特别是高技术产业，繁荣特区经济。市委、市政府对这项工作非常重视，谢辰书记一过完年就亲自下基层做了调研，指示说，释放科技人员的力量势在必行，特区要早探索、早动手、早受益……"

各相关部门在日常工作中，都或多或少遇见过科技人员创办民营企业的一些制约性问题，他们很多人对此问题的认识比耍笔杆子的张力力、徐洪波更深刻。会前，他们也都看到了张力力和徐洪波主笔的调研报告，会议一展开，大家就七嘴八舌说开了。大家绕开认识和思想方面的论述，直奔主题，条分缕析，把各行政主管涉及的政策一条条提出、套上。

"……关键是要接受政府的管理，根据××条，科技人员下海办的私人企业经过我们严格审查，核准登记取得营业执照后，应该就具有法人资格，可以独立行使经营管理权，享有其他类型企业的同等权利。"

"新生事物嘛，我们回去再请示一下总局，理论上说可以申请减免一至三年企业所得税……"

"关于民办科技企业的用工问题，我谈几点看法……"

"经济特区内的干部职工，愿意到民间科技企业中工作的，原单位应予支持，但他们必须提前三个月提出申请。至于身份问题，我觉得可以宽松点；现在都讲究人才流动，他们可以辞职，也可以经原单位批准，准予停薪留职两至三年。在留职期间，个人应按每年本人工资总额的一定比例交回原单位，作为职业保险金。停薪留职期满后的科技人员，可以辞去原单位工作或回原单位安排工作。"

会议开了一个星期，最后形成了一份政府规章。不日，《特区日报》第二版整版刊发公告：

鹏港市人民政府颁发《鹏港市人民政府关于鼓励科技人员兴办民间科技企业的暂行规定》的通知

发布机构：鹏港市人民政府
发布文号：鹏府〔1987〕××号

保安县人民政府、各区、管理区、市直属各单位：

为充分发挥科技人员的积极性，促进科研与生产直接结合，繁荣特区经济，特制定《鹏港市人民政府关于鼓励科技人员兴办民间科技企业的暂行规定》(以下简称《规定》)，现随文颁发，希贯彻执行。

…………

《规定》内容共有33条。以后，鹏港的科技企业创业者们习惯性称之为"33条"。

第二十章　装配电器对不起熊立伟的学问

熊立伟考上研究生了！

接到电话，丁冬最吃惊，他是没有上大学的概念的，只知道熊立伟要去京城读研究生，但不知道什么时候走。乍听到熊立伟就要走了，没来由手忙脚乱，心想，老熊这一去可能就见不着了，我得给他做顿好吃的。当然不能再用他的洗脚盆了，于是他借了房东家的厨具开始做"百里香"。只见他脱掉上衣，露着肥白的膀子，系上了围裙，活脱脱一个街边大排档的大厨，而且他块头大、动静大，动作又熟练，一下子就引起了老林一家和几个邻居的注意。

自从徐洪波绘声绘色把洪州土得掉渣的"瓦罐汤"升华为"百里香"后，丁冬对自己的本事也崇拜起来，正好有机会在阿梅和她家人面前显摆一番，马上信口开河：

"南宋皇太后，就是皇帝妈妈，微服私访下昌江，路过我们洪州，我们洪州的市长进贡了很多鸡鸭鱼肉给她。老太后和随从天天大鱼大肉。吃不完的，御厨就用瓦罐装起来，兑上水，坐在一个大瓦缸里，大瓦缸里点着炭火，第二天，就让随从吃这些残汤剩菜。谁知道，第二天一揭开盖子，这些闷在瓦缸里的汤水香得熏死人，那些随从从来没尝过这么香的汤，你争我抢，打得头破血流。香味把老太后也熏醒了。老太后一闻，呀！这是什么东西，怎么这么香啊，老娘还从来没尝过，快快与我一碗。结果老太后一喝，再也不想吃别的东西了。船走了一百里，老太后就喝了一百里这种瓦罐汤。这就是著名的百里香的来历。后来，这道秘方传到了我们丁家，我们丁家是传男不传女，现在全国只有我们丁家父子会做。"

丁冬吹牛的本领远在徐洪波之上，绘声绘色，让阿梅一家乐不可支。阿梅半天没回到现实，她着急地问："这秘方怎么会到你们丁家？"

丁冬的胖脸上早已为自己添油加醋的故事能取得如此效果兴奋得油光闪闪，想象力也就更加发达：

"这不知道了吧。这道靓汤，还有益寿延年的作用啊。老太后，也就是皇帝的妈妈回去的时候，守门的保安不让她进门，骂道，哪里来的野丫头，不想活了，竟敢冒充皇太后。说完一巴掌把变成小姑娘的老太后打出去了。"

"要死啰，那个保安肯定要被炒掉了。"好心肠的阿梅忍不住为那个宋朝的保安员担心起来。

"是啊，"丁冬嘴角全是泡沫，"老太后觉得很没面子啦，马上决定处罚那个保安。她处罚的方式好残忍哦，当天晚上就把自己嫁给了那个保安员，他们就在后宫里过起了幸福的生活，天天喝百里香。"

"哦——"阿梅长长地吁了一口气。过了会儿，她又不解地问："那这个秘方怎么到你们家的？"

"你好笨哪。那个保安员就是我爷爷的爷爷的爷爷呀，是我祖先啊！"

林老伯和林老太也在听丁冬瞎白话，听到这里都笑了起来，把丁冬一阵数落。阿梅还在傻里傻气地品味丁冬的瞎话。"哦，怪不得你这么肥，你是皇帝家的人啊。"

后来，丁冬专门为老林家煲了这道"百里香"。阿梅从来没有喝过北方人煲的汤，这一喝，竟然永远记住了这种奇特味道，从此再也不能忘记。正是这种味道，让她在失去了丁冬以后，又在千万人中把丁冬找了回来。

丁冬赶到熊立伟的住处，徐洪波和赵丽芳也到了，可以开席了。四个人围坐在圆桌旁，丁冬用牙齿咬开了啤酒瓶盖。大家喝过一回"百里香"，这回又喝上了，自然又对丁冬的手艺大加赞美了一番。徐洪波说："丁冬，你这么好的手艺，怎么不想在特区开一家餐馆，餐馆现金来得快，不比你倒买倒卖电视机强多了，还可以充分发挥你的专长。"

丁冬不屑地说："开馆子能叫买卖吗，我爸那种人才干这个呢。我嘛，总得……怎么说来着，青出于蓝而胜于蓝吧。"

徐洪波撇了下嘴，说："你那叫什么青。"转头又问熊立伟："老熊，你考的这个光电工程专业，到底是干什么的？"

熊立伟正呼噜着靓汤，头也不抬地说："光电的名堂多了去了，跟你们文科生说不清楚的。"

徐洪波不悦："不就是光和电吗，一开开关，通电了，灯亮了，就是光。对吧。"

熊立伟"啧"了一声，把光和电的关系吧啦吧啦解释了一通，见徐洪波们被他蒙得天旋地转，就得意地抿一口酒，说："光电科学那可是最前沿的科学。"

徐洪波沮丧地说："我还以为高科技就是爱因斯坦的相对论，没想到中学就学过的光啊电啊也能成为高科技。"

丁冬反应迅速："我算是听明白了，光和电其实就是通上电电视机就有画面了，将来你也可以制造电视机了。"

芳姐白了他一眼："你就知道电视机。我知道人造卫星呢，人造卫星也用得着吧？小熊读的是研究生，怎么着也得搞搞卫星吧。"

丁冬说："我不就希望老熊能回特区吗，咱特区又没有卫星。"

徐洪波说："特区总要有高科技工厂的，也能用上吧。"

熊立伟说："没关系，你们等着我，等我退休了可以到特区来帮助特区发展。"

徐洪波骂了他一句："你以为你是谁呀。我倒是建议你现在就考虑，特区有哪些行业是适合你发展的。"

熊立伟说："我现在还没看到特区有什么能发挥我的学问的行业，不可能两年后就有了吧。我们科学家说话可是讲究定量的。"

徐洪波被他呛了一口，不知道说什么好了，特区这种装配家电的工业，的确对不起熊立伟的学问。

熊立伟带着不多的行李，离开特区。

丁冬不知从哪借了一辆的士头小货车，拉上徐洪波和芳姐，一起去送熊立伟，一路上大家都沉默寡言，伤感之情溢于言表。进站的时候，丁冬从后尾箱卸下了一台大彩电，丁冬拍拍包装箱，对熊立伟说："熊老师，这是最新款的日本东芝彩电，29英寸的，算咱们兄弟一场的纪念。"熊立伟喜出望外，他要先回老家，正好带去当个见面礼呢。他连忙问丁冬多少钱。丁冬口气老大地说："大家兄弟一场，这是我们三个人送你的。"熊立伟急了："那怎么行，谢谢大家的好意，但这么贵重的东西我不能收，亲兄弟明算账。"芳姐说："小熊，这电视机是丁冬掏的钱，他的意思是他的经济条件好一点，就不用我和洪波出钱了，也算是给咱们三个人的人情呢。"熊立伟还是不从，丁冬按住熊立伟打算掏腰包的手，动情地说："老熊，我丁冬这辈子能认识你们这些有文化的人，特别是你，还是个研究生，这是我丁冬前世修来的福气。"

熊立伟只好作罢，喃喃地说："那，那，那以后你们都要到京城来找我啊。丁冬，你来我请你喝酒，京城二锅头，想喝多少喝多少。"

徐洪波见大家有点伤感，有意缓和一下，就笑着说："你怎么知道你以后就在京城，像你学的东西那么高深，说不定分配到国防科研单位，到大山沟里去了也不一定呢。"

熊立伟豪迈地说："我熊立伟要真的能去参加'两弹一星'、核潜艇、航母之类的国防工程建设，也不枉此生！"

列车缓缓驶离龙湖站，渐渐消失在沉沉的夜色中。

三个人还站在月台上，望着远方。

丁冬瓮声瓮气地说："好好的四人帮，说走就走了一个。"

徐洪波眼睛望着列车消失的地方，说了声："山不转水转。"

第二十一章　天上掉下个童妹妹

就在熊立伟离开特区后不久，在隆隆南下的列车上，一个俊俏的姑娘倚在窗口，望着灿烂阳光下南国旖旎的风光。越来越热的风从敞开着的车窗吹拂着她浓密的黑发，她略显瘦削的脸和挺直白皙的颈项完全显露出来。她有着平整光滑的前额，在风中细眯着的眼睛闪着热烈的光亮，她挺拔细长的鼻梁和略显得有点宽的紧紧抿着的嘴唇，让她有种骄傲的神情，但她微微向下弯着的嘴角挂着掩饰不住的笑意。

天一亮，列车已经运行在广南境内，她一直坐在这个窗口，望着窗外，望着与家乡风景殊异的岭南风光，似期待、似遐想、似兴奋、似感伤。

徐洪波如约来到粤丰酒楼，童小刚满脸堆笑迎了上来。一来二往，两人已经成了好朋友，不过他没有和徐洪波握手，而是把身后的年轻的姑娘推上前："这是徐大哥，快谢谢他！"姑娘大大方方地伸出手给徐洪波握，朗声说道："谢谢徐大哥！"徐洪波笑了："童小华吧？"

姑娘正是童小刚的妹妹童小华。原来，童小华大学毕业后，分在老家的无线电设备厂，上几天班就不想干了，吵着要到特区来。童小刚没辙，只好找"手眼通天"的大记者。徐洪波嘟囔了几句，想起自己参与讨论鼓励科技人员下海的暂行规定时，认识了电子公司一个副总，就给对方打了个电话，很快落实了特区有名的中外合资企业美港电子厂。

于是，童小华就来了。

徐洪波和童小华同时向对方伸出手去握了一下，徐洪波乐呵呵地说："谢什么，特区很需要你这样的人才啊。"边说边又偷偷多看了童小华几眼，发现姑娘是个大美人，虽然有点像她哥哥，但眉眼间完全是女性的秀美，脸庞线条柔润。最关键的是没有那对小虎牙。而童小华，也在偷偷观察哥哥这个大记者朋友，他比哥哥可帅气多了，相貌堂堂，白皙俊朗，眼神灵动，举手投足有着文人的修养和沉稳。

童小华一下子就对徐洪波有了一种很亲切的好感。

三个人站在门口等丁冬和芳姐，请徐洪波的时候，童小刚就说你多带几个朋友来吧，我妹妹刚来，也想多认识些人呢。趁这工夫，徐洪波没话找话跟童小华说："美港电子厂不错的，合资的，大厂。"

小华笑吟吟地点点头："我知道的。"

"你是学什么的？"

"半导体。"

"半导体？你就学了这么个专业？"

童小华愕然："这么个专业？什么意思？"

"呃，我听说你是京城大学毕业的。像京城大学这种侧重基础研究的大学，半导体是不是太偏门了。"

童小华被呛得半天不知道说什么好，什么破记者呀！她有心笑这个文科生没"理化"，但碍于工作还是人家帮着找的，不好打人家的脸。再说，那个年代文科生大多理科知识很匮乏。她只好耐心地解释说："半导体才不是偏门呢，半导体是一种控制导电的材料，范围涵盖了绝缘体到导电体。不管是科研还是经济建设，用处都大得很呢。"

徐洪波知道自己露了怯，不好意思地说："我还以为半导体就是收音机电视机什么的呢。"

"收音机电视机要用半导体元件控制常温下的电流，不过半导体还有更大的用途，比如现在国外开始使用的微机（个人计算机）、通信技术，很多领域都要用到半导体。"

徐洪波又呃呃了："我真是孤陋寡闻。"

见这个平时总是人五人六似乎很有能耐的大记者被妹妹呛得一愣一愣的，童小刚心下得意，关键时刻没忘了再补一刀："亏你还是特区记者，特区这么多电子工业，你要科普一下了。"

徐洪波认真地赞同道："你说得有理，熊立伟在的时候就说过，现在的科技发展太快了，特区以后会怎么样不可预见，的确要多点科学知识。可惜熊立伟走了，本来我还真的有意让他给我讲点现代科学课呢。"

童小刚一撇嘴："你就记得熊立伟，你面前就有一个老师啊，教你还不跟玩似的。"

徐洪波转头看着童小华，头点得像鸡啄米："对对对，以后我有什么不明白的就问童老师。"

童小华笑得梨花乱颤。

就在这时，门口一阵骚动，丁冬骑着大摩托，载着芳姐赶到了。丁冬早听说有一个美女，所以好好打扮了一番，头上擦了很多油，还戴了墨镜，搞得像个特务。他一下车，也不顾别人，兀自握住了童小华的手，对童小刚说："这是你妹妹？你怎么会有这么漂亮的妹妹？"

芳姐过来打了一下他握着童小华的那只手："放开，人家是正派人。"

丁冬脸都不红，说："难道我不是正派人？"

打闹一场，童小华感觉很开心，她没想到刚到特区就遇上了这几个有趣的人。

那天晚上，大家吃得很开心，徐洪波和丁冬的话都特别多，当然是因为有了童小华。芳姐一会儿看看身边的童小华，一会儿看看徐洪波，温柔的眼神变得更温柔了，她拉着小华的手，说："小华，你们工厂伙食不好，想吃家乡菜了跟芳姐说，我做给你吃。"说着又瞟了一眼徐洪波。徐洪波感觉到了，连忙避开她的眼神，脸没来由就红了。

童小刚好像恍然大悟似的，连忙说："对呀，徐大记者，我现在到关外上班去了，不方便。你们报社离小华的厂子近，你帮我多关心一下她。她跟男孩子似的，野得很。"

童小刚的"兄弟精密"做大了，不能再在那个窝棚里安身，又租不起特区内的厂房，就搬到特区外的保安县西湾镇去了。这些年，保安县凭借临近国道的便利，加大了招商引资力度，出现了"村村招商，户户办厂"的大势，开发了不少工业厂房，租金比特区内便宜一半都不止。童小刚相中了临近国道又临近关口的一处厂房，把兄弟精密迁了过去，像一家正规企业了。10年后，"兄弟精密"将成为中国机器人产业的支柱企业之一。当时，从关外进一趟城不容易，童小刚把租厂房省下的钱买了部小人货车，成为中国最早的有车一族的一员。

童小华瞪了哥哥一眼，又红着脸对徐洪波和芳姐说："别听我哥的，我到京城去上学都是一个人来来回回呢。"

芳姐没理她，话里有话地对徐洪波说："洪波，听到没？你要当好大哥哦！"徐洪波又闹了个大红脸。丁冬的眼睛也亮了。

晚上睡在床上，徐洪波总是睡不着，老想着童小华。完了，他苦笑一声：爱上她了？

第二十二章　撩妹的功夫真不是吹的

徐洪波真的想谈一次恋爱了。虽说他心里还……爱着……芳姐，真的，不是她曼妙的身姿，不是她娇艳的容颜，甚至也不是那双柔若无骨、他曾紧紧抓住舍不得松开的素手，而是她的眼神，那掩藏在又密又长的睫毛中，像深深的井一样清澈而神秘的眼神，那么温柔、那么贞静、那么亲切，有时，又那么热情，烫得他血脉贲张。不，不光是这眼神，芳姐的一切都是那么完美，她可望而不可即的洁白的身影啊……

但是，童小华就这么真切地出现在他的生活中了！

她不像芳姐那样仙气飘飘，她有着高挑匀称、曲线优美的身材，端庄秀丽的面容，她性格开朗，有着少女的热情洋溢和天真纯洁。

她值得他徐洪波珍视，值得他……是的，爱！

徐洪波属于执行力超强的人，想干马上就干。呃，现在的焦点问题是，怎么启动？嗯，有点挠头。请她到荔香公园的"大家乐"舞台跳舞？这个嘛，一个男青年，一个女青年，就是那么回事了哦，不过好像有点着急。要不，请她看电影？他赶紧翻报纸，想查查现在有什么新片上映。刚打开报纸，马上觉得更不妥，电影院里很黑，更那个，好像更不妥。

还是先请她吃饭吧，先熟悉起来再说。跳舞和电影有的是时间呢。

主意拿定，徐洪波不等下班就匆匆骑车前往几站路之外的新坪工业区，童小华所在的美港电子厂就在那。他赶到美港电子厂时，是下午5点半。厂门卫查看了他的记者证，连忙拨电话，拨了半天没人接，才有点抱歉地说："哦，下班了，可能在餐厅吃饭呢。"徐洪波这才想起特区很多企业中午是不休息的，下午5点钟就下班。美港厂看来也是这样。他有点沮丧，说："那怎么找到她？"门卫笑了一下，指着厂门口边的那幢大楼的一楼说："餐厅就在那里，你过去找找看吧。"徐洪波这才注意到，美港电子厂由几幢4层的标准厂房组成，最靠大门的这幢的一楼就是员工食堂。他连忙谢过门卫，向餐厅走去。进得门去，里面是一个可供两三百人吃饭的大餐厅，早已坐满了正在吃饭的员工，一色的蓝灰色工装，都坐在长条形、白色的餐桌前，每人一个统一样式的餐盘，里面盛了米饭、两荤一素的菜。

徐洪波伸长脖子四处张望，在这一大堆蓝灰色蚂蚁般的人群中要找到自己并不是很熟悉的童小华还真不容易呢。就在他为难之际，耳边响起了一个清脆爽朗、又惊又喜的招呼声："徐大哥，你怎么在这儿？"

哈，正是童小华。她果然也穿着一身不甚合体的蓝灰色工装，典型的特区打工妹形象，手里端着餐盘。她挨得很近，徐洪波一眼就看见餐盘里的食物：一团米饭，几片好像没有放酱油的肥肉片，一块半个巴掌大小的带鱼，几根炒黄了的青菜。

"你怎么来了？"童小华就近把餐盘放下，"还没吃饭吧，我去给你打一份。"

"不用不用。"徐洪波有心说吃过了，马上反应过来这不合理，就刹了车，他指着餐盘，"你们每天就吃这个呀？"

童小华说："很好呀，你看这饭，泰国米呢！"

徐洪波看童小华无忧无虑的样子，反而心有戚戚。转念一想，她在大学吃的可能还不如这个呢，便不再纠结了。他信口说道："我采访回来正好路过，就过来看看你有什么困难没有。"好嘛，一张嘴就有点领导的口吻了。

"挺好挺好。"童小华说，"你还是在这吃一点吧。本来可以请你到外面吃，不过，我要加班。"

一听说童小华要加班，徐洪波莫名其妙地松了口气。连忙说："我真没什么事，就是来看看你。挺好就行。"

"那……"

两个人有点尴尬地站在那儿。

"哦，我还得赶回去写稿。你有事就打电话给我啊！"

童小华端着餐盘送他到门口，一脸愧疚的样子。

走出很远，徐洪波才发现自己的后背和腋下全湿了。他有点恨自己不争气，在美女面前总是放不开，要是丁冬……这一想到丁冬，他顿时有种茅塞顿开的感觉，同时，他还想起了芳姐说的给小华做家乡菜！"对呀！"他在心里大叫一声。徐洪波不乏急智，更不乏鬼点子，就这工夫，他想到了一个和童小华建立良好关系的绝妙主意。

又过了好些时候，徐洪波心虚胆怯地来找丁冬，支支吾吾地说最近工作太忙了，身体很虚，想吃"百里香"补补身子。丁冬用疑惑的眼神看着他，眼前这个猛男分明是准备上景阳冈打老虎的架势啊，怎么也跟"虚"字联系不上。不过朋友找上门来了，他还是答应第二天上他家去给他做。

丁冬工作时间是弹性的，第二天大中午就去了徐洪波的周转房。徐洪波已经按要求置办了一应家伙，丁冬边操作，他就在一旁看，还仔细问油盐火候的事，丁冬是个粗线条的人，只当他想学手艺，就毫不吝啬地跟他都说清了。"百里香"上了煤气灶，丁冬交代完什么时候起锅就走了。临走又不忘仔细打量一番这个老同学，打量得他心虚虚的。丁冬最后冷笑一声，说："你一定有问题。"然后走了。

到了美港厂快下班时分，徐洪波已经小心翼翼地拎着一个塑料篮子，里面装着丁冬指导炮制的瓦罐汤"百里香"，上面还覆盖着一条新毛巾，觍着脸来到了美港厂。到了门岗，他轻松地笑着和保安打声招呼，保安也认出他前些时候来过的，就让他进去了。徐洪波站在食堂门口，看打工的青年男女成群结队说说笑笑过来了。

当然，他很快看见了童小华。她还是穿着不合身的厂服，见到他又是又惊又喜的样子，不过打完招呼就盯上了他手里那个红色的塑料篮子，笑了："你怎么像个买菜的阿姨？"

"菜场可买不到这东西哦。"徐洪波揭掉毛巾，露出一个排球大小的瓦罐，一股香味已经隐隐弥散出来。童小华贪婪地吸吸鼻子，收集空气中的香味。她是识货的，她睁大兴奋的眼睛："你们洪州的瓦罐汤！"

徐洪波得意地笑而不语。

"你等等，我去打饭。"童小华早跑进了食堂，不一会儿就端着一个堆得满满当当的餐盘出来了，"走走走，到我宿舍去！"

徐洪波一愣。

童小华看出他犹豫的意思，便说："今天周末，她们都出去玩了。"

于是徐洪波跟着童小华来到了女工宿舍，原来她的宿舍就在食堂的二楼。童小华是助理工程师，算是干部，4个人一间。只见宿舍里摆了两张架子床，进门的地方摆着女孩子们的书桌兼梳妆台。童小华把书桌收拾干净，洪州名菜就上桌了。

"当当当当——"

徐洪波很有仪式感地揭开盖子，一股浓香扑面而来。童小华顾不上热气，差不多要把头探进罐里。

"太香了！"

徐洪波得意地在她对面坐下来，抖着二郎腿。

童小华站起来四下顾盼："没碗啊，我这没碗啊。"

徐洪波笑着说："别淑女了，你对着罐吃就行了。本来就是给你一个人做的。"

童小华白了他一眼："那怎么行？用茶缸吧，我这里有茶缸！"说话间已经摸出一个搪瓷茶缸。

两人终于坐下来共进晚餐。童小华顾不上说话，稀里呼噜喝着汤，啃着汤里的鸭块、排骨、墨鱼什么的，喝下两碗，缓过了劲，才感叹一声："哎呀，好多年没尝到这味道了，太正宗了！"见徐洪波在笑，才想起来又问："是你做的呀？"

"我哪有这手艺。是丁冬做的，他爸是大厨。"

"哦。"童小华虚应一声，又开始盛。

"这道汤有个学名，叫'百里香'，据说还是宋朝的一个老太后给取的名。中央首长才有得喝呢。"

"哦，那个胖子的爸爸是给中央首长做饭的呀？"

"那倒不是，是个工厂的大厨。"说完徐洪波觉得有什么地方不妥，便又补了一句，"他就是会做嘛。"

吃人家的嘴软，童小华不好追究他吹牛，便说："谢谢你，你怎么会想到给我送吃的来。"

徐洪波说："我看你们食堂的饭菜没有什么营养。"

童小华说："不会啊，我都吃胖了。"她突然停了下来，怔怔地望着眼前的一切——一张半旧的书桌，上面的瓦罐、餐盘、茶缸里的汤，以及那个放在桌脚边的红塑料篮子，一切是这么简陋这么自然，好温暖的场面啊。一种莫名的暖流溢满姑娘的胸膛，她觉得脸在发热。

徐洪波也怔怔地望着姑娘，他有点想抚摸姑娘的头发，那散发着少女馨香的、浓密的黑发。

童小华低下头，轻轻地说了声："谢谢你。"

饭后，两人在工业区里散了步，互相讲了家庭状况等，相谈甚欢。

从此，徐洪波便大大方方地经常有事没事去看看童小华，还请她到外面吃了一次饭。童小华说，什么也比不上"百里香"。姑娘其实说的不是吃而是情怀，徐洪波却当了圣旨，过了几天便又做了一罐"百里香"送过来。童小华吃了一碗，明显没有第一次那种垂涎欲滴的状态。徐洪波很敏感，关切地问："你是不是有点不舒服？"童小华连忙说："不是不是，只是，我感觉没有吃出上次的味道。"徐洪波闹了个大红脸，讪讪地说："这次是我做的。"童小华喊出声来："真的呀！那我还要吃！"连忙又往自己碗里舀。徐洪波拦住说："不好吃别勉强，下次我还让丁冬做。这小子可能跟我保了密，有什么神秘配方没告诉我。"童小华说："去他的秘方，我就喜欢你做的。"

第二十三章　你真没在英特尔干过？

再见面，是童小华找到报社来了。两人在报社和市委大院之间那条叫紫荆花路的小道上散步。童小华突然问："徐大哥，你说美国好不好？"

徐洪波愕然。

美港电子厂是加工美国罗伯特父子电机公司产品的厂。这天，罗伯特公司开发设计的 LX 型微型录音机的生产任务下到了美港厂，设计室里的中外工程师对这款小型录音机的机型全都爱不释手，传到童小华手里时，童小华反复看了好久，然后她从资料柜里找出一台同类型的 SONY 微型机做了对比，虽说在外观和性能上各有千秋，但日本机器的造型和音质明显优于 LX 机——到 20 世纪 80 年代末，在半导体技术方面，日本已经开始全面碾压美国，这种情况一直到 10 年后苹果、微软、谷歌等一批高新技术企业崛起，美国才重拾半导体霸主地位。

设计室通知童小华给 LX 机出一套加工图纸。所谓加工图，就是把美方送来的加工件的图纸翻译成中文，晒出蓝图供拉线上使用。童小华忙活了一天，终于把图完成了。但她有点意犹未尽，她意识到它的设计完全可以造得比 SONY 好看。晚上，她在办公室把 LX 机拆得七零八落，仔细研究了其中的结构。忙活了几天，童小华把自己画出来 LX 机的内部结构优化图交到了设计室中方主任的手里。

中方主任吴艳梅独自坐在设计室最里面的一个卡位里，她是一位体态丰满、满脸皱纹的老工程师，调到特区电子公司之前，已经是内地国企的技术处处长。当时，她很有雄心要在特区大干一场，但一到特区，竟然受到了巨大的打击，特区的人太年轻、太漂亮了！显然年龄限制了她的眼界和心态，她看着眼前那些长相俊秀的小伙、婀娜多姿的姑娘，心里总是有一种说不出的酸楚。在这个年纪，她自己还在大山深处的那家三线工厂里，那个时候她虽说长得不算漂亮，但也颇有风姿……青春就这样随着山泉水流走了。到特区后，她非但没有大干一场的劲头，反而变得有点消极。

多年后，她才知道，生活的巨变，让她的更年期提前了。

这会，吴艳梅就处于更年期之中。

"吴主任。"

吴艳梅定定神，抬眼看见是童小华，心中马上有点不悦，她本能地不喜欢这个新来的漂亮姑娘，她看见童小华手上的图纸，淡淡地说了一句："这么快就画好了？"说着接过来，还没仔细看，就不满地盯着童小华："这是什么东西，什么优化图？"

童小华正等着主任表扬，便轻巧地说了声："我把 LX 机的内部结构，特别是它的电路系统优化了一下，磁信号以最短的距离传输，这样保真效果会更好，我有信心比 SONY 还好。"

吴艳梅不听还好，一听这话，心头一股无名火"噌"地腾空而起。她打心眼里瞧不上这个刚从内地过来，而且听说是凭着特区电子公司领导的关系进来的年轻女子，她觉得她就是个花瓶，没想到她竟然还敢改美国人的设计！她看也不看就把图纸摔回给了童小华，声音并不大但口气严厉地说："童小华，你太随便了，你是个小助理工程师，怎么可以改美国人的设计？"

童小华感到了对方莫名的敌意，但她不知道吴主任这股邪火的由来。主任这样指责她让她觉得很失面子，她看看四周，果然有人在注意这边的动静。她不敢跟主任吵，来特区之前，童小华就听说特区企业随时可以炒员工鱿鱼。于是她只好小声地解释："吴主任，加工图在下面，优化图只是供领导您参考。"

吴艳梅翻了一下，果然在下面看见了加工图，她瞪着童小华说："你这人怎么没轻没重，我有那么多时间看你的科学幻想吗？"说完，把优化图扔回给童小华，便不再理她了。

童小华捧着她费了许多心血画出来的图纸，忍不住委屈地流下了眼泪，她赶紧坐回自己的卡位，把头支在胳膊上，抽泣起来。

"Are you OK？"一个温和的声音在童小华身后问候道。

童小华抬头一看，是设计室年轻的美方主任布朗先生。布朗据说刚从斯坦福大学毕业，他和老板之一的罗伯特是同学，因为喜欢东方文化被派到了中国。年轻人这会正关切地注视着童小华那红红的眼睛。

"嗯，我很好。"童小华赶紧掩饰地用英语回答他说。

童小华抬手拭去泪痕那一刹那，布朗看见了她原本压在胳膊下面的图纸，年轻人眼神好，他一眼就发现那张图纸有点不同。"我可以看看吗？"他说道，手已经有点迫不及待地伸了过来。童小华想藏起来已经来不及了，只好把图纸给了布朗。布朗接过来，仔细看了几分钟，然后，他盯着童小华，问道："是你画的？"童小华说："是的，很抱歉，我不该这样。"

布朗摇摇头，又认真地看图纸。看见美方的主任对自己的图纸这么在意，童小华忘了刚才吴主任的教训，在一边解释起来：

"……以微处理器 TMP 50C 100 为中心，这个系统换成 430 ID 系统来控制电路，把这块集成电路放到磁鼓边上……还有，这里，马达和主轴伺服电机这样摆放，这样，控制电路就得到了最大简化，内部结构就更加紧凑，而功能却更强大……"

布朗连连点头，他把图纸看了半天，想翻下一页，结果没了，脸上一副大惑不解的神情："你应该还做了一步。其他的图纸呢？"

童小华脸上闪出一丝惊讶的表情，心想这个番仔（她才来几天，已经学会了本厂的广南人对外国专家的"亲切称呼"）这么年轻，专业眼光竟然这么毒。她的语速不禁加快了一点："我没画出来，我认为这是不可能的……"

她顺手操起桌上的画图笔，在那张蓝图背面画了起来，边画边说："也许这样不好，因为这样一来，就把原来最核心的部分推翻了，但是……"她又顺手画了一个电路板图。

布朗在一旁看得眼睛都直了："这是你想出来的？"

一谈到技术，童小华就显得格外自信："集成电路完全可以这样优化一下，这些元件还可以再微型化，然后在电路板上加密晶体管的布局。集成电路板我算了一下，也可以采取层叠的布局。你看，距离外壳的底板还有两微米……物理极限是可以达到的。"

布朗满腹疑惑："你认得仙童公司的人？"

童小华一脸茫然，她倒是知道美国著名的仙童公司，但她确实不认识那里的谁。

布朗的眼睛瞪得更大了："也没在英特尔干过？"

"你……是什么意思？"

"这种天才的想法只有美国人才做得到。那么，机型……"

童小华不假思索地画了机型效果图，布朗一看她标出的尺寸，吓得瞠目结舌：这是一个仅比一盒磁带宽、厚一点的超薄的微型录音机，几乎可以像一个卡片夹一样放在衬衣口袋里。"My God！"布朗双手捧着童小华画的草图。

童小华说："你不觉得很时尚？"

"蠢蛋！不，我是诅咒罗伯特。当然，这种款式，只有你们东方人才能想到，我是说，只有你这么美丽的姑娘才想得到。我要通知他们立刻停止生产 LX，直到新的方案确定了为止。"

童小华脸上一阵发热，她没想到老外会这么看重自己的创意，她急忙说：

"不，我不想耽误 LX 的投产。"

布朗说："一切都是值得的，你的 idea 比罗伯特的好，这是颠覆性的 idea。我能带走它吗？"他扬着手里的图纸。

童小华点点头："当然。"

布朗要了台车，直接去了电信大楼。当时，特区还没有程控电话，打国际长途要到电信局。布朗由工作人员带进一间密封的小屋，话务员已经接通了美国的长途。布朗把童小华画的优化图摊在面前，向大洋那端、正准备下班的罗伯特详细介绍了童小华的构想。

美国，加利福尼亚，圣克拉拉。

罗伯特显然来了兴趣："你是说，一个中国人，一个年轻姑娘……"

布朗说："我知道有点不可思议，中国人的半导体技术应该还停留在 60 年代，但这个姑娘的想法，当然，这不是什么尖端技术，但她的想象力和对原理的理解，似乎超出了我所见过的中国人……不，她不是学习所得，而是一种本能。这才是可怕的，本能……至于我本人，我对她的科学理解能力很有兴趣。"

罗伯特说："这点才是关键。"

布朗笑了起来："你难道对东方一点好奇心也没有吗？我已经爱上了中国人的饮食。"

罗伯特说："你确定你的爱不包括那位中国姑娘？"

"当然，如果可以的话。她是位美人。"

罗伯特说："好了，现在不是讨论姑娘的时刻，等我收到你发来的传真，或许我们可以再讨论一下。"

布朗把童小华画的优化图和后来加的草图传真回了美国，这时，加利福尼亚已经是晚上，罗伯特电话召来了几个年轻的工程师，大家围在设计室，一起欣赏那个神秘的东方美女娟秀的线条和字迹，最后，罗伯特说："似乎，我们应该去一下中国的这个经济特区？"

罗伯特亲自从美国飞到香港，然后马不停蹄，来到了特区，罗伯特谁也没见就急着把童小华请到了布朗的办公室。

童小华没想到赫赫有名的美国罗伯特父子电子集团的副董事长罗伯特先生这么年轻，忍不住多打量了他几眼。罗伯特看上去比他的同学布朗还要年轻，当然后来布朗说罗伯特跟他是同年。罗伯特有一半苏格兰血统和一半意大利血统，身材高大而颀长，皮肤白皙，有着一张略显瘦削的俊朗的脸庞，像地中海一样深邃而蔚蓝的眼睛洋溢着热情的笑意。童小华感觉自己有点自作多情：他注视自己的时候，看上去甚至有点含情脉脉。她伸出手来和罗伯特握了一下，在这一握中，她感觉到罗伯特的手有点潮湿，而且很有力。

罗伯特非常有教养地把头微微向童小华倾过来，小声地说："童，你的设计是天才的设计，太完美了。我代表公司衷心地祝贺你。"

童小华的英语本来就很好，加上在这样一家有美国背景的公司，她又加强了英语听力和口语的训练，所以对罗伯特的话大致能听懂，没等翻译，她就高兴地说："这么说，您赞成这个设计。"

罗伯特潇洒地一挥手："当然，不过里面一些机件的布置还要进一步完善。我想，你不会拒绝由你担任总工程师来组织最后的完善。"

童小华有点惊讶："我？你不是从香港和美国带了工程师来吗？"

罗伯特说："当然，他们是来协助你的工作的。"

童小华开心地笑了起来："那太好了，我们可以互相学习了。"

罗伯特非常认真地摆摆手说："No，No，No，他们是来协助你工作的。当然，我希望你们的合作很顺利，在一周内拿出完美的设计来。"

童小华立即就成了这个三方攻关小组的负责人，开始在她的构想的基础上，对LX机型进行进一步完善设计。厂方专门腾出了一间大办公室给他们使用，美国和香港的技术人员在办公室装上了电脑。以前，她上大学时，听说过CAD，但这是第一次领教了现代化的设计程序带来的便利，和在纸上画图不同，她感觉在电脑上完成设计简直就像游戏，轻点鼠标和按键，微型录音机里的各个零件和机壳就能完成一次次组合，不合理，鼠标轻轻一扫，就删除了，再轻轻一移鼠标，一个新的组合就完成了。整个过程充满了创造与游戏结合的乐趣。童小华凭着自己的聪明和对电脑设计的新鲜感觉，很快学会了其实非常复杂的电脑程序。

LX机型的完善设计工作在紧张地进行着，童小华再一次体现了中国工程师忘我工作、奋力拼搏的干劲：每天，她几乎一上班就泡在办公室不出来，一直到晚上，有时，连饭都让人送到办公室来吃。

第二十四章　5万，美元

童小华不知道，公司高层正在为她角力。

在LX机型即将投产之际，合作方高层工作会议上，罗伯特郑重地向三方高层提出：是时候给这款新型机的设计者发放奖金了。

提到奖金都很开心，中方厂长余汝明乐呵呵地说："同意，我看了吴主任给我的设计图，的确是比原方案好多了，可以奖励一下设计人员。罗伯特先生，你看奖励多少好呢？"

罗伯特说："你看 5 万怎么样？"

这个数字大大超出了余汝明的想象力，他眼睛瞪得像铃铛："5 万？设计室才几个人，一人差不多得 6000 块，这可是从来没有过的，年终奖才发这么多呀！"

罗伯特从香港带来的翻译陈先生把余汝明的话刚翻译完，罗伯特就大摇其头："不不不，5 万全是童小姐的。"

罗伯特的声音很低，余汝明却仿佛遭遇晴天霹雳，吓得差点从椅子上摔下去，他连忙站起来："罗伯特先生，你知道你在说什么吗？怎么是童小华小姐一个人的？这是在吴主任和布朗先生的领导下，设计室全体人员共同努力的结果，怎么能说是童小华一个人的？"

罗伯特被余汝明呛得半天说不出话，他掏出童小华画的那些图，对布朗说："难道是大家想出来的？"

布朗信誓旦旦地说："我就是见证，完全是童小姐的 idea。我想，吴也可以作证。吴，你说呢？"

吴艳梅嗫嗫嚅嚅地说："我们只是安排了童小华同志画加工图纸，其他方面，我不太了解，我最近有点忙。"

余汝明当然知道这是童小华一个人的创造，但他还是转不过弯来："罗伯特先生，你可能对中国国情不了解，我们讲究的是集体智慧，今后，我们还要发挥集体智慧，如果这次只奖励童小华，而且数目如此之大，会打击其他同志的积极性，以后我们的工作就不好做了。"

罗伯特听完翻译，马上明白了余汝明的用意，他又大摇其头："我们要尊重天才，要发挥天才的作用，童小华是天才。刚才我说错了，这个钱不是奖金，是我们购买童小华的知识产权的钱，这是她的知识产权！"

余汝明知道美国人和自己的想法完全不可并轨，他重重地叹口气，说："你们这些老外的想法真是不可思议。"

罗伯特见他有点松动的口气，马上笑起来说："老朋友，我们给童小华钱，马上就会让所有人眼红，他们马上就会有很多 idea 出现，我们的工厂一定可以超过日本人的。"

余汝明端起茶杯，口里喃喃地说："5万块啊，一个助理工程师，才来几天就赚到了相当于10年的工资，这，这要在厂里造成多大的震动啊！"

陈翻译把余汝明的话译给罗伯特。罗伯特一时还没反应过来，过了好一会儿他才轻轻地说了句：

"我说的5万，不是你们的钱，是美元。"

乒！一声脆响，余汝明的杯子摔碎在水泥地上。

出现了一阵令人难堪的冷场。

罗伯特见状有点惊讶："为什么？很多吗？"

余汝明摔烂了杯子，却稳定了心态，他开始从一波又一波由这个不知深浅的小美国佬打出的组合拳中稳住了阵脚，他下意识地用手捋一捋头发，清清嗓子说："罗伯特先生，你可能不了解中国的情况，童小华是我们的干部，对干部的奖励，我们是有标准的。童小华同志有今天的成就，是我们国家培养的结果，功劳是属于人民的，如果这样重奖她，会影响她今后为国家工作的积极性的。我不能因为你说的什么知识产权就这样给她奖励，这对童小华同志的成长是不利的。"

罗伯特听完翻译，耸耸肩说："这是国际惯例，我们购买童小姐的专利，只付了5万美元，就因为她是本公司的员工，否则我们可能要付出更多的钱。"

余汝明笑了笑说："罗伯特先生，我们有很多天才的工程师和设计师，创造了很多，他们什么钱也没有得到，但是他们为国家服务的精神始终非常高昂。罗伯特先生，中国人和美国人是不一样的，中国人是有崇高理想的！"

罗伯特觉得自己快疯了，苏格兰人的那股执拗终于占了上风，他忍不住提高了声音："购买童的专利的这5万美元不包括在我们共同的利润里面，完全由罗伯特公司支付，这是美方公司购买的专利，我会让美国的会计直接把钱打给童小姐。"

余汝明愀然作色："罗伯特先生，这是不可以的，我们的干部不允许私下接受外国的资金。我建议你把这5万美元交给工厂，用途嘛，可以慢慢讨论。当然，我们尊重你的意见，重奖童小华。"

罗伯特听懂了，他不知怎么回答是好，他呆呆地坐在那，看看余汝明，又看看大家，脸涨得通红。最后他坚持道："上帝是上帝的，恺撒是恺撒的，专利是童的，我们只能向童个人购买。如果说她的身份有障碍，那么她可以成为我们美方的技术代表，这样她就可以得到这笔钱了，我们不能埋没她对罗伯特公司的贡献。"

余汝明见他脸憋得通红，忍不住觉得好笑，他心里有点责怪这个小老美什么也不懂。

"童小华是我们中国的国家干部，怎么能成为外国合作方的代表？"

罗伯特说："那么，她能不能不当你们的干部，比如说，当我们美国公司的干部？"

余汝明严肃地说："这怎么可以？国家培养了她这么多年，她有义务为国家工作。"

罗伯特坚持说："可她还是在美港电子厂服务，这个厂也有你们中国的股份，她其实还是为你们工作。"

话说到这个份上，中方的一些人员开始议论起来，大家看似小声，其实也是把话说给余汝明听。大家的意思无非是说特区早就实行人才自由流动，干部在厂里由一方流动到另一方应该是允许的，要不就没法解释童小华从昌江省流动到特区的美港电子厂的合理性。

罗伯特听着翻译，脸上露出了笑容，他对余汝明说："余厂长，我看这是合理的。我们需要童小华。"

余汝明不无担忧地说："这种情况在特区也不是没有，可如果童小华作为美国公司的代表，那她的干部身份就没有了，她就变成了资本家的雇员了，就不能再享受我们的公费医疗、粮油供应指标了。还有，将来你们万一不要她了，她就彻底失业了。"

罗伯特耸耸肩膀："童是个天才，她是不会失业的。我们公司的雇员有着世界上最好的福利，我们还有丰富的粮食。"

余汝明"这个、这个"了一阵，终于有点不耐烦地问罗伯特："你为什么这么坚持要给童小华这笔钱？"

罗伯特说："这是原则，知识产权是一种权利，科学家应该维护自己的权利。科学要进步，一定要让有创造力的人得到奖赏，如果没有奖赏，创造力就会受到遏制，人类将不会进步。"

余汝明的心受到了巨大的震撼，对眼前这个小美国佬不禁肃然起敬，看来，我们要思考更多的问题了。过了好一会儿，他才缓缓地说："如果把童小华放在另一个位子上，对我方的事业也有好处的话，我们可以再商量。这样吧，我再考虑一下吧。我还要找童小华谈谈。"

罗伯特高兴地说："你是我见过的最好的领导人。"

第二十五章　假洋鬼子也是特区的人

"啊，5万！美元！"童小华还没听完余厂长的话，就惊叫起来，她在心里默算了一下比价。"我的天啊，我发大财了！"不过她很快清醒过来，"厂长，这，会不会犯错误？"

余汝明苦恼地说："我也拿不准，除非你真成了外方员工，那么美国佬给你多少钱我也管不着。"

"外方员工，什么意思？"

余汝明把罗伯特的提议说了一遍，童小华马上拒绝了这个提议。

"这不就是假洋鬼子了吗。"

余汝明习惯性地捋捋头发，然后像牙疼似的说道："有些话也许不该是我这种身份的人可以说的。站在我的角度，你这种态度非常可贵。但是站在年轻人的角度和你的实际工作能力的角度，你也许应该有一个更大的发展平台。"

童小华不解地看着这个平素在她看来有点古板的中方领导。

余汝明说："这件事给我的触动真的很大，我想了一天了，这么多年来，我们的科研人员无私奉献，这是我们战胜一切困难，在一穷二白的基础上建设起强大的工业和科研体系的精神支柱。可是，我们也不能让科研人员总靠精神力量支撑着啊。改革开放，那么多没文化的人都富起来了，为什么科研人员不能富起来？罗伯特的做法提醒了我，也许我们要换换思想了，怎么样让我们的年轻工程师都具有创新的冲动！"

"厂长，我是说我怎么办？"

余汝明郁闷地说："我怎么知道，人才流动我又不能挡。那个小老外老说他们需要你，而且给你的待遇的确太高了。"

童小华一脸迷惑："那我……还是先把 LX 做出来吧。"

罗伯特没得到余汝明的回音，认为是余汝明从中作梗，他决定亲自去找童小华谈谈，地点是他住的新坪上海宾馆，并请她一起用晚餐。

童小华赶到时，罗伯特、布朗和翻译全怔住了，罗伯特蔚蓝色的眼睛里充满同情地盯着童小华看，久久都没说话。童小华让他盯得好不自在，便小心地问："罗伯特先生，有什么问题吗？"

罗伯特说："童，难道你没有晚礼服吗？"

"我……"童小华张开双臂看看,这才发现自己的穿着和这里的气氛很不协调,罗伯特、布朗和翻译都穿着非常正式的西装,在华丽的宾馆酒楼里显得文质彬彬,而自己,却穿着一身又肥又大的蓝色厂服。她抱歉地冲罗伯特笑笑:"对不起,罗伯特先生,我刚从设计室出来。我一直在工作。"

罗伯特小声嘟囔了一声什么,然后就有点着急地说:"我们不说这个了。童,你不要听余厂长的,你要听我的,我们会给你很高的工资,会给你很好的保障,你不会失业的。"

童小华说:"罗伯特先生,你不了解我们中国人。我在读大学的时候,我们的口号就是'为祖国辛勤工作40年',我为我的祖国工作连4年都没到呢。"

罗伯特耸耸肩,说:"我很欣赏你的口号。你将一直为你的国家工作,我也为你的国家工作。你不这么认为吗?"

童小华露出哭一般的神情,说:"我……我要是成了美方的人,我就不是为中国工作了。"

"童,你的国家,中国,是世界的,我的国家,美国,也是世界的。我的公司也是世界的,我的公司在全世界有几十亿美元的投资。我们都是世界的一员。"

"你知道吗,你在颠覆我所受的教育。"

"只要你生活的视野再打开一点,你就会发现,你是一个世界人。你看,你们街上跑的车是日本的,你们用的电器也大部分是日本的。你们的建筑是中国香港、欧洲、美国和日本的建筑师设计的,用的材料许多也是我们美国以及意大利、法国、日本、新加坡和中国香港的,你们吃的大米是泰国的,海产品是澳大利亚的和东南亚的。再说说我们的工厂,也是合资的。而全世界,包括我们美国,很多人也在享用你们中国的产品。世界在为中国服务,中国也在为世界服务。这就是今天的世界。"

"可你想过没有,我这个人是中国的,我必须无条件地爱我的祖国!我要用我的方式去爱我的祖国。"

"我爱美国,就像你爱中国一样,但这并没有妨碍我到中国来投资。童,我想你会好好考虑我的提议。"

徐洪波听完童小华的述说,呆呆地看着她。童小华有点着急地看着眉头紧锁的徐洪波:"你为什么不说话,我哥说他有什么事就找你商量,说你是小诸葛,怎么你不给我出主意。"

徐洪波为难地笑笑说："美国人到底要给你什么好处？"

童小华有些羞涩："布朗先生要回国了，罗伯特让我当美港中国工厂的美方设计室主任。以后，我就有权提出我的创意啊，我有什么好的想法也可以直接跟美国方面沟通。另外，还有很多培训机会什么的。当然，工资也高了很多。"童小华停了一下，又小声补充道："比咱们高起码5倍。"

徐洪波倒吸了一口凉气。"MD这些美国鬼子！挖人真舍得本钱啊！"

"你……赞成我去？"

徐洪波还沉浸在自己的思路里，口里喃喃说道："他们这一着是厉害，咱们得学！科学进步少不了人才使用的进步！"

"徐大哥，你有没听我说话，我问你我的事呢。"

"呃，我一向认为，去留的问题，主意要自己拿。"

"我找你可是让你帮我拿主意的。"

童小华说这话的时候，已经有一点撒娇的味道了。徐洪波终于一脸凝重地说："理论上讲吧，不管在国企还是在外企，本质上都在为了特区的改革开放工作，这条大原则是不变的。我们为什么引进外资？特区那么多优秀年轻人到外企去工作，政府还鼓励，为什么？道理就在这。转为外企的员工，你的才华如果能发挥得更好，就能更好地为特区服务。"

"可我总觉得到了罗伯特那里，就是帮罗伯特赚中国人的钱，感觉挺别扭的。有点假洋鬼子的意思。"

徐洪波笑了起来："你以为罗伯特是白求恩，不远万里来到中国，就是来支援中国的改革开放的？不对！当然不能说他不是一个高尚的人，但他本质上还是一个商人，他来中国就是赚钱来的。但我们还是欢迎啊，他赚了钱，我们也赚到了发展。这就是开放。"

童小华释然了许多，笑靥显得格外灿烂。"不过……"她欲言又止。徐洪波见状，故意不说话。终于，童小华嗫嗫嚅嚅地说："徐大哥，我改动一下美国罗伯特公司的一个录音机的设计，他们要奖励我一笔钱，5万块。"

徐洪波眼睛瞪得老大："5万啊！"

"美元。"

徐洪波差点从椅子上摔下去。

"你就画了两张图，就能赚这么多，凭什么？不会有什么问题吧？"

一听这话，童小华不高兴了，她嘟起嘴，说："我这个设计比日本SONY的同类机型先进了一代，罗伯特说它的市场价值要破亿呢，美元哦！"

徐洪波喃喃地说："邓小平说，科学技术是第一生产力，此言不虚啊！你这个例子太好了，我要写一篇文章，你再说一遍，我记下来。"

童小华吓得直摇手："千万别，我可不想到报纸上出风头。再说，我们是合资工厂，不好对外透露员工收入的。"

两人再见面，已经快到春节。

"你们几号放假？"

"放假？我不知道呀。"

"……"徐洪波一时无语，"过年你不回昌江？"

童小华看了他一眼，小声说："我们厂春节后要上一条微机生产线，美国人要在特区加班，他们是不过春节的。我加入他们的团队了，不回去了。"

徐洪波一脸不悦，又不知道说什么好。两人闷着头走着。童小华终于又小心翼翼地说："美国方面希望我们能加快进度，等忙完了给我假。我不好拒绝。徐大哥，我刚刚才办了手续，我现在是美国的员工啦，人家给我加了工资，又提了职……"

徐洪波傻眼了，前年夏天离开洪州，他一直没回去过，有点想家了。童小华不走，让他很为难。一种责任感在压迫着他。最后他自言自语地说："罢罢罢，我就当一回白马王子吧。"

除夕之夜，新坪工业区黑漆漆的，只有不多的几家工厂门口亮着灯。美港电子厂俱乐部里灯火通明，来了不少"番仔"——这个叫法是工业区里的本地人叫开的，外国人听了翻译后，认为这是中国人对他们一种很亲热的称呼，是一种在情感上认同的表示，欣然接受。

童小华在厂俱乐部参加完外籍人士春节 party，一看表，才晚上 8 点多钟，她想起了年后就要投入生产的微机生产线的技术说明，就赶回办公室，打开电脑，开始工作。俱乐部那边老外们喝了不少酒，舞兴正酣，没人注意到设计室的灯亮了，一个年轻的中国女工程师正在埋头工作。

远处传来了密集的爆竹声，天空中升起了灿若星海的焰火。童小华一激灵，电脑上显示的时间是 2 月 17 日 0 点。

1988 年的春天到来了！

童小华轻快地走到窗前，一把推开窗户，和着爆竹焰火味的喜气洋洋的空气扑面而来。童小华开心地笑了，这是她在特区过的第一个春节。徐洪波说特区的春节不好玩,可她这个春节过得很好,很有意义。她收拾好东西,准备回家了。她现在已经成为美方高级职员,便搬出集体宿舍,搬到新坪新开发的一处由美方购买、供美方高级职员居住的花园小区去了。在那里,她有了一套一室一厅的住宅。她推着自行车走到厂门口,突然,她愣住了,一种从未有过的温暖像特区的阳光一样,那么迅速而明亮地抚慰着她的心,好强的女孩的心剧烈地跳动。

一个颀长而挺拔的身影,站在门口昏黄的路灯下。

那是徐洪波。

"你——"

徐洪波俊朗的脸上绽出了笑容:"我给你打电话,保安说你还没回家。我估计你在加班。这么晚了,我……"

童小华傻傻地点着头,声音柔柔的:"你真好。"

"走吧。"

童小华心里一阵温暖一阵晕眩,乖乖地骑上车跟着他。走了好一段,才想起问他:"你干吗要来?"

"这不是路上很黑吗,我怕你害怕。"

真的,新坪工业区到处是正在施工的厂房和已经开工的工厂,就是没有灯红酒绿的商业服务网点,从美港电子厂到住处,有一段路刚刚建好,还没装路灯,路边待建地,围墙连着围墙。

两个人骑着车,慢慢地前行。童小华没有转头去看徐洪波,她知道徐洪波就在她身边,她感觉得到他的男人气息在这黑沉沉的路上弥漫着,其实徐洪波身上什么也没有挥发出来,但她似乎就在呼吸着某一种应该是属于徐洪波的气息,她整个胸中都填充着甜蜜的幸福,她希望这段路长一点,再长一点。

童小华心理上的这一切变化,徐洪波一点不知道,他见童小华不吭声,就关切地问道:"童小华,你为什么不说话,害怕吗?要不,我们一起唱首歌?"

童小华一下子从自己甜蜜的臆想中回过神来,她忍不住笑了起来:"你还会唱歌?我以为你们一天24小时都板着面孔,连睡觉也在考虑改革开放的大事呢。"

"瞧你说的,我们报社其实大部分是年轻人,大家休息时间还不都是蹦蹦跳跳,说说笑笑,当然也唱歌了。跟外面的人也没什么两样。"

"呵,我看你就不会蹦蹦跳跳。"

"我又不是机器人。"

"哎，你不是说要唱歌的吗？唱啊，我想听听记者是怎么唱的。"

"呃，你看，前面已经到大路了。"

说话间他们就到了宿舍楼下，徐洪波说："好了，本警卫的任务完成了。不过，晚上你还是别加班了。"童小华说："不是任务太紧了吗，老外又没有春节。"徐洪波说："那……那好吧，反正我晚上也没啥事。"

接下来的日子，对徐洪波和童小华来说，特区的夜晚，夜晚那条黑漆漆的道路，变得那么美丽，这种美丽是因为彼此有了一种期待。在春天，两个年轻人在心田播下了爱情的种子。

第二十六章　京城的科技人员开始开公司了

春节过后，徐洪波随特区新闻记者团到京城采访全国"两会"。行前，总编辑方重答应他采访结束后放他几天假，让他回一趟老家看望父母，毕竟两年没回家了。采访结束后，徐洪波搭上公交车，到城西的科学院去。在京城待了半个月，忙得没有时间去看看熊立伟。

科学院的大院比他想象的要大许多，几乎就是一座小城镇。科学院有近百个正局级研究所，一栋栋苏联式和中式的建筑整齐排列，宽敞的道路两侧生长着高大的梧桐树，3月的京城乍暖还寒，梧桐叶还没有长出，大院里格外空旷，让人心旷神怡。徐洪波见人就问，终于找到了熊立伟所在的电子所，进得门去，又问了几个人，才在光电信息工程实验室找到熊立伟。

乍一见到徐洪波，熊立伟愣了一下，随即便扑过来，一把抓住徐洪波的手。

"你这家伙，终于来了！"

徐洪波好不容易笑着甩开他，说："我都来了快半个月了。"

"你看你看，不够意思，怕我请不起你？"

"说哪去了。"徐洪波把自己到京城的工作说了一遍，又感叹道，"京城之行给我触动太大了，京城的同志思想之解放超出了我原来的想象。"

熊立伟鼻子立即翘上了天。"那还用说，这是什么地方，中心啊！"说着拉起他就往外走，"咱们先找个地方吃个饭。来京城我请客，二锅头管够。"

两人在林荫道上走着，熊立伟："你刚才说的思想解放我更有体会，现在科学院和京城大学、燕岭大学、交通大学、京华理工，还有所谓的八大学院，教授、研究员们可都在蠢蠢欲动，办科技企业，把科研成果转化成生产力，搞得挺红火呢。你刚才过来有没有看到，什么斯顿电子打字机、华光微机，都是我们科学院和一些大学开的公司。"

徐洪波乐呵呵地说："看到了，的确很振奋，很有科技现代化的意思。到底是科技力量最强的地方，咱们国家能跟美国、日本和欧洲的发达国家拼科技的地方，也就是京城、浦城了，穗城都差好几个档次。"

熊立伟说："是啊，能在京城读研究生，就算是站在科技的高地了。你记住啊，现在我们搞科学的人不是提科学技术，而是提'高新科技'，高新科技，懂吗？"

徐洪波一看这个理工男又犯痴了，不禁"喷"了一声："不就做微机吗，特区也有，童小刚妹妹的工厂现在也做微机。"

熊立伟哂笑道："我们京城早不叫微机了，叫电脑。你听听，电脑，多高深啊。不过你别不服气，童小刚妹妹的工厂不过是一家组装厂，我们京城很多公司可是搞开发，是研究开发最新的电脑的。不光是电脑，高科技涵盖了很多方面，京城的研究所和大学现在都在盯紧世界最先进的科技在搞开发。算了，说了你也不懂。"

徐洪波犟嘴说："但是特区懂的人肯定不少。我们那里有工厂，你说的这个搞开发应该没问题吧。"

熊立伟摆摆手，表示休战："跟你们文科生说不清，罢罢罢，我是请你吃饭的，不是跟你吵架的。"

徐洪波拉着他，说："不过听你这么一说还真有点启发，我想回去写篇文章呢。你说，特区总不能总搞贸易和加工吧，那不是长久之计。要像你刚才说的，盯紧世界最先进的科技……"

熊立伟大摇其头："这不是你考虑的，高新科技要靠京城、浦城，你们特区只能做做服装鞋帽、自行车手表什么的，能加工点电脑硬件已经很不错了。"

徐洪波不悦地说："你们特区？你才离开特区几天呀。"

"呃，对不起。"熊立伟知道自己说错话了，毕竟人家是从特区来的，便改口道，"其实各个城市还是要发挥各自的优势，特区的优势就是发展对外贸易。"

徐洪波若有所思，仿佛自言自语地说："不，特区为什么不可以成为高新技术的窗口？"

熊立伟说："你别走火入魔了，好不容易见一面，不想这些了。"

说话间，两人已经走出了大院，在门口不远的地方找到了一家门脸看上去还挺干净的小餐馆。两人坐定，徐洪波说："还是我请你吧，这点我有优势，我的出差补贴挺高的,你那点研究生工资还是留着谈对象的时候用吧。"

熊立伟笑着骂了一声:"去你的。"

点上菜,熊立伟果然叫了一瓶二锅头。徐洪波又问起了熊立伟学习的情况,熊立伟告诉他,中国在光通信技术方面和国外先进国家差不多同时起步,但国外这几年发展很快,导师要求他在这方面多做些研究,把基础打扎实,瞄准最前沿的发展,一定要和国外先进水平同步。

徐洪波听了由衷地说:"你们这些搞高科技的真了不起,干的都是为国争光的工作。"

熊立伟神气十足地说:"现在咱们可不是什么争光争气的年代了,而是要在本世纪末,在新发明、新技术、新材料各个领域全面追赶世界先进水平。"

徐洪波再一次端起酒杯,不无动容地说:"老熊,这酒我喝得痛快,敬科学家!"

和熊立伟见过面,徐洪波踏上了归途,他先回昌江省会洪州去看望父母。住了三天,便匆匆回到特区,骑上单车就往新坪童小华所在的美港电子厂飞奔而去。

第二十七章 那是爱情的"陷阱"吗

徐洪波和童小华相爱了。

20世纪80年代的年轻人表达爱意是那么难以启齿,即便在开放的特区也是如此。

开始,两个人都不敢捅破这层窗户纸,总在折磨着自己。

特别是童小华,在徐洪波赴京城的日子里,她觉得世界是那么空虚。她的心头总是浮现出徐洪波温和的笑靥,一切在春节达到了高潮。在那段短暂的时间里,每次他看见她出现在厂门口时绽放出来的发自内心的灿烂笑容,是那么真诚。这种笑容,只有见到自己喜欢甚至是迫切想见到的人时才会绽放。但每次看到徐洪波一个人孤零零地站在昏黄的灯下,早春深夜的寒风飘起他柔软的头发,姑娘就越来越于心不忍。

徐洪波从京城回来后,他俩见过几次面,但还是没有互相表白。

白天也越来越长,傍晚时分,空气中弥漫着花香,很多日子里,童小华下班的时候,都特意绕到市委和特区日报社边上那条开满了紫荆花的路旁慢慢走着，她希望能巧遇到徐洪波。但都没有如愿。

干吗不折磨一下这个坏蛋！于是，她打了个电话给徐洪波：

"徐大哥，我们厂又接到了订单，我晚上要加班，你能不能……"

徐洪波果然欣喜若狂："当然，那还用说！"

于是，他俩并肩骑行在那条已经越来越明亮的路上，总是说着一些傻话。

"你们报社是不是有很多人？"

"那当然，市委机关报嘛。"

"那，女记者多不多？"

"也很多。"

童小华不放心地问道："你们那的女记者一定都很年轻，很漂亮吧？我看电影里的女记者都是这样的。"

"特区嘛，都是年轻人，她们当然也都很年轻。漂亮嘛，有漂亮的，也有不漂亮的。我说，你打听这些干吗，你应该打听男的呀。我们那里全是年轻英俊的小伙子，一个比一个精神。"

"你排第几？"

徐洪波有心开她的玩笑，就说："我嘛，论工作，我排中游，论相貌，我排倒数第一。"

童小华有点生气地脱口而出："你一点都不认真，不尊重我。不跟你说了。"然后就猛蹬自行车，蹿出老远。徐洪波在后面急得也猛蹬自行车，一边还叫道："哎哎，你干吗呢你，生气了？"他追上童小华和她并驾齐驱，然后和解地说："开玩笑的，怎么能说我不尊重你呢。"

"本来嘛。"

"好好，算我说话不认真，不尊重你。"

又一天，童小华出门的时候，一脸是灰，没有推着自行车出来。徐洪波关切地问她："你怎么了？车呢？"

"还说呢，丢了。"

徐洪波一听，忍不住"咻"地笑出声来。"这下你真的成了特区人了。我听说在特区不丢自行车就不算特区人。"

徐洪波的笑很有感染力，童小华脸色不那么难看了，但还是火气不小地说："先生啊，你说得轻巧，我的可是辆新车呀。我快心疼死了。"

徐洪波说："丢了就丢了吧，心疼也来不及了。明天我带你去旧车市场再买一辆。你哥也丢过车。好吧，上车吧。"

童小华说:"你带得动我吗,我很沉的。"

"应该没问题,车胎的气还是很足的。"

童小华大声抗议道:"你还当真了,我没那么重。"

两人说说笑笑,徐洪波就带着童小华上路了。童小华是跳上车的,上车的时候,她的手在徐洪波的肩上借力扶了一下,也就一刹那间,徐洪波有一种触电般的感觉,他对这只手期盼了很久,久得在心理上已经很敏感了。徐洪波也曾经接触过其他的女性,比如跟她们握握手,但从来就没有过这种感觉。现在,童小华就侧着身坐在他身后,他们认识了这么久,却从来没有如此接近过,徐洪波清晰地闻到了童小华身上散发出来的混合着汗味的体香,清晰地"触摸"到了童小华呼吸时荡漾在他背上的气息。这一刻,他只觉得自己的心变得很软、很软。他慢慢地蹬着车,每踏一次,他都觉得车子在变轻、在变轻,轻得要腾空而起,带着他和童小华一起飞升,飞升到一个他梦中的世界去。

童小华不知道徐洪波在想什么,但坐在他身后,这个她多少天来一直想在上面靠一靠,听听里面的心跳的脊背就这么近地贴着她,徐洪波身上那种男性好闻的气味让她一阵阵发晕,她全神贯注地在吸吮着徐洪波,心似乎已经不跳荡了,她恨不能立即就把自己的脸紧紧地贴在徐洪波宽厚的背上,告诉他:你不知道我这时心里有多踏实。

终于,童小华想起了一件事情,便笑说:"哎,你第一次接我的时候,说过要给我唱一支歌的,现在咱们隔得这么近,正好唱一首,别太大声哦。"

徐洪波尴尬了,说:"我……想起来了,那天我看你不说话,以为你是害怕,说说而已。"

"说说而已?男子汉大丈夫,说话要兑现。现在唱,预备起——"

在黑暗中,徐洪波也忍不住咧了咧嘴,不好意思地说:"我哪会唱歌呀。"

"你唱不唱,不唱我挠你痒痒。"

"别别。我试试看……呃,唱个……《冬天里的一把火》怎么样?这歌我唱得最好。

你就像那冬天里的一把火,
熊熊火焰温暖了我的心窝。
每次当你悄悄走近我身边,
火光照亮了我。
你的大眼睛明亮又闪烁,

仿佛天上星星最亮的一颗……

突然，骑车的徐洪波觉得车子猛地往前一倾，"哗啦"一下就倒下了。就在倒下的那一瞬间，说时迟那时快，徐洪波异乎寻常地迅速反应，仰面向侧后方倒下，同时下意识地伸出了右手，一把挡住了一头栽下来的童小华。猝不及防，童小华就这样倒在了徐洪波怀里，她顺势紧紧地搂住了徐洪波，脸非常准确地扎进徐洪波的脖子和肩膀间，就再也没有舍得抬起来。徐洪波也立即腾出用于支撑自己的身体的双手，紧紧地抱住了童小华的腰肢。这对恋人的第一次亲密接触就以这样一种灾难性的方式开始了：童小华的双腿压着倒地的自行车，自行车压着徐洪波的一条腿，而他俩的上半身却紧紧地搂抱着，如胶似漆，那么久、那么久。可是对他们来说，再久也没有等待这一刻到来那么久。

他们没有追究自行车为什么会突然马失前蹄，他们是怎么摔在一块的，此刻，还有什么比激情突然燃烧起来更珍贵？就让它燃烧得更猛烈更持久些吧！他们紧紧地拥抱着、拥抱着……

过了不知多久，童小华才仰起脸来，问徐洪波："洪波，你知道我这会在想什么吗？……我在想，我该感谢那个偷我自行车的人。"

徐洪波说："你知道我在想什么吗？我在想，我的腿是不是残废了。"

"哦！"童小华赶紧爬起来，把自行车搬起来——自行车前轮掉进了一个没有盖子的窨井里。"我还要感谢那个偷窨井盖的人。"她说。

徐洪波挣扎着站起来，甩了甩右腿，说："还好，还能动，说明没断。"

童小华再一次像一只小兽似的扑过去，扑进徐洪波的怀里，他们在这条黑暗的、充满了太多期待的小街上热烈地拥抱着、亲吻着，直到夜露湿润了头发……

就在徐洪波完全掉进幸福的"陷阱"的时候，这天，他突然接到门卫室的电话，说有一位小姐找他，有急事！

徐洪波心里一阵温暖，他认识的小姐也就童小华了，他们的确彼此离不开了。他匆匆下楼。

不是童小华，而是……他过了好一会儿才反应过来：阿梅。

阿梅一见徐洪波，未开口先哭了起来：

"徐大哥，出事了，肥仔，丁冬不见了。"

第二十八章　洪州发生惊天走私案

过了很久，徐洪波才知道，洪州出了一起震惊全国的走私大案。走私的主角是洪州的张金宝。

张金宝原是洪州五金交电公司的总经理。丁冬靠着给洪州五金交电公司进了10辆紧俏的阿美达山地自行车，和张金宝结下深厚友谊。这年，洪州成立了一家中外合资的贸易公司——鸿发电子有限公司，张金宝当上了总经理。他一就任，马上来特区见神通广大的老朋友丁冬，目的是倒腾最紧俏的电器——录像机。

录像机是国家严控进口电器，进口整机要到部里去批，丁冬不敢答应。但朱家兄弟却认为张金宝的公司有官方背景，可以做成批散件，进整机。说白了，就是做一份阴阳合同，绕过政策。结果双方一拍即合。

具体的打法就是以委托书的形式，由洪州鸿发公司签发了一份委托书给朱家兄弟的环球电器贸易公司，委托特区环球电器贸易公司进口日本丽影录像机2000台，金额为60万美元。货款由鸿发公司汇入香港极夜电子配件行账户。环球公司提供报关文件，鸿发公司办理报关手续；鸿发公司向环球公司支付8.4%的手续费。而鸿发公司又与香港极夜电子行签一份进口2000套丽影录像机散件的合同。

一单瞒天过海的非法电器生意有计划有步骤地开始了，鸿发公司通知昌江省有关银行向香港有关银行发出信用证。不久，"录像机散件"便从香港发货了。

谁也想不到，香港极夜电子行的股东之一就有陈祖模，对，就是当年特区汕港电视机厂的港方厂长。前年，朱家兄弟和丁冬做局，坑了他2000台彩电和2000套显像管。

报复开始了。

"录像机散件"在特区文星渡一进关就被海关盯上了。文星渡口岸集装箱堆积如山，但海关人员竟然准确地锁定了发往昌江省洪州市的集装箱。两个年轻的关员手里拿着报关单，不紧不慢地走到其中一个集装箱前，剪开铅封，打开箱门，映入他们眼帘的，果然是一排排包装完整的丽影录像机整机而非报关单上标明的录像机零部件。

两名年轻关员当即从包里取出封条，贴在集装箱门上。鸿发公司的集装箱全部被予以扣押，等待海关调查。一个多月后，文星渡海关发出走私案件处分通知书，决定没收全部货物，并罚款人民币150万元。

录像机事件在洪州引发了轩然大波，洪州市委书记了解了事情真相后，明确表示，支持文星渡海关的裁决，绝不能干扰国家打击走私犯罪的大局。不久，张金宝被逮捕，主管副市长受到了党内严重警告处分，他作为主管领导，贻误了追回国家损失的机会。本来，洪州方面的银行凭合法的单据付款给香港电子配件行，录像机被海关查押，港方也有连带责任，只要洪州方面以"单证不符"的合法理由拒付货款即可，而且此时信用证的有效期已到，自然失效，洪州的损失还能得到一定程度的弥补，但洪州方面没有采取这个措施。

在逮捕张金宝的同时，洪州警方赴特区抓捕环球公司的涉案人员。

环球电器贸易公司乱成一团，朱蓉生朱锦生已经预感到大事不妙，开始四处收账准备潜逃。丁冬也没敢去公司上班，猫在自己的出租屋里。阿梅好生奇怪，就探进头来看看他。丁冬一脸是灰，幽幽地问："阿梅，要是我不做生意了，成了穷光蛋，你还会不会跟我好。"阿梅笑起来："我也没说要跟你好呀。"丁冬急了，一把拉住阿梅的手。阿梅甩了几下都没甩开，开始有点怕了，丁冬脸上呈现着少有的正经：

"我最近跟洪州做了一单生意，出事了。搞不好，我们公司都要受牵连，我可能也待不下去了。"他把录像机案跟阿梅说了一通。阿梅脸上突然呈现出一种与她年纪不相称的凝重："丁冬，要是你真的被炒掉了，你就回来，咱们一起开个小店。特区这么大，咱们不会走不下去的。"

丁冬感激地看着阿梅，突然他又沮丧起来："就怕没那么简单，可能人家还要抓我。"

阿梅又急了，说："那你还不躲起来。"

丁冬说："要是我躲起来，你会不会等我？"

阿梅郑重地点点头："我等你！"

两个年轻人，在大难临头的时刻，在这狭小的出租屋里，热烈地开始了他们的初吻⋯⋯

洪州公安在环球公司附近埋伏着。朱家兄弟回到了公司，他们没有动手。眼看就要下班了，再等到丁冬的可能性已经很小。事不宜迟，洪州公安的5名便衣警察从埋伏的小屋里一起出动，装作打货的人慢慢地向环球公司靠拢，朱家兄弟还没看清有人进屋，两个警察已经进了里屋，掏出了逮捕令：

"别动，我们是洪州公安局的，你们被捕了。"

朱家兄弟面面相觑，束手就擒。

此刻，丁冬在特区日报附近。事到如今，他觉得该跟徐洪波聊聊，也许他有什么办法给自己开解呢。于是，他骑上摩托来到了特区日报，到了门口却迟迟不敢进去，又折到报社后面的公园想起了心事。

冥冥之中有一种声音在暗示他这样做。

阿梅乖乖地坐在了铺头守摊，快下班的时候，她发现街对面冷饮店门口，站着一高一矮两个男人，他们一人手里夹着一根烟，不像其他人一样说说笑笑，而是板着脸，一言不发，一副好严肃的样子。再次看他俩，她注意到这两个男人穿衣服不像特区男人那样，把衬衣扎在裤腰里，而是让衬衣的衣襟遮在外面，显得有点邋遢。又过了一会儿，她再次扫过冷饮店，发现那两个男人还没走。矮个子已经转过身去，在跟高个子讲话。高个子烟抽完了，走到路边的垃圾桶去扔烟头，在把烟头投进垃圾桶时，他的腰弯了一下，腰间露出了一根黑黑的枪管。阿梅顿时倒吸了一口冷气：枪！

她冷汗唰地就冒了出来。

这两个人是来抓丁冬的！

阿梅从来没有经历过这类事，一时不知如何是好。她第一反应是，即时告诉丁冬。

她在摊子上发了一阵呆。终于，她站起身来。她不知道从哪里来了力量，此时，她心目中只有一个执念，就是千万别让这两个人抓走肥仔。她神色坦然，大大方方地走到对面的冷饮店，高、矮两人看了她一眼，马上转过身去，一副若无其事的样子。

阿梅拨通了丁冬的 call 台号码。

"您好，call 台。"阿梅听到 call 台小姐温柔的声音时，心都快跳出来了，她连忙用粤语说："急 call22368。留言：公安在家。"

call 台小姐问："是不是公安局的公安？"

阿梅答："是。"

"鸡毛信"送出去了。

阿梅的声音非常沉着，但语速很快，在这嘈杂的时刻，两个外省人即便听到了，也很难对她带有特区当地口音的粤语有所反应。

阿梅知道自己做了什么，打完传呼，她回到自家的店里后，瘫坐在凳子上，一阵一阵地冒冷汗。

多年后，阿梅才知道，丁冬接到 call 台的传呼时，正徘徊在特区日报门口，盘算怎么跟徐洪波说这事。这时，call 机响了，他连忙找到附近的一个电话亭，给 call 台回电，call 台小姐告诉他有一条留言：

公安在家！

丁冬什么都明白了，他推出摩托车，冲上特区大道，向西一溜烟急驰而去。

丁冬逃离了特区。

徐洪波惊得脸色煞白，过了好一阵才反应过来安慰阿梅说："你别急，丁冬的身份应该不是签合同的人，不会有太大的事情的。你先回去，让我问问昌江方面的情况。"阿梅哭哭啼啼地走了。

徐洪波在《昌江日报》的同事很快帮他打听到了一些枝节：录像机走私案是洪州的一个大案，特区方面是有一个叫丁冬的涉案人员在逃。洪州公安派人到丁冬家去，要丁冬的父母交出丁冬。谁知丁冬的母亲一听儿子不见了，当场就昏迷过去了。当地派出所的干警吓坏了，连忙把她送到了医院。老太太醒来后，二话不说就去了洪州公安局，坐在门口大哭大闹：

"我就这一个崽啊，我崽失踪了，我也不活了！"

丁父跑到厂里，希望厂里能出面摆平。洪州电子元件厂倒是跟公安部门沟通了一下，但公安局都不知道丁冬哪去了，谈何摆平。于是丁母继续在公安局门口哭闹，找公安要人，生要见人，死要见尸！谁劝也不听。晚上，丁父就过来陪着丁母，两个老人就在公安局门口露宿。好几次，公安局不胜其扰，要将两个老东西先关起来。丁母擦干眼泪，伸出手来，无所畏惧地对拿着手铐的女民警说："来，我崽没了，我和他爸是孤寡老人，活着也没意思了，抓我去枪毙吧！"

女民警竟然也流眼泪了。

最后，公安局政委亲自出面，告诉他们丁冬其实是很次要的疑犯，公安部门已经通过各种渠道在找他，找到了了解清楚情况就没事了，云云。好说歹说，才把两人劝回家。政委亲自护送，还带着一大堆糕点水果等"慰问品"。

徐洪波也只能打听到这么多了，他约上芳姐，一起来到艇仔村，找到了阿梅的档口。

阿梅整个人瘦了一圈，垂头丧气地坐在档口，眼睛直勾勾漫无目标地望着哪，模样楚楚动人，让人怜爱。徐洪波和芳姐走到她面前，她还没反应过来，叫了声"阿梅",她才一激灵抬起头来,一见徐洪波和芳姐,马上便抽抽搭搭地哭了起来。

芳姐轻轻搂住她,柔声说:"阿梅别哭,洪波大哥都打听了,胖子没太大的事情,等风头过了就好了。他会回来的。"

阿梅哭得声音都细了:"肥仔一个人在外面怎么过呀。"

徐洪波把他打听的情况跟阿梅说了一遍。

阿梅听了,发了一回怔,突然抬起头来:"徐大哥,你能不能借我一点钱,几百块就行。我一定会还给你的。"

徐洪波警觉地问:"你要借钱干什么?"

阿梅又哭了:"我想去洪州,看看肥仔的爸爸妈妈。"

"这……"徐洪波哑了。过了一会儿才说:"阿梅,恐怕没必要,你怎么跟丁爸丁妈说呢。再说,你这个时候去,不是给两个老人家增加痛苦吗?"

阿梅说:"我早就想去了,可是我爸爸妈妈把钱都藏起来了,不让我去。肥仔对我那么好,他出事了,我应该去看看他的爸妈。"

芳姐连忙说:"阿梅,你还小。以后跟丁冬一起去,有机会的。"

阿梅只是哭,哭得很无助。

第二十九章　童小华是潜在的集成电路天才

丁冬潜逃了,童小华也要远走高飞了。

美国罗伯特电器公司总经理罗伯特又到特区来了,他目标直指:童小华。

罗伯特电器公司生产的诸如录音机电视机,是惠普公司出身的工程师老罗伯特创业时的业务,经过20多年的发展,现在的主业已经向电子信息技术转移。集成电路是罗伯特的主攻方向,老罗伯特渐渐退出历史舞台,有着更新的教育背景和更新视界的罗伯特全面执掌这家公司的新主业。在硅谷,这家更为庞大的罗氏微电子公司正吸引着来自全球的半导体科学家。

他需要童小华。

童小华还不具备从事新型集成电路开发研究的能力,但她对科学的敏锐让罗伯特颇觉意外,他相信假以时日,这个东方女子会成为世界上最好的集成电路开发人才。他所要做的,就是给她一个舞台,给她全球最好的实验室,让她接触最好的团队。现在，她显然已经Know What（知道是什么），也似乎Know How（知道怎么做），现在，是时候让她自己摸索一下Know Why（知道为什么）了。

要让一个天才工程师知道科学原理和发展的方向，这是探究科学的精神，他希望这种精神在这个中国女工程师身上发挥出来，那样，她即便不比西方人做得更好，也会在西方人忽略的领域发现自己的路径。而要做到这一点，必须把童小华带到美国去。

罗伯特所能利用的，就是童小华深藏着的野心。

罗伯特再见到童小华，这个信念就更加坚定了：和他第一次见到的那个打工妹相比，眼前这个童小华显然变了。当年那个打工妹到宾馆吃饭甚至都没有一件体面的礼服，而现在，这个年薪4000多美元的童小华穿一袭浅灰色的无袖、过膝连衣裙，半高跟黑色皮凉鞋，姿态婀娜，气质高雅，谈吐得体。

谈话还是在上海宾馆西餐厅。

"童，很高兴再见到你。"罗伯特夸张地打量一番童小华，又说道，"你的工作服为什么不穿？"

童小华知道他是开玩笑，便岔过这个话题，莞尔一笑道："罗伯特先生，你应该已经看过咱们的新产品了，还满意吗？"

"当然。不过，我今天找你，不是谈新产品，而是谈一下你个人的事情。"

"我个人？"童小华眼睛跳了一下，心想，"这个美国佬不会是打我的主意吧？"——当然，她这样想的路径也是对的，只不过对她自己和对罗伯特显然都还不是时候。

"我想调你到公司本部去工作。就是说，去美国，硅谷。"

罗伯特话语很轻，童小华却如闻惊雷，很不斯文地把咖啡喷了出来，脱口喊道："这不可能！"

罗伯特笑眯眯地望着她。童小华结结巴巴地说了一通，大意是，她有男朋友了，她要和男朋友在一起。

罗伯特微微一笑，说："即便是罗密欧和朱丽叶也有暂时分手的时候，我是希望你到美国去工作一段时间，6个月，或者更少。"其实，他心里有数，哪用得着6个月，他有把握只要6天就能让童小华爱上美国，爱上罗伯特公司。

童小华不吭声了，在内心深处，她突然想去看看那个神奇的国度，那个科技日新月异的硅谷。

罗伯特一脸真诚的样子："童，我们实验室真的非常需要你，你很重要，你关系到我们的发展。"

童小华说:"No,我知道自己没你想象的那么重要。"

罗伯特从口袋里取出一片一指宽的芯片,递给童小华。童小华接过来看了看,抬起眼睛看了一下罗伯特:"80386处理器芯片。"

罗伯特点点头:"半导体到今天已经有点不可思议了,这里面有上百万个晶体管,十几万条指令。英特尔的老板告诉我,他们的80486最迟明年就要推出了,这个芯片将更加强大。"

"你是说,你要做486?"

"为什么不?"一说到业务,罗伯特变得热情洋溢,"童,由于美国工程师们杰出的发明,高纯硅集成度越来越高,而晶体管的价格也越来越便宜。在60年代初,一个晶体管要10美元左右,但随着晶体管越来越小,直到小到一根头发丝般大小的硅片上可以放1000个晶体管时,每个晶体管的价格只有千分之一美分。按运算10万次乘法的价格算,IBM704为1美元,IBM709降到20美分,而60年代中期IBM耗资50亿美元研制的IBM360已变为3.5美分。这就意味着,电脑中最值钱的部分变得非常小而且便宜,过去只有在军方和大型科研机构、大学才用得起的计算机,已经开始从神秘的庞大'怪兽'变得比电视机还小,而且便宜得多数人都买得起。可以想象,信息技术很快将由实验室进入无数个普通家庭。My God,这是一个多么大的市场!"

"你是说……"

"我希望你参与我们的开发。早在1959年,美国著名半导体厂商仙童公司首先推出了平面型晶体管,紧接着1961年又推出了平面型集成电路。这种平面型制造工艺是在研磨得很平的硅片上,采用一种所谓'光刻'的技术来形成半导体电路的元器件,如二极管、三极管、电阻和电容等。据英特尔公司公布的统计结果,单个芯片上的晶体管数目,从1971年4004处理器上的2300个,达到了现在的上百万个。个人电脑的三大要素微处理器芯片、半导体存储器和系统软件,微处理器方面,从1979年的8086和8088,到1982年的80286,1985年的80386,到现在,正在研发的80486,功能越来越强,PC机的内存储器容量由最早的480k扩大到8M,16M。系统软件也不再局限于狭小的空间,其所包含的程序代码的行数也剧增:Basic的源代码在1975年只有4000行,10年后就达到了惊人的10万行。微软的文字处理软件Word,1982年的第一版含有2.7万行代码,现在也达到了50万行以上。系统软件的发展反过来又提高了对处理器和存储芯片的需求,从而刺激了集成电路的更快发展。"

童小华很快理解了罗伯特对集成电路的描述，信息技术的前景让她心驰神往，但是——

"为什么是我？我什么也不懂呢。"

罗伯特说："站在科学思维的角度，平面芯片的物理极限很快到来，而在此之前，我发现了你竟然想到了堆叠集成电路，这个想法真是天才，也许可以作为一种解决方案。"

童小华倒吸了一口气，思想的灵机一动，就这样左右了一项伟大的技术发展，这就是科学！这一瞬间，她一点也不为拿了罗伯特的5万美元奖金感到不安了。

罗伯特接着说道："我们需要提供方案的人。"

童小华点点头："I see. 不过，我要和我的男朋友商量一下。"

罗伯特的描述对文科生徐洪波而言，的确非常难以理解。童小华耐心地解释说："其实我们说的电脑，就是科学家设计的一些指令，用这些指令通过机器进行计算，处理文件；而要把这些指令转变为机器听得懂的语言，则需要通过一组集成电路，这些集成电路上面有许许多多，具体点说吧，就是每个集成电路上面有上亿个电子晶体管，通过它们来处理和分发这些指令。现在这些集成电路有多大呢，你看，就这么点大，神奇吧？"童小华用手比画了一下芯片的大小。

徐洪波咽了口唾液，说："你是说，美国佬要你去研究集成电路？"

童小华说："是啊，我学的就是这个。"

"那，那你在中国不能研究吗，为什么跑到美国去，咱们中国也需要这样先进的集成电路吧。"

童小华目光有点黯然："当然需要，太需要了。就说电脑吧，咱们有10多亿人，几千万家庭，每个家庭一台电脑，就得多少芯片？可是，咱们的半导体研究和美国相比，落后得太多了，可以说，整整30年。咱们甚至连最基础的制备工艺都没有。"

他俩在那条满是树和鲜花的小路散着步，说着话。徐洪波喃喃地说："世界的变化太大了。小华，你如果是征求我的意见，我就这么说，当然要去，把美国的先进技术学回来。我想，咱们特区搞不了，到京城、到浦城那些集中了中国最优秀的科学家的地方，总能搞出来吧。"

童小华小心地说："罗伯特的意思，好像我不是去学习，而是去寻找突破的方案。"

徐洪波有点抱歉地说:"呀,我小瞧你了。"

童小华得意地笑了一下,突然又变得黯然神伤的样子,说:"我不是来跟你谈技术的,我是想问你,我,要不要去?"

徐洪波说:"要去。这么好的机会,为什么不去?"

"洪波,你其实是太乐观了。按罗伯特说的,这种技术咱们国家几十年内都不会发展,我去学到什么东西也派不上用场。我很矛盾,去干什么,给美国人干活,或者,留在美国?"她发现自己说不下去了。

徐洪波点了一下她的鼻子:"犯糊涂了吧。你别悲观,中国不会总那么落后的,你真该去见见熊立伟,他的想法可不是这样,他总想干世界一流水平的东西。"

童小华心里很难受,人还没走,她似乎就感觉到了离别的寂寥,她没来由地泪如雨下,一头扑进徐洪波怀里,抽泣着说:"洪波,我就是舍不得你。我不去了。"

当然,童小华最后还是去了美国。

第三十章 特区吃偏饭的时代?

1989年春,徐洪波早早回到特区。稍做准备,便在钟传杰的率领下赴京参加当年的全国人大和政协会议报道工作。

一忙,为期半个月的"两会"议程就快结束了,徐洪波盘算着抽空到科学院去会会熊立伟。徐洪波走出会场,边走边习惯性地闷着头想着怎么写稿,没注意背后有什么动静,直到有人拍他的肩膀。"嘿,大记者,目中无人呀!"徐洪波一激灵,回头一看,原来是香港《维港》杂志记者荆江龙。在特区,他们见过好几次面,掐指算来,也有好些日子没见了。

"咦,你也来采访'两会'?"

"不是,我到科学院办点事。听熊立伟先生说,你们是朋友,我才想到你应该到京城来了,所以特意过来请你吃饭。"

"我还正准备去看熊立伟呢。你怎么认识他的?"

"我们杂志社要拉一条到鹏港的通信专线,我就到科学院来请求援助了。

他们派了一个团队过去，其中就有熊先生。"

徐洪波不无嘲讽地盯着荆江龙："专线？你们那个杂志社也太阔气了吧。"

荆江龙讷讷地说："像我们这样的进步刊物，要接收很多内地的信息，没一条专线不方便。说到哪了？你到京城来了，我是专程来请你吃饭的。"

"熊立伟呢？"

"他们已经去香港了。"

说话间，两人已经走出了大会堂，荆江龙带着徐洪波来到一处路边，上了一辆没挂牌的崭新的北京吉普。

"这也是你们杂志社的车？"

荆江龙小声说："我们驻京记者站的，借我用用。"徐洪波还没来得及质疑几句，荆江龙已经从包里掏出一卷打印件递了过来。徐洪波一脸狐疑，接过来展开扫了一眼，看到一个名字，心里不禁一阵悸动：

黄刚！

他眼前马上浮起那个有着一头钢针似的短发，面如刀削，总是撇着厚嘴唇一副不屑一顾的神情的中年男人形象。虽然他的嘴型表现出来的做派不讨人喜欢，但他在学界是个神一样的存在，每到某个关键节点，他总会在重要报刊发表著述，这些著述虽说不能指点迷津，但每篇都有耸人听闻的观点。这回，这位大侠又有什么惊人之言？徐洪波连忙仔细地看起来，原来是《京城日报》记者的一篇"两会"委员专访，题目一如既往地惊悚：

特区吃偏饭的时代可以休矣！

……最近发生在南方某特区的录像机特大走私案，充分反映了经济特区口口声声说要所谓按国际规则打篮球，却没有按国际规则进行平等竞争……

黄刚借洪州在特区的录像机走私案，洋洋洒洒地推导出特区享有的各种优惠政策正是滋生走私犯罪的土壤，因此，特区不能再"特"了！云云。

大侠就是大侠啊！徐洪波边看，额角已经渗出了汗珠。他苦笑一声，说："我的天啊，草蛇灰线，伏延千里啊。我还以为这事过去了呢。"

"这可是让你们昌江省出名的事件，哪有那么快过去的。这不，把特区也连累了。"荆江龙把文章出台的背景简单说了一遍。原来，在政协会代表团讨论时，很自然地提到了最近昌江省公布的录像机走私审判一事，一些委员对走私问题发表了深恶痛绝的谈话，黄刚委员高屋建瓴，引申到了特区的一些政策方面。以他的身份地位，很自然引起了新闻界的关注。荆江龙说："据我了解，京城的《经济观察报》《京城晚报》、浦城的《新世纪经济报》都采访了他，看来会来个全国联动呢。"

徐洪波越听心情越沉重，这个时候，各大报登这样的文章，对特区形象的伤害很难评估，他又烦躁又气愤，却无可奈何，偏偏荆江龙又补上一刀：

"你没看出来这一刀主要是捅你们鹏港经济特区软肋的？"

徐洪波明知荆江龙说得有理，嘴上还是犟道："鹏港有什么软肋？"

荆江龙说："你可别单纯地看这个问题哦，这些年，对特区的争论、怀疑从来没有停止过，黄教授抓住社会热点，从社会公平角度入手，从政策层面对经济特区的意义和作用提出质疑，还真能唤起一些人的同感呢！"

徐洪波说："他能量再大，也不能动摇中央办好经济特区的决心吧。"

荆江龙见徐洪波实在不开窍，便叹了口气，说："昌江录像机走私案在这里不过个由头。黄教授的这些观点并不是今天才冒出来的，在这之前，他就在一个很高层的研讨会上，推出了'特区不能再特'的观点。当时现场非常热烈，一些省市，特别是一些欠发达地区情绪都很大，都说经济特区不能老吃'偏饭'，甚至某些领导也持相同观点。"

徐洪波问："你支持黄教授的观点吗？"

荆江龙想了想，说："特区之所以叫特区，也是为了发挥特殊作用，所以有一些特殊政策也不错吧。比如我们香港，我们的关税政策是世界上最宽松的，所以才成为国际金融中心啊。"

徐洪波像抓住了救命稻草，说："你说得太好了，你赶快给特区写篇文章，主题就是讲讲特区都发挥了些什么特殊作用。"

荆江龙一脸得意扬扬的样子。"我们杂志在高层是有影响力的。"不过他马上又露怯了，"这种大文章我把握不好。要不这样，你写，我一定尽快给你发出来。"

徐洪波大摇其头："等你们杂志登出来，热度早过去了。"

荆江龙讨了个没趣，便启动车子，说："吃点什么？吃烤鸭怎么样？我们香港工资高，我请得起哦。"

徐洪波没好气地扬扬手中的打印件，说："我还吃得下烤鸭吗？我得赶紧回办事处去，我想他们一定在商量怎么应对这篇大作呢。"

荆江龙说："那好吧，我送你。有事打电话给我，我在京城还有几天，烤鸭一直有效。"

徐洪波坐荆江龙的吉普车回到鹏港驻京办的京城特区大厦，刚到门口就有人通知他："张主任到处找你！"——张力力已经升任市委办公厅副主任了。徐洪波赶到他的房间，张力力已经不在了，他估计是去了谢辰的房间，于是又赶到谢辰的房间。果然，张力力、宣传部的副部长黄轩昂和《特区日报》的副总编辑钟传杰都在。

谢辰坐在书桌前，草草地在翻看一份复印件。徐洪波眼尖，一眼看出那就是黄刚采访录的复印件，不过书记这份更厚，看来几家媒体的都汇集到他这来了。

书记三下五除二就翻完了，脸上没有任何表情，对黄轩昂说："没什么嘛，一个学者的说法，登报让他登好了。"

黄轩昂小心地说："书记，这个节骨眼上，这样的东西登出来，对咱特区不太有利呀，如果形成讨论，就更被动了。我和传杰同志商量了一下，要各报撤稿难度太大，还是跟黄教授沟通一下……"

谢辰笑了一下，说："你们第一时间就想到撤稿？要让人家说话嘛。不怕，特区这些年人家说少了吗，特区就是在争议中成长起来的。"

徐洪波暗暗佩服书记大气。

谢辰继续说："黄刚教授说的是他的道理。他说现在经济特区的企业所得税是15%，香港17%，内地30%。他认为是不平等竞争，我觉得他考虑的只是国内竞争这个层次，别人是30%，你凭什么15%？但他忽略了一个问题，国际上有大量的地区，新竹工业园也好，香港自由港也好，美国的硅谷也好，实行的就是低税政策。从国际角度来讲，我们需要在一些有条件的地方实行特殊政策，强化国际竞争力。特区的竞争对手不是国内某个城市、某个地区，而是发达国家和地区。如果只给我们国内的政策，到国际竞争不就不平等了？至于说特区可以休矣，我还是觉得不要丢掉'经济特区'这个品牌。经济特区取消了，鹏港也能发展，但是发展可能是另外一个样子，不能把它的作用发挥得淋漓尽致。本来是合金钢，你把它当普通钢用，就糟蹋了。经济特区是改革的试验田，'试验田'就是允许对现状有所突破。这些年来，人事制度改革、工资制度改革、外汇调剂市场、股份制改革、土地有偿使用，还有正在探索的股票上市，很多事情过去是要掉脑袋的。这些东西社会主义能不能搞，要有人探索，探索就要选一个试验田做，做成了全国都推开，做不成，损失也是局部的，不影响全国的大局。我一直强调特区是全国的特区，实质也是这个。特区所做的工作，只是比全国先走一步，而不是撇开全国另搞一套。所以我认为，'经济特区'，这个帽子不能丢，不但不能丢，经济特区的作用还要发挥得淋漓尽致。从现实条件看，要想内地全面发展超过台湾，超过香港不容易。但让特区，让一些地区赶上甚至超过港台，是完全可能的。那就证明社会主义、共产党领导是有能耐的。要使整个中国实现现代化，需要些时间，特区的示范作用不能丢掉。这些道理，连我这个老头子都想得明白，我不信全国那么多明白人会想不明白。"

钟传杰着急地说："书记，你说的这些，就是一篇很好的文章呀。正好小徐来了，让他就您说的写篇文章，以便大家，特别是参加'两会'的代表委员明辨是非。"

谢辰瞪了他一眼，说："代表委员们都在专心讨论政府工作报告，你们却为一个教授的几句话跟人打官司，咱这经济特区也太没政治水平了吧。不就一个教授在外面放了一炮吗，你去跟他抬什么杠？"

钟传杰嘟囔道："话是这样说，可要是真的在会外会内有人议论，总让人觉得别扭。"

徐洪波是跑市委的记者，跟书记非常熟悉了，加之人在外地，上下级观念有所淡化，他便可以稍微放肆，于是他也加入了高层的谈话，大声说："就是，黄教授倒是巴不得有人回击呢，学者最怕的就是提出了观点没人理会。"

他感觉到脑子里有什么在震动，似乎接通了所有的神经，一个灵光与他的话语同步闪现。他吓了一跳：我怎么这么聪明！只听得他大喊一声：

"对呀，我还郁闷个 P 呀！"

大家被这句没头没脑的话吓得不轻，纷纷向他投来责备的眼光：这小子，太放肆了，竟然在大书记面前说 P……

这工夫，徐洪波已经完全整合了刚刚灵机一动的创意，他兴奋得满脸通红，无视一众高官对他的不满，反正他是记者，身份很超然，便继续放肆："明天黄刚的专访一发表，全国肯定会再一次聚焦特区，咱们不正好借势宣传一下？搁平时，咱们请记者来采访特区的成就，还得给人家报销车马费。"

谢辰又板起脸来："我说了不写文章！"

徐洪波笑着说："书记，你不反对咱们驻京办搞一次活动，邀请特区的'两会'代表委员向全国人民宣传一下鹏港建市 10 年来的建设成就吧？"

"嗯？"全场责备的目光全都华丽转变为询问的目光，连一向泰山崩于前而不动声色的谢辰也多看了这个小记者两眼。钟传杰刚刚还觉得这小子让特区日报丢了人，这会听出有料，心下暗喜，连忙责令道："你给各位领导说仔细点！"

"鹏港建市到今年正好10年，咱们可以搞一个鹏港10年成就介绍会，借'两会'期间全国各地的记者都集中京城，向他们介绍特区。到时，大家都宣传鹏港经济特区去了，谁还记得那个什么黄刚……"

大家还没听完，就一齐把眼光投向谢辰书记。谢辰鼻子哼了一声，不置可否地说："这种事嘛，你们宣传部看着办就行了。"

第三十一章　热点

"10年成就介绍会？"

"你们收到了请柬没有？鹏港市要开10年成就介绍会。"

"应该是新闻发布会吧，估计是要回应黄刚教授了，有好戏瞧呢！"

"收到了，这可是条大鱼啊！"——新闻界的人都喜欢管大新闻叫"大鱼"。

"有点创意啊，请'两会'代表委员开介绍会。"

"鹏港经济特区'两会'代表委员与新闻界朋友座谈会暨鹏港建市10周年成就介绍会"的请柬发到了各代表团的记者组，立即引起了轩然大波，收到请柬的主要是京城、浦城、广南省、边疆地区和内地一些欠发达省份的随团记者，他们又把《京城日报》等报纸的黄刚访谈阅读了一遍，预料到特区要正面回应黄刚的观点了。黄刚本人，据后来徐洪波了解有点失落：怎么不是特区的高级官员出面回应，他们可不都在京城吗，找些代表委员算啥事呢？不过，好过没人搭理自己了。于是也很期待。

"鹏港经济特区'两会'代表委员与新闻界朋友座谈会暨鹏港建市10周年成就介绍会"在特区驻京办，也就是特区大厦举行，一楼大会议室摆放着一张大会议桌，一侧，是特区的'两会'代表委员，一侧是各路记者。记者席摆了好几排座椅，京城日报、京城晚报、国家通讯社、国家电台、国家电视台等占据着第一排，浦城的几家大报和大台占了第二排，特区日报、特区电视台等则被挤到了最后一排。记者签到时，每人都领到了一个印刷精美的纸袋子，里面装着一份同样印刷精美的特区画册。特区的印刷业引进了世界最先进的丝印技术，20世纪80年代、90年代中国最重要的印刷品都是在特区印刷的，就连后来的奥运会宣传册也是在特区印的。收到黄轩昂副部长从京城发出的指令后，鹏港外宣部门连夜赶印了这批画册，并随第二天的班机送到了驻京办。不过这本画册并没有引起见多识广的记者们的关注，大家把纸袋子往脚下一放，都关注起今天出席会议的鹏港市的人物。

鹏港市委宣传部副部长黄轩昂主持座谈会。像他的名字一样，黄副部长气宇轩昂，镇定自若，中气十足：

"各位记者朋友，欢迎大家出席今天的座谈会，感谢大家对鹏港市各项事业的关怀。今年，是鹏港建市10周年，为此我们借'两会'期间，各地的记者朋友云集京城的机会，召开这个新闻界朋友座谈会。我们专门邀请了特区的部分代表委员和记者朋友座谈，他们都是有故事的人，让他们和记者朋友座谈，给你们提供一些鲜活的素材。下面，请允许我介绍一下今天出席会议的代表委员，这位是美港电子厂的中方厂长余汝明先生，这位是拍下第一块土地使用权的特区房地产公司总经理马金星先生，这位是创造了三天一层楼速度的特区建设集团董事长张铁先生，这位是中国首批打工妹的代表、香港佳乐玩具厂工人胡小妹……"

黄轩昂刚发言时，记者们还在交头接耳，当听到这些如雷贯耳的名字时，场面一下变得肃穆，一些准备就黄刚的"特区可以休矣"向座谈会提问的记者早忘了初衷。

黄轩昂介绍完，正准备等记者们提问，坐在他身边的余汝明笑着说了句："各位记者，我提醒一下，发给你们的文件袋里，有一件小东西，大家现在就可以用了。"

余汝明的话音刚落，对面就传来一阵窸窸窣窣的翻检声，果然，记者们在纸袋里找到了一个小小的白纸盒，打开一看，是一个白色的、仅两个火柴盒大，但比火柴盒薄的小电器，看上去像录音机，但这也太小了。

余汝明看大家都一脸疑惑地在摆弄，便笑着说："是的，记者朋友们，这是我们厂专门为各位记者准备的录音机，成本是20美元，大家检验一下我们的产品质量吧。"

"什么，这是录音机，这么小？"

"太精致了，是日本的最新产品吗？"

"什么牌子的，我从来没见过啊。"

"日本人就是厉害，你看人家这东西做的，啧啧。"

余汝明在对面听得一清二楚，他笑着说："各位记者朋友，可以放心使用，里面的电池可以使用5个小时。日本的小录音机大家都见过了，最多只能使用两个半小时。"

"这不是日本的？"

"这是我们自己设计制造的新型录音机，特音牌，这是第一代产品。它的特点是体积小，录音效果好，你就是放在包里也可以清楚地录音，而且它的电池是内置充电式的，不需要更换电池。"

"您说什么？这是咱们自己设计制造的，你们能造出比日本人还好的录音机？"

余汝明说："当然我们不能说比日本人的好，但是这款录音机的确有它的优势。顺便说一句，这款机子是出口美国的，现在国内还没有卖，所以我们也不好用正规的包装，机器上面也没有 logo……"

场面出奇地安静，敏感而性急的记者似乎全傻了，日本独霸半导体产业正如日中天，咱们竟然能造出比日本制造还好的录音机？！大家都张大嘴巴望着余汝明。

"大家可能会问，真是咱们中国人自己设计制造的吗？是的，是咱们自己的产品。中国人一点也不笨。过去，咱们缺乏激励创新和发挥工艺水平的机制，特区很多工厂现在找到并完善了这种机制，以后类似的产品会越来越多。"

坐在第一排的京城《经济观察报》记者站起来问道："您说的机制，能具体点吗？"

余汝明想了想，说："我给你举个例子吧，我们厂有一名美方的员工，因为改进了一款电器的集成电路，结果，美方给了她 5 万美元，这钱不是重奖，而是购买她的知识产权。这件事给我们员工刺激非常之大，我们两个大学生问我，余厂长，要是我也能设计出新产品，你也给我知识产权费吗？过去，我们真没有。我本人就是搞科研的，我也有过发明创造，也得过重奖，是一面奖状和一个大茶缸。现在，我们要开始探索这种机制了。我们中方管理层经过研究决定，学习国外先进的管理体制，鼓励创新，重奖创新。现在你们看到了，这两个小伙子利用业余时间，设计出了这款录音机。我们也奖了他们 5 万，不过是人民币。但即便是这样，我们厂也掀起了技术创新的热潮。我相信，会有更多的具有世界先进水平的电子电器由我们特区工程师、技术人员，甚至是我们的工人创造出来！"

"哗——"从不鼓掌的记者竟然发出了长时间的掌声。

《京城日报》一个长发披肩的女记者早按捺不住了，她冲上前，一把拉过余汝明："我是《京城日报》的记者。余厂长，你先接受一下我的采访，我的题目都想好了,《体制创新激励技术创新！》,你看怎么样？"

"哎哎哎,小姐,不带这样的,这是座谈会,我们也要发稿呢。"

虽说记者的文化程度都不低,但在抢新闻方面都是没有"节操"的。

"咱们不是新闻界和代表委员座谈会吗,记者座谈啥呀,采访呗！"

"是啊,黄部长,你别管了,我们记者时间很宝贵,不座谈了,我们直接采访。"

"……"

场面大乱,记者们蜂拥上前,不由分说,就把黄轩昂直接挤成了路人甲,而各位代表委员则被从座位上拉起来,扯到各方记者身边。

……

"小妹同志,我是青年报的记者,你能不能跟我谈谈,你作为一名港资企业的打工者有什么感受？"

胡小妹用朴素的口吻说:"感受呀？我觉得,眼睛亮了,眼界开阔了。我出生在保安的一个小渔村,我的爷爷是靠打鱼为生,而且住在渔船上的穷人,人家叫他们'水流柴',我爸爸上了岸,但也就是一个没有文化的养蚝仔,如果不是建特区,我一个养蚝妹永远别想当上工人……你问我是不是有受资本家剥削的压力,我是这样想的,资本家的厂子也好,公家的厂子也好,都要工人吧,都要我们这些打工妹吧。对我个人而言,我更看重机会,改变命运的机会,特区给了我机会！……"

最忙的是国家电视台的记者,一文字一摄像忙得焦头烂额。

徐洪波等特区来的记者早被挤出了门,张力力也被挤在一个角落里,但还是被国家电视台的摄像发现了。"哎,那个大个子,说你呢,过来给我打灯！"张力力郁闷地走过去,当起了灯光师,脸上乐呵呵的,心里却在骂对方的母亲：我可是副局级领导干部啊,跟你的部门领导是平级的好吗！

京城和许多省市的主要媒体上,除了"两会"报道之外,最大的热点全是特区10年成就的典型报道,有力地配合了"两会"政府工作报告中关于特区的论述。

在此前一天,黄刚教授的专访刚见报,大家还没来得及消化,根据他的估计,在今天的政协的分组讨论上,会有一番热议。结果,热点全被鹏港市10周年专题抢走了。

"我想说一下特区的税制问题……"

黄刚喜欢第一个发言，因为他发言完了就要去见某位重要的中央领导，去给领导当智囊——过了很多年，人们才发现其实那位重要的中央领导同志压根不认识他。他把对记者说过的观点又义正词严地说了一遍。他边说边瞄一眼围坐一圈的同僚们，结果发现大家都没看他。

黄刚的发言好不容易结束了，他再一次张望一下，希望有人附议。这时，浦城的委员对召集人说道："我说几句吧……"

黄刚心中狂喜，浦城要发威了！

浦城的委员说道："我在提案中提到，科技创新应该是咱们国家今后要着力关注的重点，这次我看了党报报道，特区又走在全国前列……"

这位"多嘴"的委员好不容易说完了。黄刚又忍不住说："特区的税制问题……"

湘南省的委员马上接口道："我想发个言，今天一大早我看了《京城日报》，特区的用工体制的确探了一条新路……"

"用你NN的工……说特区的税制问题呀！"黄刚气得在心里直接爆了粗口，不过按规定他不能打断别人的发言。气结啊。

徐洪波就坐在最后一排，他见他无比崇拜的黄刚教授左顾右盼，像热锅上的蚂蚁，忍不住想笑，又没敢笑出来，憋得腹部肌肉又增加了几块。

啥叫闷棍？这就是。

第三十二章　阿梅也要结婚了

徐洪波没有在京城久留，童小刚从特区打电话给他，电话里面傻笑着询问他什么时候回来。徐洪波说："采访结束了，我马上回去呀。"童小刚说："那就好那就好。我……我要结婚了。"

徐洪波一愣，旋即破口大骂："你混蛋，这么好的事也没见你露个风！"

电话那端，童小刚不满地咕哝："别忘了我是你未来的大舅子。"

童小刚的厂子搬到关外去了，但一点也没耽误他了解到年轻有才的大记者把亲妹妹拐跑了，于是他专门进城来，让徐洪波请他吃饭，两人喝一瓶白酒。童小华离开特区去美国，在龙湖口岸过关去香港转机时，徐洪波和童小华依依惜别，他就在一旁拼命咳嗽……听童小刚这一提醒，徐洪波软了下来，一迭声说："好好好，祝贺你。新娘子是谁，哪里的？"

"你要叫嫂子好不好？叫林菲菲，东北人，我一个客户的女儿。他硬塞给我的。"

徐洪波听得好笑，又顶回他："去你的。就你脏兮兮的工人相。听名字就知道嫂子很漂亮，我们读文科的管这叫下嫁！"

"好吧，下嫁。"

说笑了一通，徐洪波想起了一件重要的事情："小华呢，她应该回来吧？"

童小刚傻笑起来："对对对，我忘了说了，小华回来了！你们又可以见面了。"徐洪波几乎快要骂粗口了，他大声说："你什么人哪，你不知道，这对我来说，比你那个破婚礼还重要呀！"

徐洪波心情明亮地从天空总是灰蒙蒙的京城回来了，特区的天空格外高、格外远、格外蓝，格外像他的心情。他拎着一大塑料袋京城的果脯什么的，给办公室的同事打打牙祭，然后赶紧赶到方重办公室去汇报。张力力早把徐洪波在京城的表现在电话里跟方总说了，所以徐洪波到方重办公室，自然是受到了一番表扬，他自然谦虚了一番。

回到办公室，周瑞强跟他说："徐主任，你终于回来了，门卫打电话来，说有一个小姐在门口等你。"

徐洪波一惊，小华这么快就回来了？他连忙问："没说谁吗？"

周瑞强冲他挤挤眼，说："没说，只说很年轻的……"

徐洪波早冲下楼去了。

当然不是童小华，是阿梅！

"徐大哥。"阿梅站在门口，一见徐洪波，连忙迎了上来。

"阿梅，你……"

几个月不见，阿梅似乎长大了很多，她变得瘦削的小脸苍白得厉害，强装出来的笑容里有一种和她的年龄极不相称的沧桑感。

"徐大哥，我要结婚了。"

徐洪波愣住了，他不知该说什么。

"你要是能见到丁冬，麻烦你跟他说一句，我对不起他。"

饶是徐洪波反应灵敏，此时此情，也不知如何是好，就这样呆呆地望着阿梅。

阿梅没有哭，依然似笑非笑，却不敢看徐洪波，她无意识地望着不远处的什么，又说了一句："我没办法了，我对不起他。"

阿梅说完，对徐洪波深深地鞠了一躬，转身就走了。

"阿梅！"

阿梅头也不回。

徐洪波没有去追她，此刻，他觉得自己很无能，不知道怎么安慰这个朋友深爱的少女。到特区3年了，徐洪波第一次觉得自己无能！

徐洪波和芳姐赶去阿梅家，却看到艇仔村正在拆除……

阿梅所居住的艇仔村改造了。100年前，沿海一些渔家划着小船来到了今天的界河畔的这片土地，这些被人称为"水流柴"的渔民在这里定居下来，命名自己的小村为"艇仔"。100年后，根据特区规划，小村将建起数栋20多层高的商住楼，成为精品街区，繁华闹市。这座有着百年历史、承载着特区"水流柴"们辛酸泪水、艰难岁月和改革开放以后先富起来的幸福生活的破旧渔村完全从特区消失了。

搬家的那天，阿梅一个人躲在丁冬租住过的房间里放声大哭了一场。艇仔村改造时，她又偷偷跑过来，看着昔日热闹非凡的艇仔村到处是巨大的基坑，屹立着高耸入云的塔吊，堆放着小山似的建筑材料，无数的建筑工人在轧钢筋、搅拌水泥，机声隆隆，尘土飞扬。她一点也认不出这就是自己住了20年的艇仔村。她想：要是肥仔回来了怎么办，他到哪去找艇仔村，到哪去找我阿梅啊。肥仔呀，肥仔，你坏……

阿梅蹲在路边又哭了一回。

后来，阿梅被父母好说歹说，嫁给了一个比她大五六岁、一个月能赚3万多港币的香港货柜车司机。出嫁的时候，她哭得死去活来，最后还是跟着货柜车司机到香港去了。

阿梅在龙湖口岸过关的时候，深情地回头望了望昔日艇仔村的位置，正在盖的高楼有的已经封顶，融入了龙湖的高楼群中。她仿佛看到，丁冬就站在那，和她一样，呆呆地看着这些高楼，疑惑地打量这熟悉又陌生的地方……

是的，肥仔就在那里，在找艇仔村，在找她阿梅，冥冥之中，有一种安排，她和丁冬一定会再见面，在艇仔村，在特区。

第三十三章　到美国去？

童小刚和林菲菲的婚礼在香格里拉大酒店举行。

童小刚剪掉了长发，吹了个三七开的小分头，抹了很多香油。不过那张有点长的脸可能是笑多了，每一根线条都像石雕般僵硬，两颗小虎牙算是倒霉了，再也躲不回嘴巴里了；"客户硬塞给他"的新娘林菲菲果然是东北大美人，身材颀长，圆脸如月，一双灵秀的大眼，高挺的鼻梁下，唇红齿白。这对新人站在门口接受来宾的祝贺。徐洪波看看两人，想起了熊立伟说阿梅的一句话，就故意皱起眉头，对林菲菲说："你怎么会找他？"林菲菲爽朗地大笑起来："我爸不想给他买机器人的钱，就拿我顶了！"一句话把姑娘的性格展现无遗，徐洪波更喜欢她了。

徐洪波和童小华、赵丽芳和廖志刚等坐到亲友席上，赵丽芳时不时打量一下徐洪波和童小华，眼睛里掩饰不住温柔而高兴的光亮。在香港协助荆江龙那家杂志拉专线任务的熊立伟也专程从香港赶来，他主要是因为徐洪波回来的，所以很不识相地总是拉着徐洪波说话。看得芳姐在一旁苦笑：这个山里娃娃！

童小华望着穿着笔挺的深色西装的哥哥和穿着白色婚纱的嫂子，眼里洋溢着羡慕和憧憬。她时不时扭头看一眼身边的徐洪波，似乎在提醒他什么。徐洪波深情地望着她，悄声说："你看你哥被折磨得像个傻小子，要我就不干，我要去旅行结婚。"童小华娇嗔地瞪了他一眼，说："去美国？"徐洪波说："听你的。"

熊立伟又插话："你别说，童小刚这一打扮，还真有点老板的样子呢。"

徐洪波只好虚应他："嗯嗯。"

婚礼进入高潮，童小刚和林菲菲在主持人的带领下，像木偶一样拜天地拜父母和夫妻对拜，然后向来宾敬酒。

场面哄乱起来。

"洪波，跟我去美国吧。"

童小华在美国的工作还没结束，实际上，她在那的工作不会结束了。这次回来，她虽说是来参加哥哥的婚礼的，但最重要的目的，是把徐洪波带到美国去！

两人又在那条记录着他俩爱情的紫荆花路上漫步。

"好啊。"徐洪波说，"你回来这么几天了，还没好好跟我说说美国呢。我看他们的楼真多，也真高，还有那高速公路，咱真比不了。"

童小华有点难为情地"呃"了半天，到美国这么久，她竟没有离开过她工作的旧金山周边的一座小城圣克拉拉，硅谷的主要所在地。在这里，是看不到美国那些宏伟的建筑的。她喃喃地说："我还真没见过什么高楼，旧金山市中心区有一点，我待的那个地方，还不如咱新坪，荒无人烟的。"

"你别告诉我你没出过门。"

童小华越发心虚了："要看怎么说，我没去过多少地方，太忙了。"

徐洪波一脸不悦："我说什么来着，你到美国就是当包身工。我早听说了，有的人去美国就是去洗盘子，在美国待了两三年，连英语都不会说。"

童小华摇摇头："我是舍不得浪费时间，在硅谷受到的刺激太大了，我得赶上去。"

"又怎么了？"

"美国正在引领世界新一轮科技革命，电子信息产业将使美国再次把世界其他国家甩在身后。"

"有那么玄吗？我看改革开放以来，咱们国家的工业水平进步也很快，以咱们现在的发展速度，赶上美国是迟早的事。"

"洪波，你不是行内的人不可能了解，美国正在进行一场彻底颠覆传统产业的革命，世界顶级的科学家都聚集在美国。美国现在有两个地方是深度影响世界未来的，一个是华尔街，那是金融资本的大本营，另一个是硅谷，那里是信息产业聚集地。"

"你等等，我记得听你说过，信息产业就是电脑产业吧。"

"远远不止。你说的电脑不过是个工具。要害在他们的工程师，美国的工程师们设计电脑运行的程序，设计支持各种程序的芯片，有了程序和芯片，电脑才成其为脑。"

"我听明白了，你想去当一名引领世界的工程师。"

童小华郑重其事地说："罗伯特，哦，就是我的少东家说，我具备这样的天分。其实不用他说，我跟那些工程师一起工作一下就知道了，我会比他们强。"

徐洪波"呵呵"笑了起来，说："这就对了，我早说过，中国人不比外国人笨，你回来做，把自己国家的高新科学技术搞上去不是更好呀。毕竟，你还是中国人，不说别的吧，你得吃'百里香'吧。"

童小华很勉强地笑一下，说："话是这么说，事实上……差距太大了，中国不具备这样的环境，我回来会一事无成。再说，我还要学很多东西，毕竟，我的知识比他们落后了好几代。和他们在一起，我表现出来的，更多是对方向的敏感，但还没法验证或证伪我自己的观点。"

徐洪波被她说得灰头土脸："那，咱们那么多顶级大学科研所都不行吗？"

童小华夸张地叹口气："跟斯坦福大学比，咱们那些大学就是捡知识破烂的地方。"

"妄自菲薄，什么时候让熊立伟来教训你一下。"

"你以为我想？"

童小华铁了心要带徐洪波去美国，一次不成功，她就尝试第二次，反正她这次回来不在乎多待一段时间。恰在这时，首都果断遏止了一场势必将国家和民族拖入无休无止的动乱中去的政治风波。可在大洋东岸那个用复杂的心态看着东方巨龙崛起的国度，却异乎寻常地向中国人敞开了大门，很多留学美国或因种种情况滞留在美国的中国人顺利地拿到了美国绿卡。

"洪波，咱们真的该离开这个地方了，去美国吧。"

一提到这个话题，徐洪波就特别为难："你去是天经地义，去学习最先进的科学技术，我去干什么呢？"

童小华知道这个问题是徐洪波最敏感的，她也没有什么法子解决，只好说："你待在这里也没什么好干的了呀，这回中国真的危险，整个西方世界都在制裁中国。没有了美国，中国就没了经济发动机，中国自己也要关门了。"

"胡说！"徐洪波勃然变色。他是好性子，童小华每每在他面前赞叹美国，没有到过美国的徐洪波总是信以为真，也总是微笑着听着，这微笑让童小华得寸进尺了。

"中国的大门打开了，就永远也不会关上，不管他什么西方世界也好美国也好，我看谁敢封锁中国！今天的中国是世界经济的发动机，谁封锁谁倒霉。走着瞧吧，用不了几天，美国就要重新对中国开门。你等着吧！"

徐洪波说到这里，紧紧地抿起嘴。

童小华见徐洪波动火了，有点怕，就说："好好好，我不跟你说政治，我说不过你。但是在美国这大半年的，我真有点舍不得那个国家了，准确点说是舍不得那个氛围。我为了你才回来的，我要带你一起走。"

徐洪波点点头："我支持你去，我们还要改革开放，就还要大批像你这样有最先进国家工作资历的人才。我支持你去。"

"什么叫你支持我去，我要你和我一起去。"

"我去干什么？我一个中国的记者，去美国不就废了吗？"

童小华不满地大声嚷嚷道："你就不会干点别的，那么多文科生在美国都活得好好的，都中产阶级了。"

徐洪波说："我不羡慕什么中产阶级，我就想干自己喜欢的，你不也是吗？"

"那咱们怎么办啊？"童小华眼泪在眼眶里打转，"你真不知道美国有多好！"

"我怎么就不知道美国好？但是用不了多久咱们特区肯定和美国一样好，不，比他们还好。"

"做你的大头梦去吧。特区要再发展100年也赶不上现在的美国。你想过没有，100年后，美国会多发达。My God，我想都不敢想。"童小华脸上露出了神往的痴迷。

徐洪波冷笑一声："怎么不敢想？100年以后，美国就搬到火星上去了呗。"

"你……你这是不负责的话。我看出来了，你不爱我，对我的话一点也不在乎。"

"你这是……这怎么扯得上。"

话不投机，两人不欢而散。

两人再见面时，童小华又不依不饶地重提去美国的事。她相信徐洪波是爱她的，而且爱得够深，爱她就一定会听她的。她还坚信，她要把徐洪波带到美国去，是为了他好，为了他在她所见过的天堂般的美国过上幸福生活。今后，徐洪波会为她把他带到了美国而对她感激不尽。

"去吧去吧去吧，你就听我一次还不行吗？"

徐洪波坚定地说："小华，这事太大了，关系我未来的几十年呢。我到美国去一点价值也没有，在特区呢，我相信还能用我的力量为特区赶上美国做点事。"——就在前不久，徐洪波已经被提拔为特区日报政文部副主任，他的上司钟传杰虽说还兼着主任，但钟传杰已经升了副总编辑，部门的很多工作都交给徐洪波了。当然这不是徐洪波不去美国的理由。

童小华真急了，她绝想不到这个平时对她百依百顺的徐洪波在这个问题上这么固执，她大声说："同志哥唉，拜托你别理想主义好不好，你要问问你自己是谁，讲点实际吧。"

徐洪波恼了："没有理想主义还是男人吗？你想去美国不也是为了你的理想吗？"

童小华说："在哪为理想而奋斗是不一样的，在美国更能发挥人的专长。

打个不恰当的比喻，厕所里的老鼠和米缸里的老鼠生活是不一样的。"

徐洪波没想到她会说出这样的话，没好气地苦笑起来。"你呀……"

"我怎么了？我看得出来，你不爱我了。"

"你又来了。"

"事实就是这样。你看，以前你对我多好，有求必应，现在，动不动就对我发火。"

"你们女人啊，动不动就来这一套。"

"你别女人女人的，女人怎么了！"

就这样，两个曾经炽热地爱着的人，裂痕无可挽回地越来越深，越来越宽，徐洪波终于被美国吵得神经衰弱，一听到"美国"两个字就下意识地冒虚汗——但他不敢说。而童小华，她已经明显感到了徐洪波的这种逆反情绪，也隐隐感觉到了徐洪波对她的美国论调的怠慢，感觉到了他们之间的裂痕，她极力想挽回这一切，虽然她去意已决，但她一直在争取。

"洪波，你不爱我了。我不知道我到美国去的那些天，你在特区都发生了什么。以前你什么事都顺着我，为了给我唱歌，你可以把自己的腿都摔坏，为了来接我下班，你可以在寒风中站着。那个时候，不管咱们有什么分歧，最后总是我赢，因为你总是让着我。现在，你还会这样吗？"

"我依然如故。"

"那你跟我去美国。"

"唉——"

"洪波，就算你为我牺牲一次吧，我需要你跟我一起去。洪波，我担心，你不去，会发生点什么事。"

"什么事？"

"洪波，你知道，我很在乎你。我不能没有你。"说着她流出了伤心的泪水。

徐洪波把她揽在怀里，口里喃喃地说："小华，我知道。可这是原则问题。你去吧，我留在这儿，等你。"

"要是我不回来了呢？"

"我也等你。总有一天，你老得干不动了，想回来了，还有个人等你。"

童小华泪流满面。

第三十四章 特区背靠的是中国，不是美国！

一晃就到了10月，市委书记谢辰带队赴京，向中央报告庆祝鹏城经济特区建立10周年筹备工作，报社决定派徐洪波和另外两名记者随同前往，采访一些参加过经济特区建设工作的老领导老同志。

徐洪波这次赴京任务很单纯，所以也比较有空闲，采访之余，他又去科学院见了熊立伟。

熊立伟照例又拉着徐洪波喝酒。

"大科学家，眼看你这书就快读完了，现在上哪工作有着落了吗？真不回特区了？"

熊立伟乐呵呵地说："我确定留京城了，我们所和邮电部、7606所联合成立了一个科新光通公司。我导师和我参加了程控数字交换机的开发，我现在承担中控部分的开发，公司方面说，以后我就留下来担任室主任了。"

徐洪波想起5月份熊立伟在参加婚礼时，大致说过一种什么交换机的事，好像当时荆江龙请他们去香港就是为了这个："你说的是电话交换机吧？"

熊立伟说："这东西可不光是打电话，还可以传输图片文件什么的，高级得很呢。"

徐洪波见他又牛哄哄起来，有心逗他，就说："别吓唬我这个科盲，打个电话还有什么高级的？"

熊立伟瞪了他一眼，说："你啥也不懂。这么跟你说吧，最早你打电话是摇电铃，通知总机帮你接上某个人的线路，现在你直接拨某人的号码，交换机就自动给你转接到了某条线路上，但线路很少，电话接入少，你要装个电话就没那么容易。现在，先进国家和地区已经用上了电脑程序控制的交换机，线路随便就上万。就是说，高级的交换机一台就可以控制上万门电话。"

徐洪波说："跟你开玩笑呢，我只是想气气你。你一上来就跟我说什么你们所跟哪哪牛气冲天的单位合作搞大会战，最后啥也没见着。"

这话够狠，熊立伟被呛得半天说不出话，最后才喃喃地说："你们文科生不懂，不是那么容易的，它真的需要静下心来研究。"

徐洪波若有所思地说："是啊，科学技术的进步，不是投入多少钱，或者有多少科技人员大会战就行的，人才是关键，人的兴趣、需求、钻研精神，还有一个很关键的因素，就是市场。"

熊立伟说："我吧，其实很大程度是我对这一行特别感兴趣。"熊立伟没头没脑地说着，又没头没脑地叹了口气。

"怎么了？"

熊立伟情绪有点低沉，他抿了一口酒，说："洪波，其实，我们现在这个科新光通技术力量真没说的，可以说一流的光通信和程控技术人才都荟萃一堂了。可是，我们的大老板7606所似乎对我们自己的研发很不上心，投资有一阵没一阵的，仿造美国和欧洲的同类设备却非常热衷。我放了几炮，希望支持一下咱们自己的开发，可惜人微言轻。所长也不让我多说话，你知道，我们所很多科研经费还是人家给的。唉！"

徐洪波看着熊立伟，猛地发现这小子头上竟然有白头发了，他意志消沉的样子，让他一下子仿佛像三四十岁的小老头。徐洪波心有戚戚，便说："老熊，你可以和童小刚多交流一下，也许会有些新思路。"

熊立伟撇了一下嘴："就他？开着小破厂，哼！"

"你可别小瞧他哦，他已经开始做生产线了，好像一千多万呢。"

"就他……就你们特区……我们都还没……"

徐洪波严肃地说："小刚还瞧不上你们呢，他直接面对市场，在市场赚科研资金发展壮大，我听他说在国内他也是最先进的。"

"听他吹。"熊立伟闷声说了句，就把杯中酒一口闷了。

"老熊，你还记不记得，芳姐的老公，廖志刚跟你说过，特区是最有能力支持科技发展的。当然，我记得他说的是财政的钱很多，现在看来他的说法落伍了，是特区的民营企业很活跃。那些私人老板不在乎花钱，只要你有好东西，能帮他们发展，帮他们赚钱。"

熊立伟压根没在听徐洪波唠叨，只是喃喃地说："连童小刚这样的人都……我们为什么不能自己搞？我们这个东西对国家太重要了，不搞自己的东西真不行啊！今年下半年，很多关键器件人家都不卖给咱了，我们的研制工作现在很被动。要让我搞，还轮得到西方人对我指手画脚！我……"

熊立伟突然趴在桌上，嗷嗷地哭了起来。

"我是一流的工程师啊！"

徐洪波连忙买了单，扶着他回到了所里。

和熊立伟喝酒喝得很郁闷，第二天，徐洪波又跟特区发展委员会联系，想见见宋晓光副主任。宋晓光升副部级了，不是随便可以拜访的。但这次，他一定要见见宋主任。

电话联系好了之后，徐洪波打的来到特发委，秘书把徐洪波迎进宋晓光的办公室。宋晓光坐在办公桌前批文件，面前还站着两个人。宋晓光抬头冲他笑笑，算是打了个招呼，然后三下五除二把文件批完了，这才向沙发走过来。他一把把站起来向他致礼的徐洪波按下，然后在他面前坐下来。

"小徐记者终于想到我了。"

"呃。"徐洪波诚惶诚恐地说，"我一个小记者怎么好随便打扰宋主任，我应该讲规矩呀。"

宋晓光是官场上的人，当然知道他们之间身份悬隔，徐洪波是不能随便来找自己的，不过人既然来了，亲民的客套话还是要说说的。"理解，你们当记者的，到京城来一定很忙。不过，咱们都是从昌江省出来的，我又管着一些特区事务，你如果有什么好想法，随时到我这来交流一下。"

徐洪波不好意思地说："我哪有资格和宋主任交流啊，我是来讨教的。"

宋晓光哈哈一笑："我一直认为你是个很敏感很有想法的青年。让我猜猜，你是不是想探听一下，中央对经济特区的政策有什么变化？"

徐洪波忍不住挺直了腰，宋晓光在昌江省工作时就以单刀直入问题核心的作风而著名。"宋主任，今年以来特区的工作有点沉闷，外商投资陷于停顿，出口工业生产下滑得很厉害，很多企业停产，现在特区显得有些冷清呢。我真有点担心。"

宋晓光脸色很严肃，他点点头说："小徐，你这个担心不是没有道理，但我认为是多余的。"

"多余……"

宋晓光语气凛然："说什么制裁，不就是想改变我们的道路吗！他们的目的达到了吗？不就走了几家企业吗？我们的经济活动停顿了吗？我们的经济下滑了多少？太可笑了，中国的经济特区背靠的是中国，不是美国！"

徐洪波目光炯炯，望着宋晓光。

宋晓光攥紧拳头，重重地捶捶沙发扶手："中国有完整的工业、农业、科技、国防体系，有十几亿人的大市场。我们不是日本！不是南朝鲜！制裁？我现在等着他们来求我！"

在徐洪波的记忆里，宋晓光从来都是沉稳持重，没这么激动过，徐洪波忍不住脱口而出："好！"

宋晓光喝了口茶，还是没笑意。"我是不是有点激动？口说无凭，我给你看个东西。"说着，他到书橱里拿出一个文件夹，递给徐洪波，"你也是可以接触一定密级的，这个你看看不要紧。"

徐洪波翻开文件夹，文件不长，就三张纸，徐洪波反复看了几遍。

"怎么样，还担心吗？"

徐洪波感到身体有点发热："宋主任，我充满信心！"

宋晓光用坚定的语气说道："这是中央领导的意志，也是中国人民的意志，你现在知道该怎么宣传了吧。中国改革开放的脚步不会停止，人家越封锁我们，我们的步子越会迈得更快更大，改革开放是打破一切封锁最好的武器！"

徐洪波站起来，说："宋主任，我明白了。"

从京城回来，徐洪波马上把在京城的工作向分管领导钟传杰副总编做了汇报，特别是在宋晓光处听到的看到的，他一五一十说了一遍。钟传杰听得很认真，还不时记录着。

"钟总，我觉得宋主任说的这些，还有中央关于进一步深化改革扩大开放的最新精神，咱们《特区日报》要及时宣传出去。特区是中国改革开放的窗口，《特区日报》是特区的窗口，咱们发出的声音，外界会有很积极的解读的。咱们还要韬光养晦，但应该可以放一些信号。"

钟传杰说："可不是嘛，真是振奋人心啊。你打你的，我打我的，咱们把社会主义市场经济完善起来，栽好了梧桐树，不愁没有金凤凰。"

第三十五章　一字之差，熊立伟出走特区

"老熊，你怎么来了？又要去香港？"

"刚到，我决定回特区了！"

"你……"

熊立伟突然出现在特区日报社门口，让徐洪波心里不禁有些恻然。熊立伟背着一个磨得发白的大背包，变得更瘦小的个子仿佛要被那个大包压垮。他头发留得很长，相应地，白头发似乎多了很多，脸色黧黑，目光失去了这个年纪应有的光华。

徐洪波知道现在不是问这问那的时候，连忙帮着把他背上的大背包卸了下来，拎在手上，想带他上办公室，临到头来，又拽上他向自己的宿舍方向走去。到了家，徐洪波给他倒上水，才问道："你怎么突然就跑回来了？"

熊立伟边脱衣服边说:"你先去上班吧,我刚下火车,总得冲个凉,眯一会儿眼睛吧。"

徐洪波说:"行行行,这里交给你了,我先上班去。对了,你吃了饭没?"

"在火车上吃了,这会不饿,你别管了。"

"好吧。晚上想吃什么?要不,来点特区特色的?"

熊立伟自然说好。

晚上,两个人就近找了条食街,在一个大排档坐下来,徐洪波叫上了海鲜卤菜啤酒。熊立伟率先夹了一块潮州卤菜送进嘴里大嚼起来,神情陶醉地说:"嗯——,很久没尝到这个滋味了,爽啊。"

菜尝五味,酒过三巡,两人回忆了一番丁冬,说也不知道现在他怎么样了,徐洪波这才问道:"你是不走了,还是出差来几天?"

熊立伟立马蔫了:"可能不走了吧,不知道特区有没有机会。"

徐洪波不说话,给他倒啤酒。

"我在京城干不下去了。"说着,熊立伟把他这两年在京城的工作说了一下,有些是徐洪波已经听过的。

原来,熊立伟就读的科学院光电所和邮电7606所联合成立了一个科新光通公司,他的导师带着这位高足参加了我国第一代程控数字交换机HX90-800的开发。熊立伟干劲十足,没日没夜地研究程控交换机的核心系统——控制程序,他还建议采用内部光纤提高功效。投资主体7606所兴致颇高,不但加大了研发投入,还派他到军工研究所去学习了一段时间。熊立伟领衔的那个项目做了差不多一年,进展却很不理想。就在这时,美国倍通光讯找上门来了,经过几轮谈判,终于与科新光通达成合资协议,在京城成立倍通科新通信技术公司,生产基地设在浦城。美国倍通是世界顶级通信设备制造商,倍通程控交换机几乎占了全球程控交换机市场的三分之一。科新光通傍上了大款,公司上下喜气洋洋,全力以赴投产倍通,自主研发的HX90-800便搁置下来。开始,熊立伟还觉得可以理解,毕竟公司现在研发资金还很紧张,特别是一些关键的仪器设备还要从国外进口,和倍通合资,引进国外先进技术可以少走很多弯路。科新公司留着一个团队,继续HX90-800项目,但不久,公司便叫停了这个项目。熊立伟的导师庞林森急了,带着自己的爱徒熊立伟找到公司董事长付垒,希望能继续下去。

付垒是7606所工程师出身,温文尔雅,即便现在已经成了国内最大的通信设备公司之一的董事长,依然对科学工作者保持着和蔼的态度,他脸上洋溢着温暖的笑容，但任你好说歹说，就是不给钱。

"庞教授、小熊，你们的心情我完全可以理解，我也是搞研究出身的嘛。不过，咱们国家在通信设备方面落后世界一流水平太多了，教授您是国内一等一的专家，小熊嘛，也是后起之秀，但我们搞了这么久，做出来的设备还是很不稳定，不具备应用条件。现在人家把最新的技术送上门来了，可是咱们连仿制都做不好。所以说，现在咱们要集中力量，集中最好的科技人员，尽快消化这些技术，争取早日生产出咱们自己的数字程控设备。庞教授，我知道，让你到倍通研究所有点委屈你，但咱们不是技不如人吗，教授您就委屈一阵。我相信，用不了多久，您一定能开发出咱们的数字程控机！"

庞林森叹口气，说："董事长，您误会了，让我去当副手我一点意见都没有，问题是，我不是去做自己的系统，到头来我们还是只能跟在倍通后面慢慢走啊。"

"是啊，董事长。"熊立伟趁付垒喝水的工夫，连忙插话道，"董事长，我查看了倍通BT-C01机的资料，这款机是70年代初的水平，而咱们自己HX90-800的设计理念可是一个全新的理念，理论上讲可以达到现在国际上最先进的水平。"

付垒见这个小年轻话说得这么满，有点不悦，便说："理论上？同志，人家早就完成了理论，现在可是真金白银的产品。"

庞林森把熊立伟扯开，对付垒说："董事长，您是内行，您知道，咱们的HX90还是有自己的设计思想的，我们要做自己的核心技术。董事长，通信设备咱一定要有自己的核心技术啊，这可涉及国家安全呢。"

付垒点点头："那是当然的。不过，现在咱们要开发的是民用产品，'四化'建设对通信的需求太大了，咱们要尽快搞出来。走合资这条道路，引进世界先进技术，也是中央提倡的嘛。再说回国家安全问题，军工系统不是还有那么多研究所吗，我记得好像小熊去学习过吧。"

庞林森无话可说，急得面红耳赤，熊立伟在一旁也闷声说："董事长，您到公司来的时候可说了，咱们这家公司就像你们7606所一样，要以科研为主，您还定下一个战略，叫'技工贸一体战略'。"

"呃，形势逼人啊，现在，董事会已经决定修改发展战略，叫'贸工技一体发展战略'，等咱们实力增加了，就有足够的资金投入到研发了。小熊，你的前途很光明啊！"

第三十六章　看我怎么把倍通赶出中国！

"就这样,'技工贸'到'贸工技',一字之差就颠覆了我的理想。"

一刹那,两人面面相觑。

"一字之差,你就不干了?"沉默了一下,徐洪波终于问道,他想起了去年10月在京城与熊立伟喝酒时,他喝多了痛哭的样子,有点理解了。

"HX90其实是我主导的一款完全拥有自主产权的数字交换机,这点我可不吹牛,从理论分析来看,它如果研发成功,一定是世界上最先进的,特别是我设计的三级保密体系,更是独有的技术。只是一些关键环节还没有突破。你在京城的时候,我心里就很郁闷,可惜呀!"

徐洪波想到在京城时熊立伟嗷嗷痛哭的样子,心里很不是滋味,只好再安慰他:"此处不留爷,自有留爷处,回特区好,你先找个地方落下脚,以后有机会接着研究。"

熊立伟倔强地一摆手,说:"不!我还要继续搞下去,我们研究了两三年,核心技术都在我们自己手上了。我们几个核心骨干成员都出来了,这几天陆续都会到特区来,我们准备在特区干!"

"特区?哪个所?"徐洪波不解。

"我们自己成立一家公司!"

徐洪波被熊立伟的豪气感染了,连忙敬了他一杯:"老熊,你这个思路很正确,现在特区很多人都跳出体制,自己出来做,我相信你一定会成功的。"豪言壮语一出,他又有点心虚了,马上又说:"可是……你开公司……"

熊立伟灌了一口啤酒,说:"像我这样的人说做生意,谁都会笑话的。我也不是一时冲动,我们商量很久了,我们最大的优势是有一个相对完整的研发团队和技术保障,手上有核心技术,劣势仅仅是缺乏资金。"

徐洪波说:"不对吧,你们最大的劣势是缺乏市场。老熊,就你这个书呆子,哪能开公司做生意啊!"

熊立伟有点不好意思地说:"去年我到香港工作了一段时间,认识了香港极速通信的老总康先生,他代理一家芬兰品牌的交换机,他对我的技术很欣赏,当时开玩笑说,如果我去当他的销售经理,一定可以使他的产品销量大增,理由是我能够把交换机的原理和优点说得很透,让人爱不释手。我想,我说透我自己做的机器不是更在行嘛。更何况,我们自己的机器还有一个进口货没得比的优势，我们便宜！我算了一下，我们的机器要做出来，价格起码得比美国的便宜一半以上。到时候，看我怎么把倍通赶出中国！"

说到最后，熊立伟面目狰狞。

徐洪波听得津津有味，不过马上又想到一个关键问题："老熊，听你说得挺解气的，不过，你的产品现在连研究都还没完成呢，你现在没了研究所的支持，研究经费从哪来？"

熊立伟胸有成竹地说："我是这样想的，我准备先和康先生合作，代销他的货，赚的钱用来搞开发。"

徐洪波笑他："你这不还是回到'贸工技'了。"

熊立伟摇摇头："完全不一样，卖别人的东西只是手段，我的最终目标不会改变，这是我自己可以做主的。"

"何以见得呀？"

"这是我的理想！我的人生目标就是要做出中国自己的程控机！"

"那，你说的那种交换机打算卖给谁？"

"理论上讲很多单位都可能添置，现在一些大单位，比如你们特区日报，如果装一套交换机，那么只要一到两门外线，就可以给每个部门甚至每个员工都装一部内线电话，工作效率就会大大提高。"

"这个我见过，市委的总机现在就是用内部交换机。"徐洪波见他有了发展目标，觉得该放松一下心情了，就打趣道，"你还天天吹，你研究了几年，就做了这么个东西呀？"

熊立伟听出他的不屑，便怼回去道："你懂什么？童小华可能还懂一点。这是最基本的交换机，局网的数字程控交换机可没这么简单，原理看上去差不多，但程序复杂得很，我们研究的方向主要是程序。"

一听熊立伟扯上了童小华，徐洪波心头一颤，连忙打断他的话说："好吧，现在说说，需要我帮点什么？"

熊立伟想了想，慢慢地说："先不用。我第一步是找间厂房，三四百平方米吧，既能办公也能做些安装之类的。资金我们几个筹了差不多10万块钱，应该没问题，香港公司那边我们可以赊点账，前期主要还是办公费和租厂房的费用。后面就看我们能赚多少了。"

徐洪波认真地听熊立伟谈着他的远景规划，心中暗暗吃惊：老夫子不愧是研究生，智商摆在那呢，搞科研也好，做经营也好，稍稍动动脑，还真的就能想到辙。想到这些，他有点欣慰地笑了一下，马上又想起了一个问题，便说：

"说到厂房，我建议你找一下童小刚，他在保安县租了厂房，听说那里的厂房便宜，还有很多优惠条件。你刚开始做，钱要花在刀刃上。其实离特区也没多远了，就是进出关不是太方便。"看熊立伟有点迟疑，他又补充道："保安这几年发展挺快的，特别是工厂，规模比特区内的一点也不小呢。你去看看就知道了。"熊立伟忸怩起来："童小刚……"徐洪波明白他的意思了，就笑着点点他的鼻子："你别端着研究生的架子了，而今迈步从头越，你想越得好，也得跟前辈学学不是？"熊立伟挠着后脑勺笑了。

熊立伟怎么找童小刚找厂房、添置设备、注册公司，怎么去香港洽谈代理，怎么开拓业务，就不是徐洪波帮得上忙的了，他只是想等老熊的公司成了点气候了，给写几篇报道好好宣传一下，也当是给他做个广告。

这样又过了好一阵，徐洪波开始着手策划年终报道，熊立伟突然打电话约他吃饭。徐洪波心中一喜，心想这个老夫子还真行，打开局面了！果然，晚上在粤丰酒楼见到的熊立伟，精神状态比刚回特区时好多了，印堂发亮，两眼炯炯有神，深色西装虽说不是很合体，衣袖都罩着手背了，但打了领带，皮鞋也擦得锃亮。徐洪波夸张地朝他拱拱手，学着商界人士的口气说："熊老板，恭喜恭喜！"

熊立伟一把把他拉到桌旁坐下，说："恭喜什么，用你们学文科的话说，这是鸿门宴，有麻烦事找你呢。来来来，给各位介绍一下，这位是我的老乡，特区日报的名记者，徐洪波，徐主任。"

包房里七八个年轻人起哄似的鼓起掌来，就像是一群大学生。徐洪波看得好生感动，他笑呵呵看着这些年轻人，问熊立伟："都是你的兄弟吧，你还没介绍呢。"

那几个小年轻一听都站了起来，纷纷掏名片。熊立伟拦住说："我还没自我介绍呢。"说着，掏出自己的名片递给徐洪波，徐洪波接过来一看，上面印着：小熊通信技术公司总经理　熊立伟。公司名字前还有一个企业 logo，是一只半立着的、憨态可掬的小熊。

"小熊？这个名字有点怪怪的吧？将来你老了是不是就要改名老熊？"

熊立伟装出不悦的样子说："怎么理解的？小熊，多可爱的动物啊。你知道倍通的 logo 是什么吗？是一只正在爬行的老熊。"

徐洪波小心地把名片收好，认真地说："你是要跟这家王牌企业大干一场了！"

熊立伟敛容道："说把倍通赶出中国不过是气话，在通信设备制造业，倍通是全球的一座丰碑。我们的想法是，要像小熊向老熊学本领一样，向倍通学习，最后我们也能在市场中很好地生存、壮大。倍通在今后相当长的时间都是我们学习的榜样。"

"你们这个想法真的很好，思想上就像企业家了。我正打算怎么给你们写篇报道呢，这不，有切入点了。"

"大记者就是大记者。老徐，我们今天请你吃饭，就是这个意思呢。"

徐洪波开心地说："好啊，咱们边吃边采访。"

这时，那几个年轻人才有机会开口，坐在徐洪波另一侧的一个小分头马上给他递过名片："我叫季新国，是熊总的销售助理。我们熊总这些天有点着急，我们的货都联系好了，可是跑了好几天，还没找到一家有诚意订购的单位。我们熊总想能不能在《特区日报》上发篇稿帮我们扩大一下影响，我们拿着报纸也便于开展业务。"

徐洪波一听这话觉得有点不对头，忙说："季经理，我不懂你们的业务，但拿着报纸开展业务我觉得不是很靠谱。你能不能先告诉我你们这些天找了谁？怎么跟人家谈的？"

"呃……"季新国愣了一下，"我们这些天跑了财政局、交通局、教育局，还有好几个局，可是人家说，年底了，预算都花完了。至于说到怎么谈的，你看……"他掏出一份印刷精美、繁体字的彩色画页，递给徐洪波，"我们跟人家说，装上这种交换机，你们一部电话可以覆盖单位的各个部门，以后大家打电话就方便多了，电话费也节省了。"

徐洪波接过来仔细看看，这是一份香港极速通信公司的宣传画页，上面有一个像文件柜一样的灰色的铁柜子，还有一些像录像机一样的电子设备，然后就是密密麻麻的繁体字、竖排版的文字介绍。

"你们这样一套装备下来要多少钱？"

"要看装多少分机，也就是多少条线，一条线800块左右吧。"

"那真能赚不少。"

熊立伟苦着脸说："唉，一套都没卖出去。我还去了老东家建设集团，人家已经用上了，可是比我们的贵多了。我们现在这八个兄弟，人吃马喂，还有房租、水电费，一天得好几百块钱呢。要是年底不卖出一套，这个年都不知道怎么过。所以……"他不敢正眼看徐洪波，"你跟政府的单位熟，你出马一定能搞掂。"

徐洪波哭笑不得，有心拒绝，看看熊立伟那副倒霉相，又于心不忍，他装模作样地打了自己一巴掌，拿腔拿调地说："我就说没有免费的午餐嘛。该死该死。"

"我不信卖个机器对你来说那么难。"

徐洪波能够体会到熊立伟内心的焦虑，现在不是开玩笑的时候，得想想怎么帮帮他呀！他沉吟了一下，说："政府部门年底来了一般是没什么钱更新装备了，不过明年的预算可以考虑呀。"

"你不会说连你也搞不掂吧？"熊立伟口风陡变，一副要赖上徐洪波的劲头。

徐洪波认真地说："老熊，你别说，这个事对我还真有点难度，我接触的大多是党委政府机构，人家通信是有保密要求的，比如市委用的就是军工部门提供的交换机。你们这个香港货怕人家不认可呀。"

熊立伟冷笑道："老徐你太小瞧我了吧，好歹我也是从国家顶尖科研部门出来的，还不懂保密吗？告诉你，我当初研究的一个重点就是给红电话机加密，虽说还不成熟，但对付一个市里的单位应该是够用的。"说着，他附在徐洪波耳边嘀咕了几句。

徐洪波点点头，小声说："我说那个荆江龙怎么找上你了。"

熊立伟端起杯子碰了一下徐洪波的杯子，说："这下没问题了吧。"

"呃，也不是没问题。我不懂交换机，相信很多人尤其是管钱的人都不懂，你塞一张传单样的东西给人家，人家能感兴趣吗？我说啊，你们能不能花点工夫，有针对性地对不同的单位做一个个性化的方案，比方说，教育局和公安局的要求是不一样的，酒店和工厂的要求是不一样的，你们要根据人家的需求跟人家谈，让人一看，这个方案就是解决我们单位的通信问题的。"

季新国在一旁听得很认真，还用本子记录了下来。熊立伟还强词夺理，不过声音很小："都大同小异嘛。"

徐洪波知道他在下属面前一时面子下不来，便笑着端起杯子敬他一杯说："你这个老夫子，离开特区时间太长了，忘了顾客是上帝。你要让每一个上帝都认为你是专门为他服务的，交换机也是为他量身定制的。这一招保险好使。"

熊立伟还在端着，季新国兴奋地叫了起来："徐主任，听君一席话，胜读十年书啊，我回去就去制作不同行业的通信解决方案，一定达到你说的效果。"

徐洪波有的是急智，特别是刚才他自己列了一系列单位部门，这一会儿工夫，他已经想到了一个地方，便说："这样吧，你们先做一个酒店的方案，要最高级别保密的。回头我带你去一个地方，看看行不行。"

"真的？你亲自出马！"熊立伟喜出望外，连忙端起杯子，说，"你们都愣着干什么？快敬徐主任的酒啊！"

第三十七章　小熊通信开张大吉

几天后，熊立伟借了童小刚的的士头小货车，从保安县西湾镇赶到特区日报接上徐洪波，向北湖招待所驶去。

作为市委招待所，北湖名曰招待所，规模却不小，十好几栋古色古香的建筑，掩映在特区中心北部山坳里的北湖边上，京城和内地很多领导到特区公干一般都住在这里，很多重要会议也大多在这里开。这几年，徐洪波没少往这家招待所跑，当然也给他们写过报道，和招待所所长、市委接待办副主任王唯真混得也很熟。

小货车径直开到北湖招待所的办公楼前，徐洪波领着熊立伟、季新国上楼，敲开了王唯真办公室的门。

"呵呵，什么风把徐主任吹到我这小庙来了？"

徐洪波也说着鬼话："很久没听到王主任高亢嘹亮的声音，感觉没劲了呗。"

王唯真是东北人，身高体胖嗓门大，言谈举止就是那种开招待所的人。

"你来得正好，今天就在这吃饭，你一定要赏光！"

"这……你这有什么活动吗？"

"活动？你来了就是我的活动啊。我听张主任说了，说咱们当年的小徐记者提处级了，你说，老哥我要不要敬你几杯？"

王唯真说的张主任是张力力，他俩是老乡。张力力已经提拔为市委办公厅副主任，这家招待所归他管。

徐洪波内心暗暗得意，嘴里却说道："这算什么呀，我们这个是虚的，你才是实打实的大权在握呢。哎，我没打招呼就闯过来，还请王主任不要见怪。"

王唯真嗔怪道："你说哪去了？"说着，把客人让到沙发上坐定，开始烧水冲茶。这空隙，徐洪波把熊立伟和季新国给他做了介绍。

王唯真早注意到了徐洪波身边的几个人，不过看他们衣着款式陈旧，脸上也没有生动之气，开招待所的王唯真自然不会在意着他们，听徐洪波介绍一番，便客气但明显有点冷淡地说："好好，徐主任的朋友加老乡当然也是我老王的朋友，以后你们公司到这里开会包餐什么的，给你们打八五折。"说着，他突然像想起了什么，连忙又拿起熊立伟的名片看了看："你这个通信技术公司是做什么的？是电信局的吗？"

熊立伟没想到自己这么快就上场，说话都有点结巴了："不，不是，我们是自己的公司，做电话交换机的，就是……怎么说呢，就是不用人工转接的电话机。"

徐洪波补充道："相当于无人话务台吧。"

熊立伟暗自埋怨自己口舌太笨，"无人话务台"这个词明显新潮很多。果然，王唯真眼前一亮，马上问熊立伟："你们是私人企业吧，私人企业也能给安装这种什么交换机？"

"……"熊立伟和季新国面面相觑。

王唯真说："市委总机装了这玩意。那家伙好，不用接线员值班，你想拨哪里，机器给自动转接，省下不少人工呢。"

徐洪波笑着问王唯真："王主任，眼馋了你也装一个呗。"

王唯真说："可不就想这事嘛。现在咱们招待所还是人工接线员给转接电话，不方便不说，要命的是我们没编制，工资又低，年轻人都不想干了，这两天陆续有人打报告，说过了年就辞职，要去外企。我就想，咱要有台这个……这个机器就好了。"

听到这里，徐洪波单刀直入："王主任，我今天带着熊总他们来，就有这个意思，你们招待所的电话是最忙碌的，如果装个交换机，客人打电话方便了，也显得咱们特区现代化走在全国前面嘛。"

王唯真笑着说："徐主任当了主任水平见长，一下子就把我这个小小招待所拔高到全国的高度了。我正要跟熊总打听有什么方便便宜，又适合我们的交换机呢。我到电信局去了解过，他们现在还管不上，我还想过了年找下张主任，请他给我们联系哪家单位来帮我装上。"

徐洪波指着熊立伟说："这不送上门了吗？"

王唯真愣了一下，有点尴尬："这个？恐怕不合适吧？熊总，你别见怪啊，我们这种单位……"

熊立伟心下悲凉，脸上却还是堆着笑，说："理解理解，不过王主任，交换机并不复杂，原理上都是一样的，市委装的和我们装的其实都是一样的，无非就是转接个电话，而且，我们的还便宜。"

"电信是国家管控的，我们这种单位……"

熊立伟说:"企业内部的交换机本质上还是你们单位的一部电话,只是电信业务的延伸服务呀,就跟你们总机一样的。"

徐洪波帮腔道:"是啊,就是一个总机而已。熊总,你不是有一个方案吗,给王主任看看呗。"

王唯真连忙拦住说:"徐主任,免了免了,我们还是找国营的正规单位,国营的才可靠。你理解的。"

徐洪波笑着说:"王主任,你思想还不够解放呀。一会儿让熊总跟你解释一下,他们的交换机可是世界一流的。"

王唯真把头摇得像拨浪鼓:"这怎么可能?咱们中国有没有世界一流的我不知道,你们一个私人企业怎么可能。"

一谈到技术,熊立伟顿时来了自信,他骄傲地说:"王主任,你别瞧不上私人企业呀。我听说你们这个招待所住的客人身份特殊,电话是比较敏感的,我跟你说啊,交换机保密系统世界上目前也没人能做出来,我们的三级传输系统是我们小熊自己开发的!"

王唯真还在摇头,不过摇的频次没那么快了。

熊立伟再次语气坚定地说:"顺便说一声,我开发的这个技术不是第一次用了。"

徐洪波这才使劲拍拍自己的脑袋,连声说:"我忘了跟王主任介绍了,熊总是科学院毕业的,专业水平那是国际一流。"他把嘴巴凑近王唯真,小声说:"他还在京城读研究生的时候,荆江龙就请他到香港去帮过忙。"

王唯真一听荆江龙三个字,连忙握住了熊立伟的手,说:"熊专家,哎呀,我是有眼不识泰山啊。"

徐洪波说:"熊总,你的宣传看来很不到位呀。"

王唯真也说:"就是呀,我从来没听说过你们这个单位,我就说徐主任的朋友没有不靠谱的。你们有什么好东西说来听听。"

季新国连忙递上一份崭新的文件夹,王唯真打开一看,里面有小熊通信技术公司的营业执照复印件,总经理熊立伟的身份证复印件等,他草草看一眼,便翻了过去,只见一份打印整齐的文稿上面写着:

"BH招待所方案……在酒店机房侧安装XH-500B PBX,通过数字中继连接电信E1专线,再通过模拟中继接入电信固有外线电话。提供208内线分机号,接入部门办公用。提供PCM复用板卡,实现2路、4路、8路、16路、24路、30路、56路等电话从机房延伸至酒店的各个远端。XJ-800B支持主控板、分控板、电源板等重要部件的热备份。远端设备电话功能和机房程控交换机保持一致。提供 XH2020 话务管理平台，实现话务、分机功能，计费等管理功能。"

徐洪波也探过头和王唯真一起在看，不过两人都不懂，只是象征性地看看。徐洪波说："王主任，你看看他们的保密方案行不行，这才是他们方案的核心部分。"

王唯真翻过一页，果然有一个保密电话解决方案：

"利用 iAN7600 组成的三级传输系统，解决保密红机、白机及以太网数据的传输，利用专用管通道 DCC 对每个分机线路进行实时检测，分析线路故障等功能，提供线路状态实时检测并上报告警，对于要求较高的机房，可提供机房门禁管理系统，并且提供磁石话机接口，用于内部专网系统。"

这个好懂一些了。

"你们真能做到这一点？"

熊立伟知道大事成了八分，便笑着说："技术是骗不了人的，王主任可以试试，效果达不到要求不收钱。"

王唯真终于点点头，起身回到自己的办公桌，让接线员接通了物资采购部主任叶向南的电话。

叶向南就在楼里，很快就到了，王唯真把事情来龙去脉一说，叶向南兴奋不已，说："老板，你真是福将啊！你不是老念叨市委那个机器怎么好用吗，这就送上门了。"

王唯真说："这不是人家徐主任关心咱们嘛。"

叶向南感慨万千："唉，你们这个层面的领导都是互相关照，所以才能不断进步。我什么时候才能交到你们这么高级的朋友哦。"

采购部主任拍完两位主任的马屁，马上进入主题："熊总，快过年了，我们这里会来很多京城的同志，我们希望年前就把这个保密交换机装上，谈谈你们的报价吧。"

季新国轻声说："来之前，徐主任交代过，你们是市委的单位，希望我们企业以做贡献为主，所以我们按市场价打六折，一个分机 480 元，不知道你们需要装多少分机？"

叶向南眯起眼睛默想了一下，随后用征询的眼光看着王唯真："主任，咱们有 500 个房间，每个房间一台分机，每个办公室装一台，20 台，厨房餐厅 10 台，小厨房小餐厅 5 台。差不多吧？"

王唯真还没吭声，季新国又小声提醒道："是不是还要留些机动？"王唯真点点头，说："那就550台吧。五五得五，五五得五，二五一十，二五一十，26万4？这，是不是太高了？"

善于察言观色的叶向南马上脸色一黑，很不客气地对熊立伟说："你竟然向我们市委招待所要30万块钱？"

"26万……"

"那也不行！"叶向南严肃地说，"我们装交换机是政治任务，懂吗？"

"这？"熊立伟一脸委屈地看着徐洪波，心里却冲动得想跳高：交换机无非就是一些铁皮电线和一套电子装置，这个招待所用的这套交换机充其量也就5万块钱，现在报到26万多对方好像也不是太敏感啊！

徐洪波不知底细，自然不好多说什么，他假模假式地和王唯真小声闲聊："王主任，你到北湖好像有三四年了吧，给你透露个消息，会议处的刘处长要退了，你懂的。见了张主任可别说我说的。"

"我这个副处也熬了快10年了，我现在这点工资还没老婆的高……"说着，搂着徐洪波的肩膀，走了出去。

熊立伟很无助地看着两个说话有用的人出去了，只好对叶向南说："要不，再减一点，470块。"

"400！"

"460吧，叶主任，我们年轻人赚点钱不容易呀。"

"450！我就这样跟王主任汇报！"

…………

中午，王唯真果然在小餐厅盛情款待徐洪波，熊立伟、季新国也沾光享受到了省部级领导的待遇。席间，熊立伟签下了第一单"没赚钱"的合同：247500元，预付5万元，安装到位后付10万元，余额验收后付讫。

饭后，徐洪波带着垂头丧气的熊立伟等人怏怏而去，一出北湖的大门，熊立伟马上变了脸，眉开眼笑地捣了徐洪波一拳："老徐，到我们公司来吧，我包你三年就成为十万元户！"

"你今年应该可以过个好年了吧？"

熊立伟说："哪能呢，今年我们得全部进驻北湖。说实话，我们的机器并不十分稳定，后期还得观察一段时间，随时发现问题随时排除。"

徐洪波交代他一定要注意质量，毕竟这是他的第一单生意，而且单位又是大名鼎鼎的北湖招待所。徐洪波承诺北湖如果用得好，他一定给写篇报道，在

149

《特区日报》上帮他大力宣传一下。

而在北湖院内，王唯真边剔着牙边对叶向南把价格谈得比市委那套低那么多进行了口头表扬。

总之，皆大欢喜。

第三十八章　和美国的热线断了

徐洪波牵挂着童小华，童小华思念着徐洪波。中国和美国，隔着辽阔的太平洋，但两个年轻人的心依然持久地紧贴着。

童小华二赴美国，没有回罗伯特的公司，而是到斯坦福大学去读研究生。童小华的英语基础本来就很好，又在美国工作过近一年时间，所以很顺利就通过了大学入学考试。

童小华一到旧金山，就给徐洪波打来了电话，告诉他已在城里和京城来的两个女孩合租了一套公寓。旧金山的生活非常方便，公寓里24小时供应着热水，有煤气和微波炉，吃的东西其实很便宜，尤其是鸡腿。她又告诉徐洪波，她的学校距离她住的公寓很远，因为学校附近的房子太贵了。你想象不出旧金山有多大，汽车是多么多，公共交通是多么发达，她每天清晨5点钟就要起床，搭有轨电车、公共汽车赶去学校。那时，天还没亮，但她一点也不害怕，旧金山永远是明亮的，到处都是明亮的。美国人是友善的，旧金山的治安好得出奇，一点也不像好莱坞电影里渲染的那样到处是劫匪，到处是枪战和强奸。她还告诉徐洪波，学习很累，但她一点也没有吃不消的感觉，她的精神始终处于一种亢奋状态。她也不知道自己哪来那么充沛的精神和体力。

童小华的电话信息量很大，打得也很频繁，因为旧金山和特区时差15个小时，她晚上回到租住的公寓打电话的时候，徐洪波正好刚刚下班，可以在办公室接听她的电话。徐洪波总是劝她少打点电话，省点钱。但童小华说：美国的国际长途电话费其实很便宜的。她说：我要给你打，我想你！说着说着就哭了。

童小华又告诉他，在美国的中国人，尤其是中国女人生活很风光，但似乎很苦，一种说不出的苦。那两个京城的女人，在京城是有头有脸的人物，已经30多岁了，到美国也差不多5年了，至今也没拿到绿卡，也没有男朋友，又不想回国——中国怎么能跟美国比呀。就这样读了硕士又开始读博士，晚上回到家就喝酒解闷。我感觉她们在美国漂着，怎么也进入不了美国社会，更不用说主流社会。她们都挺没劲地漂着。

"我一定要成为美国最优秀的科学家，要不就像她们一样了。"

徐洪波着急地说："你为什么不想着成为中国最优秀的科学家，就十拿九稳不会像她们一样！"

突然有一天，徐洪波在上班的时间接到童小华的电话，他吓了一跳，一计算时间，旧金山当时是凌晨。童小华在电话里哭了。

"我似乎缺少 touch。"

徐洪波急忙问："什么？"

电话那端，童小华稳定住了情绪，说："一个英语单词，词义很宽泛……就是指触及心灵的一种接触状态。"

搞得徐洪波不知怎么安慰她好。

渐渐地，童小华的电话少了，她告诉徐洪波，她又开始去罗伯特的公司打工了，每周的报酬是 800 美金，罗伯特说以后会给她加薪。再后来，童小华的电话更少了，她也很少在电话里谈自己，而是问徐洪波有没有找女朋友。她说，你不要等我啦。就这一句话。执意不再与徐洪波在电话里讨论下去。

过了一阵子，——已经是过了很久很久了，童小华终于又给他来了电话。在电话里，她幽幽地说："洪波，我真的回不去了，我爱上了美国，美国似乎也爱我。"

徐洪波不知怎么劝她，只好把电话挂了。

童小华与徐洪波之间的热线终于冷了下来，直到有一天，她告诉徐洪波：她提前毕业了，拿到了半导体工程硕士毕业证，还拿到了全世界多少人梦寐以求的美国绿卡——现在她是全世界大公司大商社都抢着要的人才了。但是她已经进入了罗氏微电子公司。

她幽幽地说了声："洪波，我对不起你。"

放下电话，徐洪波站在办公桌前发了半天呆。他想象着在美国，在童小华身上发生了什么。最后，他自嘲地笑了一下，笑得很干涩很别扭。

他知道，自己与旧金山的那根线将无可挽回地断了。

但是，他们迟早要见面，在各自人生新的峰峦之上。

（第一部完）

第二部

第一章　梦想越来越近了

徐洪波走进这座简朴而庄严的大门时，神圣感油然而生。这座大门面朝特区大道，大道东头，是龙湖华丽的现代化街景，各种商业招牌五光十色；西头，是一片恢宏的厂房和正在拔地而起的大楼。鹏港繁华依旧，而他，已立身另一座峰峦。

灰褐色的国际标准式办公大楼，敦敦实实地坐落在大院北端，楼前，是那座著名的、表现经济特区建设者拓荒精神的孺子牛雕塑。

鹏港市委办公楼虽说不像徐洪波同样熟悉的昌江省委那栋民国时代留下的堡垒式建筑那么具有历史深邃度，但却同样厚重。这栋大楼，在中国无可争议地有着非同寻常的地位，许多影响着中国经济走势的重大决策就在这里汇聚，特区建设的各种探索、许多创新的构想，在这里汇总、酝酿、决策，最后化作亿万人的伟大实践。

徐洪波把一个黑色的皮包夹在腋下，那里面有特区日报开出的介绍信，健步走向市委大楼。这短短不到 100 米的路程，年轻的徐洪波用了不到 5 分钟就走完了，但在心理历程上，徐洪波和多少中国人一样，走了那么久，久得似乎是一个边陲小县华丽转身为鹏港市、鹏港经济特区的过程。

几天前，徐洪波外出采访刚回到报社，就接到通知，立即到市委办公厅去找张力力副主任。徐洪波暗暗叫苦，一段时间以来，张力力经常找他参与市委的一些文件的起草。这不，马上要开市委全会，部署明年工作，现在是准备会议材料的关口，张力力找他有好事吗？心里想着，他还是一刻也没耽误就去了张力力的办公室。坐在办公桌后面的张力力一见他，脸上就挂上了古怪的笑容。

"张主任，我怎么觉得你今天的笑容有点阴森森的，像个特务。"

张力力依然乐呵呵的样子："徐洪波同志，从现在起，你跟我说话可要注意点分寸，你过去那种记者'见官大三级'的观念要改变改变了。你马上就是我的部下了。"

徐洪波自己坐下来，说："我从来就是你的部下呀。"

张力力站起来，从抽屉里拿出一张纸，递给徐洪波："不一样了，你现在是办公厅的一名副处级秘书，归我直接领导了。"边说边得意地哈哈大笑起来。

徐洪波一头雾水地接过那张纸，原来是一份调令：

兹调徐洪波同志到中共鹏港市委办公厅工作，限10月15日前报到。

落款是市委组织部。

徐洪波抬起头来，看了张力力一眼："这？我一点风声也没听到啊。总得事先跟我打个招呼吧。"

张力力笑笑，说："报社的干部本来就归市委管嘛，内部调动一个干部还不是家常便饭。"

"市委使用干部也得用人所长啊，我还是适合当记者。"

张力力恨铁不成钢，伸出一只手点着徐洪波的鼻子："你知道是谁点的将吗，谢书记亲自点的。光荣啊，同志，在这个院子里，有几个人能享受这种荣誉呀。"

岗位变动的确有点大，虽说并不犯忤，但徐洪波还是觉得迷迷糊糊，他坐在那，既找不到说服自己的理由，更找不到说服张力力的说辞，只能不作声。

张力力这才想起来给他倒了杯水，边说："办公厅调了几个同志到下面去，人手严重不足，你马上回去办手续，最迟明天下午来报到。"他拍拍徐洪波的肩膀，"要开会了，一大堆材料要写呀。"

徐洪波知道这个时候讨价还价没有任何意义了，他在心里盘算了一下，1991年是国家"八五"计划开局之年，这可不是一篇小文章啊！

"张主任，你在为难我，我人还没到呢，就把这么重要的工作交给我，恐怕我干不来呀。"

张力力神色庄重地点点头，拿出本子翻了翻，说："是啊，洪波，这次报告的确太重要了。前段时间，市领导分头到各区县做了调研，基本形成了一个想法，结合我市经济发展实际，对'八五'期间有一个基本规划，内容是三个奋斗目标：一、到1995年，全市人均地区生产总值达到5800元，其中特区内8300元，达到小康水平。2000年，全市人均地区生产总值要达到17000元，其中特区内要达到25000元，达到中等发达国家水平。特区将首次对外公布率先实现小康和达到中等发达国家水平的具体时间。二、把鹏港市建设成为中国发展对外贸易的重要出口创汇基地之一，到 2000 年外贸出口要达到人均 3500 美元的水平，成为中国人均出口最高的地区之一。三、特区要成为率先建立按国际惯例运作的新体制的地区之一……"

徐洪波认真记录着。

张力力最后说："你先办调动手续，咱们再一起下去调研一阵子。我想，下个月底可以拿出初稿，还有时间让谢书记他老人家改改。"

徐洪波进入政界，童小刚和熊立伟欢欣鼓舞，都嚷嚷着要请喝酒，熊立伟自然也唏嘘起失踪的丁冬来。徐洪波刚到办公厅工作，又忙着调研和构思全会报告，实在脱不开身，便一一谢绝。只有赵丽芳，不由分说一定要见见他。对芳姐，徐洪波是无法抗拒的，自从有了童小华，他和芳姐的联系就渐渐淡了。童小华走了，影子却还是顽强地留在他的记忆里。但失去了童小华，他又发现，那么多年过去了，芳姐的形象还主导着他对女性的审美要求，从样貌到性格，到仪态风度。情窦初开时的爱人是那么美好，情感也是那么炽热而真挚，值得他永生珍惜。

赵丽芳来了，虽说已经生了孩子，她还是保持着少女时代装扮，头发随意地在脑后一侧绾起，露出光洁晶莹的修长脖子，目光流转顾盼，芳唇微启，呵气如兰。

徐洪波习惯性地就带着她在市委和报社之间的紫荆花路漫步。小街空空荡荡，10 月里，紫荆花开了，树荫下不时有一片片花瓣飘落，在若明若暗的天空下，依然暖和的傍晚，紫荆花香沁人心脾。赵丽芳笑着说："没想到你们报社边上还有这么个幽静的地方。"

"呃，我调市委了，你不知道？"

赵丽芳微微蹙了下眉头："还说呢，这不更去不了美国了。"

徐洪波扭头看了她一眼："我没说要去美国呀。"

"你不去，小华怎么办。"

徐洪波心里顿生不快，瓮声瓮气地说："她怎么办，我怎么知道。"

赵丽芳轻轻责备他一句："小孩子脾气。"又说："洪波，我知道你事业心很强，可你也不小了呀，得考虑一下自己的终身大事了。你还是去吧，小华真不错，很配你。"

"小华已经不是过去的小华了。"

赵丽芳像没听到似的，自说自话："小华走的时候，我在生垒垒，要不就会过来劝劝你。"

徐洪波不想再就这个问题讨论下去，童小华这个名字从赵丽芳嘴里说出来，让他觉得别扭。于是他笑着打断赵丽芳："芳姐，你就是专门过来跟我说这个的吗？"

"你还有别的事？要不你先忙吧。"

"没有没有。今天就是好好陪你散步。"

"谁要跟你散步，我就是找你说这事的。你再考虑考虑，应该还有挽回的余地吧？"说着，她小心地看了一眼徐洪波。

徐洪波默默地走了一段，才说："我和她现在就像在两股道上走，谁知什么时候，在什么地方会合啊。"

赵丽芳停下脚步："洪波，有些话本来我不应该说的，但是，我觉得你挺自私的。你从来没有考虑过小华的感受，她一个女人，背井离乡，多不容易呀！"

徐洪波觉得胸口堵上了什么，低下头去，许久才说："芳姐，我知道。可是，芳姐你想想，我不情愿去，去了我们能好得长久吗？"

赵丽芳看他的眼神变得有些无奈。

徐洪波情绪激动地说："芳姐，我从洪州到特区，图什么呢？我就想着好好记录特区的发展，记录这个正在实现着中国人梦想的城市的每一天。我还没做什么，怎么能说走就走呀。小华就那么想去美国吗？不是呀，小华连美国人怎么生活都不知道，她只知道美国的科技发达，她是工程师，希望到科技最发达的地方去。我也想哪一天，咱们国家也像美国一样，优秀的工程师在自己国家就能实现自己的职业理想，那该有多好，这不也是小华想要的吗！这是我的梦想，我想会有实现的那一天。我已经很清楚地看到，咱们离梦想越来越近了！"

赵丽芳并不能完全领会徐洪波这番话，但却为徐洪波的这份执着所感动，她叹口气："你呀。"

第二章 科技创新型城市的出发点

市委北湖招待所，一间可供50人开会的中型会议室高朋满座，会议桌中央位置，特区发展委员会副主任宋晓光和鹏港市委常委、副市长秦宝枫坐在主持人位置上，环绕大会议桌的，是一圈或鹤发童颜或满头青丝，但看上去都谦和持谨的人物，他们衣着齐整、眼睛闪着睿智的光芒。他们面前，都摆着一本白皮书：《为把鹏港建设成为我国科技创新城市，在新世纪达到中等发达国家水平而努力奋斗》征求意见稿。

徐洪波一调进办公厅就着手起草了这份报告。

办公厅根据市领导的要求，组织了一次广泛而深入的调研，大多数工业公司在谈到特区"八五"期间工业发展时，无不对面积不到2000平方公里的特区的土地和水资源的缺乏感到担忧，发展高新科技几乎是他们的共识。科技局傅云桥局长更是举了美国硅谷的例子，论证道，别看现在特区只是电子产业一枝独秀，能做强电子业也足以支撑起一座科技城市。工业口和科技口的同志们的意见给张力力和徐洪波的鼓舞非常之大。

眼前这一圈人物，是市政府和国家特区发展委员会从京城请来的专家教授。特区对这份为"八五"规划定基调的报告极为重视，谢辰书记特意要求请国内的高级专家学者问诊把脉，给特区的"八五"规划提供有战略高度的真知灼见。在他们来特区前，市政府办公厅已经把白皮书寄给了这些著名的专家学者，供他们提前审阅。

外圈，是夹着会议桌的两排长条桌，坐的是特区工业口的老总们。虽说专家论证研讨有些神仙会的意味，但这些老总们都郑重其事。会议已经开了两天，今天的重点涉及产业发展，报告对产业发展的表述的侧重，对未来5年政府的人力物力财力投入的倾斜是有很大影响的，而这些外来的大和尚念的经，应该会对谢书记的思想有一定影响。所以这些掌门人内心才不像他们表面看上去的那么气定神闲呢。

各路大神都到了，会议却一直没开始，主持人、市委常委、副市长秦宝枫和特区发展委员会副主任宋晓光头挨着头在嘀咕着，其他人也在交头接耳。张力力有点焦急地看看手表，扭过头来对徐洪波无奈地苦笑，小声说："这个黄教授。"

论证会前，谢辰书记亲自给黄刚教授打电话，邀请他到特区考察指导。黄刚虽然有一段时间对特区有些偏见，但从进净言的角度讲也是用心良苦，所以他在推辞了一会儿后，欣然前来。作为顶级区域发展专家，黄刚教授在前两天的会上的确给特区发展路径提供了很多很好的意见，特区日报还专门采访了老先生，给他登了大半个版。

在会议室的"嗡嗡"声中，西装革履的黄刚匆匆忙忙进来了，他脸上挂着歉意的笑容，一个劲地给在座的专家教授作揖："对不起，对不起，迟到了。"

说着，在宋晓光身边坐了下来，对着宋晓光和秦宝枫，用大家都听得到的声量小声说："来了个熟人，特区日报的名记者刘勇，以前在京城认识的，一大早就来跟我谈我的新书。"

徐洪波一听刘勇，又好气又好笑。

秦宝枫见黄教授到了，长吁了一口气，开腔道："各位专家，各位教授，咱们这个会开了两天了，感谢大家对特区工作提出了很多宝贵意见，特别是对我们提出率先实现小康、到2000年率先达到中等发达国家水平等方面提出了很多方向性的意见，我代表市委、市政府向大家再次表示感谢。会议过程中大家都不同程度地提到了我市创建科技创新城市的问题，今天想集中议一议，请各位专家教授给予指点。我们今天还请了工业口的同志一起来听。宋主任，您先做指示？"

宋晓光笑着摆摆手，说："我是当红娘的，谈恋爱是你秦市长的事。"

大家都笑了起来，气氛更加融洽。

宋晓光又下意识地看了一眼黄刚。

黄刚一向有引领话题的习惯，地位摆在那嘛。于是他清清嗓子，说道：

"那我就先抛砖引玉吧。我认为特区的这份报告写得很好，好在哪里呢？好就好在把产业发展放在了经济发展的首位。特区建立10年来，改革开放各方面都走在全国前列，比如土地政策、物价、人事制度、外汇管理等方面，创造出了许多有价值的经验。但这个经济建设，主要就是贸易、进出口，甚至走私。这几年这种状况有所改变，现在，特区把产业发展排在经济发展的首位，很好嘛。但是，'科技创新型城市'这个提法要慎之又慎。科技创新加城市，意味着什么？这方面我还没研究，因为中国目前还没有嘛。这两天我在思考，它应该是科技产业的全链条全方位的发展，特区具备这样的优势吗？不说别的，我这里有个数据，到1990年，特区有现代意义的科技企业只有130家，产值不到2个亿，几乎没有在全国有影响的骨干企业。至于说到基础研究领域的资源，则几乎为零。京城有些同志说，特区就像个科技沙漠。反观京城，光燕西开发区，就有41所高等院校，国家和京城所属的科研院所150家，国家重点实验室45个，国家工程研究中心10个，国家工程技术研究中心10个。教授、副教授、科研人员和博士硕士大学生有40多万人，归国留学人员有上万人。他们的高科技企业现在已经有近两千家，产值突破了200亿元。人家京城也没敢提'科技创新城市'嘛。"

黄刚的开场词果然把话题带起来了，专家们陆续发言，与特区的领导和参会干部在这间会议室友好议政已是第三天，大家都成了诤友，于是刀刀见血直指特区科技产业短板。

特区研究中心研究员梁维军诚挚地说："我们都是研究特区工作的专家，我个人非常欣赏特区人'奋力爬坡'的精神。我建议，'八五'期间，特区还是要对出口创汇方面进一步深化认识，尤其是对中央领导提出的到20世纪末出口创汇50亿美元的目标，要摆在重中之重。"

梁维军多次到特区调研，和特区工业口的很多领导都熟悉，他翻翻面前的报告征求意见稿，转过脸来对特区电子工业公司总经理郭柏如，善意地提醒道："郭总，报告中电子信息产业是科技创新的主导产业，我觉得有必要提醒一下，特区这几年才跟在香港、台湾地区与日本、韩国、新加坡等国家后面起步的，目前都还是些普通产品，创新的技术储备和人才储备你们考虑过吗？咱们现在的计算机，还有其他电子设备制造业占平均规模以上工业总产值的比重刚刚勉强超过10%，总产值也就相当于京城几家大点的电子公司。引领行业尚且如此，提科技创新早了点吧？"

郭柏如是特区工业口最年轻的局级干部，为人一向冲劲十足，报告大题目就是建设科技创新型城市，在他眼里就是专为电子公司站台。在90年代初，特区有点高科技含量的工业就是电子信息产业，而作为在日本进修过的郭如柏深知特区电子信息产业目前的实际状况。和日本的差距太远了，只有伉开蹶子猛追啊！见大家都把目光投向他，他先是友好地向大家献上憨厚的笑脸，有意压低声调但锋芒毕露：

"1986年以来，电子信息产业开始全球转移，特区承接了香港地区与欧美、日本等国家转移的大量电子产业，电子通信设备制造业迅速崛起，几年下来，特区出现了从劳动密集产业'三来一补'向资本密集型和技术密集型先进制造业升级的趋势。我们的产业目前是全球产业链的中低端，但也不是没有自己的绝活，比如我们的财务软件、微型硬盘等，所以说在这个行业咱们伉开蹶子猛追不是赶不上去。讨论报告时我们提出'特区制造'转向'特区创造'就是这个思路，电子公司愿意当试验田。"

"等等，你刚才提了一个新词：'特区创造'？"

梁维军和郭柏如都是少壮派，惺惺相惜，彼此熟悉，郭柏如发言时他一直认真听着，这个词他听得真切，不禁吃了一惊。

"是的，创造！"

"据我所知，你们的所谓先进制造升级，好像还局限在焊电路板的技术升级吧。这个时候谈创造会不会太早了？"

"不早了！"科技局局长傅云桥早就坐不住了，电子公司是他重点抓的战线，他站起身来，希望引起大家的注意："不能这么看，我们现在的确主要是生产电子信息的初级产品，但要用发展的眼光看问题嘛，我们毕竟加入的是先进产业，应该以此作为特区走向高端创新的出发点。"

作为主持人，秦宝枫本来是不便插话的，听到这里也没忍住，点评说："嗯，高端创新的出发点。这个提法好！"说着赶紧用笔记了下来。

"我们也不光是电子系统，机电、日化，都有各自的强项，特区再用5年的时间，涌现一批'特区创造'，绝不是天方夜谭。我给各位专家汇报一下我市的科技创新情况。我先讲个小玩意儿，大家都用过牙膏吧。就一个小小的牙膏皮，咱们国家现在都做不好，相信大家都有体验，很多牙膏皮口经常发生泄漏。我们经过攻关，很好地解决了这个问题；我们有个兄弟精密机械厂，几个小年轻，硬是生产出了应用级的机器人，已经投放市场了……"

傅云桥不愧是科技局局长，对业内的情况了如指掌，他笔记本都不用翻，就一五一十把特区科技先锋企业大致介绍清楚了。无奈专家教授们大多是坐而论道之辈，对电脑硬盘、精密机械、微电机、医疗器械等了解不深不精。傅云桥慷慨激昂一番话并没有打消他们的疑虑，话题又回到了大学研究所人才等短板上了。

"科技创新型城市？你们知道这意味着什么？意味着科技，高科技产业今后将成为招商引资和工业发展的重点。鹏港是一个服装、钟表、自行车、电子加工等为主导产业的城市，5年时间就想成为科技城市，步子是不是太大了？"

"是啊，京城和浦城都不提，人家的科技实力多强啊。鹏港连一所像样的大学和科研所都没有，也没有科技领头人，谈建设科技城市，岂不贻笑大方。"

"傅局长刚刚说到硅谷，咱比得了吗？硅谷是典型的依托大学和科研所搞起来的。"

…………

第三章　不是谁都有本事心血来潮的

放完开头炮就一直矜持地微笑着看着大家争论的黄刚教授轻轻咳一声，引起大家的注意。见大家又把目光都投向了他，他有点做作地看看四周，说："哎呀，这会议室连块黑板都没有。我建了个数学模型，对比了我国台湾的新竹、新加坡、韩国汉城、日本东京、美国硅谷等地科技产业的发展坐标、曲线……你们看，这样的……"

他站起来，打开手中的一本讲义，用钢笔指着一幅幅图表，生动地讲解着。"台湾的新竹和新加坡都是充分利用毗邻大学城的优势，用了将近20年……"

黄刚不愧是区域发展研究的大神级人物，资料翔实、见解深刻，吸引得一众专家教授和特区的各位参会的老总都伸长脖子听他讲演。黄教授的数学模型告诉大家：特区不具备建设科技创新型城市条件！

黄刚讲完，矜持地收起讲义夹，谦虚地接受大家的赞赏。

代表市委、市政府出席会议的秦宝枫认真地记着笔记，他不动声色，脸色却很难看，内心波涛翻滚：我们的路真的很长很曲折呀！见出现了短暂的冷场，他抬起头来，一眼就看到了身材高大的张力力。

张力力也看到了副市长的眼神有某种期待，他早憋坏了，便站起来，说："各位专家，我是报告的起草人之一，不知道是否可以给大家讲讲这份报告的一点背景。"见大家都在点头，秦宝枫副市长也没反对，张力力从调研所得、起草时的破题说起：

"……鹏港这样的弹丸之地，没有任何资源搞工业，要实现翻两番，最快的路径就是发展高附加值的科技企业，这是关系到鹏港能不能当好经济建设的排头兵的战略问题！我们尖端技术的确不能跟京城、浦城比，但鹏港这些年民营科技企业可谓星星之火，可以燎原。刚才黄刚教授讲到我们的科技企业数量不多，但经过去年整顿剩下的130多家都是成长性很强的，产值都了不得，有的到了1000多万呐。刚刚举行的第十四届世界发明家博览会，中国拿了15个奖，其中鹏港就拿了两个，一金一银。"

张力力停顿了一下，喝了口水，又侃侃而谈道：

"我们提出科技创新城市，目的是竖起一个标杆来，对产业发展形成引导。特区有活力、有胆有识的人很多，对市场的反应非常之快。我们创建科技创新型城市，就是充分调动机制灵活、信息灵通、商品经济发达的优势。"

黄刚见的都是大人物，对一个副局级干部自然不会放在眼里，他觉得拿这个大个子祭祭刀，让人家知道自己的分量也不坏，就大度地呵呵一笑，说："张主任，您的雄心的确让人敬佩，不过您站的位置可能限制了您的思维，科技创新，可不是民营企业打游击战就行的呀。你可能听不太懂我的数学模型，一言以蔽之，科技城市要凭综合实力。"

张力力脸憋得通红，却一下子找不到回应的词。的确，他是没听懂教授高深莫测的数学建模。徐洪波见老人家对自己的上司出言不逊，心下窝囊，顾不得身份就说了句：

"实力可以边干边提升吧。"

黄刚抬头看了一眼像是赌气地说完话又低下头的徐洪波，用探寻的眼光看了一眼秦宝枫，意思是：这个放肆的年轻人是谁？秦宝枫连忙说："哦，他是报告的起草人之一，我们办公厅的徐处长。"

黄刚心中一凛："他是徐洪波？"

"呃？"徐洪波愣了，心想："我怎么有资格入您老的法眼呀！"

"没想到您这么年轻啊。"黄刚似笑非笑地看一眼徐洪波，然后扭头对着秦宝枫说："年轻人嘛，思想比较活跃是好事，不过还是要脚踏实地呀，科技创新城市不能心血来潮呀。"

徐洪波血直往头上涌：这话从何说起！他马上想起了刘勇，该不是一大早这位老兄就给我上眼药去了吧，而这位曾在京城让自己把影响化于无形的大学者，也不能不怀疑是利用这样的场合，在特区领导面前给自己一点小恶心。

秦宝枫乍听到黄刚那番话也心中一凛，脸色骤变，见张力力和徐洪波都一脸官司，就朝他俩使个眼色，说："张主任、小徐，教授意见很重要，你们修改报告的时候要好好参考啊。"

徐洪波这种身份本来是没资格说话的，他喏喏地又低下头，但强烈的自尊让他冷冷地丢出一句：

"不是谁都有本事心血来潮的。"

"小徐。"秦宝枫用责备的口吻呵斥了一声。

见徐洪波被激怒了，黄刚像真正的大学者一样呵呵一笑："徐处长，今天是讨论会，你也可以发表一下观点嘛。"

徐洪波看看秦宝枫，秦宝枫却仰着头，两眼毫无目标地看着天花板。徐洪波明白了，就是说市领导同意他搞点自由主义了。他咽了口唾沫，侃侃而谈：

"各位专家，黄教授的数学模型也许有一定的道理，但数学模型是死的，城市发展是活的！刚才大家都在谈论兄弟城市的科技力量的雄厚，我想问一声，我国的科研力量在世界上算是排在前列的吧？但高科技产品开发为什么没走在世界的前列？因为有两个瓶颈，一是科学研究集中于大学和科研院所，它的好处是，科学研究由国家主导，优秀的科研人员都被集中到了科研院所和大学，以及军工行业，着重研究关系国计民生重大工程的攻坚性领域，在重大领域能够举全国之力，迅速追赶上世界一流水平，比如咱们的'两弹一星'。现在经济体制转型了，科研体制和研发、应用体制还没有及时跟上，注重基础研究而不是应用研究，脱离了产业。即便是应用研究，也不是主要由企业主导或与企业联合进行，研究成果的产业转化率很低。

"二是现在我国还缺乏科技投资体系中介。企业只看中那些已经很成熟、市场潜力显而易见的科研项目，不可能接受高风险项目，更不可能在研究的中前期阶段就投入资金。而研究机构得不到资金的资助，许多项目只能停留在设想阶段。此外，还有一个看上去简单但却是很现实的问题，成熟的研究成果、企业急需的成果，却和企业见不了面，换句话说，双方见面付出的信息和社会成本太高。"

黄刚的脸色早就铁青了。

一大早，特区日报的名记者刘勇找上门来，把黄刚教授的新书大大吹捧了一番，又半想象半听说地把徐洪波当年在京城策划了一场座谈会，让教授的高论胎死腹中的过程说了一遍。黄刚本来已经把这一页翻过了，让刘勇这一扇乎，一股邪气又攻上心来。好嘛，当年让自己难堪的肇事者竟然就在眼前，正好修理修理这小子。他想好了等他讲完话就好好教训他一番，在秦宝枫，嗯，就是他的大领导面前狠狠地恶心一下这小子。没想到这个小年轻的思想远比自己想象的要深刻，他提出的问题自己还没深入思考过呢。可不能让这小子侃侃而谈把自己的观点又给否了！他举手做了个暂停的动作。

"小徐处长，我想问问，你长篇大论说了这么多，是不是觉得特区有能力解决科技体制转轨过程中的问题？"

徐洪波大手一摆，说："不是觉得，是已经有解了，那就是市场！特区建立市场经济体系比别的地方走快了一步。市场经济最大的好处就是钱的流向非常明确，越来越多的年轻科学家、技术人员意识到，科研转化可以赚钱，1987年特区出台了'33条'，马上就出现了科技人员下海潮，很多科技人员从京城、浦城和穗城自发地从原有体制流出，向特区转移，他们要么自己办企业，要么加盟企业。这支队伍非常有活力，他们带来的是一场科技力量的释放，是科学技术产业化。未来，它将带动科学技术的全方位发展。还有，特区的资本力量非常活跃，跨国企业资本和技术外溢环境下，特区自身的高新技术产业、现代物流业和现代金融业也开始异军突起。"

徐洪波眼角瞥到，秦宝枫副市长的眼睛已经从天花板转移到他的脸上，很专注。他脸一红，放大声音说："为什么我们敢提建设科技创新城市，不是心血来潮,我们有底气!"

黄刚眼看自己居于下风了,显然急了,他有点结巴:"你……你还没回答我,你的科研院所在哪?大学在哪?人才在哪?"

徐洪波一拍胸口:"中国有的是啊,都是我的!"——"33条"出台后,全国各地许多有志的青年科技工作者纷纷到特区创业,一时间"孔雀东南飞"。徐洪波指的就是特区能够吸引全国的人才。

秦宝枫听不下去了,"扑哧"笑出声,同时拍一下桌子,责备道:"黄教授让你说你就口无遮拦。什么你的,国家的嘛!"

黄刚脸涨得通红,呵呵掩饰着,对着秦宝枫说了句:"年轻人,不知天高地厚。"算是给自己掩了脸,不过习惯性撇着的嘴更歪了。

徐洪波赶紧冲黄刚鞠个躬:"黄教授,年轻人不知天高地厚,您别见怪啊。"回自己座位时,傅云桥和一众工业口的老总都用赞许的眼光迎接着他。

"谢书记来了。咱们先过去一下。"会议还没结束,张力力过来悄悄对徐洪波说。

原来,专家论证会就要结束了,晚上,谢辰书记专门赶到北湖招待所,陪专家教授们吃个饭,向他们表示感谢。吃饭前,要先了解一下专家教授们发言的情况。

张力力和徐洪波在餐厅会客室把专家教授们的发言简明扼要地介绍了一遍。谢辰听完,想笑又憋回去了,瞪了徐洪波一眼:"谁让你呛人家了?这些专家都是我请来的,以后咱们的方针定下来,还指望人家帮咱们在京城做宣传呢。你倒好。"

徐洪波搔搔头皮:"这不是没忍住吗。"

张力力说:"书记,我觉得徐处长这番发言很有必要,大家对特区的认识应该更深刻了。"

谢辰也不是真批评徐洪波,相反对徐洪波的发言还挺欣赏呢,所以他也就没再纠缠这个问题,而是用他果决的口吻说道:

"特区在1987年就开始着眼科技成果产业化,现在应该是考虑建立区域创新体系的时候了,将发展高新技术产业作为特区经济转型的战略这个方向不能变。科技创新城市这面旗子咱们要先打出来,特区干的就是先行先试嘛。但是,专家们的意见大家也要引起高度重视,你们要认真吸纳。当然,咱们不能光制订目标,还要有实现的途径,就像当年搞'33条'那样,拿出政策来。"

张力力汇报道:"我们和科技局正在研究,准备出台《加快高新技术及其产业发展的暂行规定》《关于依靠科技进步推动经济发展的规定》两项政策。"

"走吧,会应该开得差不多了,吃饭去。"

年底,鹏港市委全会如期召开,全会号召全市团结一致,为把鹏港建设成为我国科技创新城市,在新世纪达到中等发达国家水平而努力奋斗!接着,鹏港市人大、政协两会召开,市政府及时推出了《加快高新技术及其产业发展的暂行规定》《关于依靠科技进步推动经济发展的规定》两项政策。

第四章　派你去新加坡

光阴荏苒又一年。

1992年春节,徐洪波留在了特区。这一年的春节,是鹏港市委办公厅的秘书们最忙的一个春节。这一年的春节,中国改革开放的总设计师邓小平视察南方,发表在改革开放历程中具有里程碑意义的重要讲话。节后,鹏港市委就要召开常委扩大会,研究贯彻落实南方谈话精神。

张力力、徐洪波带着秘书班子,夜以继日,起草文件:谢辰书记在市委常委扩大会上的发言,学习小平同志南方谈话体会;鹏城市委、市政府贯彻落实南方谈话精神,掀起新一轮改革开放热潮,加快特区第二次创业的系列文件;关于在全市党员干部中掀起学习南方谈话精神的通知。

谢辰书记也没有休息,一有空,他就和秘书班子座谈,一遍遍重温小平同志南方谈话。"你们在报告中要特别强调小平同志说的'要坚持两手抓''特区的重要经验就是敢闯''特区姓社不姓资'。"

过了一会儿,谢辰书记又再次强调:"要突出写一写'姓社姓资'的问题,这个问题纠缠了好多年了,南方谈话在理论上和思想上把这个问题都解决了,真是太及时了!"

市委常委扩大会如期召开,谢辰书记讲到高潮处,把讲稿放到一边,大声说:

"同志们,咱们都在中国改革开放的前沿,一定要实践好小平同志的南方谈话的精神,在改革开放的路子上坚定不移地走下去,一百年都不能动摇。我们要按照小平同志的指示,总结特区建设10年来的经验和教训,胆子更大一点，步子更大一点，遵循国际惯例，创新创新再创新，促进特区建设稳步高速发展，努力把鹏港建设成社会主义的'香港'。"

轰轰烈烈的学习活动过后，办公厅开始到各区各单位调研。这天，忙完了一天调研的徐洪波回到市委，马上又被张力力叫到办公室。

"洪波，这份文件你看一下。"

徐洪波接过文件夹，匆匆看了一眼，接着又仔细看了起来。

原来，特区经过深入学习小平同志南方谈话精神，进一步坚定了方向，明确了目标，提出特区要开始"第二次创业"，这次创业，特区将瞄准国际一流水平，将以高新技术产业和金融"双核"发展，打造世界最先进的创新型城市和金融中心。为此，特区决定派遣一批年轻干部赴发达国家和地区，全脱产学习各类先进的管理经验。条件是年龄35岁以下的市直属局级单位的干部，大学本科以上学历，英语水平特别是口语水平达到大学四级以上。准备派遣前往的国家和地区包括美国、英国、德国、日本、韩国、新加坡，还有香港。

徐洪波边看边说："呵，这倒是个好机会呀，我能去吗？"

张力力说："给你看就是打算让你出去学一学呀。你离开学校这么长时间了，也该充充电了。"

徐洪波说："你不是也离开学校很长时间了吗？"

张力力一脸遗憾的表情："你以为我不想，领导不放，说我以前在香港学习过。但那次只去了三个月呀。"

徐洪波坏笑一声，调侃道："张大主任的水平还有谁教得了您哪，您就是去京城大学立马都可以当教授。"

张力力没理会他的调侃，只是说："你到组织部报个名，然后抽空准备一下，特别是英语。地点嘛，谢辰书记建议你到新加坡去，学他们发展科技的经验。"

徐洪波走出办公楼，和煦的海风拂面而来，西边的天空泛着一抹暖暖的橘色，他心有所动，连忙折回办公室，给芳姐打电话："芳姐，我要出国培训了，新加坡。要去一年呢！"

芳姐着急了，说："洪波你等等，什么时候走，我给你送行。"

徐洪波高兴地说："好啊，约上老熊，一起吧。"

熊立伟把童小刚也拉来了，虽然童小华已然黄鹤一去无归意，但昌江老乡童小刚还在他们的朋友圈，童小刚现在是他们中最有钱的，自然喜欢埋单。而这天，这个童小刚在市里办事，正好被熊立伟逮个正着。四个人在粤丰酒楼聚齐。趁着男人在张罗点菜，赵丽芳问徐洪波怎么有这个机会，徐洪波一一说了。芳姐脸一沉："你怎么不申请去美国？"

徐洪波也小声说："新加坡有很多地方跟特区相似，他们的经验可以直接移植到特区，领导说我到那去学习收获会更大。"

赵丽芳轻轻叹口气："缘分啊。"

徐洪波心一沉："说啥呢，我们早没缘分了。"

赵丽芳嘴角抽动了一下，说："又要耽误一年。洪波，答应我，回来就找一个啊……"

徐洪波当然地被推到了主席的位子。宾主落定，大家再次祝贺徐洪波出国深造，将来前途无量，然后便是一番觥筹交错，渐入佳境。

大家喝得差不多了，开始捉对闲聊，包房里的分贝小了许多。坐在徐洪波身边的芳姐正准备说点什么，突然她听到外面有些喧闹，便竖起耳朵听了听。接着，她撇开徐洪波向门口走去。她拉开门，不禁愣了：

丁冬？

"丁冬！"赵丽芳大喊起来。

一群西装革履、油光满面的男人勾肩搭背，谈笑风生着正往外走，听到赵丽芳这一声大喊，都停住了脚步。那个熟悉的胖子推开众人，小步快趋过来了。

"芳姐。"

正是丁冬，那个趾高气扬的胖子，此刻一脸羞赧地低着头，在几米外站住了：那边，除了芳姐，还有他的朋友们。徐洪波、熊立伟、童小刚，他们都听到了芳姐的那声喊叫，全都挤到了门口，齐刷刷地盯着丁冬。

粤丰酒楼大堂的气氛因此有些紧张，交谈着的食客们都一齐看着他们。

赵丽芳连忙冲过去，不由分说把丁冬推进了包房。童小刚说了声"我再去叫两瓶酒"，便出去了。

第五章　丁冬杀进股市大户室

丁冬回来快一年了。

录像机走私案，丁冬只是一个跑腿的小角色，真正的罪犯是洪州的张金宝、特区环球电器公司的董事长朱蓉生和总经理朱锦生。在审判过程中，朱蓉生作为公司法人，承担主要责任，被判了10年徒刑，朱锦生被判了3年。丁冬一直在逃，快到3年的时候，他按捺不住溜回了特区，他要找阿梅。但当他来到艇仔村时，发现昔日栖身的老村已经变成了一片高层住宅密布的住宅区，阿梅家早不见了踪影。白天，他在住宅区里踯躅，晚上，他就守在住宅区门口，紧盯着进出的人，整整三天，也没遇见一个熟悉的人，更没遇见老林夫妇和阿梅。

最后，没心没肺的胖子在界河边坐了一天，哭哭笑笑。

他也不敢去见徐洪波，他觉得自己目前身份不明不白，心里害怕昔日朋友鄙夷的眼光。

丁冬在特区举目无亲，便又回了洪州，开一家早点铺打发日子。一天，他收到了特区寄来的一封信，打开一看，竟然是朱锦生寄来的，原来，朱锦生早年当过老师，在狱中教犯人读书，表现良好，减刑半年，提前出狱了。

朱锦生开始并没有回他的伤心之地特区，而是在老家蓉城做起了服装生意，三天两头在蓉城和穗城之间跑服装，多少也赚了点钱。特区股票热开始时，他并没有动心，那时，他对股票一窍不通。但作为一个职业商人，他始终在关注着特区的一举一动，股票越来越热，股市上一夜暴富的神话不胫而走。"看看去！"就这一闪念，日后让多少人为他扼腕叹息。

朱锦生言语不多，但目光敏锐，他到证券公司去看了两天，再也忍不住诱惑了，他用前些年做生意攒的钱，雇了十几个在特区打工的老乡，循环购买股票抽签表，一来二往，朱锦生竟成了特区"股神"之一，进入了桂安证券的大户室，借证券所的资金杠杆，越炒越大。半年时间不到，他便身家百万，在龙湖的一个住宅区买了一套房，把老婆陈丽梅和女儿从合川接到了特区。这个时候，他想到了丁冬，估计他也该没事了，便给他寄去了一封信。

朱锦生在信中告诉丁冬，找到了新的发财路子：炒股票。

"股票这东西我以前从来没摸过，只是听说，现在特区最聪明的人都在炒股票，我没什么文化，不知道能不能做。"

朱锦生淡淡地说了句："你有生意头脑，看一看就会了。"

丁冬就这样被朱锦生带进了桂安证券部大户室。

当时，朱锦生正和一群庄家抬一只叫深洪机的股。深洪机蛰伏了多日，始终在1块1、1块2上下徘徊，丁冬的股市实战第一天，就听从了朱锦生的安排，一口气吸了10万股深洪机，顿时，丁冬眼看着深洪机噼里啪啦一下子蹿到了3块8，坐在他身边的朱锦生朝他使了个眼色："出货，慢慢出。"于是，丁冬开始放了，1000、2000……中午，他出来吃饭时，看见证券部门口新贴出的《桂证快报》上巨大的黑体字打出了一则消息：深洪机成为今日深市最大的黑马。据某市政府消息灵通人士介绍，深洪机近日进行了企业改革，加强了内部管理，所生产的摩托车大批出口非洲五国，企业利润大增，近日将大规模配股，云云。

下午，深洪机在包括桂安证券部在内的特区各证券部都卖疯了，易手数以百计，结果连朱锦生也沉不住气了，他不停地上洗手间，用手提电话不断地与各方联系，当他从洗手间出来时，脸上泛着红光，眼睛也像小姑娘一样潮湿，他对着丁冬一连说了三次："快出货！"谁也不知道深洪机被甩出了多少股，反正眼见着在半个小时内，一下子跌回到了1块7。一向不动声色的朱锦生笑得合不拢嘴。"收吧收吧。"他说。于是，他们又开始买进。

到收市时，丁冬吓了一大跳，仅仅一天，他就赚了几万块。

股票、股市，就以这样的疯狂增长财富的魔力完全征服了丁冬。丁冬成了20世纪90代初特区股市许许多多的成功人士之一，他和朱锦生，还有一些看得见和看不见的人，白天，在表面平静但暗流汹涌的桂安证券部大户室里兴风作浪，吞吐纳放，晚上，在特区各大酒店的包房里交流情报，串换经验，倾诉心得，忙得不亦乐乎。他当然也成了桂安证券有"信誉"的大户股民之一，开始在证券部以1∶1甚至1∶2的比例贷款，然后再把增加了一倍两倍的资金毫不犹豫地投入股市，看得见和看不见的财富在飞快地聚集，又飞快地化为泡沫，化为泡沫不知去向的资金虽说只是他现在掌控运作的资金的一部分，但那个数目对于平常人而言，依然是一笔让胆小的人吓死，也足以让许多特区人因之倾家荡产的数字。但这时，丁冬像朱锦生一样，对到手和失却的财富已经完全麻木。有一天，他和他所在的那个团伙，一步一步将一只只有2块多的股票托到了17块，一口气赚了一百多万，而他付出的物质代价不过是一身透汗；又有一天，他眼见着他们苦心经营的一只股票从10多块一路下跌到4块，跌破了心理底线，赶紧斩仓出逃，粗粗一算账也亏了30多万元，但他竟然只是付之一笑，走出桂安证券部的时候，他依然若无其事地挺胸凸肚，和旁人谈笑风生，到酒店胡吃海喝。

昌江的兄弟和芳姐又面对面坐在大圆桌旁，大家都百感交集，丁冬说着自己回来的经历，渐渐没有了之前的倒霉相，不过徐洪波还是看出，胖子眼睛里已经失去了以前的单纯，多了世态炎凉的沧桑，但里面的善良热情依旧。

"我找过洪波。"丁冬小心地看一眼严肃的徐洪波,小声说:"报社说你调市委了,我就没敢找你了。"

徐洪波听得出他的顾虑,就说:"既然已经撤销了追诉,你不就是正常人了吗,和我去不去市委有什么关系。"

芳姐满脸怒容:"那你为什么不找我?"

丁冬怯生生地看了芳姐一眼:"你会笑我。"

"放屁!"

丁冬已经完全活泛过来,他看了一眼脸色憔悴的熊立伟,便又趾高气扬起来。他知道徐洪波当了官,童小刚当了老总,芳姐是美女,只有这个老夫子貌似潦倒,可以在他身上找回尊严,便训斥他道:"你还是回特区来了?我就说嘛,读什么研究生,还是特区好,来钱快。"

熊立伟本来想骂他,让他带偏了话题,马上红着脸争辩道:"不是你想的那样的,我是到特区来搞开发的。"

丁冬"嗤"地一笑:"算了吧,煮熟的鸭子嘴巴硬,卖电话机就说卖电话机,还开发,骗我没文化。"

"我真的是在搞开发,我卖程控机的钱都投到开发里面去了,要不我也跟童小刚一样穿高级西装了。"

丁冬嗤笑道:"你要能穿这么高级的西装,我就穿钞票做的衣服!"

熊立伟一扫脸上的憔悴,两眼放光,声调也高了很多:"科学研究是需要时间的。不过我也快了,最多半年,哼,你等着,不说把倍通赶出中国,等我的小熊机出来,我一定要他们大幅降价。你手里的大哥大多少钱?"

丁冬扬扬手中和他手腕差不多粗大的大哥大:"两万多!"

"用不了两年,我叫它变成两千多。"

丁冬盯着熊立伟灰白的头发,叹口气:"熊师傅啊熊师傅,我说你什么好,你做买卖就做买卖了,把自己搞得人不人鬼不鬼。"丁冬一急,把他们在内地工厂时的称呼都喊出来了。

熊立伟败下阵来,讷讷地说:"我……我现在挺好啊。"

芳姐瞪着眼睛:"丁冬,你说人家老熊干什么,我们要揍你一顿才解恨呢。"

丁冬又蔫了:"我……我是真不好意思,我……我是犯了法的。"

这时,新加的酒上来了,赵丽芳亲自给丁冬斟满一杯,说:"丁冬,回来就好了,以后再不沾歪门邪道了,找个女朋友,在特区好生过日子。"丁冬默然,一口干了。

大家都默然了。

徐洪波不再板着脸，神色黯然地说："阿梅匆匆跟我说了句要结婚了就走了，也不知道哪去了……你有没有去找过她父母？"

"艇仔村的老屋没了，她父母也不知道搬到哪去了。"

徐洪波说："丁冬，可能你们没缘分，不想她了，再找一个。"

丁冬咧了下嘴，说："阿梅是最好的，再也找不到了。不找了，不找了。"

当晚，丁冬竟然喝醉了。大醉的丁冬发誓道："你们等着，我一定能找到阿梅！"

徐洪波暂别特区，他先到穗城外语学院强化英语，三个月后，飞向新加坡。

第六章　他两眼大睁着，谁也不认得

特区股市在为前一阶段的虚火买单。

丁冬在股市上连遭挫折，炒什么什么跌。他在桂安证券部已经坐不住了，每天，他几乎所有的时间都是站着的，盯着大屏幕，上面是一片无可奈何花落去的绿色。大户室里，哀声四起。眼睁睁地看着资金稀里哗啦地蒸发，丁冬索性就不上证券所了。他听从了朱锦生的劝说，在龙湖区龙兴花园买了套大三房——这套房后来救了很多人的急。他搬进了新房子，谁知一天夜里，桂安证券部的赖、皮两个经理竟然摸上了门，缠住丁冬东拉西扯，丁冬正好也没事，乐得有个熟人陪他聊天，所以兴致很高。扯到半夜，赖、皮二人执意要请丁冬宵夜，丁冬说："我哪敢吃宵夜啊，你们看我，都胖成这个样子了。谢谢谢谢，你们有什么事尽管说好了。"

赖经理神秘兮兮地说："我有一个特别准确的消息，我和老皮是公家人不好炒，有一家美国公司，世界500强，马上要收马林的股票，绝对数不少于42%。马林现在才27块多，外资进来，要炒到70块以上。特区股市现在很少有这样的机会。马林这段时间表现不好，小户正在抛呢。"

皮经理也一脸郑重其事地说："陈老板已经带了七八个人到桂安来了，不信明天去看一下就知道了。我们来找你，是看你在桂安帮衬了我们不少生意，有财好发不能忘了朋友嘛。"

丁冬问："你们通知了朱老板吗？"

赖经理说:"当然了。朱老板已经和陈老板通过电话了,他本来说给你打电话的,结果没打通。"丁冬这才想起手机没开机。他笑了一下,说:"明天我陪朱老板去看看吧。"

皮经理不失时机地说:"丁老板,像你这样的气魄,不动个几百万?"

丁冬笑而不答。皮经理说:"那就这样定了,我给你准备好,这回准赚,1∶1、1∶2都行。"

第二天,朱锦生果然早到了。

两人疯狂鏖战一个月,终于到了要收网的时刻了。这天晚上,在粤丰酒楼的包房里,朱锦生少有地激动得两颊通红:"看来,咱们买对了!"

丁冬也开心地灌了自己一瓶啤酒,心满意足地打了个嗝,说:"朱总,你真是股神,去年底他们没分红,有人还在议论呢,你看现在,热到烧手。"

"我哪是什么股神,还是人家浦城的人有眼光。看来,在中国炒股一定要懂政策。"

"浦城毕竟是大地方,见识广。"

两人说着话,便把明天要动用多少资金炒马林实业的事给定下了。

在特区其他地方,像这样的议论此起彼伏……

马林实业的股价飙升到30块、40块、50块……

丁冬觉得差不多要虚脱了,一个时期以来,他紧张得到了神经崩溃的边缘。以前,他有着雄厚的资金,多点进攻,东方不亮西方亮,总有那么几只赚回钱来,所以一两只股票被套牢或者被迫斩仓出血,大亏一把,都只是懊悔一阵就过去了。但现在他的金融大厦已经坍塌,这回几乎把所有的资金都投到了马林的豪赌中,开弓没有回头箭,一旦失手,后果不堪设想。丁冬清楚地记得,他以前每次和朱锦生一道进入桂安证券部,一踏进大户室的大门,马上就会变得兴奋乃至于亢奋起来。而这次,他俩几乎都找不到那种感觉了,有的只是一种慷慨就义般的悲壮情怀。带着这样的悲壮心情来炒股,真是凶多吉少。经过一个月艰苦卓绝的鏖战,丁冬已经稳赚两百万了,他一颗心终于放了下来了。

"老板,明天咱们是不是该出点货了,我所有的钱都投进去了。"

朱锦生眼睛闪着狼一样的绿光,他颤抖着声音说:"不能再贪了,明天都出掉!"

丁冬有点奇怪地望着他。到了这时,丁冬才感觉到朱锦生这段时间有点不正常。"老板,你,没事吧?"

朱锦生一反常态地把满满一杯XO灌了下去,抹了一下嘴巴:"我赢了!"

"赢了？"丁冬的右眼皮突然跳个不停，他连忙"呸呸"地吐了两口唾沫，心里堵堵地回家睡觉去了。

"咚咚咚！"

一阵急促的敲门声惊醒了丁冬。一个晚上，丁冬总觉得心里有什么事，但又说不出，翻来覆去睡不着，一直到凌晨才迷糊地睡过去。就在这时，有人敲门。他惊慌得连鞋都没穿，就冲出去打开了门。

来人是朱锦生的太太陈丽梅，一个中等偏胖身材的女人。

"嫂子！"

陈丽梅一把揪住丁冬的胳膊，满脸惊恐的神色，嘴唇哆嗦着说不出话。不祥的预感立即笼罩了丁冬，他觉得身体发冷，像陈丽梅一样打着寒战。

"快……快，跟我来，到我家去。"

丁冬麻木地套上衣服，坐上陈丽梅开来的宝马车，向朱锦生家疾驰而去。

"出什么事了？"

"大事，大事，他不行了！他不行了！"陈丽梅话已经说不全了，一路上就叨咕着"他不行了"。

好不容易到了朱锦生家，丁冬匆匆进屋，一眼就看到朱锦生躺在沙发上。眼前这个神机妙算的股神大睁着双眼，眼珠亮得惊人，但却一动不动地盯着天花板。

僵尸！

丁冬吓得不轻，他连忙转过头，问陈丽梅："嫂子，这……"

陈丽梅还在颤抖："我不敢动他。"

"快打电话叫急救车呀！"丁冬赶紧拿起手机就给急救站拨了电话。忙完，他才想起问陈丽梅："怎么会这样？得什么病了？"

"你不知道？"陈丽梅一脸疑惑，捡起地下的一张报纸递给丁冬。

丁冬匆匆浏览这份当天的《特区证券》。这一眼，丁冬也差点昏厥过去——

特区证券交易所通告：为维护广大股民的利益，维护特区股市健康发展，经主管机关批准，自即日起，马林实业有限公司股票停止交易……自即日起，由马林实业有限公司的债权人，及有关金融机关派出人员，帮助该公司检查财务……

接下来是关于冻结马林公司财务，规定其抵押给金融机构的产业和股票不得转卖、转让和转移，资金须经有关金融机构批准才能汇出境外。马林实业有限公司法人代表林某某、副总经理郑某某、总会计师郑某某等依法监视居住，并要求其协助调查！

——这是特区发生的第一起股市金融诈骗大案，马来西亚林氏实业（鹏港）企业集团法人林炳辉通过各种诈骗手段伪造业绩，疯狂吸金，然后将近4亿美元转移到澳大利亚，给数以万计的股民造成了巨大损失。

丁冬一屁股跌坐在地上，额头上的汗珠子顺着他肥硕的大脸滴答滴答往下掉。

"完了。"

就在这时，手机响了，丁冬一看来电显示，连忙接通，对着手机"啊啊"了半天。陈丽梅在一旁紧张地看着他。丁冬终于"唉"地长叹一声："我们一天到晚算计这个算计那个，这回让人算计大了，马林实业设了个套在股市圈钱，把股市的收益都转到境外了，转了差不多4个亿啊！银行发现后，立即终止他们的活动，马林实业算是完蛋了。我们这几百万算打水漂了。"

"这，这不可能吧，国家总该赔吧。"

"赔？你以为是在银行存钱啊？这是买股票，说白了就是赌博，愿赌服输！"

"那……那……那你们手上那些股票就算废纸一张了？"

丁冬在地下呆呆地坐了好一会儿，才缓缓地对陈丽梅说："政府应该会想办法解决问题，可能，他们会找一家公司收购马林，到时候，马林股票还会还点钱回来。"

陈丽梅顿足道："我还给了老朱20万私房钱呢，这下亏惨啰，政府怎么这个时候才出手！"

朱锦生住进了医院，醒着的时候他两眼大睁着，谁也不认得，也不说话，只是呆呆地望着天花板。

陈丽梅见朱锦生没有生命危险，便不再来探视了。一个月后，她不知道通过什么手段办妥了和朱锦生的离婚手续。原来，自从朱锦生炒股亏多盈少，陈丽梅就没少和他闹。这次炒马林股票，陈丽梅和他立字为据，如果再亏就离婚，女儿归陈丽梅，房子车子也都归陈丽梅。

离婚对朱锦生没有任何意义，他再也醒不过来了。

丁冬已经没有什么正经事可做了，每天在医院陪着痴呆的朱锦生，心想，朱总怎么办啊，回蓉城吧。

第七章　5万美元

陷入困境的，还有熊立伟。

特区小熊通信技术公司的"贸工技"之路已经停止了。

熊立伟和他的伙伴们南下之时就立下誓言，他们将以"技工贸"的形式，在特区重新开启中国拥有完全自主知识产权的数字程控交换机的研发。在完成公司的资金积累过程中，他们先行"贸工技"，熊立伟利用在香港的人脉，成功获得香港极速公司的某芬兰品牌的程控交换机在特区的代理业务，并在启动阶段得到了徐洪波的协助，掘得了他们研发所需的第一桶金。时间仅仅过了一年，各种制式的交换机蜂拥而来，竞争就呈现出白热化，他们所代理的终端交换机的利润已经微乎其微了。好在，熊立伟主导的小熊908型电信级万门数字程控交换机技术始终在一步步推进。这期间，熊立伟不断在全国招兵买马，公司已经从当年从事贸易的七八个人发展成研发、制造、销售配套的成体系的规模，工程师和工人发展到400多人。

当此之时，熊立伟真正尝到了科研烧钱游戏的残酷。

就在小熊程控机诞生前夕，小熊在最关键的节点上断粮了。

小熊908型万门数字交换机的控制结构的方案在比较了国际比较流行的几种总线方案后，决定采用总线标准速度最快的美国英特尔的Multibus II。熊立伟调出所有剩余资金，从香港进口了20万美元的开发板和工具，结果总线板到货后一调试，发现无法实现这么快的速度，20万美元打了水漂。熊立伟急眼了，和周大宝、季新国等一商量，还是得自己开发。周大宝倒是想出一个省钱的办法，电路图设计出来后，先搭一个试验板，测试好了再投板。

就在这时，销售部门反馈回来：昌江省章南市电信局引进了一套浦城倍通的设备。熊立伟顿时傻眼，那是他选中的小熊机的第一个投放点。章南是他的家乡，又是比较落后的地区。熊立伟知道自己的小熊机现在还无法与中外合资的倍通等名牌在中心城市面对面进行白刃战，他的战略是农村包围城市，没想到农村被别人先攻下了。熊立伟急得吃不下饭，逼着周大宝把电路图立即送香港，以双倍的价格加急测试，一个星期就要拿回样板。

香港的合作方开出的价格真不贵：5万美元。

公司账上只剩下500多块钱。

熊立伟做生意这一年多，脸皮磨厚了不少，但到了找朋友融资——对，融资！他用这个高大上的词汇来冲减借钱的心理障碍，他还是张不开口。

可这续命的5万美元到哪去找啊！

熊立伟头脑里所有的思维神经全被5万美元填充了，其余任何事情似乎都不记得，也无法挤进那依然不再有孔隙的空间了。这会儿，他怔怔地走出工厂，走上了国道，低着头向着新安检查站方向走去，国道上隆隆开进的货柜车在他身旁呼啸而过，都没有影响他貌似闲散的步行。过了新安检查站，他行进在特区大道上，向东一个劲闷头走着，特区大道两侧绿树成荫，一幢幢高楼正在拔地而起，但他似乎完全没注意，他不受理智和意识的支配，好像就是听任两条腿在街道上无意识地行走，等他两条腿实在抬不起来时，他发现竟然置身丁冬所在龙兴花园小区的门口了。

他惊得差点喊出来。

思维重新回到正常轨道。"是的，我就是想出来散散心，呼吸一下市井的空气。可怎么就走到丁冬家了？天啊，从保安镇的工厂，我就这样'散步'了30公里？等等，潜意识里，我是要找丁冬，我找他……借钱！"

借钱！

他一屁股坐在路沿石上，低下头去，两行泪水顺着他瘦小的脸流下，滴在面前干燥的水泥地上，竟洇湿了一小片马路。

没错，胖子炒股来钱又快又轻松，但就在上个月自己还跟他融资了30万人民币呢，现在不但没钱还，还得再找他融资5万美元，他张得了口吗！人家未必情愿啊！

熊立伟双手支着脑袋，任泪水兀自流着：我怎么办啊！小熊交换机怎么办啊！

痛痛快快地哭了一场，熊立伟总算平静下来，他心里满是丁冬那趾高气扬的形象，他跺跺脚："兄弟，对不起了！"他心说，拿起大哥大就拨丁冬的电话。所有的担心在听到丁冬声音的那一刻化为乌有：

"老熊，你终于想起给我打电话了！在哪？喝酒！"

"不，不，不喝酒，我想跟你谈点事。"

"行啊，我正想找你们聊聊天解闷呢。在哪……在我小区门口？你上来啊！"

熊立伟实在没脸到丁冬那亮堂堂的家里去，现在已经晚了，借夜色遮遮脸也好。他强作轻松地说:"不了,我办事路过你这,就看看你在不在家。我还有事,走了。"

那边,丁冬抢着说:"等等等等,我马上下来!"——熊立伟就知道他会这样说。果然,不一会儿,丁冬意气风发地摇晃着巨大的身躯出现在他面前。

"你……"丁冬乍一见久违的熊立伟,一时愣住了。老夫子显然又瘦了,驼着背,脸又尖又干,眼睛无神,眼角耷拉,头发更长了,在路灯下,一绺一绺的白发闪着灰白色的光亮。在"珠圆玉润"的丁冬面前,熊立伟就像地主面前的长工。丁冬恨铁不成钢地说:"你怎么搞成了这样。"

熊立伟很勉强地笑笑:"我怎么了?挺好的,我们的程控机马上就研发成功了。"

丁冬叹口气。他没什么文化,却莫名其妙地打心眼里敬佩这个活得人不人鬼不鬼的研究生兄弟。冷了一下场,丁冬才说:"你到底怎么了,又不上去?"

熊立伟是老实人,可这会儿也张不开口,期期艾艾地说:"我……我原来想找你……说点……"

丁冬瞪起了牛眼:"你要急死我啊!"

熊立伟缓过了劲,便对这个没心没肺的朋友耍起了脾气。"你嚷嚷什么?"话刚说完,他又变成了孙子,"我有点麻烦事,这不没人说吗。"

丁冬又换了关切的口气:"嗯?你说呀。"

"我……我真有点开不了口。我要推自己的产品、我自己设计的交换机了。我还欠你30万块钱……"

丁冬"啧"了一声,说:"你推你的呗,提那钱干吗。"

熊立伟的声音小得像蚊子了:"要到香港去做最后的测试,我没有外汇,也……也没有钱了。"说到最后,他的声音几乎听不清了。他抬起头来看看丁冬,丁冬也正面无表情地看着他。他的胆子又壮了点,说:"我们的XXC-C908型交换机已经实现突破了,只是现在我们有些试验要到香港去做,要用美元,还挺多,要5万美元。"

"区区5万美元啊。"丁冬说出这几个字不是往常的那种豪爽劲,如果熊立伟细心一点可以听出里面有些许悲凉。

"你要的钱是不是特别急。"

"很急。"熊立伟继续用几乎听不见的声音说道:"我们计划打章南市场。洪波走之前帮我联系了他哥。我刚听到,浦城的倍通已经卖了一套设备给章南电信局了,我怕太晚了就全让他们占领了。"

丁冬居高临下地看着这个小老头一样的朋友，恨恨地说："你看你干些什么事，生意做得好好的，去搞什么研究，几百万你去打水漂。你不炒股，存银行总可以吧，你三辈子都吃不完！"

讲到原则问题，熊立伟的倔劲上来了，他扬着头直视丁冬，慷慨激昂地说道："你懂什么？全世界的程控机都在赚中国人的钱！你知道为什么装一部电话那么贵，就是因为设备是人家的，定价权是人家的。只要我的机器一上市，那些洋货统统得滚蛋。到那时，价格就是我老熊说了算，我要让全国人民家里都装得起电话！"

熊立伟一番慷慨陈词，丁冬也就不说话了，他就这么"贱"，就喜欢听熊立伟对他大喊大叫。"唉——"他长叹一口气，快速在心里盘了盘家底，还有些存款，还有些零碎的股票，还行吧。于是他苦笑一声，说："这段时间股市情况不太好，我的资金也蒸发了……"他看了一眼熊立伟，"……不少。不过区区5万美元小意思，明天我换了给你送去。"

熊立伟说了理想，又确定了融资，心里稍安，便放松地说："丁冬，和你一聊让我有了一个想法，你投资我们公司，你的30万人民币和这5万美元就算投资，以后的回报会很大的。"

丁冬冷笑一声说："你那里的回报怎么能跟股市比呀，先不说这个了，你搞科研，我老丁一定两肋插刀！"

两人又谈了一阵友谊，还说到了徐洪波。丁冬说："咱们怎么在这傻站着，到家里喝两杯。"熊立伟执意要回去，丁冬想想他还有几十里路要赶，也就不再留他，目送着他小老头一样的背影消失在远处。

丁冬回到家，一屁股坐在地上。

这套三居室他还没住几天呢，刮瓷墙面玉一般白得耀眼；地板是檀香色的高级进口原木板，散发出阵阵原木的幽香；一道乳白色半扇屏风式磨砂玻璃门隔开了客厅与饭厅，饭厅里有一个小而精致的吧台；洗手间方形乳白色瓷板通顶，在与眼睛平行的地方装的是画着抽象的外国古典美女的瓷板；主卧室巨大的铝合金窗在清晨让阳光最大限度照进室内，把房间映得宽敞明亮；在主卧室的北墙，是一排有着百叶窗式门的挂衣橱；书房也一样明亮，书房里的一面墙上，设计了一个博古柜书柜一体的敞开式柜子。除了地板是檀香木原色的外，整套居室都是以白色和乳白色为基调，显得格外明朗温馨。

丁冬坐在地上，摸着柔润的木地板，心头一阵阵发软，这是我的家啊！

30岁了,他还从来没有住过这么好的房子,但他梦想过这样的房子,梦想过和阿梅一起生活在这样的空间里。

丁冬又想起了朱锦生那痴呆的眼神。自己最困难的时候,朱锦生好不容易把自己找到,重新把自己带回特区,带进股市,于是他有了这房子。

他使劲摇摇头:算了,反正我也要回洪州了,这辈子再不来特区了,特区还留套房子干吗?等着这漂亮的木地板被虫蛀蚁啃吗?他又摸摸玉一般润洁的墙,是啊,等它发霉吗?

三天后,丁冬把房子卖了60万元,又卖光了股票,取出了存款,换了5万美元给熊立伟。几天后,丁冬带着痴呆的朱锦生,回到了蓉城,在那里张罗着安顿朱锦生。在蓉城待了两个月,他把剩下的20万元二一添作五,给朱锦生的父母留下了10万元,作为日后朱锦生的生活费,自己带着10万元回到了洪州。

蓉城到浦城的特快列车缓缓驶进洪州境内,他看到的是洪州上空灰蒙蒙的云朵,顿时,他的心像被铅压住了似的……

熊立伟终于要去昌江推销他的交换机了。他兴冲冲地打电话给丁冬,想约他一起去,这不还多一个可以帮他喝酒的吗!可是打了好几次都打不通,他无奈,只好直接到龙兴花园去找。

开门的是一个陌生的女子。

"他把房卖给我了。"

熊立伟全明白了,悻悻地下了楼,站在花园里,哭出了声。他把头在墙上撞了几下,发誓说:"丁冬,我一定给你买最好的房子!"

熊立伟开始行动了。

第八章 两小时后,局长自动免职

昌江省章南市。

红军宾馆是章南市一个闹中取静的大院,也是当年那种传统的政府接待宾馆,绿荫如云、花影扶疏的大院正中,耸立着一栋5层的主楼,主楼后面,是一片树林和花坛,里面分布着几栋供贵宾使用的别墅式小楼。熊立伟一行自然是住在主楼里的。

在广江公路上颠簸了将近20个小时,熊立伟、周大宝和季新国终于住进了章南最好的宾馆——红军宾馆。

关键时刻,丁冬的5万美元成全了熊立伟,小熊通信技术公司提前试制成功小熊C-908数字程控交换机。测试一完成,熊立伟就决定奔赴昌江省章南市,推销小熊机。熊立伟的如意算盘打得"啪啪"响,章南最靠近广南省,到广南经商的章南人是昌江省里最多的,新观念新思想的大潮自南而北袭来,使得章南俨然成为昌江的特区,各项基础设施建设也同步加速推进,其中就有通信,他们是昌江最早引进浦城倍通数字程控机的。

章南是熊立伟的老家,俗话说:亲不亲,故乡人。卧榻之侧,熊立伟岂容浦城人酣睡?进军章南,原本就在他的计划之内。何况现在还有徐洪波的关系加持:徐洪波哥哥的那个搭档,就是现在章南分管电信的徐副市长。

一放下行李,熊立伟马上拿起电话,让总机给省城拨长途,电话里传来了宾馆总台小姐甜美的声音:"不好意思先生,电话坏了,现在暂时打不了外线。"

"什么,坏了?!"做电话机的熊立伟对电话机尤其敏感,一听这话下意识地端坐起来:"坏了?是宾馆的外线还是市话?"

"先生很不巧,是市话坏了,他们说是出了故障,市话也打不通,刚刚好几个客人都打不出去。"

"坏了多长时间了?"

"好像……应该有1个多小时了吧。"

"我的天啊!"熊立伟张大嘴巴看着站在自己面前的周大宝和季新国。他俩都听到了,季新国脸上不出意料地露出诡异的笑容:"他们刚刚装了倍通的数字机。"熊立伟瞪了他一眼:"看来麻烦不小。咱们去看看!"

熊立伟用手机给省城的徐洪波的哥哥徐洪涛打了个电话,告诉他自己到了章南。这工夫,三个人风风火火已经到了电信大楼。章南市区不大,一些重要的机构都集中在这条叫红军大道的主干道上,其中包括章南电信局大楼。三人熟门熟路地从侧门走了进去,门卫探出头来,正要问,周大宝大大咧咧地问道:"机房在哪?"

"六楼。你们找谁……"

"我们是修交换机的。"周大宝拍拍自己工作服胸前的logo,上面印着"小熊通信"。

"请问你们有证件吗?"

"有。"熊立伟掏出工作证递给他。

电信局是半军事化单位，一般人是不能随便进出的，更不用说重中之重的机房了。门卫端着熊立伟的证件看了半天，迟迟疑疑地说："特区来的？尹科长没说呀。等下。"说着，拿起了电话。

季新国有点不耐烦地说："你要快啊，否则有大麻烦了。"

门卫不了解季新国说的麻烦是什么，口里"哦哦"地应着，还是拨了个电话："……他们说，是修电话的，叫小熊通信技术公司……哦哦，好好。"门卫放下电话，对熊立伟说："你们等下，办公室的小韩马上下来。"

熊立伟急得直转圈。门卫态度极好地对三位说："不好意思啊，这里连张椅子也没有……"

小韩原来是个姑娘，人还没下楼梯，亮亮的声音先传了过来："师傅在哪里？"接着，熊立伟看见一个剪短发、胖乎乎的姑娘飞奔而下。她也看见了门厅里站着的这三个穿着灰色工作服的男子。"就是你们？"就这一眼，小韩没再问下去了，眼前这三个工人打扮的人身上那股气质就是电信人，这是装不出来的。她一挥手："快跟我来！"话音刚落，已经上了楼梯，熊立伟、周大宝和季新国连跟门卫打声招呼的时间都没有，就跟着那个假小子一步两级台阶往六楼跑去。

"来了来了。"小韩一头冲进机房，马上又拉着一个穿着章南电信工作服的中年男子出来了。"就是这几个师傅。这是我们局的技术科长尹青林，尹工。"

熊立伟还在大喘气，他伸出手和尹青林握了握："什么情况？"

尹青林哭丧着脸："完全死机了。倍通的工程师分析是烧了主板，这眼看……你们……"

"尹青林，你在搞什么！"里面传来一阵咆哮。

"沈局长，有几个师傅过来了。"

哟，要找的人也在，不过现在不是拉关系的时候。熊立伟不顾一切破门而入，一个满头白发、貌似气宇轩昂的人和两个长得白白净净，穿着胸前印有"倍通通信"字样的白大褂的人不约而同地盯着自己。

"你是谁啊？"年轻点的白大褂一头汗水，很不耐烦地问了声。

"特区小熊通信总经理！"

"特区？"白大褂一脸不屑。

饶是书呆子，熊立伟也感觉到倍通人的不屑，但这不是怼人的时候。倍通BT-C8008型数字交换机像一堵电子墙似的赫然耸立在他们面前，光洁的机身闪着豆腐一样的幼嫩白光，绿色、红色的指示灯幽幽地闪烁，机身发出"嗡嗡"

的响声。几个机箱已经打开，一些线路板被扯了出来，线路板后面红蓝黄色连接线像一团怪异的蚯蚓互相缠绕着。

"真漂亮。"

熊立伟心里暗暗赞叹。也就是他这种技术控，见到漂亮的交换机让他对倍通人无端挑衅的反感减少了些许。他小声问道："查出什么了没有？"

"你们没事就出去，别耽误我们工作。这是高科技，不是你搞得懂的。"

周大宝火了："我们熊总研究交换机的时候，你还没跟老外当学徒呢！"

沈局长站起来客气地说："我是这里的负责人，你们会修交换机？"他从熊立伟进来就有好感，这几个年轻人穿着朴素的工作服，眼神单纯朴实。

熊立伟低调地自我介绍说："我是科学院光电所的硕士，周工是燕山的硕士，季工是交大的硕士！"

尹青林结结巴巴地说："你们……你们打算收多少钱？"

熊立伟和周大宝开始在看电脑的数据了，顾不上回答。季新国瞪圆双眼，大义凛然地说："这种时候谈什么钱？我们特区人是有觉悟的！"

年长一点的白大褂敏锐地察觉沈局长对来人有点信任，而自己也已经黔驴技穷了，便客气地说："三位师傅，根据故障排除原则，先排除电话机、线路，然后是主机。现在在查软件故障，我们做了个虚拟外线，恢复到了出厂状态，目前正在查。我们初步怀疑是交换机和 Web 服务器过热，可能是英特尔 Multibus II 速度过快，我们的硬件跟不上，但又不像。线路方面，新机器应该不会在中间断开，查了两端的水晶接头，也没发现……"

年长的白大褂还没说完，熊立伟大喊一声：

"断电关机！清理时隙！"

两个白大褂先是一愣，接着同时惨叫一声："对啊！"

第九章　徐副市长请你们吃饭

"嘀、嘀、嘀……"

重新启动，交换机上面板上所有的绿灯都亮了。

三个人各自找到仪器，三下五除二就接上了主线板。尹青林和两个倍通人傻子似的盯着他们的一举一动。沈局长则盯着手表，在迎接命运攸关的两小时的终点。

终于，熊立伟轻轻宣布："可以了。"

尹青林手忙脚乱，拿起手边的电话就拨。

"通了。"

沈会昌一屁股坐在椅子上，虚汗顺着耷拉下来的头发雨水般滚落，只差一分钟，他的局长位置就保不住了。原来，电信系统有一条要命的铁律："中断通信两小时以上（含两小时），局长自动解职"。最后时刻，三个特区来的小伙子保住了他的乌纱帽！

熊立伟笑呵呵地说："你们把主板挤爆了。"

"……"

"你们现在有多少用户了？"

"差不多一万户了。哦！我明白了，不会吧……"尹青林听明白了，他结结巴巴地向沈局长解释：

交换机互通通话的时候，一个话路占用一个时隙。用户拨通电话后，等于申请占用了一个时隙，挂机时交换机会自动释放这个时隙。但是这台交换机不知道为什么遗漏了释放时隙的程序，用户挂断了电话，线路上还保持着通话状态，占用着时隙。结果就塞死了交换机，使之无法继续工作。

那两个白大褂站在一旁擦着汗，脸上红一阵白一阵，四只眼睛瞄瞄沈局长，又瞄瞄熊立伟。

沈会昌恢复了冷静，很不客气地瞪着年长的白大褂："刘工，是这样吗？"

倍通刘工声音小得像蚊子，喃喃道："不可能呀，测试了一个星期都没这个问题。"

熊立伟皱着眉头想了一下，说："测试是一种对通话的模拟状态，我可以肯定，你们看到能正常通话了便急着割接上线了，而现在用户数比测试时增加不止10倍，时隙无法释放的问题累积到一定程度就拥堵了。"

沈会昌"唉"了一声，嘟囔道："这个洋盘子货，好看不好用。刘工，你们看着办吧。"

两个白大褂这会儿就等着人家打落水狗，见沈局长这样说，连忙许诺："我们马上把这个情况带回去，公司一定会给你们升级，免费的。"

熊立伟没有志得意满，反而一脸忧虑："现在只是强行释放了时隙，时隙不能自动释放的问题并没有解决。保险起见，我建议设置一个重启功能，夜里两点以后重启一次，将所有的时隙资源清零。等倍通升级了版本，再删掉这个程序就行了。"

尹青林问刘工："你会吗？"

刘工脸红得像关公："这个……这个我没接触过。"

熊立伟拿腔拿调地说："周工，你给他们做一个。"

沈会昌感慨地说："哎呀，想不到，特区的人也懂技术，比浦城人还厉害。"话一出口就意识到好像不妥，赶紧转移方向，喊道："小韩，你到红军宾馆订个房，晚上好好感谢一下熊总他们。"

就在这时，熊立伟的手机响起来了。

电话是章南市政府办公厅打来的：徐副市长晚上在红军宾馆宴请熊总一行。原来，徐洪波出国前回洪州看望父母，顺便跟哥哥徐洪涛谈起熊立伟有意在章南推销程控交换机。徐洪涛是省农委的处长，曾在章南的余关挂职锻炼当了一年县委副书记，他的搭档现在是章南的徐副市长，正是分管建设口的。徐洪涛自然是满口答应届时会给徐副市长打招呼。果然，省农委处长的面子起作用了。熊立伟欣喜不已，虽说他已经阴差阳错打通了电信局的关系，要卖出交换机，这把尚方宝剑还是必要的。他乐呵呵地回到机房，被沈会昌一把拉住："这里乱糟糟的，走，到我办公室喝茶。"

两人在沈会昌办公室坐定，趁着沈会昌泡茶的工夫，熊立伟说："沈局长，我在特区就听说，咱们章南电信事业走在全省的前列，除了省城，咱们是最早配备数字交换机的城市呢。"

帽子保住了，沈会昌心情大爽，便乐呵呵地说："可不是吗，章南新一届市委、市政府很有眼光，对通信事业高度重视。我们书记说了，要想富，先修路，要想发，通电话。我们计划用三年时间，在全市20个县配套上数字交换机。"

熊立伟不懂推销，一看局长高兴，就迫不及待地掏出一份印刷精美的宣传册，递给沈会昌："沈局长，我们小熊通信技术公司也是交换机供应商，是特区制造数字程控交换机的专业公司。"

沈会昌愣了，直到现在，他还没想过眼前这个工人模样的特区老总具体是做什么的。竟然是生产商？他敛起笑脸，用怪异的眼光看了一眼其貌不扬的熊立伟，又一目十行地溜了一眼"小熊通信"的宣传画册。

"你们是鹏港电信局的单位？"

熊立伟摇摇头，支吾着说："我们是民营科技企业。不过我们的机器经过电信部鉴定，有入网许可。最关键的是，我们比倍通便宜啊。"

沈会昌沉默了一下，说："熊总，我们主要还是考虑部属单位的设备。你懂的。"

熊立伟有点着急，说："现在讲市场经济，谁的设备好、便宜就买谁的呗。"

沈会昌眼睛里有光闪了一下："这个这个，我还是第一次接触你们啊。你刚才说什么？你们的交换机每线大概多少钱？"

"看用户数啰，最多2000元。"

沈会昌这一惊不小，他瞪大双眼，大声说："怎么可能？人家倍通一线4000元都说没钱赚！"

熊立伟顿时义愤填膺，就一条电话线能值那么多钱吗？！

交换机价格按外接多少门电话计算，用户装一部电话5000元，而设备制造商则要收电信局4000元。当时，中国的数字程控交换机用的都是外国品牌，所谓"七国八制"，价格由人家说了算。那些国际垄断企业才不是到中国来扶贫的呢，人家是来割韭菜的好吗？！他真想义正词严地对这个老区的电信局长说：

现在是我熊立伟给全球通信设备定价格的时候了！

但这会儿他的气还没这么粗，只好笑着说："这就对了。他们都是洋货，我们是自己研发的产品。"

沈会昌眼睛又闪了闪，问道："国产？哪家的？蓉电信、沈电信、沪电信、西北电信……？"沈会昌说的这些都是邮电系统有着几十年历史的大型电信设备生产企业。

熊立伟憋屈得想哭，忍不住大声说："他们的产品早就落后了，厂子都快倒闭了。我们是特区小熊通信技术公司，我们是自主研发的产品，紧跟国际一流水平的！"

"你们自己……"沈会昌想质疑又碍于刚才人家帮自己渡过了难关，面子还得给人家，只好呵呵笑一声。

两人就这样把天聊死了。恰在此时，一个穿电信局制服的年轻人走进沈会昌的办公室，向沈会昌报告，刚刚接到市政府办公厅的通知，徐副市长今晚在红军宾馆宴请从特区来章南洽谈通信工作的客人，请沈局长作陪。沈会昌一时无语，他看看熊立伟，眼神变得很复杂："熊总，好像徐市长晚上是请你吃饭，让我作陪。"

熊立伟嘴笨，不知道怎么安慰堂堂的一市电信局局长这种委屈，只得红着脸连连摇手："局长您说哪去了，怎么能这样说。我刚刚也接到一个通知，不知道是不是一回事。"

"市长还不知道您已经到我们局来了。您看，这事，本来……啧，搞出这个事情来。"

熊立伟虽说情商很低，但一听人家局长都称他为"您"了，便一脸风轻云淡地说："也不是什么大问题，属于可控范围。"

两人打着彼此听得懂的哑谜，周大宝和季新国在尹青林的带领下，来到了局长办公室。尹青林满脸放光，一进门就大声嚷嚷道："沈局长，问题解决了。哎呀，特区就是特区，有人才啊，周工和季工，真没说的。"

熊立伟说："他们搞数字交换机研发在国内都是有名的。"

周、季两人连连摆手："我们都是跟着熊总干的。"

一众人互相吹捧了一番，沈局长说："咱们过去吧，别让市长等咱们。"

第十章　徐副市长不提采购小熊的产品

徐副市长宴请他们的红军宾馆宴会厅一号包房是章南市最豪华的包房，比特区粤丰酒楼的VIP包房还高档，也俗气好几个层次，包房四壁是猩红色有金丝绣花的软包，墙上还挂着仿西洋油画的裸体仕女图，仿楠木大桌顶上，是一盏巨大的塑料材质的法国洛可可式枝形吊灯，四周一圈蒙皮沙发。全宾馆有好几间这样上档次的包房，是为了招商引资，尤其是吸引广南省的客商专门装修的，但一号房是最大的。徐副市长对特区来的熊总真的很重视。

熊立伟、周大宝和季新国回房间换了西装，像新郎官一样赶到一号房时，沈会昌正和一个梳小分头的精瘦的中年男子坐在沙发上畅谈，旁边围了一圈人，谄笑着听两人高谈阔论。一见客人来了，沈会昌站起来，介绍说："这位是徐金根市长。"

熊立伟小步趋前，握住矜持地站起来的小分头的手："徐市长，久仰久仰。"

沈会昌向徐金根介绍："这位是熊总，这两位是他的助手。"

熊立伟窘窘地说："在市长、局长面前哪敢称总，叫我小熊吧。这位是周工，这位是季工。"

徐副市长依次和三人握手，趁这工夫，熊立伟仔细打量了他一眼，徐副市长40开外年纪，眼睛炯炯有神又不乏老区干部的淳朴和善，偏厚的嘴唇挂着不经掩饰的笑意，给人踏实可亲的形象。

沈会昌又向熊立伟一行介绍陪客："这位是市府办公厅的齐副主任，这位是我们局的何副局长……"

徐金根也仔细打量了一下熊立伟。熊立伟个子本来不大，有点显老，眼睛闪烁着搞科研的人特有的纯真和热情。徐金根从他过去的搭档徐洪涛那里已经了解了熊立伟的经历，现在见了面，更是由衷赏识。他把熊立伟拉到自己身边坐下，笑容可掬地说："熊总，我听沈局长说，你们一来就帮我们解决了一个大问题，我代表章南市政府、章南市人民感谢你们呀。"

熊立伟憨厚地一笑，答道："市长过奖了，其实沈局长已经启动了应急措施，恢复通话也是很快的事。"

徐金根摇摇头，也就这一转眼工夫，当市长的霸气就露出来了，他声调不高但有点生硬地说："当然我也不是批评沈局长，通信是我们的生命线啊，全市电话停了一个多小时，怎么说也是不允许的。沈局长，你们要吸取教训，杜绝此类事故。"

沈会昌闹了个大红脸，额头上渗出一层若隐若现的汗珠。电信部门是条条管的单位，干部和日常业务不归地方管，但很多工作也要地方支持，大到技改配套资金，各种涉及基建的审批，小到子女托幼上学、家属安置，地方有的是办法修理这个外驻单位，地方长官更是对他这个单位主官的考评方面有参考意见。对分管建设口的副市长的批评，他只能虚心接受："是是，我们派到浦城学习的技术人员学艺不精，对新设备的性能掌握得也不透，出现这个问题，主要是我们的责任。"

熊立伟眼见得自己想要合作的人冒汗了，有点坐立不安，他小心地看看徐金根，说："徐市长，章南这套设备的原型机是倍通 BT-C008 型数字程控机，是浦城倍通在美国公司专供小城市使用的原型机的基础上开发出来的万门机，技术是成熟的。今天的问题可能是集成电路的算法出错了，自动交换的时隙不能释放，把线路塞死了，但理论上也是可以解决的。这套设备在国内还是先进的。"

季新国也是机灵人，附和着说："徐市长，我们周副总根据沈局长的指示，给电脑写了程序，深夜两点机器会自动重启，在这个过程中把时隙资源清零。等浦城倍通解决了程序问题，这套设备用到下个世纪都没问题。"

专家在徐副市长面前为自己砌下台阶，沈会昌感到很温暖，连连向熊立伟投去感谢的眼光。徐金根刚刚打了沈会昌的脸，现在便顺势给他一个"糖果"："我就说嘛，沈局长是省局下来的专业领导，哪能不懂啊。"

沈会昌又得意扬扬了。

这时，菜已上桌，宴会开始。徐金根发表重要讲话，他从国际国内电信事业发展，说到章南市委、市政府高度重视电信建设对当地经济社会发展的重要意义，以及章南400万老区人民对通信现代化的迫切希望，一共说了六点。最后，他代表市委、市政府欢迎特区小熊通信技术公司支持老区'四化'建设，"也可以先到我曾经工作过的余关县考察嘛"。

自始至终，徐金根没提让电信部门采购特区小熊公司交换机设备的事。领导的讲话博大精深，慢慢领会吧。

熊立伟心下高兴，连忙筛了一杯酒，拉着周大宝和季新国一起，敬徐金根和沈会昌一杯："徐市长、沈局长，感谢两位领导这么重视我们这家小公司，我们一起敬两位领导一杯，领导随意，我们干了。"

觥筹交错间，熊立伟忍不住又提起卖机器的事情了："徐市长，我们小熊通信技术公司是制造交换机的，设备通过了电信部鉴定，可以进入局网……我们的设备比倍通便宜一半呢。"

徐副市长还没说话，沈会昌连忙拦住说："不急不急。熊总，你们刚到，下午又忙了那么久，好好休息一天。我们章南是座古城，古代很多文人骚客都留下了诗词墨宝，郊外还有丹霞地貌，不久前联合国还有人来看过，是吧，徐市长？熊总以前不知道来过没，周工和季工难得来一次，一定要好好游览一下。明天我派个车，让小韩陪着你们走走。"

熊立伟知道沈会昌一时不好定夺，便笑着说："游览就免了，我们这些做技术的，就想尽快跟沈局长汇报一下我们的产品。"

沈会昌说："好说。不过今天徐市长宴请，酒一定要喝好。"

交换机的话题就这样中断了。

副市长请客的热情度因人而异，对这个特区来的电信制造商，喝到晚上九点已经很赏脸了。徐副市长站起身来，端起酒杯说："沈局长，熊总他们远道而来，累了一天了。我看咱们就杯中酒，让他们早点休息吧。"

回到房间，季新国跟熊立伟分析了一下，生意不是那么容易做成的，既然徐市长都出面为我们站台了，沈局长是会考虑的，何况咱们还帮了他一个大忙。如此这般，说着说着就睡着了。赶了一天路，晚上又喝了点酒，三个年轻人睡得格外香。

徐金根没有回家，而是连夜去了电信局。

第二天，小韩果然一大早就带着司机敲开了熊立伟三人的门，叫他们赶快吃早点，然后去游览章南名胜。

熊立伟、周大宝和季新国昨天都没太注意这个办公室的姑娘，今天一见，发现姑娘面容姣好，身材健美，心情就没来由地好，顺水推舟就让韩梦雪带着游览了市区的宋代老城，特别是查勘了1000多年前修筑的、现在还在使用的宋代下水道系统，登临一位伟大诗人为之题过诗的望江楼。然后又到郊外，游览了还没有完全开发出来的丹霞地貌科考公园。

一晃，一天就过去了。

晚上，沈局长在红军宾馆宴请熊立伟一行。包房比昨天的小了许多，但也装潢豪华。沈会昌和尹青林都一脸喜色，房间里还堆了一堆当地土特产。

沈会昌上桌就给熊立伟一行敬酒，态度格外亲切。他几乎是耳语地对熊立伟说："倍通的主任工程师赶来了，基本肯定了你们昨天的诊断是正确的，你们采取的措施非常得当。所以他们也就没动什么，说等以后完善了电路再说。"

周大宝在一旁听得真切，忍不住嚷了起来："哪能这样，总不能老半夜停机呀。他们怎么这样？"

沈会昌一脸云淡风轻的样子，说："他们回去就找美国工程师解决，很快可以解决吧。"

熊立伟一听，内心"呵呵"一声：美国人也不都是神。不过脸上还是堆着单纯的笑容，说："沈局长，倍通也就这样了，我不敢说我们的比它好，但他们有的配置我们都有，而内部光纤组合是我们独创的，速度比现在市场上的都要快。"

"熊总，不是这样。"见熊立伟把话题转到推销产品方向了，尹青林赶紧端起酒杯挡在熊立伟面前——看来他们已经演练过了，说："领导正在研究，是吧，沈局长？"

熊立伟还是坚持着："我们还可以保证以后免费进行软件升级和备件更换，还可以24小时提供维护服务。"

沈会昌一拍大腿："这个想法好！我要跟倍通说。"

熊立伟傻眼了，说话也结巴了："您……沈局长，您怎么老想着倍通啊？我们……您老怎么忘了自己说他们的东西中看不中用啊？"

沈会昌端起酒杯和熊立伟碰了一下，说："熊总，我们老区人民说话直来直去你别见怪呀，徐市长对你们的工作非常支持，但是，要有个过程嘛。"

熊立伟咬着唇不说话，琢磨着沈会昌的"过程"的深刻含义。

"我们是省管单位，采购设备我们要报省局，要专项请示，这一来一回没个半年几个月定不下来，这次……我看这样，咱们就算认识了，你的事我会记在心上的。我明天要到外地开会，就不陪你了。我已经派了车，安排小韩陪你们回余关玩几天，费用你就不用管了。你从特区回来一趟不容易，也该去看望一下父母了嘛。而且，我们余关也有很多风景名胜，哦，对了，你就是余关人啊……"

这就是送客了。

熊立伟看看沈会昌那满头气宇轩昂的白发，有点恶毒地想：半年几个月，这个局长还是不是你呀？他颓丧地低下头去，自己倒了一杯酒灌了下去。然后，他的脸色变得很开朗的样子，局长要溜，这生意没法谈了。于是他用有点颤抖的声调大声说："不麻烦了，沈局长，我们这次来，也就是来了解一下市场行情，我们的任务已经完成了。我们明天就回特区。"

季新国在一旁拼命使眼色，一边说："对对对，我们在华东还有几个市要考察，忙得很呢。"

季新国的眼神让熊立伟恍然大悟：我们是生意人啊，可不敢跟这些潜在的用户怄气啊。他这回是真的爽朗地说："沈局长，我们真的还要到华东去，余关就不去了，以后再来拜访局长吧。"

"哎呀，那太遗憾了，我们还没尽好地主之谊啊。这些土特产……"

熊立伟笑呵呵地扫了一眼那堆土特产，说："沈局长，我就是吃这些东西长大的呀。"

"呵呵。"沈局长世面见得多了，一点也不尴尬，说："咱们老区比不得特区，也没什么拿得出手的东西，一点心意吧。这么说，熊总明天一定要回特区？那好，这杯酒就算是为你们送行！"

回到房间，季新国把西装往床上一扔，终于骂了句粗口。熊立伟此时已经冷静了，便说："生意哪有那么好做的，何况这里是老区，思想比较保守。"

季新国恨恨地说："没想到徐洪波哥哥和徐市长出面了，他们还一点面子不给。"

熊立伟坐下来，思考了一下，说："你要面子干吗，咱们还是尽早回去，安排去华东吧。从章南的经验看，咱们要有思想准备，新机型不是那么好推的。这种冷面孔以后多了去了。"

季新国早倒在床上了。

熊立伟不再理他，想着心事。本来，他带了车来，是指望在章南谈下一两台设备，然后到省城去找一下丁冬。可现在，没必要了。

第十一章　你们爷娘心疼啵

熊立伟回到鹏港，马上就开始筹备到华东几个地级市打市场的计划。没想到就在即将出发的当口，熊立伟却接到沈会昌的电话：

"熊总，我是沈会昌。你好你好。你在哪？在公司，那好，我们正准备到你公司参观，你在那等我们一下吧……不用不用，我已经到你们楼下了。"

熊立伟连瞠目结舌的机会也没有，只好带着周大宝和季新国向门口跑去，一阵笑谈声已经传了上来，章南电信局的沈会昌、尹青林、韩梦雪，还有几个不认识的，在宽阔的车间楼梯上热热闹闹地涌了上来。

"哈哈，没想到吧？我们这么快就来了。"

熊立伟眼睛瞪得溜圆："沈局长，你不是到外地开会去了？"

沈会昌乐呵呵地说："这不就是外地吗。来来来，这位见过了，业务副局长何尚斌同志，这位是你的老乡，余关县局的陈喜旺局长……"

熊立伟和陈喜旺握手时，忍不住用余关话说道："陈局长好。"

陈喜旺愣了一下，旋即大喜道："你还记得余关话。"

熊立伟说："哪能忘啊，我是喝昌江水长大的。"

"哦，好好好。你是咱们余关出去的人才啊！听说你好有本事，外国人的东西你都能修好。"

熊立伟说："我学的就是通信。交换机的原理都是一样的，不算什么。"

陈喜旺像自己的孩子考了好成绩一样，摸摸熊立伟身上有点脏兮兮的工作服，一脸骄傲的笑容："好啊好啊，你在京城读了书，又在特区工作，还是这么朴素，像咱们余关人。好啊！"

何尚斌见这爷俩聊得热火，便打趣道："我说老陈，是不是要招他做女婿啊。"

陈喜旺哈哈大笑道："我哪有这个福气哦。我要有女儿，绑都把熊总绑到我家来。"

熊立伟闹了个大红脸，赶紧对沈会昌说："我这……一点准备都没有啊，连间像样的会议室都没有。"

沈会昌收起笑脸："我们根据徐市长的指示，专门来看看小熊通信的实际情况的。"

熊立伟已经从先前的又惊又喜中缓过劲来了，他恢复了常态，笑着说：

"这样最好,现在是最真实的小熊通信技术公司……我们现在有400多名员工,其中大学本科以上的占90%,参加研发的人员占了40%。来,请这边来,这边是主线路板的设计区。你们看这些仪器,逻辑分析仪、数字示波器、模拟呼叫器……全是最先进的研发工具……我们要做的就是开发一代,储存一代,始终保持国际先进水平……呃,我们的条件有限,大家就在这座谈一下吧。"

熊立伟让人把在研发中心用的一张大桌子清空,四周摆出一圈椅子,开始座谈起来。

"……数字交换机技术目前已经比较成熟,现在浦城的倍通和两家日资通信公司、京城的华光、蓉城的安光、湖城和瑞典合作的云梦光讯等公司的产品都在国内卖得不错。我们的908在技术上和他们是一个等级,虽说制造工艺有点差距,但是我们和云梦光讯开发的内部光纤,以及我们自己独立设计的智能化信道交换绝对是世界一流水平,到2000年都不落后……"

熊立伟说得正起劲,谁也没注意的小韩不知从哪过来了,她径直走到沈会昌身后,对他耳语几句,沈会昌便随她走了。不一会儿,沈会昌和小韩回来了,恰好,熊立伟的介绍也结束了,他抬头望望沈会昌,说:"沈局长,我介绍完了,你请指示吧。"

沈会昌看了一眼他带来的下属:"熊总向咱们保了点密,有一个地方没带咱们去看,我建议大家一起去看看。"说完,不顾熊立伟一头雾水,带着大家就往车间一端走去。

熊立伟急了,想拉住他,却没拉住:那里,有一道用短墙隔开的"房中房",那是他和周大宝、季新国平时睡觉和办公的地方。

映入章南客人眼帘的,是两张挂着发黄的蚊帐的上下铺架子床,每张铺上都胡乱地卷着被子。在屋子中间,摆了一套像是从垃圾堆捡回来的沙发和茶几,茶几上没有茶盘,倒是堆满画了各种图形的绘图纸,房中还有一个大书橱,里面摆满了翻起了卷的书籍。

熊立伟和周大宝红着脸,手忙脚乱地收拾起茶几上的杂物:"对不起,对不起,这里有点乱。就我们几个男人……"

沈会昌感慨地说:"都说特区纸醉金迷,没想到你们几个大老总就住这样的地方。"

"呃……"

"这些年轻人真不容易啊!"

"你爷娘来过吗?"

"是啊，老人看到你这个样子怎么舍得。"

熊立伟憨笑道："让各位老乡见笑了，其实这都是暂时的，等我们做起来了，每人都会有一套房子的。这里没什么好看的，咱们还是到外面去坐吧。"

这间小屋的确没有什么好待的，大家哄的一下就出来了，又回到了车间中心那张大桌子旁。沈会昌和熊立伟面对面端坐着，一时不知说什么。沈会昌终于说话了：

"熊总，我想你应该明白我们的来意。在章南我们就有意向采购你们公司的设备了，徐市长和我们考虑的是你们价格便宜。咱们老区资金有限嘛。今天到你们公司考察了一下，更坚定了我们的意向！"

熊立伟瞪大眼睛看着他。

沈会昌接着说："咱们老区人是务实的。我们对特区的公司，尤其是你们这样的小公司是一定要亲自看看的。刚到你们公司门口，我看到楼下有一个卖股票的地方，排了很长的队，但没看到一个穿你们公司衣服的人；在车间，我们看到年轻人都集中精力在工作；特别是刚刚又看了你们几个老板的住处。我想大家都有一个印象，这样的公司是让人放心的。"

熊立伟忍不住嘟囔了一句："沈局长，你们就是来暗访的呀。"

沈会昌环顾了一下他带来的人，然后对熊立伟说："熊总，现在我们可以谈谈一些细节问题了吧。根据徐市长的指示，我们考虑在你老家，也是徐市长以前当书记的地方——余关，先试用你们的设备，陈局长会跟你们具体谈。"

熊立伟眼眶有点发热，他站起来，朝沈会昌微微鞠了一躬："谢谢沈局长，谢谢各位领导。咱们老区……咱们老区真是带着感情做事啊。"

下午，熊立伟早安排人在附近酒店订了个会议室，和何尚斌、陈喜旺洽谈安装小熊数字程控交换机。会谈比熊立伟想象的要顺利很多，电信系统是条条管理，上下执行系统很畅顺。余关电信采购小熊的 XXC-C908 数字程控交换机一套，小熊通信技术公司负责安装调试，培训操作人员。至于价格，每接一门电话计 2000 元。

陈喜旺说："我们余关比不得章南，县里的老表没那么多钱，初装费最多也就 3000 块，你们一下子拿走了 2000 不合适。你是余关人，总得为家乡建设做点贡献吧。"

熊立伟不无委屈地说："陈局长，我当然要为家乡做点贡献，你别看我收了大头走，这里面有我们研发费用的摊销，还有下一步的售后服务、设备升级、更换备件，都是免费的。这笔钱都得打在成本里面，这样一算，我们就没什么钱赚了。"

"你这个'小奸商'。"陈喜旺说："这样吧，我说个数，1500。你们也是在章南打市场，这是你们的第一笔生意，如果我们用得好，会给你在全省做广告，你们就算先交一笔广告费了。"

熊立伟溜圆着双眼说不出话，他看看周大宝和季新国，两人也装模作样地看着他。熊立伟知道他们明白了，就说："我和兄弟们商量一下。"说着招呼大宝和新国出了会议室，在走廊上嘀咕一番。其实，每门1500元已经大赚了，熊立伟按理马上就可以答复，但他当然要走一下程序，否则人家还真怀疑他们有多大利润空间呢。

回到会议室，熊立伟愁眉苦脸地对陈喜旺说："陈局长，刚刚我们商量了一下，您出的这个价我们实在没钱赚……倍通还4000块呢……"

"熊总……"

双方在价格上拉锯了半天，最后以每门1800元达成协议。

接下来，就是周大宝介绍小熊设备，讨论以后余关电信局派人到特区学习技术等细节。

晚上，熊立伟宴请章南电信局一行，熊立伟、周大宝和季新国被小韩灌得大醉。

沈会昌一行在小熊通信技术公司的考察和签约活动结束了，即将回章南。行前，沈会昌把熊立伟拉到宾馆的房间，郑重其事地问："熊总，你是这家公司的老板吧？"

熊立伟点点头："是的。"

"人事方面你说了算？"

"是啊，我说了算。"

沈会昌轻轻一拍巴掌，说："这就好办了。小韩想留到你们公司打工，不知道行不行？"

熊立伟有点意外："她在电信不是很好吗？我们也就顶着个特区的名头，收入也不高，一个月400多块工资，又是民营企业，哪有电信好，铁饭碗。"

沈会昌说："跟你说实话吧，来之前，徐市长跟她谈过，说跟着你干一定会有出息，比在章南那个小地方有前途。开始这傻丫头还不同意，看了你们住的地方，她就说一定要留下来，什么编制什么国营单位都不在乎。"

"徐市长这么关心她？"

沈会昌瞪大双眼："你不知道？她是徐市长的外甥女啊。"

"啊？哦——"

沈会昌用手指点点他，嗔怪道："你还是做生意的，关系学都不懂。"

熊立伟摇摇头，笑着说："没问题没问题，只要你沈局长舍得，就让她留下来，这个我说了算。"

"你不为难？"

"一点也不，我们是真缺办公室人员。"

第十二章　读那么多书就是到县里来装电话

余关县位于昌江省和广南省交界处的山区，这几年依靠靠近广南省的优势，当地人南下打工，不少人又回乡办起了工厂，使当年昌江省最穷的县摇身一变成为章南的富裕县。章南市的第一台国产数字程控交换机就要在这个富裕的老区县开始安装了。

装机前，熊立伟回家看望父母。熊父熊火根听说儿子回来装电话，有点不满地说："读了那么多书就是到县里来装电话。"熊立伟低着头不吭声。过了会儿，老人又貌似霸道实则有点怯意地问儿子："你做的那个什么交换机是什么样子的？"熊立伟说："你去看看不就知道了，下午我们就安装，我带你去看。"

熊火根咕咕哝哝地说："反正也没什么事，看看就看看吧。"

熊火根特意穿上了平时舍不得穿的化纤面料的西装，熊妈妈也穿上新衣服，跟着儿子来到电信局。何尚斌和陈喜旺都出来迎接两位老人，不住声地夸他们养了个有出息的儿子，还陪着观看特区来的工人和县电信局的工程技术人员安装机器。

交换机是标准化模块组装，机箱一立起来，各种线路板一块一块插进去。小伙子连接上各种颜色的电线，又用仪器测试。

看着儿子干得有模有样，熊火根心里甜滋滋。看了好一会儿，熊火根问身边的陈喜旺道："陈局长，我们县里不是有电话吗，怎么还要装？"

陈喜旺笑着说："亏你还是工程师的爸爸，连这个也不懂。打电话从你家打到我家，线路不是直接连上的，要通过电信局的机器连上。全县的电话线都并拢在我们电信局，你想打哪条线的电话，以前我们的话务员会在机器上帮你接，这个机器就叫交换机。后来，我们用上了模拟交换机，不用人工去插孔连上了，机器自动帮我们转接。但是我们用的那个模拟交换机门数很少，只有480门，也就是说只能接480个用户，所以老百姓很难装到电话。你儿子装的这个叫数字交换机，最少可以接1万个用户，老百姓以后装电话就方便了。我们等这个机器一装好马上就放号，让全县的人家都可以装上电话。这1万个用户打电话都是通过电脑控制自动转接，又快又安全。"

熊火根脸上洋溢起慈爱的笑意，说："看来他的书没有白读。"

陈喜旺说："怎么能说白读，他是咱们县的人才！"

熊火根"嘿嘿"笑着，起身对陈喜旺说："陈局长，我去打点酒，晚上一起到我家吃饭。"

陈喜旺拉住他："你上哪去？我们有的是酒，你和熊师母就在我们食堂吃夜饭。"

何尚斌也在一旁说："就是，熊老师，小熊总晚上肯定是不能回家吃饭的，你还不如留下来一起。"

双方客气了半天，熊火根总算答应留下来尝尝陈喜旺自家酿的酒。那边，设备安装已经进入了尾声。

"刘股长，你拨一拨市局。"

"我在拨，联系不上，打不出去。"

气氛顿时紧张而尴尬。

周大宝皱着眉头："怎么可能？我来试试……喂……喂……熊总，你看看怎么回事？"

熊立伟凑过来，边查看边咕哝："没道理呀，这又不是什么线路问题……"突然，他一拍周大宝的后脑勺："你查下地线。"

周大宝吐了下舌头，赶紧转到机箱后面去了。不一会儿他转回来："熊总，应该可以了。"

"章南，章南，听到了吗？"

"余关，余关，我是章南。请陈局长讲话。"

……………

"好了。"熊立伟拍拍手，来到父母面前，"你看到了吧，这是你儿子做的数字程控交换机，世界一流的。"

熊火根没理他，走上前去，双手摸着油黑的机箱，又看看还裸露在外的线路板上闪着红红绿绿幽光的指示灯，小声念叨着："好，好！"熊妈妈在外面急得小声喊道:"你别搞坏了。"

"熊老师,你来接个电话。"何尚斌把一个红色听筒递给熊火根。

"我的电话?怎么打到这里来了?……喂,你是哪个啊?"

话筒里,传来一个他有点熟悉的声音:

"是熊老师吗?你好啊!我是徐金根,原来是余关的县委书记,现在是章南的副市长。你是咱们余关县用上数字程控交换机后第一个通话的用户。我打电话给你,想表达三个意思:一、感谢你培养了熊立伟同志,他是咱们章南的人才,更是国家的人才。他研发的交换机将改变我国电信事业完全被外国品牌控制的格局,意义非常重大!二、熊立伟同志把他们公司的第一部交换机就装在咱们余关,并且亲自来安装调试,是对余关实现四个现代化最好的支持。在此,我代表400万章南人民向你表示感谢,感谢你为国家培养了一个人才,为咱们章南争了光。三、我和章南电信局的沈局长决定,免费为你家安装一部电话。"

熊火根没想到副市长亲自给他打电话,没想到副市长把他儿子夸得这么高,更没想到副市长还会亲自给他家批一部电话,在他心里,家里装一部电话都是县领导和在广南做生意发了财的人家才有的福利。他激动得不知说什么好,只好一个劲地说:"谢谢,立伟是国家培养得好,感谢党,感谢政府,感谢徐市长。"

余关的数字程控交换机安装好了,下一步还要进行一系列调试,这项工作交给周大宝就行了,熊立伟感到一身轻松,晚上,他准备放开来,跟县电信局的领导们好好喝一通,谁知他连当陪衬的份都没了,所有人都冲着老熊去了。何尚斌陈喜旺执意请熊火根坐上席,两人一左一右夹着他,不停地向他敬酒,夸他教子有方。连周大宝和季新国也来凑热闹。熊立伟几次想去解围,无奈这种场合他着实弱智,嘴巴笨得出奇,三言两语就被人否了。结果晚上电信局用一辆吉普车把老熊塞了进去,到家后,熊立伟、周大宝和季新国三人架着他,半拖半架送进了家门。

"这酒我喝得高兴啊!"次日,他对老婆说。

第十三章 洪波,抱抱我好吗

徐洪波在新加坡,每天在专家楼、图书馆、饭堂、教室、科技园区听课、学习、考察,完全回到了大学时代的生活,充实新鲜又轻松快乐。偶尔和办公厅张力力副主任通个电话，汇报一下学习情况，平时也舍不得使用昂贵的国际长途，真正把自己的生活局限在一座孤岛中，俨然桃花源中人，留在特区的朋友们经历如此惊心动魄，他一无所知。完成进修回国时，科技局的傅云桥带了一个团在香港考察，约他一起去。当然，是经过市委同意的。在香港，就在这个团，影影绰绰地，他听到了一个惊人的消息：刚刚就任新坪区常务副区长的廖志刚离婚了。就是说：

芳姐离婚了。

徐洪波的心像被谁狠狠地揪了一把，疼得他脸色发白。

"怎么回事？"徐洪波好不容易稳定住情绪，跟傅云桥八卦。

"廖志刚搞了破鞋，他们单位的。"傅云桥恨恨地说，几乎是喊出来："这个王八蛋鬼迷心窍了，他老婆是中心医院的护士长，真是个好女人，那个破鞋连给她提鞋子都不配。"

徐洪波控制着自己的感情，摇摇头说："他老婆我也熟，挺柔的一个女同志，这也太快了。"

傅云桥冷笑一声："老廖啊，胆子特别大。咱就说到这了啊，出了门就不作数，这小子迟早要出事。"

徐洪波还想问，傅云桥已经点到为止，把话题岔开了。徐洪波却心事重重，始终打不起精神，脑海浮现的都是芳姐的面容，那眼神，是那么凄苦。

回到特区，徐洪波马上就联系上了赵丽芳。

"芳姐，我马上要见你！"

赵丽芳住的地方，是原新坪电子小区北部的一片新住宅区，小区就是廖志刚的中环建设投资公司开发的，背靠一片丘陵，面朝灯火通明的商业区，闹中取静。离婚后，廖志刚净身出户，把房子和孩子留给了赵丽芳。

赵丽芳套了件黑色的风衣，迎下楼来，笑吟吟地请他上家里坐。徐洪波想想一个单身女人家，还是不进去的好，就说在院子里走走吧，这里空气挺好的。

赵丽芳心一沉。借着不远处路灯的光亮，徐洪波看见芳姐的眼睛里初见他时的热情一下子黯淡了，她微微低下头去，长发披散，乌云闭月般挡住了苍白的脸庞。

两人在小区里散着步，说着话。无非是芳姐问什么时候回来的？徐洪波说下午刚到。学习结束了？是的，结束了。

都有点心不在焉。

终于，赵丽芳说："这么说，你知道了。"

徐洪波心里很乱，他强制自己集中精力，于是他说道："芳姐，你和老廖的事我也不好多掺和，你们能下这么大的决心总有你们的道理。我只是担心老廖。你明白我意思吗？"

赵丽芳失声喊道："老廖没什么，他就是离不开那个女人。我也不想让垒垒受到伤害！"

徐洪波见状，只好斟词酌句地说："不管你们今天是什么关系，老廖还是垒垒的父亲，曾经是咱们的老大哥，咱们都希望他好。如果真有点什么事，还是多提醒他啊。"

赵丽芳一改温柔的声调，冷冷地说："洪波，你不会是代表谁来找我调查的吧。"

"你……芳姐，你还不相信我吗？"

赵丽芳跑到路边黑影处，头埋在一棵大王椰树干上，嘤嘤地哭起来了。徐洪波走过去，站在她身后，看着她的肩膀剧烈地抽动，不知如何是好。他体会得到芳姐巨大的痛苦和恐惧，以及无助。他也心塞得厉害，深深地为无能为力而沮丧。

哭了一场，赵丽芳平静了一些，她转过身来时，面容已经镇定了。她用尽可能淡然的口吻说："昨天，组织上找他谈话了。他打了电话给我，说没事了。"徐洪波只好点点头，看来，真有什么事，也来不及了。他懊恼地在心里骂了自己几句。芳姐又凄然一笑，说了句莫名其妙的话："洪波，谢谢你。你要是一直这么关心我就好了。"

"芳姐……"

赵丽芳又恢复了往常的神态，她乜了徐洪波一眼，说："你看你，一回来就让我不开心。说说，你留学这么久，该升官了吧。"

徐洪波一回到特区，就到张力力和秘书长处报到了，也去谢辰书记和几位领导处露了一下脸，知道了组织上要让他到基层去，因为他是所谓的"三门干部"，即家门、校门、机关门。根据干部使用规则，他将到基层锻炼一年。但这会儿不是跟芳姐说的时候，就顺口答道："这不是我考虑的，我还要写学习报告。"

赵丽芳见徐洪波还是绷着脸，心里过意不去，就拉了他一把，又把他拉到小区路上。她把风衣裹紧了一点，说："还是你好，稳稳当当；熊立伟又要搞研发，又全国跑，已经瘦得不成人形了；丁冬，唉，这个胖子……"

徐洪波摇摇头说："丁冬没事的，他的生命力特别强。我现在最担心的还是你。"

赵丽芳长吁一口气，尽可能平静地说："没什么，事情过去了，我已经习惯了。"说着，她抬起眼睛看了一眼徐洪波，语气爽朗地说："我的生命力也很强。"

徐洪波苦笑道："也许吧。不过我和丁冬才不这么想呢，我们都说芳姐是个水一样的女人。"

一句话很自然地勾起了属于他们三个人的往事，赵丽芳一时忘了压在心头的廖志刚，发自内心地笑了起来，说："就是你说的吧。你在背后说了我什么别以为我不知道。"

这时，两人正走在小区边缘一处没灯的地方，赵丽芳情不自禁地把头靠在了徐洪波胸前。徐洪波猝不及防，两手张开想抱住她，又不敢，便像个机器人似的张开双臂愣在原地。赵丽芳咏叹似的小声说："洪波，我……抱抱我好吗？"

徐洪波机械地轻轻揽住她的肩膀，柔若无骨的肩膀在黑夜中微微颤抖，怀里的小女人柔软而温暖，熟悉又陌生。在他胸前，她喃喃地说道："我好多了……"

徐洪波有一种想吻她的冲动，他赶紧松开她，两手扳着她的肩膀，笑笑说："芳姐，不早了，我该走了，你要多保重。"说完，大步流星向小区外走去。

赵丽芳怅怅地望着那个背影远去。

不久，徐洪波果然被派往澳头镇担任党委副书记，开始为期一年的基层锻炼。澳头位于鹏港最东部，濒临海湾，背靠群山，风光旖旎，用谢辰书记的话说，这里是鹏港市最美的旅游度假胜地，澳头党政班子最重要的任务就是为后代看好这块无价的不动产。

白天，徐洪波一头扎进当地社区和村开展调研，晚上，他听着涛声，撰写新加坡学习论文，日子过得很快。熊立伟回来后，和芳姐、童小刚拉他回城喝了一顿大酒，说起丁冬，熊立伟懊悔不迭。徐洪波安慰他道："就当他放假去了吧，以我对他的了解，不出一年，他一定会回来的。"熊立伟这才有点释然。

徐洪波最放心不下的，还是赵丽芳。一天傍晚，徐洪波忙完工作，一个人在海边散步，想着自己的论文。南国冬日海边的黄昏，天色阴晦，白头浪汹涌地拍打着沙滩和礁石，发出沉闷的轰鸣，海滩上空无一人，他突然想起了芳姐，他冲动地在手机上按下了芳姐的号码，可最终，他还是放弃了。天黑得很快，星星从头顶一直垂到海平面，每一颗星星似乎都是芳姐美丽的眼睛。他就像回到了中学时代，也是这冬天，也是这群星满天的黑夜，他独自在昌江边上踯躅，听江风紧一阵慢一阵，眼前轻轻飘过芳姐轻盈的身影，还有娇羞回眸那一刹那。在昌江边，他吟出了那首诗：

夜明珠啊，暗夜里永恒的光，
照耀着我的思念与惆怅。
心灵的等待从不相许，
爱永远不会失约。
…………

现在，芳姐的倩影又飘然浮于眼前，她还是那么轻盈，那么美丽，那么柔美。岁月使她的眼神多了含蓄，却丝毫没减少少女的灵动，时代改变了她的装扮，也让她的风姿更加婀娜。

"我这是怎么了？"不知不觉，徐洪波竟然走到海水里了，他哑然失笑，进而大恸："我怎么还……"

第十四章　我没有保护好他

赵丽芳心中暗许的侥幸没有兑现，新坪区副区长廖志刚出事了！

新坪电子工业区开发建设之初，几个小年轻成立了一家小公司，专门负责道路管网施工，他们给公司取名中环建设公司。这家专事道路配套设施建设的小公司十几个人，七八条枪，在经理廖志刚的率领下，硬是以优良的工程质量赢得了指挥部和业主单位的信任。有一次，在修一条下水管道时，刚刚挖好涵管沟，就遇上了大暴雨，大水一下子把沟边的泥土冲了下来，100多米的沟回填了。当时，工期非常紧，第二天必须把涵管全部铺设完。雨还在下个不停，随时可能塌方。廖志刚急得额头上的青筋直暴，只见他"嗵"地跳下泥水里，用铁锹一锹一锹地把和着水的泥浆舀了出来。工人们也一拥而上，连夜抢挖……

中环公司赢得了声誉，工程越做越多，越做越大，慢慢地发展成一家集道路工程、房地产、旧村改造等业务为一体的建设公司。新坪区成立时，中环成建制划拨给了新坪，成了一家国营企业，廖志刚当上了董事长兼总经理。中环公司在新坪的道路建设、区政府安居工程和旧村改造中快速地扩张，迅速壮大，成了新坪区建设企业的旗舰，他们不但自己到处圈地开发楼宇，还给一些私营房地产公司提供担保，供应建筑材料。而挂靠在这家公司的大大小小建筑公司更是难以胜数，有的两三个人夹一个皮包，就是一家公司，只要廖志刚一句话，用不了几个月，小老板就吃得脑满肠肥，身上的假名牌马上换成了真名牌，自行车换成皇冠3.0。而廖志刚也不是当年跳水沟挖泥的猛士，他成了新坪的大人物之一，脸上总是凝聚着与他的身份相当的庄重。

婚后，他的工资奖金分红悉数交赵丽芳保管。他总是开玩笑说：我是董事长，像钱这类小事就不管了。

他当然用不着花钱，创业之初，他没地方也没时间花钱，现在，要花钱的事早就有人办好了，连家里的毛巾牙膏都是司机买的，当然钱是公家的。他走到哪都是前呼后拥，什么事都有人预先为他办妥。我们在电视电影里看到很多老板模样的人动不动就掏出什么银行卡亮一亮，那肯定不是真正的有钱人，起码在中环公司，掏卡的人都是廖志刚的打工仔。因此，知道家里到底有多少钱的人，是赵丽芳。廖志刚的年薪是30万元，而他家却突然多出好几个存折、好几张存单，有美元、有港币，赵丽芳统计了一下，超过了500万元。赵丽芳被这钱吓得不轻，好像大祸临头。她终于忍不住问丈夫这钱是哪来的。

廖志刚轻描淡写地说："赚的嘛。"

赵丽芳说："不对，你赚不到这么多钱。"

廖志刚振振有词地说："怎么赚不到。500万很多吗？"

赵丽芳急了："你怎么这么不负责？你……"

廖志刚见赵丽芳急了，忙赔笑脸："好老婆，这钱是我赚的。你看我，什么都不用花钱，我这身名牌，花了一个子吗？我不花钱就是赚钱嘛。"

赵丽芳还是不依不饶："咱们家不吃不喝也存不到这么多钱，你一定要说清楚，这钱干不干净。志刚，咱们的生活很好了，别在这上面犯错误，要掉脑袋的。"

"我是企业家嘛，企业家当然有些经济上的勾兑。你不懂的。"廖志刚轻轻地拍拍赵丽芳的肩膀，兀自出去了。

婚后的生活，赵丽芳是在内心七上八下的状态中度过的，好几次，她都想跟在市委工作的徐洪波说，但每次话到嘴边都忍住了，她担心一说出来，就直接把廖志刚毁了。

廖志刚的钱，她一分也没动。

恰在此时，廖志刚出轨了，赵丽芳哭了好几天，终于下决心跟他离婚，除了孩子和房子——那是分给他俩的婚房，她什么也没要。

这是她保护儿子的最后防线。

1993年底的一天，由中环公司担保贷款的信德贸易发展公司人间蒸发了。这家公司贷款2亿人民币，要在新坪电子开发区开发一家大商厦。而促成这笔担保的，正是常务副区长廖志刚，他在他一手创办的中环公司有着无上的权威。银行的钱到了信德贸易公司，老板赖信德却蒸发了。后来有人说在南美某国看见过赖信德。市、区纪检委和检察院的执法人员很快进驻新坪中环公司。公司领导进去了，没过多久，廖副区长也进去了。

徐洪波连忙从澳头赶回城，这个时候，他要在芳姐身边。

心目中那个美艳、亲切的少妇明显憔悴了，像少女一样粼粼波光的双眸黯然无采，眼角现出了若隐若现的鱼尾纹，丰满的两颊有点凹陷，虽然浅浅地化了妆，但粉黛遮不住忧伤。

两人在那个小区慢慢地走着。赵丽芳没有哭哭啼啼，也没有情绪激昂，她出奇地平静，就像是一次很休闲的散步。徐洪波非常清楚，此时的芳姐心里很苦。

"他会不会被杀头？"她看看身边的徐洪波，他一言不发，低着头慢慢踱着步。赵丽芳又叹口气，说："老廖毕竟是我儿子的父亲。"

徐洪波不看她，只是恨恨地说："杀头都不为过，他踩过底线了。"

"我明白了。唉，其实，自从出了那个事，我们已经没有感情了，但是，我还是不希望他死。"

徐洪波作为领导干部，不便在这个问题上跟她讨论太多，他觉得无能为力，于是就产生了一种莫名其妙的烦躁："算了，事到如今，你想什么也白搭，好好过自己的日子吧。"

两人不欢而散，过后，徐洪波后悔了，怎么能这样对芳姐？到了周末，他又从澳头回城来看芳姐，给垒垒买了一大堆玩具。然后悄悄跟芳姐说："保护好孩子，别跟他说什么。"

芳姐这回没忍住泪水。

廖志刚被开除党籍、开除公职，判刑10年。

宣判那天，赵丽芳一出法庭就昏过去了。

大家惊慌失措的当口，一只有力的手一把抱住了赵丽芳，他是徐洪波。

赵丽芳感觉到自己很长久很长久地睡了一觉。梦中，她看到了年轻的廖志刚，他线条凌厉的脸上尽是泥水，他站在泥水里，浑身湿透，他一边挥舞着手中的铁锹，一边不停地在泥水中挖着涵沟。他张大嘴巴无声地喊着号子，勇猛的劲头势不可当。一个西装革履的人来到他身边，把一个密码箱放在他面前。廖志刚用糊满了泥水的手打开，里面是满满的一箱钱！赵丽芳在一旁急得大喊：志刚，不能要，你不能要啊！但志刚抱起密码箱，扬长而去。雨下着，赵丽芳跪在泥水里，无声地抽泣。她感到有一只手，一只很硬的手在擦去她滚到脸颊上的泪珠。她睁开了眼睛。

徐洪波的眼神充满了关切和爱抚，他有力的大手攥住她洁白玲珑的小手，攥得紧紧的。

"你醒了。"他小声说。

赵丽芳有点呆滞的眼光下意识地四处看看，她看到病房里摆了一大束红玫瑰，幽幽的花香在病房里弥漫着。

"你送的？"

徐洪波说："希望你看见花心情会靓一点。"

赵丽芳没吭声，重新又闭上了眼睛，过了一会儿，她摇摇头说："我不配接受这些花，我是一个失败的女人。"

徐洪波说："别说傻话了。"

赵丽芳向上挪了挪身子，使自己背靠在枕头上，用眼神示意徐洪波坐近一点。徐洪波靠近一点，还拉着她的手在掌心里。赵丽芳任他拉着手，流着泪说："洪波，不是傻话，我要再坚强点就好了，他就不会这样了。他是国家的罪人，还把一个好端端的家给毁了，把儿子给毁了。可是我没责任吗？那么多钱啊，哪能不犯法。我真的恨我自己。我太无能了，如果我强硬一点，一开始就跟他闹，闹得他收手了，不就没今天了吗？我就是不知道该怎么办，要不是那个女人，我……"赵丽芳哽咽得说不下去了。

徐洪波低着头听她说着，没有打断她。他知道，芳姐把这些话说出来，心里会好受一点。

年底，市委办公厅副主任张力力被任命为新坪区常务副区长。

第十五章　他发誓要将飞天大盗绳之以法

徐洪波看了市委任命张力力为新坪区委常委、新坪区人大常委会任命张力力为新坪区副区长的文件，开心地笑了笑。在此之前，他已经知道了市委有这个安排，所以就打了个电话，象征性地祝贺了一下。等他们再次联系，已经到了次年春天。这天，张力力给他打了个电话，约他吃饭。

"哟，大区长请我这个乡镇干部吃饭，看来我在你心目中还有点地位呀。"徐洪波跟老上级开着玩笑。到了周末，他还是从澳头进城来到新坪。张常务副区长的饭局安排在辖下的一家很不起眼，但非常干净清爽的潮州菜馆。徐洪波进来时，发现不但张力力在，很久没见过面的荆江龙也在。荆江龙还是那副奸诈狡猾的样子，不过很久没见过面了，徐洪波还是拉着荆江龙的手，问长问短。亲热了好一阵，他才想起张常务副区长，跟他草草地握了下手，三人遂落座。

菜很快就上来了。显然，在张常务副区长的地头，老板精心安排过了，菜都很小份，也都是家常菜，但很精致。"咱也好久没聚过了，今天周末，喝点吧。"张力力提议。

"好，喝点。"徐洪波笑着环顾一下这间VIP包房，又看看桌上精致的菜品，感慨地说："不一样，到了区里就是不一样，派头大多了。"

张力力夸张地叹口气："什么派头哦，区政府工作的难度你根本想象不出来，两头受气。你看看我，原来算是机关的美男子之一吧，现在你看，才几个月，老成啥样了。累啊，同志。"说话张力力就伸了个长长的懒腰，"什么时候才能回到市委机关温暖的怀抱哟。"

徐洪波忍不住哈哈大笑起来："我记得当初在办公厅的时候谁说的，市委的活不是人干的，什么基层干部好当，具体工作布置下去了，就有人给你干，你只要检查检查、督促督促就是了，可以跷着腿当大爷。怎么这会儿改口了。我看你是典型的屁股指挥脑袋，坐在哪说哪的坏话。"

荆江龙也乐得补刀："这话我也听过。"

张力力被揭了底，有点无趣，但能当上常务副区长，脸皮就自带防弹功能："是我说的吗？也没错啊，谁让咱命苦呢。"

酒一喝开，三个男人就交流上市里高层和香港方面的消息。小声嘀嘀咕咕聊得起劲。

"至于说到你这个乡镇干部，谢书记说，他在位上就不用你了。"

徐洪波心中一凛："什么意思？"

荆江龙在一旁招牌式地诡异地一笑："他们这一代领导是讲风格的，好干部也要留给其他领导用用嘛。"

徐洪波心里乱跳，嘴上还是说："呃，听不懂。"

"谢书记很快要上去了，他想把你留给新书记。你反正听听就行了，是……"张力力蘸着桌上的茶水，在他面前写了一个字，又马上涂掉了。

"是……吧。"

张力力赶紧岔开话题："哎，老荆，你不说找洪波有什么事情吗？"徐洪波瞥了眼荆江龙："找我？我现在不写稿子了。"

荆江龙说："哦，不是写稿子的事。香港有个朋友让我帮着先约下，看看你什么时候方便。"

"谁？"

"李朝仁。你知道这个人吧？"

徐洪波气得眼珠子都要滚出来，他瞪着荆江龙骂道："你什么时候学着正经说话好不好，还我什么时候方便，你是想折杀我呀！"

张力力大笑起来。

荆江龙只好装尴尬了："呃，你们知道，二公子是美国回来的，很有修养，他真是这么说的。"

徐洪波说荆江龙想折杀他是有道理的，李朝仁何许人啊？世界顶级富豪李守富的二公子，具有全球影响力的大人物！他想见谁，那是给谁面子好吗！

李守富祖籍潮州，早年到香港谋生，20世纪50年代香港经济起飞时，他敏锐地涉足地产和港口，经过30年打拼，现在投资遍布全球，他本人在香港乃至全世界华人圈都称得上顶级富豪，他的决策和经营不但左右着香港的发展，也对内地的经济发展产生强势影响。在20世纪90年代的中国，李守富绝对是神一样的存在，有不少人拿李守富开一些关于财富的无伤大雅的玩笑：

说，有一对小夫妻生了个儿子，取名李守富，希望他今后像李守富一样有钱。结果那孩子三天两头摔断腿。只好去找算命先生问问是咋回事，算命先生根本不算，责备道：你们的儿子怎么能叫李守富？头重脚轻，没摔死就不错了！

又说，有一天李守富脖子上戴了一根铁链子，结果全球钢材价格从2000块钱一吨涨到了200万一吨。你没看错，涨了1000倍！因为李守富显然认为钢材是贵金属！

李朝仁就是这个富有传奇色彩的富豪的二公子。二公子比老富豪更加传奇，他禀赋天纵，更兼思想天马行空，日常生活的异乎寻常之举让经济界人士大跌眼镜。他没有如父所愿，继承家族的房地产、港口和市政基础设施产业，自作主张选了鼎鼎有名的斯坦福大学电子专业。回港后，李朝仁收购了香港最有实力的电信公司，又在半岛西部拍下大片土地，执意要建设一个电子科技园区。

徐洪波看来真是当"乡镇干部"时间长了，听说有大人物要见他，声音有些发抖："他还能有事找我？不会是你要写什么传奇吧？我写报告文学还真有一手呢。"

徐洪波这个玩笑话是有所指的。

随着香港回归日近，港英当局无心治理社会，香港枭雄并起，鱼龙翻滚，黑道横行，终于酿成了一起惊天绑架案：一个以庄志强、卓企雄为首的黑社会团伙，绑架了李守富的大儿子，索要赎金10亿港币。事发当时，李先生保持着他一贯的冷静理性，强忍长子被绑的愤懑和焦虑，答应庄志强不报警并同意他上门面谈条件。

庄志强果然不负江湖上"飞天大盗"的恶名，只身一人前往李府，面对亿万人景仰的李守富，飞天大盗张狂地跷着二郎腿，张口便索要10亿港币。李先生显然不屑跟强盗纠缠，不就10亿港币吗，行！马上吩咐公司人员把早已准备好的现款给了他。

李守富的长子当天便回了家。

一起惊天绑架案，因为李守富的隐忍，波澜不惊，化于无形。但庄志强的嚣张和张狂，香港社会很快还是捕捉到了蛛丝马迹，庄志强和卓企雄"飞天大盗"的恶名弥漫港岛，富豪们谈起庄、卓，无不胆寒。因为没人报警，竟使二人长期逍遥法外，港英当局的无能令人齿冷。

再说庄志强，亲眼见李守富让手下人把10亿港币交给他时的淡定从容，似乎不过是打发叫化子一个毫子，心有郁闷，决定再干一票，扎扎实实地再敲这个大富豪一笔。

这天，李守富的二公子李朝仁乘游艇出海回来，上岸后乘车回家，在赤柱的一条偏僻的山路，他的劳斯莱斯轿车被拦下了。10米开外，一辆人货车停在路当中，庄志强站在车门边，叼根烟，奸笑着；车屁股前，卓企雄带着两个马仔，三支AK-47突击步枪对准了劳斯莱斯。

车里的李朝仁忍不住骂了一句："顶你的肺！这个强仔，又来了。"

卓企雄大喊道："都下车都下车，把李先生留下！"

然后就见副驾驶位的一个书生打扮的人慌慌张张地推门下车，一下车就高举双手作投降状，带着哭腔喊道："唔关我事啊，我是记者来的，放我走先啊！"

卓企雄大笑，用枪指着他："过来先！"

书生跟跄着走了两步，突然被路边的一块石头绊了一跤。说时迟那时快，书生朝路边一滚，手中早已出现一支手枪。

"当"！

卓企雄应声倒地。两个马仔还来不及反应，又是两声枪响，两个马仔惨叫着倒地，捂着肚子打滚。人货车见势不妙，尖叫着望风而逃。

短兵相接，庄志强的老搭档卓企雄被击中颈椎，终生只能躺在病床上，两个马仔被击中腹部，伤得不轻。三个人被随后赶来的警察带走。卓企雄因绑架罪、非法持枪罪等罪行被判终身监禁。庄志强也被收监，但他却聘请了香港最好的律师，红口白牙，竟把这个飞天大盗辩成了证据不足，当庭释放。

在场旁听的人无不惊悚，唯有一个记者咬牙切齿，在心中发誓要将这个飞天大盗绳之以法。

事情经过在特区也一度传得神乎其神，但只有很少的人知道那个记者就是荆江龙。

这一切，张力力和徐洪波当然了如指掌。

荆江龙傻眼："他这种人不会吧？不知道，只说一定要跟你见一面，具体什么事真没跟我说。"

徐洪波和张力力面面相觑：是啊，一个是特区的基层干部，一个是世界级富豪，挨不上啊。徐洪波想了很久，似乎有点开窍："会不会是看中了我们澳头哪块地？"

张力力点点头："也有可能。算了不猜了，见面就知道了。喝。"

第十六章　李二公子

李守富和李朝仁到特区来了，鹏港市新晋市长秦宝枫陪同两位香港工商巨子到大东湾去视察远东集装箱码头建设。晚上，秦宝枫在香格里拉大酒店宴请李老先生一行，李朝仁却带着自己一班人，在富华酒店宴请徐洪波，荆江龙作陪。

徐洪波和荆江龙站在酒店门前马路上等候李朝仁。不一会儿，就见一部挂香港牌照的黑色高顶大众旅行车悄无声息地停在面前，自动门轻轻弹开，两个穿黑西装、剪平头的小伙子跳下车来，肃立车门两侧，一个中等个儿、30岁上下的男子低着头下了车。

二公子李朝仁。

李朝仁和荆江龙是老熟人了，略过场面上的礼仪，直接走过来跟徐洪波握手。

"徐先生，幸会幸会。"

徐洪波微笑着打量了一下李朝仁，只见他有着李氏家族标志性的高额头和厚实的下巴，架一副金丝边眼镜，有点偏厚的嘴唇挂着他本人标志性的似乎有点尖刻的微笑，如果不是身上那套做工精良的双排扣西装和锃亮的皮鞋，怎么看都像是一位愤世嫉俗的诗人，当然，二公子根本不会写诗。

就在这时，不知从哪冒出来十几个穿黑西装的壮汉，把李二公子团团围定，一位胖乎乎的男人给李朝仁、徐洪波和荆江龙引路，带向电梯，又带进包房，这十几个人才鞠着躬退出。李朝仁带来的两个穿黑西装的男子把门合上，站在门口守着。

一阵喧闹过去，现在，李朝仁、徐洪波和荆江龙坐在沙发上，服务生给他们分别斟上了茶。

李朝仁对着徐洪波做了一个让茶的架势，自己轻轻抿了一口，然后说："徐先生，真是幸会啊，我跟荆记者说过几次，想请你到港一会，或者我到特区来拜访您。"

徐洪波笑着说："岂敢岂敢，李先生是万人景仰的商界巨子，我能望你项背已不胜荣幸了。"

李朝仁哈哈一笑，向徐洪波拱拱手说："徐先生真能讲笑，荆记者跟我介绍过，您可是特区的大才子啊，我是真心向您求教来的。荆记者说您在新加坡专修过科技产业规划课程。"

徐洪波这才恍然大悟，他摇摇手，说："学了点皮毛，我知道李先生是斯坦福的高才生呢。"

李朝仁压根就不屑听别人观点，他继续顺着自己的思路说道："我很羡慕你们特区，你们有全国性的资源，还有体制的优势，能干成很多大事。我们香港，这10多年，产业都转移到内地了，这个空心没法补上了。我有心让香港在电子技术产业上和韩国、新加坡与台湾地区拼一拼。你可听说过，我在搞一个电子园？"

徐洪波点点头："我很敬佩李先生的魄力。"

李朝仁不易察觉地轻叹口气："可是很难，我们这种自由经济体制，是很难达成共识的。现在又到了回归的关键时期，英国人只想着临走时再大捞一笔，不会再考虑香港的长远发展了。"

徐洪波敛容道："香港是香港人的，是中国人的，不用再指望英国人了。有李先生这样的爱国爱港人士的努力，有李先生这样的实力，你的电子园一定会前途无量。"

服务生端着红酒，像在空气中飘也似的悄无声息地走了过来，把酒给李朝仁看过，李朝仁点点头，服务生便给三位面前的高脚杯倒上了红酒。

"徐先生，请。"

"请。"

这时，一个白白胖胖、头发稀少的中年男人拿着一个大皮包进来了。他双手端着皮包，站在李朝仁身边。李朝仁用慵懒的眼光看了一眼，便对徐洪波说："徐先生，这个是鄙公司的一点小意思，请笑纳。"徐洪波怪异地看了一眼，一头雾水地接过来，感觉挺沉的，便笑着说："你不会是送我一包钱吧。"边说边顺手拉开了拉链，顿时傻了：

真是一皮包港币！

李朝仁用若无其事的口吻说道："本来不想这么麻烦，一张支票就搞掂啦。王秘书说，内地比较麻烦，还是拿现金好一点，那就现金啦。"

徐洪波擦了把额头上的冷汗，看看荆江龙，又看看李朝仁："等等，李先生，怎么回事？"

荆江龙也是一脸懵懂。

李朝仁说："这是给你的聘金。100万港纸，别嫌少哦。"

"聘金？李先生，你开玩笑吧？"

李朝仁为人率性，而且有一种恰到好处的傲慢，他看也不看徐洪波，兀自端起酒杯，说："徐先生，咱们见一次面不容易，我就有话直说啦，我想请徐先生过香港来帮助我。"

徐洪波："……"

"我的电子园缺的是徐先生这样有国际视野、理性，又有管理能力的经理人。我想请徐先生来香港管理我的电子园。"

徐洪波看看荆江龙，荆江龙也一脸诧异，说："李先生，这你可没跟我说起过呀。"

李朝仁笑笑，没理他，只是盯着徐洪波看。

徐洪波感觉自己脸上有点发热，他压抑住自己的心情，说道："谢谢李先生的抬爱。但显然，我不是合适的人选。"

"徐先生，能加入我们李氏企业是很多人梦寐以求的。对徐先生这样的人才，我们是不会亏待的，一般而言，您将获得的职位是几百万港币年薪级的，税后。"

徐洪波说："李先生，我相信你开出的条件是无数人眼红的，对我来说呢，要说不为所动是假的。但每个人都有自己的理想啊。"

李朝仁兀自抿了口红酒，说："以徐先生的素质管理一个工业园区有点屈才倒是真的。"他又露出似乎高深莫测的笑容："徐先生，我跟你说一个人，没准你会立刻决定。"

"嗯？"

"美国的罗氏微电子技术公司董事、总工程师，戴芙妮·童。"

徐洪波眉头一跳："童小华！"

"是的，童小华。我希望她在我那建一个研究所和芯片工厂。徐先生，我是从童小姐那听到你名字的。"

"童小华？"徐洪波的心像被重重一击，全身血液仿佛停止了流动。"她什么时候来？"

李朝仁没理会徐洪波的情绪波动，依然用他平淡如水的语气说道："罗氏微电子技术公司这几年在芯片研发方面投下了海量的资金，据我所知，他们现在资金出了麻烦，因为一些很奇怪的因素，融资很困难。我想趁这个机会把她拉到香港来。我了解过，童小华小姐在集成电路方面的能力是世界一流水平，只要她来，加上我的资金保障，香港的集成电路就可以走在全世界前列。"

一直坐着傻吃的荆江龙来了兴趣，连忙插话说："李先生，你怎么从来没跟我说起这事，这太好了。"

"可是——"李朝仁有点沮丧，"我动员了她几次，她就是不表态。"

荆江龙说："你有钱，童小华有成果，珠联璧合，她还有什么好犹豫的？"

李朝仁摇摇头："听她的口气好像希望能去特区，她哥哥在特区，她最好的朋友也在特区。我了解了一下，她说的最好的朋友，就是你徐先生。"说着，他意味深长地瞥了徐洪波一眼。

徐洪波这才明白，荆江龙说的李二公子主动要见他是真的，而李二公子的目的就是让他去把童小华招回。如果他真的促成此事，别说这百万聘金，就是给他千万，他也当之无愧。但此时他心跳得"咚咚"响，他尽可能压抑住心中的波澜，用平静的口吻说道："李先生，童小华是企业家，她除了要考虑研发，还要考虑赚钱，也许，特区更能赚钱吧。中国的工程师很便宜，到现在一个月不过1000多元人民币。我们特区背靠着整个中国内地，有着源源不断的人才供应。罗氏微电子公司需要大量工程师，这一点香港不具备优势。所以说，童小华不是想着她还有个哥哥在特区，最主要的还是考虑经营成本问题。"

李朝仁变得有些郁闷："香港已经错过了硬件时代，我希望能在芯片和软件时代赶上来。"

荆江龙口气生硬地说："是我们不能再错过芯片和软件时代。洪波，李先生的见解很重要，我看你要考虑一下，做做童小华的工作，一定要让她回来，如果要考虑《瓦森纳协定》的限制，就让她把研发放在香港，把生产放在特区。咱们国家需要这个企业。"

李朝仁不满地瞪了一眼荆江龙，说："我之所以要聘徐先生到我公司来，是想让他为香港服务，把罗氏整个挖到香港来。"

徐洪波打个哈哈，说："现在咱们不是都在提双港合作吗？"说完，他郑重地说："李先生，你提供的这个信息真的很重要，对香港和鹏港的发展都是有意义的。不过，我和童小姐分开已经好几年了，对她现在的情况一无所知，也不知道她真实的想法，咱们都需要时间对不对？"

李朝仁说："所以我希望能把徐先生留在我身边。你不用担心你们市里，我会去找你们市长做工作的。"

徐洪波苦笑一声，他知道李二公子的能力，真要挖他去香港没准也能行，但他真没去香港工作，特别是去李氏集团工作的打算。他说："每个人都有自己的执念，李先生请原谅。但是请李先生相信，我会把李先生的托付记在心上，不管童小姐去香港还是回鹏港，只要她愿意回来，就是咱们自家人的胜利。"

骄傲的李朝仁见徐洪波不打算接受他的邀请，面子上总有点过不去，脸上也有点不悦，但到底是大户人家的公子，他敛起不悦，把话题转移到自己的电子科技园方面，希望徐洪波有时间到香港去"指导"。

徐洪波说："我现在还在基层锻炼，还是'农村人'，等我回来一定找机会去。"

他内心却另有想法了。

第十七章　三个婆婆管不好一个工业区

"咱们又在一起共事了。"在市委书记办公室，宋晓光一副平易近人的姿态，招呼徐洪波。

徐洪波受宠若惊，忙说："我是书记的小兵。"

"谢辰同志到中央工作之前特意跟我介绍过，说小徐工作很不错，有很多创新的思路，执行力也很强，希望你继续发扬。"

"是，我一定好好工作，不辜负领导的期望。"

一个多月前，鹏港高层发生了重大人事变动。中央决定，谢辰同志不再担任鹏港市委书记、常委、委员，另有任用。宋晓光同志任鹏港市委委员、常委、书记——张力力此前给徐洪波的暗示非常准确。宋晓光到任，徐洪波尚在基层，没资格单独与新任市委书记见面，而回到办公厅，他便是书记身边的工作人员了，徐洪波立刻受到了宋晓光的召见。

宋晓光到特区工作后一切顺利，见到故人，更是心情大好。他把徐洪波让到沙发上坐下，自己也坐了下来，两人聊了一些往事，然后宋晓光便简要地谈了一点自己到特区工作后的打算，这是身边工作人员必须了解的：

"……进入 90 年代，鹏港市发生了很多新变化，出现了很多新机遇，特别是小平同志南方谈话后，市委、市政府在继续鼓励敢闯敢试的特区精神，改革开放方面有很多新的思路和举措……现在已经到了建立区域创新体系的时候了，在这方面我们还有很多工作要做……最近，我去了一趟电子技术开发区，觉得有必要再评估一下他们的工作……"

新来的市委书记礼遇性质的接见结束了，徐洪波也明确了自己回市委后的第一个任务。

徐洪波很快和计委、经委、科技局、规划局、电子公司等单位进行了协调，抽调了相应人员组成了一个调研组，来到了电子开发区。

徐洪波一行乘坐电子公司提供的一辆小巴，从特区大道拐下一条新修的水泥路，来到一个叫新田村的村委会。村委会有一个大院，院门口挂着新田村委会的牌牌，还挂着一块白底红字的"新坪电子技术开发区管理处（筹）"的牌子——管理处的办公楼刚刚封顶，目前还租用当地一个村集体股份公司的办公楼办公。

管理处一班人已经在院子里等候了。虽说只是办公厅的一个处长带队，但下面都知道这个调研组的来头，所以都毕恭毕敬地站在院门口等候。徐洪波一下车，一个年龄50多岁的男子迎上前来，满面春风地握住徐洪波的手说："欢迎徐处长亲临指导，我是管理处主任，我叫余汝明。"

徐洪波一副见到老熟人的表情，说道："余主任客气了，不敢说指导，余主任是电子行业的老前辈了，还请您多指教啊。"

余汝明哈哈笑着摇摇头，说："什么前辈，前辈就是落伍的代名词啊。"

徐洪波矜持地笑着说："余主任，我觉得您一直是思想很活跃的。如果我没记错的话，当年您在美港电子厂的时候，重奖科技人员，生产出了性能可与日本产品媲美的录音机，在京城还引起了轰动呢。"

余汝明又惊讶又兴奋，老脸竟然红扑扑的："徐处长，您怎么知道的？"

"我在现场见证的，我当时是特区日报的记者。"

余汝明恍然大悟："哦，我想起来了，我听说介绍会是你的点子呢。"

"哪里哪里。"

管理处一班人都围上来，笑嘻嘻地看着两位领导叙上了友情。余汝明这才忙说："来，我跟你介绍一下，这位是副主任邓梅光，原来是新坪科技局的副局长，这位是副主任刘进辉，是从科技局调过来的，这位是引进办主任马涛，电子公司过来的……"

徐洪波也一一介绍了调研组的成员。

"哎，咱们还是到会议室去坐下来谈吧。"余汝明把大家让进一楼会议室，宾主分别坐好。徐洪波把来意大致说了一遍，余汝明再一次表示欢迎，然后率管理处一众领导鼓了回掌，调研就算正式开始了。

"新坪电子技术开发区是20世纪90年代初由鹏港市科技局、市电子工业公司和新坪区政府联合开发的一个工业园区，位于新坪区与龙口区之间，面积5平方公里，东临新坪工业区，西临特区大学和龙口区。这块地夹在两个行政区中间，是特区内城市开发的'生地'。

"管理处成立后开展了以下几项工作：一是完成了园区主体部分的'七通一平'工作……二是制定了企业入园导引……三是招商引资工作顺利开展，原新坪工业区的15家大型电子厂搬迁了10家进来，同时引进了香港、台湾等地区和新加坡等国家的电子企业10余家，这些企业目前按照产业归类布局，均安排在临近特区大道南侧的A区，厂房建设都在加紧施工中……

"建园已经三年了，做出了一些成绩，但也存在很多问题，一是园区体制不顺，园区是三家合作组建，是一个'四不像'机构，既不是企业又不是事业单位，既不是行政管理部门又不是工业区管委会，在管理上存在关系难以理顺、工作协调难度大的问题；二是授权有限，区内无政府办事窗口，企业人员尤其是外籍人员出入境等事务需到区外办理；三是园区未能享受到国家火炬计划和高新示范区所赋予的各项优惠政策，对外资的吸引力不如周边地区……"

余汝明拿着一沓讲稿，一本正经地念了足足半个小时。徐洪波认真记录着，边记录边皱起了眉头。等余汝明念完，徐洪波微笑着冲他点点头，然后扫了一眼另外几位管理处的领导："其他同志还有补充吗？"

大家互相望了一眼，异口同声地说："余主任说得很全面。"

徐洪波微笑着扫一眼大家，说："这份报告我在来之前已经拜读过了，好像还不全面啊。"

"呃？"一众人等面面相觑。

"我查了一下资料，成立电子科技开发区时，在功能描述上有国家火炬计划园区和高新科技园区的功能。三年了，为什么我们到目前为止还没有真正发挥吸引高新科技企业落户的作用？在这方面有什么需要市里协调的吗？"

副主任邓梅光说："徐处长，您可能对电子开发区的由来有些不了解……"他看了一眼余汝明，"其实，它就是市电子公司的一个置换园区。1990年，新坪电子工业区已经开始发展电子市场和金融服务，所以市电子工业公司提出在这里建设电子园区，把电子厂集中搬迁到这一带来，当时这里是郊区嘛。但是规划局没批。后来科技局、电子公司和新坪区政府三家又给规划局打了个报告，提出建设国家电子产品出口基地、国家高新技术产业开发区、国家火炬计划产业基地、国家高新技术产业示范区，等等，这才获得了市政府的批准。因为存在这样的先天不足，所以在发展高新技术企业方面就没有太大的动力。"

余汝明连忙打断他的话："邓主任，这个说法容易造成上级领导的误解，其实市科技局和电子公司一开始就考虑到了我市电子产业的升级转型，开发区就是这个战略的平台。只是，上级主管有三家，三个和尚没水喝。这话我不知道是不是说重了点，领导听了不高兴。还有，我们只是个管理处，层级低了点，这种四不像的机构只能承接办理企业入驻手续，要搞大招商实在是力不从心。"

余汝明说完，似乎意犹未尽，又补了一句："我还想把美国的芯片公司拉来呢。"

徐洪波心里一震，不过脸上还是不动声色，说："余主任说的不会是罗氏微电子公司吧。"

余汝明眼睛瞪得老大，说："就是罗氏微电子，你听说过？"

徐洪波在这种场面不便多说什么，只是说了一句："那你要快点下手，香港方面也在拉他们。"他绕开这个话题，继续说："这个问题我们会向市领导反映。不过，作为具体执行单位，你们有没有什么建议？"

余汝明看看他的助手们，苦笑一下，说："如果说有什么建议，就是动管理体制，现在这种三个婆婆的日子的确是难过。"

邓梅光是新坪区派的干部，和市电子公司的人共事时间长了难免会有点龃龉，刚刚余汝明虽说话语不重，对他却是伤筋动骨的，心下有点怨气，有心给电子企业们涂点污，便说："其实还有一个大问题就是炒地的问题。我们发现，很多企业并不想建工厂，只是想在这里圈地盖楼。管理处顶住了不少，但就是现在进来的，也存在这种情况。这个值得上级领导关注一下。"

余汝明面无表情地说："这种情况是有，我们都给顶住了。现是有一些企业圈了地却不建的情况，我已经警告过他们。"

科技局调来的副主任刘进辉打着哈哈说："转型升级也要一个过程嘛。"

邓梅光白着脸说："不对，有一家已经打出出租厂房的广告了，就在《特区日报》，前几天的。"

徐洪波认真地记录下来，然后说："这个情况很重要，下午去现场看看。"

座谈会正开着，徐洪波的电话响了，是张力力。

"徐处长，到我的地头了也不打个招呼？"

徐洪波一听笑了："张区长，您日理万机我敢打扰您吗？回头我再向您汇报呗。"

张力力拿腔拿调地说："这样吧，中午我过去陪你吃个饭，下午咱们一起看看。怎么样？现在你是钦差大臣，我得向你汇报工作呀。"

徐洪波说："区长到现场视察，是给我们的调研指明方向呢。"

放下电话，继续开会，不一会儿，张力力的车就到了，一屋子人又连忙出来迎接。张力力兀自过来和徐洪波握下手，又一一和调研组的其他人握过手，说："各位大员，中午咱们就在余主任的食堂将就一下，晚上再改善一下生活怎么样？"徐洪波推了他一把，说："行了，你就别矫情了，你能来看望一下我们已经很感激了。"

第十八章　老余想把童小华引进来

下午,调研组分两组现场考察,徐洪波由张力力、余汝明和邓梅光陪着——邓梅光是新坪区的干部,当然要跟着自己的常务副区长,驱车走走停停,看看议议,一下子对开发区的建设情况有了大致的了解。

看了一圈下来,徐洪波忍不住赞叹道:"真是块风水宝地啊!"

张力力不客气地瞥了一眼余汝明:"这地都撂着荒呢。你们电子公司也真是的,执行力太差,到现在也没几家像样的企业进来,我新坪区的生产总值还指着这个开发区呢。"

余汝明低着头不吭声,心里却老大不乐意,心想你这个副区长真没水平,说话口气好像还是市委办公厅副主任似的,现在你是地方官好不好,我还是市里的干部呢。不过他这个处级干部当然不敢给这个前途远大的副局级地方官脸色,只好讷讷地说:"张区长说的是,主要是现在房地产热,加上内地,特别是以前的三线厂的电子生产规模出来了,我们的产品失去了以前的竞争优势,致使很多企业无心开发新产品。而我们管理处,为了守住这块地,也不敢轻易让人进来搞开发,所以显得慢了点。"

徐洪波走到张力力身边,小声说:"张区长,看来这里要在引领高、新、核、软上面做文章呀。老领导,你治下的这块土地真是热土啊。"

张力力和徐洪波边慢慢踱着步边说:"我一来就有这个想法,还请宋书记来视察过。如果再搞什么电子开发区,和当年的新坪工业区有什么区别?如果咱们拿这块地搞一个创新科技园区,制定一套结合实际的政策,瞄准当前和今后最新的科技产业,那是什么状态?"他瞄了一眼跟在后面的余汝明和邓梅光,见把两人落下了一段距离了,便把徐洪波拉到路边,小声说:"我希望你这次调研,把这个问题做成专题向市里报告,让我新坪区独家管起来,我一定干出一个'中国第一'来。现在三家管真的很扯皮,他们都是市里的部门,根本不听我的话。"

徐洪波笑道:"你这算走后门吗?"

张力力一瞪眼,说:"都是为了工作嘛。"

这时,余汝明和邓梅光见两位领导聊得差不多了,就追了上来,邓梅光毕恭毕敬地对张力力说:"张区长,我想请示一下,晚上……"说着,竟把张力力拉得远远的,假装请示晚上的招待,其实是在自己的上司面前给一把手余汝明上眼药。

这边，余汝明也抓住这难得的机会，把徐洪波拉到另一边，说："徐处长，我有个想法想单独跟你汇报一下。"

徐洪波笑着说："老前辈别客气，您说。"

"徐处长，以我在电子行业从业三十多年的经验，搞工业也好，搞创新也好，一定要专家挂帅，要讲专业精神。我希望市里能把这个开发区管起来，具体点说，就是让我们电子公司单独管起来。我们这个行业这些年不太景气，但我们的技术力量还在，我们追踪国际电子技术水平的能力在全国都是最强的。只要交给我们管，省了许多环节，我们一心一意扶植一批创新型企业，一定能把这个开发区搞成亚洲一流水平的开发区。"

见徐洪波光微笑不吭声，老人家急了，拍着胸脯说道："我老余没几年干的了，就想在退休前再干点事，我就想着把美国的罗氏公司引进来，他们是世界最先进的产业。我只要能干成这一件事，对特区，甚至对国家都算做了很大贡献，我死而无憾！"

徐洪波严肃地看着余汝明："余主任，你得告诉我，你要什么？"

"我要政策，要土地审批权、减免税权、进出口权、人员自由出入权……这个权不是给我个人，是给开发区。"余汝明越说越激动，忍不住放大了音量："徐处长，电子技术发展太快了，美国、日本、韩国、欧洲现在基本上都放弃了传统电子设备生产，集中力量攻电脑、机器人、移动通信、集成电路等新兴领域，未来十年，电子行业要出现一个翻天覆地的变局，咱们不能再等了，我们一直跟在人家后面，这次咱们一定要在同一条起跑线上跟人家拼啊。"

徐洪波把目光投向远处，若有所思。良久，他才轻轻地说了声：

"是的，我们不能再等了！"

一个月后，宋晓光在办公室阅读《关于建立我市高新技术园区，打造创新技术孵化平台的报告》。那天，他办公室的灯光一直亮到深夜。第二天，市委书记宋晓光主持市委常委会会议，宋晓光开宗明义："同志们，今天咱们就一个议题，谈论一下市委调研组的这份报告。"

第十九章　我好像有孩子了耶

"什么？你就在我门口！"

——丁冬出现了。

"这个死胖子！"徐洪波知道丁冬一定会再回特区，但不知道为什么是这个时候。

徐洪波调研组的调研报告已经交由市政府有关部门研究。这期间，徐洪波开会、写材料，陪领导出席各种活动，机关生活忙并快乐着。但好日子没过几天，他又被抽到一个专门工作组，参与高新科技产业政策制定。就在这时，他接到了丁冬的电话。

在蓉城安顿好朱锦生，回到洪州，丁冬买了一套房，把父母都迁到了新居，父子俩在楼下盘了一家小店，开了一间小餐馆，父子俩都是好厨师，小餐馆开得红红火火，大钱没赚到，但日子却过得安安稳稳。丁冬把特区用的手机关了，发誓再也不跟特区联系了。丁父丁母都很高兴：这个爱折腾的儿子终于想明白了。丁冬在洪州也有不少狐朋狗友吹牛喝酒，但心里总觉得哪不对劲，洪州的天没有特区的蓝，洪州的人没有特区的精神，浑身的筋骨都像生了锈。他一天比一天怀念特区。是啊，那里非但不是家乡，反而是伤心之地，但那片土地就那么神奇，在那里，每天都有一种说不明道不白的冲动，刺激着他不停地往前走……

终于，这年春节一过，他就把小店扔给老父亲，自己打起行囊，腰里绑上几万块钱，回到了特区。当他随着熙熙攘攘的人流出了站，特区三月的阳光立即将他滚烫地拥抱起来，天空蓝得耀眼，云彩白得耀眼，他记不得有多长时间没有看见过这么蓝的天这么白的云，他微微眯起了眼睛，看着眼前的一切，香格里拉大酒店、国际金融中心、特区中心……那一栋栋巨大而高耸的楼宇，瞬间让他委顿的精神振作起来，他在心里亢奋地大叫数声：

特区，我又回来了！

这回，丁冬又是悄无声息——不可一世的胖子没钱了，只能干点小买卖，开间小餐馆。大老板成了小店主，丁冬哪里还有脸去见昔日的朋友。

等我开了大酒店再说吧。他心想。

丁冬直接就在原艇仔村的一栋住宅楼下盘了一间 20 平方米左右的小店，

粉刷店面，置办家什，聘请人员。好一阵忙活，小店终于择吉日开张。本来，他在洪州开小馆子店还攒了点经验，但一回到特区，他马上就找回了大刀阔斧的感觉，同时想着有一天他的朋友们到来，绝不能让人家小瞧了，于是给小店取了一个气吞山河的名字：

"宋朝食府"。

其实"食府"里面刚刚能摆四张餐台，丁冬既是老板，又是大厨，他招了两个女孩，又当服务员又洗菜。

丁冬的虚荣害苦了自己，大而不当的"食府"给人第一印象就是价格高企，老板誓做本小区小店第一把杀人的刀，就连过问的心情也没有了；二来人们不知道里面卖的什么货色，是哪方水土的风味，也懒得进来。结果恶性循环，越是没人光临，人们越是认为这里的菜没特色。开张一周竟无人问津。把个丁冬急得，每天带着两个服务员，傻里傻气地站在门口，眼巴巴地看着路人从门前匆匆走过。他有心吆喝两声，叫住路人到店里尝尝鲜美的瓦罐汤，但当年的股市大鳄哪里出得起沿街叫卖的丑，丢得起低声下气的人？而那两个女孩，原来是当保姆的，也不是招徕生意的料，只会大眼瞪小眼看着老板一筹莫展。就这样耽搁时日，冰箱里的菜都馊了。丁冬急啊，人没见瘦下来，但嘴角还是烧起了几个大水泡。

他终于屈服了：当年刚来特区时，捡啤酒瓶的日子还要过呢，我就厚厚脸皮，当街吆喝几句吧。

晚饭时分，他果然搬了张小板凳，站在上面。

"哎——各位小姐、各位老板，走过路过不过错过哎！新鲜出炉的老火汤，古城洪州第一名菜，绝对不可错过的美味啊……"

开始，他还放不下身段，声音又干又涩，但那巨大的体量，加上站在凳子上就更像一尊雕塑，还是吸引了不少人。丁冬是人来疯，一看有人在面前看他，立刻来了精神，声音渐渐洪亮起来：

"洪州第一老火汤，鼎鼎大名的'百里香'啊！"

终于有一个小伙子问了一句："什么百里香啊，哪里香啦？"

"哪里不香啦！开一罐给他闻闻！"

丁冬就像是要跟人吵架，大声嚷嚷道，吩咐服务员打开了一罐汤，真的一股醇香在空气中飘散开来。也是时机正好，此刻正是傍晚时分，人们上了一天班，中午又吃的是缺油少盐的盒饭，肚子早饿得咕咕叫，对这种浓香特别敏感，本来是围观胖子的人闻到这味道都凑过来看。

"哇，真的好香耶！"

"材料还是蛮实在的哟。"

"哎哎，我说，是你做的吗？"

"哎，胖子，多少钱，给我来一罐。"

"不好吧，吃了跟他一样肥……"

围观的人越来越多，丁冬兴奋得忘乎所以，连日的焦虑一扫而光，嘴角的泡泡也破了，他口吐白沫，大声宣传道：

"这是我们洪州的宫廷美食。……说来话长啊！南宋太后下昌江，路过洪州府，我们洪州府的官员献上好多鸡鸭鱼肉，供老太后旅途享用……御厨把老太后吃剩下的鸡鸭鱼肉和佐料、汤汤水水装在一个大坛子里，再找来一个更大的坛子，里面装了烧着的木炭，每天晚上就把装了吃的东西的小坛子放到点着了炭火的大坛子里。第二天，一股奇香飘在江面上，众人全不顾宫廷礼仪，也不顾大臣的绅士风度，抢着汤勺的就用勺舀，抢不着汤勺的就直接抱起坛子往碗里倒，个个是吃得腮帮子流油，脑门子冒汗……太后说，这是什么东西这么香啊，快给老娘拿来一尝。结果老太后一尝就爱上了这道靓汤，她说，啊呀，如此美味，只有王母娘娘才能享受啊。老太后在江上走了百里，就赐名'百里香'。其实，老太后只喝了三天，就年轻了三十岁。当她回宫里去的时候，被卫兵一巴掌扇得连翻20个跟头。卫兵骂道：哪跑来的野姑娘，竟然冒充太后，不想活了！老太后丢了脸，非常生气，决定惩罚这个卫兵，当天晚上就把自己嫁给了那个卫兵。他们在后宫喝着百里香，过着幸福的生活，还给皇帝生了个弟弟。后来，宫廷御厨又精配药材，不断完善制作方式，用器不厌其好，用料不厌其精，工序不厌其烦，使这道'百里香'成为宋朝宫廷的保健美容食品。众所周知，我的祖先就是那个娶了老太后的保安员，他把百里香的秘方谋了过来作为传家宝，传儿不传女，传到我这儿已经是第四十八代了。现在，我要把它献给特区人民，让你们喝了'百里香'，男士更生猛，小姐更靓丽……"

"哈哈哈哈！"众人大笑。

开张以来从未有人问津的食府食客越来越多，订单也下了好几十张，四张台也被人订完了，没订到台的人说："我们可以坐到外面去吃嘛。"

一连几天，丁冬挥汗如雨，大声宣传这道皇家秘制，不亦乐乎。突然有一天，马路对面出现了一个女人，她像受了惊吓似的，拖着哭腔大喊："肥仔！肥仔！"

丁冬一转头，眼睛一下子模糊了，站在门口，半天抬不动脚。

马路对面的女人一屁股坐在路沿石上，不管不顾，"哇"地大哭起来。

阿梅。

丁冬拨开众人，三步两步就抢到对面，像抱孩子似的，一把抱起了阿梅。

"阿梅！"

"你别碰我，你个死肥猪，你死到哪去了呀！"阿梅大哭着，一边用拳头一个劲地在他身上乱捣。

丁冬一动不动，任她打个够。

阿梅打累了，搂着他的双腿，还是一个劲地哭。两人瘫坐在路沿石上，阿梅还在抽抽搭搭，缓不过劲。天渐渐黑了，两人坐在路灯下，阿梅痴痴地望着丁冬，一直到客人都走光了，服务员收拾好店面，也不敢来打搅他俩，悄悄地走了。

两个人依偎着坐在丁冬的食府里，阿梅紧紧地揪着丁冬的胳膊，生怕他跑掉，断断续续地说了自己的故事。

丁冬逃走后，她就被父母半强迫半诱骗，嫁给了一个香港人，那人叫缪新彪，人称彪哥，当年开货柜车，一个月能赚三万港币。后来，彪哥傍上了一个大老板，在特区富华大酒店卡拉OK厅当经理。彪哥对她很好，在特区买了房给她住，每月还给她一万港币零花。美中不足的是彪哥不知道有什么病，不会生孩子，所以她到现在还怀不上孕。艇仔村早不是当年的艇仔村，但阿梅还是时不时会到这一带走走，想想心事。这天，她又鬼使神差地走过这里……

"你这个没良心的！"

丁冬也把自己这些年的经历说了一番，说得阿梅又哭了一场。

后来……后来阿梅就不回家了，"反正他也不回来"。结果两人就在食府滚了几回床单，把丁冬累得不能动弹，阿梅才趴在他胸前问："你的小店生意怎么样？"

丁冬马上气宇轩昂起来："不得了，我发达了。俗话说，三年不开张，开张吃三年。你来正好，帮我数钱。"

阿梅一撇嘴："光看你吹水。"

"呀，怎么是吹水？你不都看到了，抢得都打破头了。"

阿梅一撇嘴，说："你呀，不是做生意的人，开个小店还挂个那么大的牌子，人家又不知道你卖的是什么菜。你就干干脆脆把洪州瓦罐汤的牌子打出来，把煲汤的家伙搬到店门口，人家一看，知道是什么东西，就感兴趣了嘛。"

丁冬一听有理，说明天就改招牌，再把煲汤的大缸立到门口去。第二天，阿梅趁天还没亮，偷偷溜出去了。丁冬则找了家"艺术装潢坊"，定做了一块新招牌。做新牌的时候，他想起了好几年前，徐洪波曾告诉他，这种煲汤的方法，在文词里叫"煨"。新招牌中午就做好了，丁冬把宏大叙事的旧牌子摘掉，换上了这块新牌子：

"百里香煨汤店"。

接着又把那个煨汤的大瓦缸搬到了门口。这个古色古香的大家伙一摆出来，果然吸引了不少人来围观，许多人都好奇地打开瓦缸的盖子，伸头看个究竟。一时间，洪州煨汤在小区声名大振，直至香飘特区。

日子就这样过着。

有一天，阿梅夜里又偷偷来丁冬店里滚床单，滚完了，阿梅突然说："我好像有孩子了耶。"

丁冬吓得一激灵坐了起来，冷汗直流。

阿梅不满地瞥他一眼："我都不怕你怕什么。只要有小孩出来就行，管他是谁的。"丁冬还是害怕，阿梅说："他不敢问的，谁叫他自己没用。"

谁知阿梅也是嘴硬心虚，等终于瞒不住的时候，出事了。彪哥先是拳打脚踢，阿梅双手护住肚子，任身上被打得青一块紫一块，就是不说。彪哥又跪在地上，求阿梅说是他的儿子。阿梅骄傲地昂起头，说："是我的儿子！"彪哥又狠狠地打，说："你给我走，别想我给你一分钱，饿死你！"阿梅真的就挺着肚子站起来，开始收拾东西。彪哥又跪下："阿梅，你别走，你只要告诉我是谁的。"阿梅还是那样昂着头，说："是我的儿子，我一定能养大他！"

彪哥没办法，自己搬出去住了。不过，彪哥是谁啊，还能让人这样欺负了？好歹他也是混社会的。他派出马仔四处打听。这种事哪有瞒得住的，那个开小餐馆的肥仔终于浮出水面。彪哥咬断了牙根，带着几个马仔，手持棍棒，挟风带雷就向煨汤店杀来。他们选择的时间点非常好，正是吃晚饭的时分，丁冬正在门口大吹"百里香"，吹宋朝老太后宠幸他祖先，眼见一群黑衣人奔驰而来，知道大事不妙，连忙从后门溜之大吉。黑衣人呼啸而至，没见到丁冬，就一顿棍棒，把煨汤店砸了个稀巴烂，那口著名的大缸成了碎瓦片，满街洋溢"百里香"。

第二十章　500 多……

"我的天啊！"

徐洪波坐在办公桌前，双手握拳，在自己的前额捶了捶："丁冬啊丁冬，你怎么会这么糊涂，我和老熊是谁？是你的兄弟啊！不出这烂事，你还不想露面是不是？"

丁冬衣服全湿透了，手里攥着大哥大，却全没了老板派头，一脸张皇之色，瘫坐在徐洪波办公室的沙发上，拖着少有的哭腔："我对不起兄弟。我就是想混出点名堂来再见你们，但现在这事情这么大条，怎么办呀。只有你们政府的人能帮我搞掂了。"

徐洪波有心骂他一顿，但想想胖子也真摊上大事了，眼看要崩溃，便叹了口气，拿起电话，又放下，对丁冬说："你到门口等一下。把门带上。"丁冬悻悻地出去了。徐洪波连忙拨了个电话。

"老荆吗？……富华大酒店的娱乐场所是香港人承包的，你知道吗？……好的，你了解一下吧。有一件比较麻烦的事，我这里走正规途径不太好……"

徐洪波打完电话，把站在门口的丁冬叫了进来，说："好了，你今天就别回去了。咱们给熊立伟打电话，晚上聚一下。"

丁冬不用问事情摆平了没有，他对徐洪波有了一种天然的信赖，只要把事交给徐洪波就没有搞不掂的。听到要见熊立伟，他一脸羞愧，说："我现在这个样子，实在是没脸见人呀。就像你说的，要不是出了这事，我也不敢来找你。"

徐洪波骂道："又来了是不是？你也真是，做了那么好吃的'百里香'，也不叫我们去尝尝。"

丁冬叹口气，说："我现在混得就靠一个小门店维持生计……"

徐洪波皱了下眉，说："不对吧，据我所知，以你的实力，就是开 100 间小门店都没问题呀。"

丁冬不明白徐洪波话中的意思，心虚却又架不住虚荣，便扬起大脸吹嘘道："100 家不敢说，我迟早要开一家全特区最大的'百里香'！"

这时，徐洪波已经打通了熊立伟的电话，丁冬可以听到电话里老熊发出一阵惊叫，接着就是一阵嚷嚷。然后就看见徐洪波点头，口里发出"嗯嗯"的应答。放下电话，又给芳姐打电话。

打完电话，徐洪波说："走，去粤丰，熊立伟请客。"

丁冬脸色黯淡，说："我还是有点担心阿梅。"

徐洪波淡定地说："阿梅比你本事大，不会有事的。"

丁冬心里头还是有个纠结：熊立伟欠着他好几十万块钱，这个科学家是个烧钱的主，没准还是穷得揭不开锅。他丁冬可从没动过找他要钱的念头，现在面对面了，要不要提一下？彪哥这一砸，自己可真是一穷二白了。丁冬就是这种人，朋友找他借钱，好说，但要钱回来，他开不了口。纠结了一阵，他心说："罢罢罢，不提了，人家徐洪波帮了大家那么多忙，从来没提回报，自己不过是帮了一下朋友，怎么好开口找人讨债？不过就是几十万吗，洒洒水啦。今后我的'百里香'火了……"

想到这里，丁冬释然了，摇晃着身体跟着徐洪波出了门。

粤丰酒楼。

一进包房，丁冬发现熊立伟和芳姐都在，童小刚也来了，正在张罗菜。徐洪波一进来，自然是要跟芳姐腻一下，芳姐责备了丁冬几句，就和徐洪波到一边私聊去了。熊立伟坐在茶几旁啃卤鸡爪，这会儿站起来，随便擦擦抓鸡爪抓得油腻腻的手，一把握住丁冬的手。

"你跑到哪去了，我都到咱们厂去找人打听你了！结果人家不认识我，也不知道你搬哪去了。"

丁冬打量了一下熊立伟，老夫子还是那么瘦，脸色也不是太好，果然印证了自己对他事业的判断。他马上恢复了居高临下的心态，摇着熊立伟的手，说："熊师傅，你怎么还是这个样子，回头我给你做'百里香'补一补。"

熊立伟一愣："'百里香'？用我洗脚盆搞的那个？"

丁冬甩开他的手："你胡说什么，我现在有正规装备。"

熊立伟不擅玩笑，也懒得跟他纠缠往事，一把把他拉到沙发上坐下，说："我到处找你，真把我急坏了。你还记得我跟你借过30万块钱和5万美元吗？"

丁冬心里扑通乱跳，这是要还钱啊！这可是你自己主动说起的啊，别怪我不讲义气，可恨丁冬天生就是牛皮客，话到嘴边就成了："你还记得这点小钱啊，你要用就先用着，我不急。"

熊立伟想了想说："我也建议你不要随便动用。"

丁冬就差给自己一个大嘴巴了。

熊立伟又说："不过，你还是回公司上班吧，我们还真希望有你这样一个能喝能骗的高人呢。"

丁冬郁闷地说:"上班?我丁冬当了多少年的老板了,临到头给你打工?你能给我多少工资?"

熊立伟瞪大眼睛:"你怎么是给我打工,你也是老板呀,你是咱们小熊通信技术公司的董事。"

"我什么时候成了董事了?"

熊立伟这才想起自己还没跟他说过公司的事情,连忙冲他作揖道:"对不起,丁董事,我老想着咱们是兄弟,再说,也找不到你,就替你做了个主。你的那笔钱对公司发展可是起了关键作用,我自作主张把这笔钱作为你的投资款了,公司发展了,你成了公司大股东了。我们给你折算了一下,你现在……现在应该有……我忘了具体数字,会计以前跟我说了一下,你在公司账上好像有500……500多……多少来着,等下,我再问问……"

丁冬苦笑着拍拍正准备打电话的熊立伟:"算了算了,熊师傅,你真是个老实人。别为难了,我不是来找你要账的。我在你公司账上的那500多块,今晚你拿出来请客就行了。"

熊立伟急了:"你胡说什么,什么500多块,是500多万元!"

丁冬"嚯"地站起来,他身体肥硕,加上行动过急,一下子竟把茶几差点掀翻。

"你说什么?500多……万?你拿那5万美元赚了这么多钱?"

熊立伟翻着白眼说:"这怎么可能,其他人也投了,我还贷了很多款,还有技术股什么的。"

"可是,你一下子分给我500多万,你的公司一年能赚多少钱?"

"是咱们公司。今年营收两个多亿吧。"

"两个多……亿!"丁冬一把揪住熊立伟,"就你?能赚两个亿?"

这时,徐洪波和芳姐早围了过来,徐洪波笑呵呵地说:"丁冬,看到了吧,这就是知识的力量啊!"

丁冬黯然神伤,他坐下来,喃喃说道:"我原来以为只有我会赚钱,没想到……怎么说呢,我最瞧不上的熊师傅赚钱这么狠。一年两亿啊,我想都不敢想啊。"

童小刚尖刻地打趣道:"丁董事,我敢打赌,你一定宁可老熊还不起钱,也不愿相信老熊赚了两个亿。"

丁冬骄傲的头垂了下去,肥胖的手不停地擦眼睛:"我……我没想到我赚钱连一个书呆子也赚不过，我太无能了。"

熊立伟不高兴了："老丁，你的心态怎么这么差，这个公司也有你一份啊。"

丁冬说："不，这不是我靠自己本事赚的。"

熊立伟有点动情地揽着丁冬肥厚的肩膀："老丁，怎么不是你的本事？你别这样，别这样。你很了不起，我们不会忘记你当时那么爽快就借钱给我，连借条都不打一张，后来还卖房给我凑美元。丁冬，我不像洪波那么会说话，我只能说，你很了不起，很了不起。"

童小刚说："是啊，丁董事，我总听熊总说，你这个人特别讲义气，值得信赖。"

芳姐在一旁插上话："你们光说些没用的。丁冬，你住哪？"

丁冬哑了，过了会儿，他小心地看看徐洪波，说："我住在小店里。"

熊立伟马上拿起电话："没关系没关系，我让办公室今天订酒店，你先住酒店。明天就去给你买房。丁冬，我当时就发过誓言，要给你买套最好的房子！"

徐洪波笑着说："这下好了，丁冬还正愁他儿子住哪呢。"

芳姐、熊立伟都一脸惊喜，异口同声地问："有儿子了？阿梅的？"

一向胆大皮厚的丁冬竟然羞得满脸通红，口里"嗯嗯"地不知道在说什么。熊立伟笑得合不拢嘴，说："我说今天左眼怎么老跳，原来是当叔叔了。"徐洪波则在一旁苦笑。芳姐很快反应过来："不对呀，阿梅不是早就嫁人了吗？怎么……"说着，她又看看徐洪波。

徐洪波面无表情地说："吃饭吧，这么晚了，都饿了。一会儿让丁冬自己慢慢说。"

气氛刹那间有点阴沉。

丁冬一回到这个小集体就想喝酒，他不等大家劝，自己先用几瓶啤酒漱了口洗了肠子，然后再缓缓地把自己重回特区，和阿梅巧遇，又让她怀上了自己的儿子，今天被彪哥追着打的事说了一遍。

芳姐就坐在丁冬身边，一只手轻轻地抓住他肥厚的胳膊，挺同情地看着他，"丁冬……阿梅是个好女人……"熊立伟一脸不高兴的样子："说你什么好？这，这就是咱们老家说的'拆白党'呀！"童小刚虽说和大家是老乡，到底和他们都没渊源，不知说什么好，只有闷头吃东西。熊立伟又说："好女人多的是，都人家的老婆了，你还下手！亏你还说爱人家阿梅。"

芳姐对着熊立伟说："老熊，你别说了。"

…………

丁冬抬不起头来，但他心里特别痛快，有如冰啤酒穿肠入肚。

这是兄弟呀！

徐洪波让熊立伟把丁冬骂够了，便说："丁冬其实也知道自己错了，但错已铸成，没法改正了。现在的问题是，这个孩子怎么办，很快就要出生了。是吧，丁冬？"

丁冬点点头。

芳姐说："要不，先放我家吧？我请了保姆，反正一只羊是放，一群羊也是放。"

丁冬说："这是不可能的，阿梅不肯的。"

倔头倔脑的熊立伟还在说："丁冬，你不会想把阿梅娶回来吧。我告诉你啊，千万别这样，那个彪哥是什么人我不知道，但人家好歹是多年夫妻，可不能拆散人家。咱们老家有句老话说得好，宁拆十座庙，不毁一桩婚。"

徐洪波瞪了熊立伟一眼，摆摆手说："够了，别说了。丁冬，你找个机会和阿梅好好商量一下，未来，特别是这个孩子的未来，你们要协商好。我也是这个意思，不要拆散人家的家庭，也要为孩子的幸福着想。"

虽说熊立伟已经是亿万富翁，但徐洪波一开腔他是不敢多嘴的。他不敢再吭气了。

喝了一阵闷酒，熊立伟意识到刚才对丁冬的态度有点过了，便开始讨好他："老丁，你现在有500万分红在公司账上，我建议你还是放在公司滚动发展，咱们的公司潜力大得很，不出几年，一定是世界最大的通信公司之一，那时，你有可能就有几个亿，几十个亿。至于日常开支，每月先给你开两三万块钱吧。回头我让办公室办。你看怎么样？"

丁冬点点头："够了，你看着办就行。"

熊立伟又想起一件事，说："你当大款当惯了，没台车不行，我把咱公司的宝马给你，配一个司机，也姓丁。"

丁冬完全晕乎了："我……我又成了大款了。唉——"

"你又叹气干吗？"

"可惜了'百里香'啊！"

富华大酒店。

一个身材瘦小、尖刀脸，面无表情的中年人，带着几个西装革履的年轻男子，不声不响，似乎生怕引起人们注意似的走进二楼歌舞厅。一个西装男抢先几步，熟门熟路地走到一间豪华套房前，对侍应生小声说："快去请彪哥过来，就说权哥来了。"

侍应生一看这架势，意识到这是狠角色，连忙转身向走廊深处跑去。

西装男推开门，那个被称作权哥的中年人踱了进去，在正中沙发上坐下。西装男赶紧掏出香烟递过去，又给他点上。这工夫，缪新彪一路小跑进来了。

"权哥！"

"啊，彪哥，来了。"权哥脸上露出点僵硬的笑容，但笑意转瞬即逝。

"权哥刚过来，您坐一下，我马上给您安排。今天巧了，新到了几个北方妹，长得好白……"

权哥摆摆手："免了免了，彪哥辛苦。我是特来向彪哥道贺的。"他瞥了一眼西装男，"还不快上红包？"

西装男赶紧从兜里掏出一个厚厚的红包，谄笑着递给缪新彪。缪新彪不敢接："这……这，我怎么敢收权哥的红包，应该是我包红包给权哥呀。"

权哥终于又阴阴地笑了一下："彪哥，这可是老大包的，5万港币哦。阿梅有喜了，老大好开心哦。"

缪新彪脸上红一阵白一阵，也不说话，赌气似的一屁股坐下。

权哥拍拍他的肩膀："好了好了。老大特意叫我过来当面劝你，不要为难阿梅，该给的钱还要给，这个时候，还要多给点。老大说了，给你加薪。"

缪新彪委屈得带上了哭腔："我老婆被人家搞了好不好！"

权哥说："女人嘛，就那么回事，你也没少搞人家的老婆嘛。听说，阿梅跟那个人是……是什么青梅竹马。如果阿梅真的要……老大说，也要好走好散。再说，你把人家的店都砸了，就不怕政府找你麻烦。"

缪新彪梗着脖子，把头扭到一边。

权哥脸又沉下来："这可是老大说的，听不听在你。"

缪新彪突然捂着脸哭了起来："我……我就是喜欢阿梅。"

"这……"权哥显然没见过缪新彪这么熊的样子，有点为难，好一阵才说："那你……那你……去跟阿梅说说啰。"

深夜，缪新彪回家了，阿梅惊慌地坐在床上，双手护着肚子，看着他。缪新彪尴尬地看着阿梅："阿梅，我想明白了，我不该打你。我以后多给点零花钱给你，你别离开我。"

阿梅看着他，灯光下，缪新彪脸色苍白，心变得软软的，说："彪哥，我又没说要走，人家都跟你过了这么多年了，哪里还会走掉。"

缪新彪又盯着她的肚子。阿梅脸一红，说："人家是看到老朋友，一下子冲动嘛。"

缪新彪叹口气，说："唉，也好，以后多一个人陪你。"

第二十一章　五一你不许结婚！

鹏港市政府决定举全市之力，以现有新坪电子技术区为空间，打造一个发展高新科技产业的平台；设立专门机构，全面规划产业发展和产业布局，强力推动研发生产对接。当然，市政府领导比徐洪波有着更大的雄心和视野，在给市委和市人大的报告中提出，建立一个直属市委、市政府的功能区，享受行政区除人大、政协和人民武装外所有的权限；扩大原开发区地域，向北再拓展5平方公里，以确保未来发展的土地供应。

它就是：鹏港经济特区新岸高新技术产业园区。

这个方案酝酿了近半年，徐洪波当然早有了解，有的项目他还直接参与了，同时，他参与了一系列园区优惠政策草案的制定。

到了年底，市委常委会确定高新园党工委、管委会领导班子，就不是徐洪波这一级的干部能打听的了。徐洪波有了一阵较闲的日子，他开始考虑个人问题了。自从某天夜晚，芳姐把头埋进他的胸膛，沉淀在他内心深处的一段朦胧而炽烈的少年之爱就重新点燃了。他只要一放松身心，芳姐馨香的女人味就悄然弥漫心头，一闭上眼睛，芳姐回眸一笑时少女般的娇羞就那么清晰地闪现在脑海，还有，她洁白精致的小手，那么柔美……

他从澳头回来后，借口关心芳姐，几次约她出来吃饭。芳姐一次比一次更开朗，渐渐恢复到了他熟悉的精神状态，柔美的脸上也泛着红晕。两人聊着过去的故事，说着说着，就沉默了，然后四眼相对，又匆匆躲开。

两颗心都感觉到了剧烈的撞击。

饭后，两人会在街上散步，似乎没多少话说，又都舍不得离开。

一段延续了差不多20年的爱，川流在曲曲折折的人生溪谷，如今又成汹涌之势。徐洪波不想再等了，又是一个冬夜，两人在荔影公园荔枝林下漫步。南方的冬日没有萧瑟寒冷的气息，天空澄澈，西边一弯新月，公园游人寥寥，徐洪波情不自禁地拉起了芳姐的手，芳姐试图抽开，但徐洪波暗暗一坚持，她就放弃了。最后两人十指相扣，默不作声地走着，彼此听到对方的呼吸声。徐洪波张开双臂，把芳姐轻轻揽在怀里，在她耳畔说：

"芳姐，嫁给我吧。"

芳姐紧紧地抱着他，把脸埋在他的脖子上，不吭声。徐洪波感觉到她滚烫的泪水沁润着自己的肌肤。就这样不知过了多久，芳姐才柔声说："不，洪波。你可以找到更好的。"

徐洪波料到芳姐会这样说，便说："芳姐，我不是心血来潮，我是深思熟虑的。我爱了你20年。"

"我不配……"

"我知道你在想什么。芳姐，我保证会一辈子对你好，也会对垒垒好。"

"洪波，我不敢呀！我知道你对我好，你是同情我。"

"不，芳姐，在特区生活这么多年了，你怎么还是老观念。你不知道你有多美吗？你纯真、热情，和你在一起感觉很温暖。我相信，你会永远是今天的你。"

"洪波，为了你，我当然想更好一点，但实际上，我没这么好。"

"那，要不你就装作这么好，装一辈子。咱们拉钩。"

芳姐"扑哧"一笑，腾出一只手来捣了他一拳："你这个坏蛋。"说完又不笑了，良久才说："咱们都冷静想想吧。"徐洪波说："想了20年了，不想了。"

赵丽芳作为女人可不能不想，她一直没正面回应，一直到临近春节，两人要回洪州探亲了，芳姐才答应见见双方的父母。徐洪波没敢直接跟父母提，而是先打了电话给哥哥徐洪涛。徐洪涛思考了三天，中间又打电话回来再次确认赵丽芳的个人情况后，才同意了弟弟的这门亲事。当然，做通父母的工作，就是他这个大哥的责任了。

赵丽芳的母亲却死活不答应，她不相信特区人会有长久不变的爱情，赵丽芳急了，说："除了徐洪波，我不会再找人了。"赵妈妈才答应见见那个在特区当干部的毛头小伙。

春节，两人回到了洪州，第二天，徐洪波就把赵丽芳带回家里。徐爸爸徐妈妈两个老人开始板着脸，坐在沙发上，一见赵丽芳进来，徐爸爸掩饰不住嘴角的笑纹，不禁点头赞叹。徐妈妈腾地站起来，一把把赵丽芳揽在怀里，激动地喊了起来："我就想我儿子找个这样的女人！"

转天，徐洪波上门去拜见未来的岳父母，他按洪州的风俗，提着猪蹄髈、线鸡（阉鸡）、鲤鱼和蛋糕，大大方方地踏进了赵家大门。赵妈妈没有接过东西，而是笑眯了眼，盯着徐洪波看，口里不住声地说："好，好，好！"

两家的老人很自然就见面了。赵爸爸当过局长,徐爸爸当过处长,现在都退休了,但关心昌江省"四化"建设的余热犹在。两人一见面就自然而然地评价起昌江省委、省政府新班子的工作思路,最后得出一致结论:昌江振兴指日可待。

两个妈妈则头挨着头嘀嘀咕咕,最后就把一双儿女的婚期定了:1996年"五一"。

回到特区,徐洪波乐颠颠地打电话给张力力拜晚年,他实在是按捺不住内心的喜悦,吞吞吐吐就把自己即将在五一结婚的喜讯说了出来,顺便请张区长拨冗出席他简朴而温馨的婚礼。不曾想张力力还没听完,便武断地喊道:

"五一?你不许结婚!"

第二十二章　特区等不起啊

徐洪波蒙了。

张力力口气缓和了一点:"我正要找你,你赶紧到我办公室来一趟。"

徐洪波不明就里,连忙到车队要了台车,直趋新坪区政府,来到张力力的办公室。张力力劈头就说:"你干的好事,又把我放到火上烤了。"

徐洪波见他面有喜色,心里一块石头落了地,便假装小心翼翼地问:"我又怎么得罪领导了?"

"你不知道?大书记没跟你说?"

徐洪波摇摇头:"我刚从洪州回来,没听到什么。"

"市领导找我谈话了,调我去新岸高新区。"

徐洪波一听来了劲:"太好了,那里真需要你这种拼命三郎去冲锋陷阵。我跟你说,绝对有搞头,未来特区经济发展新的增长点都在这里了,它还将成为全市产业升级的示范区。你要搞成了,当书记也就一两年的事。"

张力力变得有些羞涩了:"我的能力可能无法胜任,我跟书记说,让我当主任就行了,工委书记还是派个有能力的干部……"

徐洪波一把抓住他的胳膊:"你说什么,让你当党工委书记,一把手啊,祝贺你呀!"

张力力更羞涩了:"党工委书记兼管委会主任,书记说,前期工作比较复杂,党政一把抓工作好开展点。"

徐洪波恨恨地说："宋书记怎么会这么信任你，你一个副局级干部提拔一下最多搞个行政一把手。"

张力力翻了一下白眼："你又不是没看见，高新园什么基础都没有，这个官不就是一个垦荒队长吗？再说，主任这个位子，迟早还不是你的？"

徐洪波心一动："有我什么事？"

张力力笑着把徐洪波按到沙发上坐下，脸上又浮起徐洪波毛骨悚然的笑意："你又落到我手里了，市委决定让你当我的副手，高新区常务副主任。哈哈，这我就放心了。"

徐洪波又惊又喜："我怎么一点风声也没听到？"

"市委安排干部怎么会让你这种级别的人知道？"张力力恢复了霸气十足的原貌："所以接下来的工作非常繁重，书记和市长要求五一挂牌。现在算起来只有短短的两个月时间了，你看看，你还在想着结婚？"

徐洪波从最初的惊喜中反应过来："老兄啊，我可是一点思想准备也没有呀，到现在组织上还没人找我谈过话。"

"我这边也没正式下文，大书记找我们区的书记和区长谈了，我这常务基本就没事干了。我想这两天组织部会找你谈的。我作为党政一把手，也请示过书记和市长，这个谈话也是正式的，你现在就可以开始工作了。这叫特事特办。"

徐洪波点点头，说："好吧，我现在就开始计划一下高新区启动的工作。"

张力力见说服了徐洪波，便不再提这茬了，至于他徐洪波怎么去说服双方的老人和未婚妻，那是他自己的事。他回到自己的办公桌端坐起来，打开一个记录本，说：

"这两天我一直在思考，我们现在要做的工作主要有这么几项——你也记一下吧，我知道你记性好，不过好记性不如烂笔头。一、提出管委会内设机构以及负责人人选。市领导的意思是，现有的管理处人员原则上留下，想走的，同意他们回原单位。其他干部全球招聘，听着，是全球招聘；干部方面，市里会给一些指标，我的原则是根据园区发展的实际，坚持大园区小政府的理念比较好，人宜精不宜多。二、注册法人，建立账户。三、到市规划局、土地局和相关区确定地域边界，做好园区勘界工作。四、立刻着手全球招商，争取在五一之前能有10家左右的'高新核软'企业入驻，哪怕是有意向入驻。这10家必须是高技术、新技术、核心技术和软件企业，宁缺毋滥。……这些工作，咱们得在这两个月的时间里完成啊。"

张力力洋洋洒洒一口气说了10条。徐洪波一一记下，心里暗暗佩服这个老上司，不愧在市委办公厅俯瞰过全市，又有基层摸爬滚打的历练，思想缜密，滴水不漏，果然是大手笔。徐洪波真诚地给张力力竖了个大拇指："张书记，你的工作思路清晰，提纲挈领，我们执行起来方向感很强，我完全赞成。"

张力力没理这茬，继续说道："咱俩先分下工，我作为党工委和管委会的主官，工作重点放在机构和人事方面，其他的，你全权负责。"

徐洪波下意识地一挺胸膛："谢谢你的信任，我做好具体业务工作，会及时向你汇报的。"

张力力突然想起一件事，说："班子里还有一同志，是我向市领导推荐的。这个人你也认识了，原来的管理处主任，余汝明同志，在电子行业干了几十年了。我觉得这个同志很有想法，工作能力很强，原则性很强，在正处级的岗位上也干了10多年了。"

徐洪波点点头："没错，余汝明同志专业可能有点落后，但在产业发展方面有些思想。"

张力力说完了工作，终于松了一口气似的，说："洪波，工作谈完了，说点人话吧。老哥对不起你呀，你看，把你的婚事都给搅黄了。你这老大不小的，好不容易找个对象，也该急着结个婚不是。可这不是没办法吗，咱们特区等不起啊！"

徐洪波认真地表态："我没有意见！"

张力力脸上终于有了点"对不起兄弟"的意思，说："婚迟早是要结的嘛，谁让你跟特区这么大的事撞上，当然你得让路啦。至于赵丽芳，虽然我还不认识，但我相信应该也是识大体顾大局的同志嘛。哎，说到这，你什么时候带来让我认识一下吧。"

徐洪波云淡风轻地一笑："老领导，你不用做我的思想工作。就是这句话，咱特区等不起，家里嘛，我自己搞掂。"

"是啊。"张力力还是有点过意不去，又说："其实，国庆节日子更好，秋高气爽。"

转天，徐洪波就接到指示，起草中共鹏港市委关于成立市委新岸高新技术园区工作委员会的决定，鹏港市人民政府关于成立新岸高新技术园区管理委员会的决定，中共鹏港市委、鹏港市人民政府关于任命张力力同志为新岸高新技术园区党工委书记、管委会主任（正局级），任命徐洪波同志为新岸高新技术园区党工委副书记、常务副主任（副局级）的决定等文件。

在市委书记宋晓光的办公室，市委书记宋晓光、市长秦宝枫听取张力力关于高新园区筹备的设想。汇报结束后，宋晓光等领导给予了充分肯定，并提出了一些指导性意见。

张力力正要告辞，宋晓光突然说："力力同志，你这个书记把最重要的忘了，市委把徐洪波派给你当助手，你没什么意见吧？你们一、二把手之间一定要搞好团结，老话说打虎亲兄弟，上阵父子兵，你们要像亲兄弟一样搞好高新园区的工作啊。"

张力力朗声笑了一下，说："书记放心，我和洪波既是工作伙伴，又是很好的朋友，我会放手让他抓工作，他也会很好地支持我的工作的。这不，他本来五一结婚的，一听说五一要挂牌，就决定推迟婚期了。他还说，他等得起，特区等不起。嘿，这位同志啊，真的不错。"

张力力本来想在市主要领导面前给老朋友脸上擦点粉，让他在领导心目中留下公而忘私的好印象，谁知宋晓光一听愣住了。宋晓光看了一眼秦宝枫，傻傻地像问秦宝枫又像问自己："这个这个，这个好吗？"

秦宝枫也一脸迷茫："这个这个……"

特区的高效可见一斑，新岸高新技术园区在市委、市政府的文件下达后，很快投入运作，园区机构设置了综合办、规划部、开发部、招商部、财务中心、后勤中心等，园区的中层干部和工作人员也都及时到位。市直机构如规划土地局、公安分局、税务、海关、边检等也都开始组建，并纷纷表示力争与园区同步挂牌。与机构设置和人员调配同步，园区开始与市科技局、教育局、特区大学等单位合作，并取得了香港几所大学的支持，组成专家组，开始审核评定入园高新技术企业。

一切在高效运转，特区进入"新岸"。

第二十三章　只争朝夕

新岸高新技术产业园区中部的新田村原村委会一片喜气洋洋的节日气氛，院门口，支起了一弯红色彩虹状拱门，拱门上书"热烈庆祝新岸高新园区开门大吉"；穿过彩虹拱门，经过临时平整的土地上，整齐地摆放了一排排塑料座椅，座椅上坐满了园区工作人员和即将入区的企业代表；四层的办公楼前，是一个用木料搭建、上铺红地毯的主席台；主席台的背景幕布上，写着"鹏港市新岸高新技术产业园区挂牌仪式"，下面挂着两块蒙着红绸的条牌。

张力力、徐洪波、余汝明率一众园区工作人员站在拱门前，等候着嘉宾。三个人都穿着笔挺的深色西装，头发梳得一丝不苟，好一副意气风发的科技园区领导模样。

上午9点45分，一辆中巴缓缓驶来，停在拱门面前。市委书记宋晓光、市长秦宝枫、市政协主席李佑铭等市领导依次下车。张力力、徐洪波和余汝明抢前几步，迎上去和领导热情握手，然后引导市领导沿着红地毯向主席台走去，会场上响起了一阵热烈的掌声。

徐洪波主持仪式，一俟领导就座完毕，便随即宣布："各位领导、各位来宾、女士们、先生们，鹏港市新岸高新技术产业园区党工委、鹏港市新岸高新技术产业园区管委会挂牌仪式现在开始。大会第一项，请园区党工委书记、管委会主任张力力同志介绍园区筹备情况。"

张力力走上演讲台前，声音洪亮：

"尊敬的晓光书记、宝枫市长、佑铭主席，各位领导，各位来宾，同志们，鹏港市新岸高新技术产业园区经过两个月的精心筹备，今天即将正式揭牌。新岸高新技术园区的建立，是市委、市政府落实中央指示精神，顺应当前国际高新技术突飞猛进的大背景做出的一项具有深远历史意义的重大决策，是经济特区第二次创业的重要步骤，是特区产业全面转型升级的领头项目……高新园区的目标就是要以国际先进的管理和运营规则，着力扶持和孵化具有核心知识产权、技术密集的产业集群。……在过去的两个月里，新岸园区党工委、管委会机构组建、重修规划、招商引资、政策制定四轮驱动，目前，园区各项筹备工作已经就绪，具备了全面启动的条件……我们今后的工作重心一是全力打造重点产业，大力推进电子信息产业、高端智能装备产业、尖端医疗医药产业、高新材料产业……二是着力推进园区建设……三是推进重点项目建设……我们有决心在市委、市政府的正确领导下，在市有关单位和部门的大力支持下，在全体工作人员的共同努力下，把新岸高新技术产业园区建成国内一流、世界知名的高新技术园区！"

张力力发言完毕，市长秦宝枫受市委书记宋晓光委托，代表市委、市政府向新岸高新技术园区挂牌表示热烈祝贺。

市长的气场和水平当然比张力力又上了好几个台阶，他站在麦克风前，脱开讲稿，高屋建瓴，侃侃而谈：

"……创新是一个城市乃至一个国家不断进步不断发展的动力。改革开放以来，鹏港发扬敢闯敢试、敢为天下先的特区精神，在招商引资、企业体制改革、金融体制改革等各个方面都始终走在全国的前列，创造了许多全国第一。今天，在引导企业调整产业结构，走自主创新、持续创新的发展道路，激发企业自主创新的热情，提高科技创新能力等方面，我们也要走在全国的前列。当前，世界经济进入了以'高新核软'为引导的发展时期，特区要沿着这条路子，高质量跨越式发展……同志们，方向已经明确，任务贵在落实。大家要继续坚守'时间就是金钱，效率就是生命'的理念，抢抓机遇、加速夯实创新发展的基础，奋力走好创新发展新征程。要担当作为、乘势而上，加快培育创新发展体系，心无旁骛地推进新岸高新园区建设，抓紧抓牢招商引资和项目建设，聚焦重点领域深化改革，奋力开创创新发展的崭新局面。要凝聚共识、同舟共济，以坚韧不拔的毅力，全面汇聚创新发展的强大合力。"

市长热情洋溢的讲话博得了与会人员雷鸣般的掌声。徐洪波宣布：

"请市领导为新岸高新技术产业园区党工委、管委会揭牌！"

现场再一次响起了雷鸣般的掌声，高亢热闹的广东音乐《步步高》海潮般涌来。在张力力和徐洪波的导引下，宋晓光、秦宝枫、李佑铭缓步走到幕布前，分别揭下了蒙在两块条牌上的红绸，条牌上分别写着：

中国共产党鹏港市委员会新岸高新技术产业园区工作委员会。

鹏港市人民政府新岸高新技术产业园区管理委员会。

主席台两侧的八组礼花炮一齐拉响，顿时，台上彩花飞扬，一片喜气洋洋。

会议主持人徐洪波满面红光，拿起话筒准备宣布揭牌仪式结束，不料张力力一把抢过来，对着话筒大声说道："各位领导请留步，同志们，根据市主要领导的提议，新岸高新园区特别安排了另一场重要仪式，请同志们共同见证！"

徐洪波一听傻眼了：还有仪式，怎么我这个常务副主任不知道？他看看市领导，三人笑吟吟在幕布前站着，张力力走过来，拉着徐洪波站在主席台一侧，徐洪波小声问："怎么回事？"

舒缓的《婚礼进行曲》突然响起，背景大幕很快拉开，徐洪波瞪圆了眼睛。原来，红色幕布后面，还有一块花团锦簇的喷绘背景板，上面醒目地贴着一个大红双喜字，上面还有一行花体字：

"徐洪波赵丽芳婚礼"。

音乐不知为什么突然停了，刚刚还喧闹的会场，这会竟然鸦雀无声。

赵丽芳头戴花冠、穿着洁白的婚纱，从主席台的另一端向他走来，她走得有点急。

"洪波，我不等了，我来了。"

"芳姐……"

徐洪波和芳姐四目相对，含情脉脉。

"你确定娶我吗？不后悔吗？"

"芳姐，我永远爱你！"

张力力在一旁急得不行："还没到这个程序呢，主婚人还没讲话呢。"他跳到宋晓光面前，把话筒递给他说："书记，您快说话吧，小两口都快把好戏演完了。"

宋晓光呵呵笑着说："他们的好戏演不完啊。"说着，宋晓光接过话筒："同志们，我们借今天新岸高新园区挂牌这个机会，给我们的两位年轻人办一场简朴而喜庆的婚礼。徐洪波同志和赵丽芳同志原本就计划今天结婚，但因为工作需要，两位年轻人决定推迟婚期。我和宝枫同志知道后，觉得有些不妥，我们工作上只争朝夕，年轻人结婚也应该只争朝夕嘛。徐洪波和赵丽芳是特区的优秀干部，这样两位优秀的年轻人的婚礼，也可以给咱们高新园区增添喜气嘛。于是我们几个就决定把两场喜事一起办了，同时也指定张力力同志担任司仪。张力力同志费了很大心思，把新郎官都蒙在鼓里，让他安心完成公务，然后再给他一个惊喜。张力力同志很有本事，在保密状态下把双方的老人和亲朋好友都请到现场了，等下新郎新娘要好好敬他一杯酒。好了，现在主场属于洪波同志和赵丽芳同志，我就不多说了。我代表今天到场的宝枫同志、佑铭同志和市委、市政府其他工作人员，祝贺徐洪波同志和赵丽芳同志新婚大喜，祝你们青春做伴，直到永远！"

台上台下又是一片热烈的掌声和喝彩声。

这时，张力力已经把芳姐的父母、徐洪波的父母请到了台上，和市领导站成一排。

徐洪波激动得难以言语，他拉着芳姐，给台上的市领导和双方父母毕恭毕敬地鞠了个躬，又朝台下鞠躬。这时，他才看到，自己的一众朋友，熊立伟、丁冬、童小刚和菲菲，都站到了最前排，那个久未谋面的荆江龙也站在前排的边缘，一脸坏笑地看着他。

张力力宣布："婚礼第一阶段结束，新郎新娘的父母在园区管委会食堂安排了丰盛的午宴，接下来请各位亲朋好友到食堂用餐，今天参会的都来啊！由于市领导还有其他公务，我们就不挽留了，让我们用热烈的掌声，欢送市领导！"

宋晓光、秦宝枫、李佑铭一一和双方父母握过手，道过贺，便离场了。徐洪波和芳姐、张力力、余汝明等把他们送到公务车旁，目送他们离去。

第二十四章　我要回中国

园区管委会食堂，即原来的新田村委会食堂也装点布置了一番，北墙上贴了一个大大的双喜字，屋顶挂满了彩带，10张圆桌蒙上了红桌布，菜品当然也很有昔日农村食堂风格，全鸡全鱼自不待说，竟然还有当地客家人过年"围炉"时的大盆菜，一种海鲜杂烩。酒菜钱当然是娶媳妇的徐家出的，双方的老人都当过领导，知道轻重。

张力力指挥工作人员安排好大家坐下，然后依次请双方家长发表感言，两个处级干部的致辞全是政治术语，正儿八经毫无激情，不过不影响现场的喜庆。他俩刚发表完讲话，便有人起哄要徐洪波坦白怎么深藏不露就把美女揽入怀中。徐洪波无所适从，扭扭捏捏就是不肯说，一个劲挥着手、干着嗓子说："请大家喝酒，请大家喝酒！"

张力力自然知道作为领导干部的徐洪波在这种场合不便多说自己的故事，便打了个岔，发动大家敬新郎新娘的酒，敬双方老人的酒，然后进入自由活动时间。

芳姐到徐洪波办公室换上了一套大红时装，让徐洪波带着逐桌敬酒。所有程序走完，徐洪波终于松了口气，他拉着芳姐又专门敬了张力力一杯。

"感谢大哥。"

张力力说："要感谢你去感谢晓光书记吧，都是他提议的。行了，快去陪你的那群狐朋狗友喝几杯吧。"

见徐洪波夫妇过来，"狐朋狗友"都站起来起哄。徐洪波朝大家作个揖："对不起各位，这段时间实在是太忙，都没跟大家聚一下。"说着一屁股在丁冬旁边坐了下来。

平时不动感情的熊立伟深情地说："洪波，你终于有个家了。"

徐洪波也动情地说："老熊，你也该有个家了。"

熊立伟有点难为情地说："看到你结婚，我是有点着急了。"说到这里，这个老夫子脸更红了。徐洪波见他神色异常，意识到老夫子有故事，忍不住八卦起来，把他从桌上拉出来，站到一边："是不是有了？谁？"

　　熊立伟支支吾吾地说："呃，搞不好你认识，赖玲。"

　　"赖玲？"徐洪波一下子就想起来了，"赖秘书长的女儿？"

　　总是给方重总编辑传授养生之道的赖本忠原来是市委办公厅副主任，徐洪波经常跟他打交道，后来赖本忠调政协当秘书长，联系少了点。赖本忠调特区之前在矿山工作，有一年出了矿难，死了好些矿工，赖玲的父亲也在其中，赖本忠收养了她。这个故事徐洪波印象深刻。

　　"就是她。"

　　"哎，她大学毕业了？真快。"

　　"你看你，你领导的女儿毕业这么久还不知道，你官僚到家了。"

　　徐洪波哈哈大笑起来，马上又恢复了小声："想不到特区这么小。怎么不带她过来？"

　　"她在香港，这八字还没一撇，怎么好带过来。"

　　"香港？你找老婆找到香港去了？"

　　熊立伟说："你忘了？我读研究生的时候不是到香港工作了一段时间吗？"

　　"啊，怎么就认识她了？"

　　熊立伟说："她当时刚到荆江龙他们杂志社实习，采访了我。后来，我视网膜脱落，住院治疗……"

　　"打住，你说什么？视网膜脱落？我怎么不知道。"

　　"你要知道干什么？你又不是医生。"

　　"你这人……到底是怎么回事？"

　　"当时我在香港做实验，熬夜比较多吧。不说这个，我继续。我住院期间，赖玲经常去看我，正好让我抓了个差。我眼睛看不见，就让她帮我查点资料，还把我想到的东西记录下来。"

　　"我的天啊，你看你。我不懂医，但这应该不利于眼睛的治疗吧。"

　　"也许吧。赖玲也劝我，但我急啊，当时我是个学生，到香港的机会珍贵，所以我总是求她。终于有一天，赖玲写着写着，跑出去了。护士进来告诉我，你女朋友在外面哭。我赶紧让护士扶着我起了床，摸摸索索地来到病房门口，我叫道：赖玲，你在哪？她走过来，扶着我说：熊老师，我在这里。我说：你哭什么？她说，熊老师，我求你，别再工作了好吗，你好好休息好吗？"

熊立伟的话突然戛然而止。徐洪波听得正起劲，就连忙问："后来呢？"

"后来，我觉得有点喜欢上她了。"

徐洪波忍不住捶了他一拳："你小子，真有你的，演苦肉计嘛。"

美国，加利福尼亚，圣克拉拉。

一大早，童小华就接到哥哥打来的电话，兄妹俩扯了点家长里短，童小刚才吞吞吐吐地告诉童小华：徐洪波结婚了，新娘子是芳姐。童小华在电话里朗声说：好啊，祝贺他！

放下电话，童小华貌似平静地开始准备早餐，一边还轻轻地哼起了歌：

你就像那冬天里的一把火，
熊熊火焰温暖了我的心窝。
…………

唱着唱着，一种无端的情绪，是欢喜、是欣慰、是感伤、是惆怅，那么饱满地瞬间充塞心房，她突然觉得心很疼，那疼啊、疼啊……她赶紧跑进洗手间，轻轻把门关上，眼泪已经奔涌而出。她扶着墙，放任地痛哭起来。

不知过了多久，有人在轻轻拍门。是罗伯特。"你还好吗？"他小心地问道。

"我没事。"童小华扯下一条毛巾擦了把脸，打开了门。罗伯特一脸诧异地看着她哭得通红的双眼和脸颊。童小华把头埋进他宽大的怀里，小声说：

"罗伯特，我要回中国。"

说着，她忍不住又哭了起来：

"我终于可以回去了！"

第二十五章　我有儿子了

阿梅终于生了，果然是一个大胖小子，8斤2两。缪新彪一直在产房门口等着，一听到护士喊，缪新彪又高兴又害怕，颠颠地进去，一眼就看见阿梅双腿间放着一个又红又白的小宝宝。不过，他还是忍住好奇，过去先亲了阿梅一口，把花放在她床头，随后便迫不及待地把小宝宝抱了起来。小东西眼睛竟然睁开了，小小的眼睛懒洋洋地看着这个他来到人世后见到的第一个男人。

缪新彪一下没忍住，眼泪哗地流了下来。

阿梅的儿子是下午生的，缪新彪晚上竟然就不走了，坐在阿梅床前，一直把那个小宝宝抱在怀里，害得真正的爹在外面干等了一夜。天亮后，缪新标熬不住，回家补觉去了。丁冬在暗处眼见得彪哥离开了妇儿医院，连忙冲上楼去，找到阿梅所在的病房。

阿梅醒着，慈爱地望着睡在自己身边小床里的小娃娃，丁冬三步并作两步冲进去，握了握阿梅的手，轻轻地说："辛苦了。"阿梅娇嗔地"嗯"了一声，说："看看吧，跟你就是一个饼。"

阿梅说的"饼"，是当地客家人过年做年糕用的一种模具，中间镂空成内圆形，刻有各式花纹，和好糯米粉后，用模具盖出一个个米饼，蒸熟即可食用。

丁冬按捺不住了，他把目光转向小床，他看见了自己的儿子。那是一团粉嘟嘟的小鲜肉，圆圆的大脑袋，圆圆的鼻头，丁家标志性的双下巴，可不就是他丁冬的婴儿版吗。丁冬浑身燥热，他不停地在裤子上擦他那双汗涔涔的手，就是不敢去抱小丁冬。阿梅骂了一句："好笨哦。抱吧，他很结实的。"丁冬这才小心翼翼地把那个小肉团捧起来，傻笑着看他。

小丁冬对大丁冬爱理不理，自顾睡着。

丁冬捧着看了半天，终于郑重其事地说道："不行，我得去上班了，我要赚钱养儿子！"

小熊通信技术公司已经在西湾买下了两幢现代化的厂房，其中一幢的六楼改建成公司的写字楼，进行了规范化的装修，董事们都有了自己的办公室。董事会原本给熊立伟安排了一间套房，但熊立伟却让它空着，自己搬到会议室旁边的一间小办公室。他说：这间大的留给丁董事。看副总周大宝和季新国一脸诧异，又笑着补充一句：他块头大。

刚刚当了父亲的丁冬走进熊立伟的办公室："老熊，我回来上班了。"

熊立伟也刚上班，正在泡茶，顺手就给丁冬倒了一杯，递给他的时候问了声："你不正忙着装修房子吗？对了，还有生孩子。"

丁冬压抑着兴奋，装作平淡地说："生了，是个儿子，8斤多呢。"

熊立伟两眼放光，抬起脚做了个要踢他的架势，骂道："你个肥仔，装什么装。晚上请客！"

丁冬说："先不急，满月了让我儿子来请你。今天我正式回来上班，我要赚钱养儿子了！"

熊立伟根本没听他说什么，兀自在办公室转着圈，双手不停地搓着，口里念念有词："得了个胖儿子，得了个胖儿子，好，好好。你说什么？上班？再说吧。你得请客，对，先请客。这事太大了，这是我们董事会的第一个儿子。"他边说边走到门口，大叫一声："韩梦雪！"

办公室主任韩梦雪从来没听过熊老板这么大声喊自己，连忙从办公室跑过来。"熊总，你找我？"

熊立伟摆出老板派头，对韩梦雪说："你，到粤丰联系一个包房，要大的，点上菜，选最好的上。对，还有酒，最好的酒……"

韩梦雪应了一声，正准备走，熊立伟又叫住她："等等，丁董说要回来上班，你安排一下。"

韩梦雪心里觉得怪怪的，这个平时办事条理清晰、有章有法的老板今天是怎么了，下达指示有点颠三倒四的。她应了一声，又问："丁董呢？"

熊立伟"哦"一声："在这呢。老丁，你跟韩主任去看下你的办公室，我给徐洪波打电话。对了，办公室主任，韩梦雪，我老乡，章南的。"

丁冬得了儿子心情大爽，故态复萌，一听美女是老乡，便笑嘻嘻地说："原来也是个山里妹子。"

"你们洪州人了不起啊。"韩梦雪心说，嘴巴立即嘟起来，心里反感得不行。省城洪州人在昌江很不招人喜欢，在浦城人面前自卑得不行，在下面地市人面前又觉得自己是城里人，傲气得没边。韩梦雪一听丁冬叫她山里妹子，对他的天然敌意马上陡增。

"这是你的办公室，请进。"

丁冬没理会韩梦雪的态度，大摇大摆地来到那间熊立伟特意为他留下的办公室。这是一间大约100平方米的套间，外屋是办公室，有一张大班台，一张大班转椅，一套沙发茶几，一个大书橱，不过里面目前还空空如也。韩梦雪又带着丁冬看了里屋，里屋摆着一张和丁冬的体格相称的席梦思床。

丁冬转出来，坐上了大班椅。丁冬天生有老板派头，坐在大班椅上，简直比董事长还有气概。他得意洋洋地在大班椅上抖了一阵，突然问韩梦雪："我在公司干啥？"

韩梦雪冷冷地说："回头你问熊总吧。"

丁冬顿时有点蔫了。

韩梦雪坐在对面，展开了一个文件夹，说："丁董，这里有一张入职表你填一下。"

丁冬咕哝了一句："填表？"他终于想起，还是10多年前顶替父亲到洪州电子元件厂当工人的时候填过一次履历表，不禁心有感慨。他捧着履历表，有点傻眼，现在，我是老板之一耶，我那笔字……

"我……要不，韩主任，你帮我填？"

韩梦雪有心不帮他，但看那没出息的样子，想着人家是老板，看上去跟大老板关系还不一般，便无可奈何地答应了。

"姓名，丁冬，男，哪年出生的？"

"1963年7月，和熊老师一年的。"

"学历，本科是哪所大学？"

丁冬大脸通红，声音小得像蚊子："学历……要不，填高中？"

韩梦雪抬头看了他一眼，眼神更加蔑视。她在小熊通信技术公司见到的全是高级知识分子，董事会成员是清一色的专家级人物，气质都很庄重很高贵。眼前这位，肥头大耳，油头粉面，和其他人根本不是一路人，果然，连高中毕业都不敢说呢。

"这种人也能到高科技公司当董事，没准是哪个高官的亲戚。"

韩梦雪自己就是市长的外甥女——徐金根已经是章南市市长了，不过这并不妨碍她瞧不上这个走后门进来的肥仔，毕竟，她还读了大专呢。她压抑住对丁冬的蔑视，按部就班地履行着办公室主任的责任。

"您爱人的名字，在什么单位？"

"我……我还没结婚。"

"哦。那小孩这一栏也就不用……"

"等等！"丁冬对"小孩"二字格外敏感，此刻，他格外看重这张表，他意识到，这是他身份的象征，也是他儿子身份的象征，填这张表，是他人生的一个重大时刻，他一定要在第一时间把他儿子填上！他连忙大声强调说："我有儿子！我儿子叫林思聪！"

原来，丁冬早就让徐洪波给没出生的孩子取好了名字，儿子叫思聪，如果是女儿，就叫思雯。

"这，这怎么可能？"

"怎么不可能，我儿子就叫林思聪，跟他妈姓！思聪，懂吗，就是将来很聪明！"丁冬真急了。

韩梦雪看着趾高气扬的丁老板，心里对这个没讨老婆就生了儿子的肥仔讨厌到了极点。于是她又冷冷地说:"好吧,你儿子将来一定很发达。"

丁冬大吹大擂:"那还用说,我儿子将来肯定要做大生意啦,定个小目标吧,一年赚它一个亿!"

登记完,韩梦雪实在难以开解,便郁闷地来到熊立伟的办公室,把文件夹往他面前重重地一放,说:"熊总,你那位董事的人事资料录完了,你过目吧。"

熊立伟有点莫名其妙地看着韩梦雪:"我过什么目,丁董我还不熟吗?"

"咱公司怎么能有这样的董事,就他那个样,连高中都没毕业耶!还有,没结婚,就有孩子,什么作风。"

"什么?"熊立伟突然怒斥道:"你再敢这样说丁董,我炒了你,不管你是谁的外甥女!"

韩梦雪吓得浑身打了个寒噤,作为办公室主任,每天都在老板身边,她和董事长说话随便习惯了,还从来没见过这个除了工作什么事都很随和的老板发这么大的脾气,只见他脸色煞白,胸脯一起一伏。韩梦雪吓得哭了出来。

熊立伟好不容易缓和了一点,看着站在面前哭得像泪人的韩梦雪,叹口气说:"好了,也怪我没跟你们说清楚。你这个办公室主任听着,丁董你一定要伺候好,他是我最好的兄弟。兄弟!懂吗?咱们公司在最困难的时候,丁董把自己的房子车子卖了,支持我们团队的研究。他文化是不高,但是他讲义气,宁可牺牲自己也要成全兄弟。就凭这,他就值得全体员工尊敬!你懂吗!至于说到他儿子……"说到这,熊立伟觉得跟她说有点不妥,就没再说下去。他平复一下情绪,补了一句:"丁董很了不起,他吃了很多苦啊。"

韩梦雪把头埋得深深的,低声抽泣着。

这时,听到丁冬办公室那边传来一阵喧闹声,周大宝、季新国等一群副总带着各自的助手,到丁冬办公室认门来了。丁冬头和胸的容量都够大,却藏不住事,他很不巧妙地就把自己刚刚当父亲的秘密一下子泄露了,结果引发了一场巨大的骚动。

熊立伟侧耳听听,终于笑了起来,他招呼韩梦雪:"走,过去看看。"

第二十六章 外界传说你是为了童小华小姐来的

新岸高新园区招商团来到了旧金山。

说是招商团,其实最重要的目的是让徐洪波去会一会童小华。

园区管委会常务副主任徐洪波任团长，市科技局彭健副局长和余汝明任副团长，小熊通信、兄弟机器人、雷影激光等一众企业的当家人都随团出访。

美国，圣弗朗西斯科（旧金山）。

大都会酒店会议厅高朋满座，都是当地知名企业的董事长、董事、总经理和高管一类的人物，个个西装笔挺，发型一丝不苟，大厅后面，则挤满了当地媒体的记者，长枪短炮，声势逼人。主席台一侧，摆着一张演讲台。徐洪波由旧金山华人副市长丘思慎先生陪着走上台来，出席会议的人士都热情地鼓掌欢迎。徐洪波特意走到台前，向大家深深地鞠躬，借这个机会，他偷偷瞄了一眼第一排，不禁有些黯然：今晚最重要的客人童小华没在现场，她的位子上，坐着一个看上去40多岁的男子。徐洪波在心里暗暗叹口气。

丘副市长致完欢迎辞，徐洪波健步向前，来到演讲台前。

"尊敬的丘副市长，女士们，先生们，晚上好！欢迎来到鹏港市新岸高新技术产业园招商推介会，谢谢大家的光临。"

徐洪波刚一开口就飙出了一串地道的英语，台下顿时爆发出一阵更热烈的掌声。徐洪波在新加坡进修过一年，英语口语已经可以和老师展开基本学术交流了，这次赴美前，他又花了不少时间进行了高强度的练习。语言是最能拉近人与人之间的距离的，一个能讲一口流利英语的中国内地官员还比较稀奇，徐洪波一下子拉近了和台下的美国企业家的心理距离。

场面上的气氛明显活跃起来，徐洪波索性推开自己用英语写的讲稿，信口侃侃而谈：

"我和我的同事很高兴来到圣弗朗西斯科，这是一座伟大的城市，我们中国人曾把这座城市称为金山。当然，今天，金山已经不是原来意义的淘金场所，但对于我们这次旅行而言，依然是一次淘金之旅。我们知道，圣弗朗西斯科是硅谷的所在地，当今世界最重要的高技术产业基地。我们希望我所工作的那个地区，能够像硅谷一样，让人类的生活更加美好，通过高新技术做出我们的贡献。我们的雄心基于我们能够得到包括各位在内的伟大城市、伟大企业和友好人民的支持和帮助……在我工作的那个园区，有一家电子厂，就叫美港，20年前，就是硅谷的一位有远见的企业家、圣弗朗西斯科美中商会名誉会长老罗伯特先生和我们一起创办的。今天，这家企业已经是全球最大的直角平面彩电生产商之一。在此，请允许我们代表新岸高新区向罗伯特先生致敬……我们的电子通信企业现在已经具备了参与国际合作的能力，每年要从硅谷进口数十亿美元的芯片和其他电子元器件，我们的产品在亚洲、欧洲等许多国家已经有了相当的市场覆盖能力，这一切，无不得益于我们的企业和硅谷的众多公司的密切合作。但是这一切远远不够，在我的日常工作中，我经常接触美国的企业界人士，他们都希望能更密切地融入中国的发展中，都希望分享中国庞大的市场、层出不穷的工程技术人员队伍的红利……我们有着非常优秀的工程师队伍，可是，我们的工程师平均年薪只有区区2000至3000美元，我最大的愿望是让他们的年薪能尽快达到3万美元。因此，我们来了，我们今天说的'淘金'，就是希望有更多的硅谷的高新技术企业到我们新岸高新区投资，发展我们的企业，让我们的年轻人有更高的收入……"

徐洪波的讲话赢得了满场热烈的掌声，这个年轻的中国官员没有长篇大论的套话空话，而是大谈发展和增加年轻人的收入，让在场的美国人耳目一新，很有好感。

推介会一结束，众多企业家纷纷围住徐洪波和余汝明，问长问短。这时，后面的记者们早按捺不住涌了上来，一齐盯上了徐洪波：

"徐先生，我是CNN的记者，我想了解一下，如果硅谷的高技术企业到中国去，知识产权能得到保护吗？"

徐洪波说："据我所知，中美两国的谈判代表正在洽谈中国加入WTO事宜，其中知识产权保护是重要议题之一。中国改革开放以来，按国际惯例办事，为保护知识产权所做的努力是有目共睹的。"

"但是，我们很多企业都有这个担心。"

徐洪波"呵呵"一笑道："但更多的企业还是去了中国，因为他们发现，他们的知识产权不但没有受到侵害，相反，在中国，他们的专利技术得到中国工程师的帮助，变得更加完美。可以说，在中国的美国企业思路和市场更大了，对人类的贡献更大了。"

"徐先生，我是金山商报的记者，我想问一个问题，有人说中国的经济发展是建立在血汗工厂的基础上的，你怎么看？"

徐洪波正色道："我不知道你说的'血汗'指的是什么，如果仅仅是从劳动保护层面上说，我想我们这样一个发展中的大国，数以千万的厂矿，偶尔发生一些事故是很难避免的。但即便是这样，中国政府也非常揪心，我们的官员，甚至职位很高的官员，都曾经因为一起事故受到非常严厉的处罚。"

商报的记者赶紧说："不不，我指的不是这个，有人说，你们的工厂付给工人很低的报酬，工人每天要工作12至15个小时。"

徐洪波脸不变色，说："不用有人说，是我们自己的记者发现的，我所在的城市就发生过，就在去年圣诞节前，欧洲和美洲的一些公司高估了一些国家加工企业的生产能力，过节前一个月才发现他们根本无法生产出足够的产品，只好临时请求中国的玩具厂救急，中国工人加班加点，夜以继日，按时生产出了足够多的圣诞礼品和玩具，满足了欧美人民的需求。"

又一位女记者挤上前来，大声说："徐先生，外界传说你是为了童小华小姐来的。"

徐洪波眉毛一挑，缓缓地说："我和我的同事余先生都和童小华小姐很熟，我们希望有机会能和童小华小姐叙叙旧。"

"你们是不是想把童小华小姐挖到中国去？"

徐洪波哈哈笑起来："难怪你们美国这么发达，原来你们的脑子都这么复杂呀。依我看，童小华小姐是优秀的工程师，也是企业家，她会知道自己的价值和企业的利润在哪里能得到最大的实现，如果她觉得在中国还不如在美国能让她达到这个目的，那任谁也挖不走她。你不这么认为吗？"

"徐先生，徐先生。"那个女记者还没来得及应对，一个高个子华人男子挤了进来，走到徐洪波面前，小声说："能借个光这边说话吗？"说着，他拨开众记者，拉着徐洪波就往外走。

"徐先生，我姓万，是童小华小姐的朋友。"

"你……"

"童小华小姐想单独见你，她说你一定会同意的。"

徐洪波矜持地点点头："好啊。"

"明天上午西部时间 10 点，渔人码头。"说着，把一张纸条塞到徐洪波手里。

第二十七章　那个大男孩，就是我心中的国

天空澄澈，阳光下，太平洋一望无际的湛蓝从湾区的山脚荡漾到天边，海风徐来，轻涛拍岸，海鸥追逐着浪涌，欢叫着，或振翅高飞，或敛羽俯冲。上午时分，旧金山渔人码头游人稀少，徐洪波和童小华静静地坐在阳光下，不约而同地把目光投向脚下的海洋和空中的海鸥，还有在海边礁石丛中木栈道上晒太阳的海狗。两人都是一身休闲装，徐洪波穿着浅色的 T 恤，套一件米色的西装，灰色的休闲裤和一双白色的皮鞋。徐洪波本来也就 30 岁出头，平时穿

深色西装的时间多，看上去老成持重，这一"休闲"，就像余汝明左看右看后说的："嗯，不错，像个花花公子了。"徐洪波佯怒道："为什么不说是王子？"童小华则是一袭米色露臂过膝长裙，足下一双普通的凉鞋。

在渔人码头见面，两人都设定了很多感人至深的场景，结果，乍一见对方，都出奇地淡定，好像他们从未分开过。他们同时伸出手去，握了一下，互相说了声："你好。"

就在海边栈道上找了个座位坐下了。

然后，就看着脚下的海水、天空的海鸥。

此刻，他们都在人生的峰峦潇洒起舞，多少往事，多少情爱，只付诸太平洋风涛。

童小华突然没来由地"哧哧"笑了起来。徐洪波收回自己的目光，含笑问道："想到什么好笑的事情了？"

童小华摇摇头："觉得自己有点放纵，这样一个上午，坐在渔人码头晒太阳，对我来说真有点太奢侈了。"

徐洪波说："看来你还是老样子啊，只知道工作。"

"是啊，总想给自己放个假，但总是进入不了状态。这里其实我来过好多次，跟家里人来过，也带我哥和菲菲来过，但每次我都没有这种休闲的状态。也说不上为什么，稀里糊涂一天就过去了，过去了就好后悔，好像浪费了很多时间似的。"

徐洪波终于找回了过去的感觉，便用嗔怪的眼神看了她一眼，说："我记得我说过，你在美国就是个包身工。你看你到美国都这么多年了，还是没学会美国人的生活方式。"

童小华也瞪起了眼："美国人的生活方式？你以为美国人怎么生活的，你是不是觉得美国人都吊儿郎当？我认得的硅谷的工程师其实都跟我差不多。"

"我没有贬低美国人的意思，我是说，你一个女……同志，没必要这样吧。"

童小华抢白道："你就说女人好了。女人怎么了？"

"我……我不是关心你嘛。"

童小华内心有种没来由的欢畅，笑得好娇俏："怎么又跟你吵上了。谢谢你来看我。"

"呃，到你家了嘛，当然要来看看你。"

童小华认真起来："洪波，我不想把自己说得多么重要，但是，很多人都说，你们这次来，是冲着我来的。"

徐洪波目不转睛地看着她，说："是！我是专门看看你想不想回家。"

童小华没接他的话，把脸偏转过去，看着远方。

海洋对岸，就是鹏港。

徐洪波的话语被海风徐徐吹进她的心田：

"鹏港现在的发展进入了一个新的时期，我们不再是过去那个靠'三来一补'发展的小渔村了，我们在90年代初就有一个雄心，在中国南方建立一座创新之城，主攻方向就是高新技术产业，现在需要大量有核心技术、高新技术的产业和人才。而你所拥有的芯片研发和制造技术，将会使鹏港的电子信息技术产业跟上世界先进水平。小华，我们有很多产业，信息、通信、激光、数字机床、医疗器械、新材料，等等，我们需要各种各样的集成电路。这一切对你我来说是双赢的。"

阳光下童小华的脸色因为徐洪波的热情显得绯红，她说："李朝仁早就找过我，要我去香港。但我还是想回鹏港，我一直在跟踪特区的发展，也专门了解了你的高新园区情况。鹏港的条件更好，与市场对接的通道更畅顺，人力资源也更丰富，公司会有更大的利润。罗伯特也很支持我。"

徐洪波轻松地笑笑："这太好了，鹏港市也会给你们很多支持。我们园区方面，在土地和融资方面有成套的优惠政策给你。"

童小华眼睛亮亮的："真的？你说的是真的？"但喜悦转瞬即逝，她有点黯然地说："我有把握在鹏港把我们的微电子公司建起来，有三四十个非常杰出的工程师想跟我一道回去创业呢。只是，我实在舍不得在这边的一切，我的公司，我的家。"

徐洪波笑着说："鹏港到旧金山，路的确远了点，可是你当年从洪州到京城上大学，火车要坐20多个小时，从香港到旧金山的飞机才十几个小时吧。"

童小华白了他一眼："说啥呢！我现在又不是一个人……"

徐洪波"啧"了一声，口气很冲地说："你怎么还这么幼稚，你为什么不从好处想——你为罗氏集团在中国建了一个能赚很多钱的厂，你是美国英雄了。"

"你又来了！"童小华大声抗议起来，"不许对我凶巴巴的。"

徐洪波声调立马降了八度："有吗？我只是有点激动而已。"

童小华接着问："再核实一下，你们只给我提供条件，不干预我的企业。"

"我们全国人大1979年就制定了中外合资经营企业法，你可以去查看一下。"

童小华抬起头来看着徐洪波说："我回去跟罗伯特商量一下。"

徐洪波变戏法似的从随身的包里掏出一个文件夹，递给童小华说："我刚才说的，有一份很完整的文本，你拿回去和罗伯特先生好好研究一下。我想，你们会动心的。"

"好吧。"童小华收好，然后问："想吃点什么？我印象中这里没啥好吃的，就是烤鱼还行，其他的都难吃死了。"边说她边翻起面前的餐牌。

徐洪波笑着说："美国的饭哪都一样，难吃死了，这两天我特别怀念'百里香'。"

童小华笑得无比憧憬，像个小姑娘："我想起来了，那个胖子，丁冬，他做得最好吃了，我想死那汤了。"

徐洪波说："你还口口声声说什么你是美国人，我看你骨子里还是中国人嘛。"

童小华不笑了，她沉吟了一下，缓缓地说："罗伯特也老这么说我，他说我骨子里是个爱国者。其实吧，我也不敢说自己是什么爱国人士，就是常常忍不住会想起以前的事，我们家的老房子，我妈妈在楼道里炒菜，炒辣椒熏得人直咳嗽，现在想起来那辣椒炒肉好香啊！做梦都想……"说着，童小华不禁眼睛一红，她赶紧又装着去看餐牌。

"中国人不像美国人那样天天把爱国挂在嘴巴上，但不管走到哪，总惦记着妈妈做的饭菜的那个香味；眼前总是浮起当年的玩伴、同事的影子，甚至还有那些不讨人喜欢的领导的苦瓜脸，他们的趣事总是说不尽。这些，不都是我们心中的国吗？"

童小华眼泪在眼眶打转，脸上却挂着笑说："还有，那条黑乎乎的小街，还有，那辆自行车……一个傻乎乎的大男孩，那是我心中的国。"

徐洪波望着大海，凝重地说："是啊，我们之所以努力奋斗，不就因为这一切吗！"

第二十八章 "祖国"两个字压在心里的分量有多重

童小华终于踏上了祖国的土地。

"看，咱们到特区了，徐主任他们在那等候呢。"

专程到香港迎接的孟桐对童小华一行说道。招商部的孟桐在英国留过学，所以园区方面特意让他到香港去迎接童小华一行。

多么熟悉的地方啊，火车站站前广场上人头攒动，车水马龙。童小华感慨万千。当年，她形单影只地从这里赴香港，前往美国学习。今天，她率领着十几个美国人——工程师、规划师、会计、律师等，还是从龙湖口岸，逆向回到了中国最成功的经济特区，她要好好考察一下这个熟悉又陌生的城市，希望能在这里建设一座和她在美国一样的工厂。

"欢迎欢迎。"徐洪波和余汝明迎了上前。

"老厂长，您怎么来了？"童小华不客气地略过徐洪波，上前和余汝明握了一下手。

"瞧你说的，你们是新岸高新园的客人嘛。你看，我们的常务副主任徐洪波先生都专程来接你了。"

童小华这才调皮地冲徐洪波扮个鬼脸，打趣说："有心了，徐大主任。"

徐洪波不满地说："你能不能严肃点，你可是考察团领队啊。"

童小华快速地扫了一眼周围，看到大家都在跟余汝明寒暄，便小声说："跟你严肃不起来怎么办？"

徐洪波笑着说："你就当不认识我呗。"

童小华掩嘴偷笑，又问："我哥呢，他怎么没来？"

徐洪波假装不耐烦地说："你们考察团是应鹏港市新岸高新技术园区邀请，专程来新岸考察的，是公务活动，他来干什么？"

大家边说边走，孟桐把一众人等引导上了一辆崭新的考斯特中巴，直趋特区西部的高新园区。童小华和徐洪波坐在一起，开始还说说话，回答徐洪波八卦的问题，诸如飞了多长时间啊，累不累啊。她还在笑骂徐洪波："你怎么婆婆妈妈的。"不一会儿，童小华就不说话了，眼睛贪婪地望着窗外飞快地闪过的街景：大片的绿地树荫花影，成群的直插云天的高楼，远处，还有森林般密集的塔吊。

车上的老外全都发出了惊讶的欢叫。

"My God，这是中国吗？简直就是曼哈顿啊！"

"太伟大了，孟，听说你们这座城市只有20年的历史。"

孟桐矜持地笑笑说："还不到20年。"

"太不可思议了！你们有多少人口？"

"呃，我们不是中国最大的城市，不到500万人口吧。"

"My God，不到20年，就有近500万人口，我终于知道十几亿人口是什么概念了。"

"孟先生,听说你们已经是中国最大的工业城市了。"

"还不是,我们还差得远。不过,我们鹏港的外贸总额已经连续多年是中国的 No.1 了。"

"太了不起了,中国的其他城市要是都像你们这样,中国很快就是超级大国了!"

"不不不,我们还是一个发展中国家,和发达国家比,我们还有很长的路要走呢。"

"真是个有前途的城市。"

徐洪波和童小华坐在最前面,没加入大家的议论。

"洪波,咱们好像是在特区大道上吧?"童小华脸上飘起两朵红晕:"变化太大了,这才几年工夫啊。"

"不过,跟你们美国还是不能比。"

童小华缓缓地摇着头,许久才说了声:"你不会理解的,只有到了国外,才知道'祖国'两个字,压在心里的分量有多重。"

就在这时,车在一栋大楼门前停了下来。孟桐朗声说道:"童小华小姐,先生们,咱们到新岸高新区了。"

张力力带着一名翻译在门口等候,车门一开,他凑近车门,迎接第一个走下车来的童小华。"童小姐,欢迎你。我叫张力力。"

童小华迅速打量了一眼张力力,心中暗暗称奇,这里的领导都是美男子呀。她微微鞠个躬,伸出手去,说道:"张主任,我听徐主任说过您,请您多关照。"

张力力也迅速把童小华打量了一番,心想徐洪波这小子当年神魂颠倒是有道理的,然后又暗暗妒忌徐洪波老走桃花运。当然这些他是不会说出口的,他打趣说:"我的坏名声都传到美国去了,一会儿给我透露一下,徐主任是怎么编排我的。"

张力力这玩笑一开,童小华马上就感觉到了一种很轻松的温暖,说:"我太开心了,能和张主任这么自信的人合作。"

张力力哈哈一笑,对徐洪波说:"你看,童小姐多会说话。"不等徐洪波回应,他又向童小华做了"请"的姿势,说:"童小姐,咱们先到楼顶去看一下园区的全景,直观了解一下园区建设情况,你看怎么样?"

童小华说:"客随主便,听您的。"

于是,两人头里走,其他人跟着,一起向大厅走去。童小华问:"张主任,这是你们的办公楼吗?"

张力力说:"原来盖的是办公楼,我们进来后想,办公就没必要这么豪华了。我们考虑把这栋楼当个孵化器,吸引一批有潜力的创新企业进来。"

童小华点头称赞。

众人分乘两部电梯直达顶层天台,天地顿时开阔,举目望去,高新区内道路纵横,绿树成行,各个地块,塔吊成林,有的地块已经盖起了现代化的厂房和有玻璃幕墙的楼宇。一派生机勃勃的景象,老外们都忍不住掏出照相机,"咔嚓咔嚓"拍个不停。

"……经过扩容,现在整个园区占地10平方公里,全部完成了'七通一平',现在已经有100多家各类高新技术企业入驻,大多是中外合资企业……瞧那,你当年工作过的美港电子厂,现在叫美港电器集团公司,是从新坪工业区迁来的,他们制造的平面直角电视机已经出口到美国和欧洲多个国家了……那边那块地,对,就是靠海的那块,我们规划为微电子区,你们如果过来,就可以到那落户。规划中的地铁一号线从那经过……"

在楼顶俯瞰园区全景后,张力力、徐洪波等带着童小华一行来到了园区管委会。双方在会议室分宾主坐定,张力力把面前办公室事先为他准备好的讲稿一推,说:

"童小姐,这些欢迎辞我就不念了吧,咱们敞开天窗说亮话。芯片技术是我们未来重点发展的项目,我们了解到贵公司是美国著名的芯片大公司,现在有5000多种产品,是我们家电、通信、机器人、精密机床、医疗器械等行业急需的产品。而我们恰恰在整机方面有强大的制造优势,对芯片的需求越来越大。如果罗氏公司能在新岸投资办厂,研发和生产直接与市场对接,会出现一个双赢的局面。市政府领导都亲自过问了这个项目,指示我们高新园区要用足用好一切政策,在融资、土地、税收、配套服务、人员进出等各方面都要给予大力支持,为此我们也专门成立了一个工作班子,请徐洪波常务副主任牵头,和你们对接。"

童小华欠欠身,向张力力表示感谢,又扫了一眼徐洪波,然后微笑着说:

"罗氏微电子技术公司的前身是罗伯特电器制造公司,这家公司是最早到特区投资的美国公司之一,公司创始人老罗伯特先生对中国人民有着深厚的感情,现在的董事长、我的丈夫罗伯特先生对中国也很友好,尤其对中国这些年取得的成就印象非常深刻,对投资中国有着极大兴趣。正如刚才张主任所说,我们的产品如果能在特区研发生产,可以与市场产生互动,加快新产品的开发,对此我们充满期待。我这次受罗伯特先生委托,带了市场、规划、投资这些部门的经理人员和专家来,应该说我们的诚意也是有目共睹的。我们计划在鹏港经济特区考察两天,回去再做一个详细的评估,提交董事会讨论。但是请你们相信,我们公司办事是讲效率的,我想这件事要定下来也就在六个星期以内。"

接下来,童小华的随员们纷纷就各自关心的方面,与园区管委会各部室的负责人进行了交流。

下午,徐洪波和余汝明陪同童小华一行又到园区进行了实地勘察,忙得不亦乐乎。傍晚时分,熊立伟的电话来了,催徐洪波和童小华道:

"你们该结束了,丁冬请客呢。"

第二十九章　原来他是皇帝的继父的后代

童小华回来,最高兴的是丁冬。

丁冬已经知道,当年徐洪波和童小华谈恋爱,就是从"百里香"入手的。现在童小华回来了,丁冬当然要亲自下厨,做一顿口味纯正的瓦罐汤。他把请客的地方定在小熊公司食堂,然后亲自采购了一应炊具和食材。

等他再回到厨房,已经穿上了一身崭新的厨师白大褂,戴上了一顶高级厨师的帽子,厨房里的大师傅们都忍不住"哇"地叫出声来。也难怪,就他这身材,真没哪个厨师比他更像厨师。

韩梦雪早就发现丁冬举止异常,一路追着他来到了厨房,这会儿气喘吁吁地问:"丁董,你要亲自下厨吗?"

丁冬笑呵呵地说:"是啊,今天晚上请美国人吃饭。"

韩梦雪没有笑,她认真地看着丁冬,看了好一会儿,才说:"我发现你好有范哦,从来没这么精神过……"

丁冬咧咧嘴:"我天生就是大厨呗。"

客人终于到了,小熊通信技术公司的熊立伟、周大宝、季新国陪着徐洪波、余汝明、童小刚和菲菲、童小华和她的一众美国佬,有说有笑地走进了公司的饭堂。

小餐厅正北的墙上挂上了中美两国国旗,国旗下面摆满了时花;南面,放了一扇中国山水画的屏风；可坐20多人的大圆桌上铺着新买的雪白的桌布，上面摆放着昌江瓷乡的青花碗碟和红木筷子，连酒杯也是青花瓷的。显然是为了照顾美国客人，每人面前还摆了一套西餐具；实木圈椅擦拭得锃亮，铺上了猩红色的坐垫；一侧的酒柜上，堆满了昌江省名酒"白玉糯"。

韩梦雪穿一袭湖蓝色的职业装，高跟鞋，亭亭玉立。她把贵宾安排坐定，便朝里间一点头，两个穿着黑色职业装的年轻姑娘笑吟吟地款款而入，每人托着一个托盘，上面是八个冷盘，姑娘把冷盘摆好，分别给每人面前的酒杯倒上酒，然后便悄无声息地退下了。

徐洪波看看熊立伟，笑着说："行啊，老熊，你这个饭堂比市委饭堂的接待餐厅强多了。"熊立伟说："这都是丁冬的功劳，他分管后勤。我们这些搞技术的，吃饭能将就就将就，他一来就把这里变成了一个高档接待餐厅了，还挑了几个服务员，亲自培训。不愧是开餐馆的。"

徐洪波说："看来老丁在你这真是屈才了，他完全可以当一个大酒店的老板。"

熊立伟自负地笑笑说："现在哪个酒店的老板有他大呀，他是年营收两个亿的大公司老板好不好！"

童小华着急地问："怎么没看见丁大哥呀？"

韩梦雪笑着说："来了。"一把拉开屏风，一个身穿雪白的厨师服、满脸堆笑的胖子和一个比他的身材粗不了多少的陶瓷大缸出现在大家面前。

"丁大哥！"童小华动作最快，腾地扑向丁冬，一把揽住他一只胳膊，使劲一摇，"你怎么这副行头。"

丁冬呵呵笑道："我给你做好吃的。你在美国受苦了，回来好好补一补。"

"就你对我好！"

丁冬口里说着"应该的应该的"，拖着童小华回到桌上，把她按在椅子上，然后又回到大瓦缸边上，亲自揭开了瓦缸，一股浓香顷刻弥漫小餐厅。

"哦！My God！"一直都没说得上话，傻乎乎地看着这些中国人寒暄打闹的美国佬直勾勾地盯着那口大瓦缸，虽说不知道是什么东西，但那股他们从来没有闻过的香味已经让他们食指大动。

两个姑娘又在适当的时机出现了，姑娘手里拿着一个铁勺，从大缸里把一只只小瓦罐取出，依次放在客人面前。美国佬早就迫不及待地揭开小瓦罐的盖子了。小餐厅更加香气弥漫，"My God"此起彼伏。

童小华顾不上说话了，拿起勺子，"稀里呼噜"地喝起汤来，边喝边偷偷瞄了一眼徐洪波，徐洪波也注意到了，不过不动声色。

丁冬看童小华贪婪地吃着，不无怜爱地说："慢点，小心烫。"

童小华眼睛潮潮的，就没理他。丁冬又朝着那群美国佬，大吹大擂起来："这是我们洪州特色的宫廷美食，名字叫'百里香'，历史非常悠久！话说宋朝太后下昌江，一路喝的就是这道汤。在江上走了百里，就赐名'百里香'。其实，老太后只喝了三天，就年轻了三十岁……"

兼任翻译的孟桐被这个胖厨师吹得天旋地转，他硬撑着把这些地方特色浓郁的语言结结巴巴地翻译给那群美国佬听，累得汗流浃背。只听得他的声音越来越小，这神话的可信度显然击穿了他认知的底线。

丁冬嘴角尽是唾沫，脑门上汗珠直滚，他索性站起来，手舞足蹈："老太后回宫的时候，已经完全像一个小姑娘了，所以只好嫁给了御厨……还给皇帝生了个弟弟。后来，丁御厨又精配药材，不断完善制作方式，用器不厌其好，用料不厌其精，工序不厌其烦，使这道'百里香'成为宋朝宫廷的保健美容食品。"

孟桐早瘫在椅子上，童小华只好强忍住笑当起了翻译。

徐洪波想笑又不好意思笑出来，那伙美国佬被这个故事蒙得一愣一愣的，站在后面当服务员的韩梦雪却听出荒谬之处，她问道："这皇宫里的事情你怎么知道的？再说，这道菜你怎么就会做了？"

丁冬编瞎话何尝脸红过，他大大咧咧地说："那个娶了老太后的丁御厨就是我的太爷爷，'百里香'的秘方传儿不传女，传到我这儿已经是第四十八代了。"

一众美国佬完全听懂了，这个胖子的祖先是中国皇帝的继父，难怪他天然带着大 Boss 的气场。已经有美国人要请丁冬签名了。

韩梦雪一撇嘴说："你要说别人我还信，你说你自己我就不信了。"

丁冬急了："你怎么不信，全洪州还有谁懂这秘方？"

童小华赶紧给他解围："丁总，我看你呀，人生的路走偏了，你这么胖，又做得一手好瓦罐汤，开个馆子肯定有前途。"

丁冬耷拉下脑袋，喃喃地说："我以前开了一家，没做下去。"

童小华说："不可能呀，这么好吃的东西。再说，特区昌江人也不少，一人支持你一回，你也发达了。"

徐洪波看丁冬有点窘，连忙插话道："小华，你别光顾听他吹牛，咱们喝起来吧。"

丁冬连忙张罗:"对对,大家汤也喝了,可以喝酒了!"于是亲自上阵,和韩梦雪联手,用昌江的"白玉糯"把一众美国佬全部放倒了。然后,又用啤酒,把剩下的人全部放倒,自然包括熊立伟。

第三十章　这是老丁家的人啊

丁冬很少背书,但童小华那席话"我看你呀,人生的路走偏了,你这么胖,又做得一手好汤,开个馆子店肯定有前途",他一字不落地记着。公司的饭堂怎么也不如一家属于自己的馆子店呀,即便它很小,毕竟是属于他自己的"人生的路"啊!

想到这里,丁冬的心活动开了。

丁冬一有空就到新坪商业旺区逡巡,终于发现了一家做百货的门店,做到年底就到期准备关张了。也难怪,在这条以电子器材为主的小街上,行走的全是有钱人,传统的低档百货很难做出来。丁冬到现场考察一番,两层差不多2000平方米呢,可以装二十几个包房。于是,一番唇枪舌剑,也就是他实力雄厚,所以没有悬念地拿下了这个店面,他要开一间特区最大的"百里香"。这天,他扭扭捏捏地到办公室去找熊立伟。

"熊师傅,有件事想跟你商量一下。"

熊立伟抬起头,怪怪地看了胖子一眼,笑着说:"你什么时候这么文雅了,是不是又有相好的了?"

"你想哪去了。我想……我想辞职,不知道行啵。"

熊立伟腾地从椅子上跳起来:"辞职?什么意思?"

丁冬按住他,说:"你别急呀。我想自己做。"

"做什么,又开餐馆?"

"我想把'百里香'再开起来。这回我干一票大的,我在工业路盘了一个门店,挺大的。"

熊立伟不满地嘟囔一句:"我就知道是童小华那个该死的小女人把你的心搞乱了。"沉吟一下,又说:"也没必要辞职吧。你去开好了,一个小店要多少钱,就算公司的。"

丁冬坚决地说:"不,我自己干,这样我心里踏实。我想把股份卖了。"

熊立伟叹了口气,说:"你命里就是开馆子的。也好,干点自己喜欢的事,去吧。开个馆子店用不了多少钱,你还是公司董事,自己出去做不影响的。"

丁冬喜出望外:"还有这样的好事?这叫什么停薪留职吧?"

熊立伟说:"算不上,你有股份,薪当然不能停你的。开店要多少钱你去支就行了。"

丁冬先支了200万,就准备大刀阔斧地干起来了。不过,第一步,他要请个帮工,就是他爸爸。主意打定,他愉快地坐上火车回洪州了。

天大亮的时候,丁冬已经大摇大摆地来到洪州老城一个住宅区了。老式住宅楼一楼的套房都穿墙开洞,改成了临街小店面。丁冬径直走到一个卖早点的小铺头,早点铺门口摆了三张桌子,几个穿着整齐的男女埋着头窸窸窣窣地就着一小盅"百里香"瓦罐汤,吃着洪州特色的汤米粉。一个穿着陈旧得有点发黄但非常干净的白色厨师服的胖老汉在里面忙着,看看他那圆圆的脑袋和肥硕的身躯,就绝不怀疑此人是丁冬的亲爹。一个小个子妇女背对着丁冬来的方向,在忙着收拾刚刚离开的客人的桌子。

丁冬蹑手蹑脚地走近小个子妇女,一把箍住她的双肩,喊道:"妈!"

这一吓把丁母彭八妹吓得不轻,浑身剧烈颤抖了一下。回头一看,忍不住大骂道:"你这个短命鬼,想吓死人啊!"

丁父丁道福已经瞥到了儿子和妈妈在搞怪,没理他,端了一只瓦罐汤出来,放在儿子身边的桌子上。他知道儿子刚下火车,一定还没吃早饭。

丁冬呵呵笑着坐了下来。

彭八妹又惊又喜地看着儿子,问道:"又不是过年,这个时候回来做什么?"

丁冬没搭理妈妈,伸出头对父亲说:"你忙完这一下就关门吧,咱们回家,收拾一下跟我到特区享福去。"

丁道福没理这个不着调的儿子,继续给他泡米粉。彭八妹则喷笑着骂道:"刚吃两天饱饭你就作死,关了门我们两个老人家吃什么,你养我们啊。"

丁冬见吃早餐的人都在注意他们一家子,越发来了精神,他放大声调说:"哈,我丁老板还吃饭?我吃的都是山珍海味。今天专门来接你们一起去享福的。"

丁道福已经泡好了米粉,给丁冬端了过来,冷冷地说道:"你去吃你的山珍海味,我和你娘还是吃粗茶淡饭可靠。"

丁冬瞪大眼睛:"你们不相信我,我真是来接你们去特区的。"

丁道福说:"我在洪州活了一辈子了,哪里也没有洪州好。别说特区,就是浦城我都不去。"

丁冬不屑地说:"你们开个这样的早餐店有什么出息,又赚不到钱,又累死累活,还不如跟我去特区享福,我养活你们还不是洒洒水。"

丁道福知道儿子的德行,见又来了客人,便不再理他,站起身又回店里忙去了。彭八妹坐在儿子面前,目不转睛地看着这个活宝,脸上笑眯眯的,一个劲地叫他先吃饭,别顾着吹牛。儿子没正经,但好歹是自己生的。丁冬三口两口把一大碗汤米粉干掉了,然后抹抹嘴巴说:"妈,我真是来接你们去特区的。这个小店不要了,咱们过两天就走。"

丁母笑道:"你说得容易,我们好歹还有个家,哪跟你一样,想走就走。再说,去了特区,东西那么贵,你怎么养得起我们。"

丁道福帮客人端米粉过来,然后站在丁冬身边,说:"你就别在这里捣乱了,吃饱了快回家歇歇,你妈等下去买点菜回去弄。"

丁冬犟着头说:"我坐软卧回来的,跟睡宾馆一样,不累。我在这里陪下你们,卖完今天咱们就不做了,一起把店收拾好走人。"

丁道福鼓起眼睛:"你来真的?"

彭八妹小心地看着老头子,眼睛有些央求的意思,然后对儿子说:"去特区玩两天是应该哦,前两天我还跟你爸说,去特区看看你过得怎么样。要不……"她转过头对着老头子,"咱们就去看看?"

丁道福说:"要去你去,我一个人在家自在些。对了,丁冬有一封信,我去找出来。"

"我还有信寄到这里来呀?"

丁父在里屋抽屉里找出一封还没启封的信,递给丁冬。丁冬接过来一看,寄信地址他非常熟悉,那是朱锦生家。他的心不由得抽紧了:莫非朱锦生……他急急地撕开信,一目十行地读了起来,看到一半,喜上眉梢。

信是朱蓉生寄来的,他已经刑满释放了,回到了蓉城家中,现在在老家开了家茶馆。朱锦生癔病如常,给他饭他就吃,给他茶他就喝,就是不说话,每天坐在门口,双目无神,望着不知道什么地方发呆。

丁冬读着信,往事一幕幕在脑海里回放,朱家兄弟的好处也一一涌上心头。他把信折好,放进衣兜,这时,他心中已经决定,就近再去一下合川,把朱家兄弟接到特区,大家一起新打锣鼓另开张,把"百里香"做起来。

那边,丁母还在赔着小心说:"老头子,还是一起去看看吧。"

丁父白了她一眼:"这个店还真的关门啊,咱们回来不要吃饭啊。"

"你就是怕没钱。"丁冬冷笑一声，掏出鼓囊囊的钱包甩在桌上，"你们也就是赚个吃饭的钱，你看看儿子我……"

"等下！"丁道福突然大喊一声。他虽说60多岁了，但眼睛不花，丁冬的钱包装的钱太多，没有合拢，钱包夹层里的一张彩色照片一下子吸引住了他的注意，他一把把钱包抢过来。

这是一张婴儿的照片，圆圆的脑袋上几绺乳发，圆圆的脸蛋上有一双圆圆的眼睛。

丁冬想抢回来，但母亲也凑过去了，两个老人目不转睛、张大嘴巴地盯着小孩的照片看。丁冬像犯了错误似的垂手站在一旁。

"这不是你小时候的照片啊。"丁父满面狐疑，抬头看了一眼丁冬，又死死地盯着照片看。

"好像，好像，好像丁冬！"丁母激动得声音都变了调。

终于，丁父用发抖的手把照片举到丁冬面前，急切地问："这是谁？是不是你在外面乱搞的……"

丁冬低着头，没敢吭声，这小子迟早要和爷爷奶奶见面的，可小丁冬的来路怎么跟思想落后的父母说清楚呢。现在，由不得他不说出真相了。他嗫嗫嚅嚅地说："是我的崽……别人家老婆生的。"

丁父气急败坏，又不便当街发作，他压低声音恨恨地骂道："造孽！造孽！我就知道特区不是好地方，莫说你，好人去了都会变坏。"

丁冬大脸涨得通红，说："爸，我不好就说我不好，别说人家特区的坏话，特区还是好人多，阿梅就是好人，是我对不起人家。"

"你个不要脸的东西唉，你跟我说句实话好不好。"丁道福跺着脚骂道。

丁冬找了张凳子坐在父母面前，把和阿梅的事情一五一十说了一通，说得丁母一个劲地流泪："我的崽，你吃苦了。"丁父一时还倒不过劲来，他呆呆地站了一下，又漫无目的地进进出出，口里喃喃道："这怎么好，这怎么好，这是我老丁家的人啊。"

丁冬说完了，心里透亮了很多，看着父母手足无措的劲头，他想还是先躲起来好，他再次想到了朱家兄弟，于是他站起来，拿出一沓钱交给妈妈，说了声"我到合川去两天就回来"，连忙背起行李匆匆往外走。丁母在后面叫道："你刚回来就走啊？"话音未落，丁冬已经溜得无影无踪。

第三十一章　就是好香，我闻到孙子的味道了

丁道福焦躁不安地屋里屋外漫无目的地走动着，走了好一会儿才坐下来，目光呆呆地看着屋里的某一个点。丁母站在他身后，不知说什么是好。过了好一会儿，丁父突然站了起来，大喊一声："老太婆，关门，我们走。"

"去哪？"

"去特区！去接我孙子！"

"丁冬去合川了，你知道到哪里去找你孙子？"

"到了特区就有办法！"

"要不……再给丁冬打个电话？"

"上了车再打。那个细伢子（小孩）都两岁了，他躲躲闪闪就是不想让我们看到，现在我人到特区去了，看他让不让我看！"

丁母是唯老公马首是瞻的，自然觉得有理。老两口赶紧关了门，回家收拾东西。彭八妹一回到家，马上从柜子深处翻出一个布包，叫道："老头子，进来看下嘞。"

丁道福进屋一看，老太婆坐在床边，正在抖搂一堆花花绿绿的婴儿的小衣服。丁道福傻笑起来："你哪攒了这么多细伢子的小衣裳哦？"

丁母轻轻叹口气，说："我早就准备好了哦，这个小孩不听话，总是不结婚。我要有准备啊，哪天一生，就有衣服穿了。"

丁道福走过去，抓了一把小衣服，看了看，又闻了闻："好香。"

"哪有味道？我怕小宝贝穿了不舒服，都不敢放樟脑丸。"

丁道福一脸当爷爷的慈祥："就是好香，我闻到我孙子的味道了。"

彭八妹眼眶有点潮湿，连忙岔开话题，说："老头子，给孙子的娘带点什么东西好哦？总要有点见面礼……"

丁道福傻眼了："我哪晓得特区的规矩哩，那个女的是特区本地人哦。"

"要不，拿这个。"彭八妹一把撸下自己手腕上的玉镯，"这是我的传家宝，我出嫁的时候我娘给我的，值好多钱呢，又有纪念意义。"

丁道福看着老婆手里莹莹闪光的玉镯，迟迟疑疑地说："她又不是你媳妇……"

彭八妹口气异常果断地说："她是我孙子的娘！"

丁道福想了想，把手镯给老婆戴回去，胸有成竹地说："不急，我有办法。"

老两口终于提着旅行袋出了门。丁道福破天荒打了的士赶去火车站，下午4点半，有一班洪州到特区的火车，老丁夫妇就决定坐这班车。由于不是春运期间，丁家老两口很顺利地买到了当次的火车票。

火车向着特区飞奔。

丁道福掏一个小本子，上面密密麻麻记了很多电话号码，丁道福戴上老花眼镜，查了半天，终于查到了一个，他操起手机，拨通了这个号码。

"喂，你好，哪位？"电话那端的人看到这是家乡的来电，自然就用洪州话问了一句。

"哎，你好你好。你是熊总啵？……我是丁冬的爸爸。哎，你好你好……你没出差吧，在特区吧？我和你阿姨现在在火车上，我们去特区，明天早上就到……"

电话那端，熊立伟吃惊不小："丁叔叔，你来特区，丁冬回去了呀……哦，你知道，咦？他没跟你们一起来？……哦，哦，那不管他了，有我们在就行了。"

丁道福说："熊总啊，我和你阿姨要去看我们孙子，你认得啵……你知道呵。我有个事情想麻烦你，到了特区，你带我们去找他可以啵……好好。还有，你帮我买点东西。我和你阿姨又不知道特区的规矩，你阿姨讲，要给我孙子的娘见面礼，你看买点什么好，先帮我买，钱不要在乎，要最好的，特区人喜欢的。"

熊立伟一迭声说："这个我来办。"末了，他没忘记问老人家在几号车厢。放下电话，他苦笑一声："这些老人家啊，儿子都千万级的富豪了，他们还坐硬座。"放下电话，他马上把韩梦雪找来，如此这般一说，然后让她赶紧去金店打一对大手镯，连夜制作，哪怕加钱也在所不惜。特区老居民结婚，婆家都要送媳妇大金手镯的。吩咐完毕，他才想起另一个重要的人。

第二天，洪州方向开来的列车准点到达特区。丁道福老两口提着行李，随着人流下了车，熊立伟一个箭步迎了上前。

"丁叔叔，彭阿姨！"

"哎哎！"丁道福笑眯眯地应着。彭八妹却一把扔了行李，向前猛走几步。在她面前，一个很标致的少妇神情有点张皇地看着她，她怀里抱着一个胖小子。缩小版的丁冬瞪大眼睛看着这个老人，也不说话，也不回避，一脸萌蠢。

彭八妹眼眶里注满了泪水。"是丁冬的儿子！"

少妇使劲点点头。

彭八妹赶紧擦擦眼睛，抑制住激动，熟练地从少妇手里接过孩子，紧紧揽在自己的怀里。那孩子先是看看她，终于迟疑地、奶声奶气地叫了声"奶奶"。彭八妹长长地应声"哎——"，然后更紧地抱着小丁冬，口里一迭声说道："我的崽唉，我的肉唉。"

小丁冬紧紧地箍着奶奶的脖子，眼睛却好奇地看着站在奶奶后面、伸着手不停地说着"给我抱，给我抱一下"的丁道福，看着老人急成那样子，小萌娃突然"咯咯"地笑着往后躲。丁道福直跳脚："哎哟，跟丁冬小时候一样蠢哦！"

阿梅扭过头去。

韩梦雪看得眼眶湿湿的。

趁着丁母把孩子交给丁道福这空档，韩梦雪不为人察觉地把一个红绸布小包递给丁母，然后指指阿梅。丁母哆哆嗦嗦地从红绸布包里掏出一对金手镯，一把拉过阿梅的手，不由分说就给她套上，边套边说："这是阿姨的一点心意，你莫嫌轻了嘞。"

阿梅哭成了泪人，扭着头不敢看老人。

丁道福只管不停地和怀里的小丁冬打闹，小丁冬已经会叫爷爷了，在来之前，阿梅已经教了他好几遍，小思聪"奶奶爷爷"叫得很溜。熊立伟傻眼了：这里是火车站好不好。

当熊立伟告诉她丁冬的父母要来特区，阿梅第一反应就是老人是冲着小丁冬来的。阿梅纠结了很久，一是她不知道怎么称呼两位老人，二来是不知道怎么处理好老人家和小思聪的关系。她倒不担心老人家会把小思聪带走，而是那种关系让她头疼。第一个担心，她很快不纠结了，就着小思聪称呼老人"爷爷奶奶"就行了，这边很多人家的媳妇都是这样的。第二个问题，她只好找老公缪新彪商量了——自从当了母亲，缪新彪又那么宠爱小思聪，阿梅有底气了。

小思聪已经两岁了，模样、性格都确凿无疑是丁冬的儿子，但缪新彪却视这个儿子为己出，他坚决否决了丁冬出钱养儿子的想法，还把林思聪——这个名字他倒是很喜欢——户口办到香港去了，要不是阿梅的父母拦着，连孩子都会被他带到香港去。现在，缪新彪不再是过去那个在外面花天酒地混社会的人，一得空就匆匆赶回家，抱起那个小肥仔说着小孩子才听得懂的傻话。那个小肥仔也怪了，一见缪新彪就"嘎嘎"笑个不停，父子情深，看得阿梅心里软软的。

阿梅也经常把林思聪偷出来给丁冬看看，傻小子没发现面前这个大人就是自己的放大版，刚会说话的他竟然脱口而出："叔叔。"

丁冬直接把自己的大头往墙上撞。

谁让他在人家的土地上盖房子？

他好几次找阿梅商量，想请彪哥吃顿饭，捐弃前嫌，可缪新彪根本就把丁冬当成了空气。

听说丁冬的父母来了，缪新彪走到阳台上抽了几根烟，终于回到房间，对阿梅说："聪聪也是他们的孙子，老人第一次来，你带孩子去接一下吧。那个姓丁的不在，你就……带孩子陪老人几天吧。"

阿梅一头扎在缪新彪怀里："彪哥，你真好，你是个大男人！"

这时，阿梅已经缓过劲了，她脸红红地走上前来，搀着丁母，说："爷爷奶奶，我们先回家，到丁冬家里去，已经给你们收拾好了。小思聪也跟你们一起去。"

第三十二章　别惹她，老姑娘就是这样的

丁冬在洪州搭上了从浦城开往蓉城的特快列车。他没有买票，这趟过路的快车在洪州只预留了六张卧铺票，根本不可能买到，但丝毫没有难住胖子。他晃动着巨大的身材，直接就走向卧铺车厢。卧铺车列车员站在门口，警惕地盯着这个胖子。丁冬若无其事地走上前，迅速将20块钱塞到那个女列车员手里，然后一个箭步登上了列车。列车员在后面轻轻地喊了声："到13车！"

于是，丁冬沉着地沿着卧铺车的过道向13车走去，迎面而来的乘客都下意识地闪到卧铺中间，让这个"巨无霸"通过。丁冬径直来到13车，找了个靠边的座位神态自若地坐了下来。不一会儿，列车再次启动。开行一阵后，列车员一路巡视着过来了，看见他，一扬脖子示意跟她走。丁冬赶紧站起身，跟着列车员来到了列车长室。列车长是一个40岁上下，模样冷冰冰的大姐。列车员在她耳边说了几句什么，便离开了。列车长面无表情地对站在门口的丁冬说："没有卧铺票了，补张站票。"

丁冬讪笑着走近一步，把门堵得严严实实，"你都列车长了，这趟车的最高领导，还解决不了一张卧铺？"边说边从衣兜里掏出50块钱，塞到大姐手里。

列车长赶紧把钱塞进自己的口袋，然后打开面前的记事夹，装模作样地看了又看，说："你到15车去，不过那里有列车员在休息，不许大声说话，不要影响人家休息。"

"那是，那是。"丁冬忙不迭地说，"谢谢列车长小姐。"

列车长一听，脸上顿时有了笑容——这一笑，丁冬发现她原来模样蛮可人的。

"什么小姐，我是你大姐！"

丁冬萌态万千地瞪着大眼说："我有那么小吗？我都20多岁了，比你大多了！"

列车长终于忍不住爆笑开了，她用记事夹重重地拍了一下丁冬："你个胖子没正经，快睡觉去。"

丁冬就这样来到了15车顶头的一个下铺，他安顿好，又到餐车饱餐一顿，然后给自己沏上一杯茶，美美地喝了几口，便倚着车窗，想着到了蓉城该干什么。这会儿，丁冬的心情格外放松，小丁冬的事情终于跟父母坦白了，至于爸爸怎么骂他都不要紧，那个老顽固迟早会接受现实的。他心里的一块石头落了地，不知不觉地，就歪在卧铺上打起了呼噜。

不知过了多久，他感觉有人在拼命捶打他，他微微一睁眼，吓得差点滚下床来。15车的灯全开了，车厢里亮如白昼，一个身着警服的女乘警站在他面前，对着他大喝一声："站起来！"

睡眼惺忪的丁冬吓醒了，腾地站了起来。这时，他才注意到，女乘警手里还揪着一个人，那是个小伙子，一头鬈发，一张苍白的尖刀脸。此人身体只有丁冬一半大小，两条细腿蜷曲着，身体似乎就挂在女乘警揪着他的手上。活脱脱一副无赖相！

丁冬厌恶地看了那个无赖一眼，又发现列车长和下午在门口遇见的那个列车员都站在后面。

"出……出什么事了？"

"你认得这个人吗？"

丁冬想认真看那个小无赖，眼睛却不争气地定格在女乘警身上：好一位英姿飒爽的女警察，只见她两道弯弯柳眉，一双俏俏星眼，鼻梁挺直，唇红齿白；一身合体的警服衬着她高挑的身材，修长的脖子洁白如玉。丁冬见过的美女也多，但像这样穿警服的美女还是第一次见，尤其是她的气质，那种女警察才会有的英气逼人，更是让丁冬对她既爱慕又敬重。

"你看这个人！"女乘警见丁冬神魂颠倒，忍不住又大喝一声。

"啊？哦，看这个人。"丁冬回过神来，看了看那个小无赖，肯定地摇摇头："我不认识呀。"

女乘警对着那个无赖相的男人冷笑道:"你不是说老板让你去买啤酒吗,这个老板不认识你哟。"

"我……"那个小无赖终于彻底瘫坐在地板上了。

女乘警拖着那个小混混就走,并对丁冬说:"你也来!"

丁冬迷迷瞪瞪地跟着女乘警来到了乘警室,女乘警把小无赖往地上一丢,自己一屁股坐下来,拿出一个卷宗,开始问话:

"你叫什么名字?"

"于凤。"

"干什么的?"

"无业。"

"你刚才干什么了?"

"我,我去餐车想买点啤酒。"

女乘警眼睛一横,没拿笔的那只手攥了一下拳头。

"报告政府,我想去买点啤酒,但是没钱了,就想找这位老板借点……"

女乘警出人意料地冷笑一下,丁冬发现她笑起来真好看,即便明明是冷笑。"是借吗?你借了他多少钱呀?"

"借钱?"丁冬这才明白自己怎么有机会认识这位端庄漂亮的女乘警,他赶紧摸摸自己放钱的口袋,里面早已空空如也。"我的钱包!我的钱包不见了!"他惊恐地大叫起来。

女乘警白了他一眼:"吵什么!你是不是借给他了?"

丁冬指天画地,急切地说:"我根本不认识他呀!"

"姓名?问你呢!"

"我?丁冬。"

"职业?"

"特区小熊通信技术公司董事。"

"到何处去?去干什么?"

"蓉城,去看望两个朋友。"

"你丢了什么东西?"

丁冬摸摸口袋:"就钱包没了。"

"里面有多少钱?"

"大概5000块吧。"

女乘警用讥讽的口吻说道:"你带这么多钱在身上干什么?你们特区人有

钱是吧。"

"我……应该不多吧？我去看的朋友以前帮助过我，其中一个人痴呆了，他好可怜。"

女乘警口气明显温暖起来："身份证号码。"

"……"丁冬流利地报出了自己的身份证号码。

女乘警拿出一个黑皮包，打开了，取出一张身份证，对着丁冬看了看，然后连包带身份证一起递给丁冬："你查看一下，有没有少了什么。"

丁冬忙不迭接过来，略略一看，知道没少，便不停地对着女乘警作揖道："太感谢了，要不是你火眼金睛，到了蓉城我就要流落街头了。"

女乘警面无表情地让丁冬在卷宗的一页上签名，然后说："你回去吧。别睡了，打呼那么响，别人还要不要休息？"

丁冬办完手续，毫不犹豫地从皮包里抽出三张百元的票子，拉着女乘警的手——他的主要目的就是拉一下人家的手——把三百块钱塞进她手里。女乘警像接到一块火炭似的，慌得抖落在地，同时顺势把丁冬一推，那力道之大，竟把大胖子推出了门外，四仰八叉地倒在过道上。

女乘警的脸完全扭曲了，两眼冒火似的盯着丁冬。

丁冬好半天才爬起来，一脸尴尬地赔笑道："你帮我抓住了小偷，我表示一下意思……"

"出去！"女乘警声音不大但极其威严地说了一声，便不再理他。

丁冬朝她又鞠躬又赔笑，悻悻而去。路过列车长办公室，他荡了进去。

"你们这位乘警小姐怎么这么不讲文明，脾气太大了。"

列车长看看四周没人，便一副八卦的神气对丁冬说："你别惹她，老姑娘就是这样的。"

丁冬一听，压抑住狂喜："她还没对象？"

"呃。"列车长装作收拾床铺，不吭声了。

丁冬连忙塞了20块钱在她口袋里，她有点不好意思地按住口袋，才小声说："肖警官人很好，原来脾气就有点大，警察嘛，但也不会总这样。她最近谈了个朋友，也是我们铁路的乘警，小伙子长得很高大，又白，还喜欢文艺，像唐国强似的。两人关系挺好的，我们都见过了。不过呢，我们铁路就是这样，都是跑车的，平时见面就少，加上又都是工人家庭，没有房子，也没有多少钱。当然最大的问题还是没有房子。后来，那个男的被一个到广州打货的女老板看上了，送了他一套两房一厅，还有一辆嘉陵摩托车，就……肖警官表面好像没事似的，但是我们都知道，她想死的心都有了。后来，她脾气就更大了。"

"太好了！"丁冬忍不住摩拳擦掌。

列车长白了他一眼，"你想打她的主意啊，小心她揍你，她会少林武功！"

丁冬笑嘻嘻地说："妹子你想哪去了。"

列车长说："我看你没安好心。"

"你说她姓肖？"

"肖佳玫。"

丁冬又塞了两张大团结给她："你们是姐妹，一定知道肖警官家住在哪里。"

列车长又看了看四周，终于摸出一张小纸片，在后面画了几笔，塞到丁冬手心里："千万别说是我给你的。"

第三十三章　你能给我两房一厅吗，能给我嘉陵摩托吗

到蓉城后，丁冬找了铁路工人新村附近的一家宾馆住下，然后第一时间跑到百货商场，花了350块钱，买了一件流行的皮夹克——在特区，他可没穿过皮衣，还买了条暗花的羊绒围巾。这一梳妆打扮，活脱脱是一个现代青年的派头了。他满意地欣赏完镜子里的自己，确认无可挑剔，便打的士奔肖佳玫家而去。

肖佳玫家在离火车站不远的铁路工人新村。这是一片20世纪50年代建设的铁路工人宿舍，由于缺少维护，工人新村已经破败，一幢幢四层住宅楼墙体龟裂，道路坑坑洼洼，连树都长得半死不活的。到90年代，铁路局还是令人羡慕的国企，但已经显现出了缺少活力的气象。铁路局这些年建了不少房子，但像肖父这样的退休老列车员是不可能再分新房的，而肖佳玫和弟弟都刚进铁路局不久，所以他们一家至今还住这样环境恶劣的工人新村里。

丁冬问了几个人，终于找到了肖佳玫的家。这是二楼的一户，开门的是一个头发花白，但身体看上去还硬朗的老汉。

"你找谁？"

"请问，肖警官住这里吗？"

老人警惕地看看来人，但很快就释然了：这是个身材硕大的胖子，一脸憨厚的傻笑。当然，让他彻底放松警惕的是胖子手里拎着一大网兜礼物，有麦乳精、包装很洋气的糕点，还有水果。

"你是哪个？"

"我是肖警官的朋友，特意来感谢肖警官的。"

"啊，快进来吧。小玫……"

肖佳玫已经站在门口了。她跑完一趟长途，照例有三天的假期，回到家后，她舒舒服服地洗了个澡，刚准备休息一下，就听到外面有人敲门，接着就听到了丁冬的声音，她怎么也想不到这个在火车上偶遇的乘客会到自己家里来，一时间，她竟然不知所措，特别是当她看见站在门口的丁冬手里还拎着那么多东西，还有，一束鲜花……

"你，来干什么？"她职业性地板起了脸，不过，因为是在自己家里，肖佳玫的口气明显温和了很多。

"我是特意来感谢你的。"

肖佳玫口气生硬地说："免了，我们乘警就是保护乘客的生命财产安全的。"

丁冬尴尬地把礼物拎高一点："呃，这个，这个，又不能退货。"

肖佳玫两眼朝天："你自己留着吃吧。我要休息了。"

丁冬急了，说："你看我都这么肥了，还能吃吗？"

肖佳玫忍不住"扑哧"一声笑出来。内地人一般管体格巨大的人叫胖子，还从没听说过自己"肥"的，这个"肥"字太生动太贴切了。不过她马上恢复了冰冻状态："对不起，我刚跑车回来，要休息。你请吧。"

恰在这时，佳玫妈妈从里屋出来了，看见来人长得很精神，穿着洋气，很有钱的样子，又拿了那么多东西，而且听女儿和他的对话，显然是认识的。俗话说，伸手不打送礼人。佳玫妈妈三步并作两步走过来，一边接过丁冬手上的东西，一边竟然……让他进了屋。

肖佳玫急了："妈……"又不知道该怎么办。

从特区来的丁冬看看这家人的客厅，感觉实在是没有可坐之处，客厅里摆了一张饭桌，还摆了一张床，把本来就不大的所谓客厅挤得满满当当。如果在十几年前，他会很自然地坐到床上去，但现在，他再也不会冒昧地坐在别人家的床上了。他有点尴尬地看了一眼肖佳玫。肖佳玫觉得一些话在家里不好说，妈妈又把人家的东西拿走了，心想，赶紧把这个肥仔打发走才是道理。情急之下，她问："你不是去看朋友吗，怎么找到这来了？"

"来感谢你更重要呀，当然要先到你这来了。"

肖佳玫心里暖了一点。她其实对这个胖子并没有什么坏印象，反而觉得他头脑挺单纯。至于他有什么别的企图——这一点肖佳玫心里明白得很，那也不能怪他。于是她便说:"你还没吃饭吧?我陪你到楼下的茶馆坐一下。"不由分说,穿起鞋就往门外走。丁冬连忙尴笑着和肖父肖母打了声招呼,晃着大块头跟了上去。

两人走到楼下,肖佳玫熟练地在坑坑洼洼的小区道路上走着,来到了一家门脸不大的小吃店,小吃店门口摆着几张桌子,几个年龄不小的闲人在边喝茶边用好听的蓉城话吹着牛。肖佳玫找了张桌子坐下,点了两个盖盅茶,然后把菜谱推给丁冬:"想吃什么,自己看吧。我请你。"

丁冬把菜谱压在胳膊下面,笑嘻嘻地傻看着肖佳玫。

肖佳玫被他看得发毛,又用指头点点菜谱:"快呀,你不饿?"

美人面前,丁冬强装镇定,但还是有些慌乱,这是他在女孩子面前从来没有过的经历,他没头没脑地冒出一句:"肖警官,你人生的路走偏了。"

肖佳玫蒙了,瞪大眼睛说:"我人生的路走偏了?我可是人民警察!"

丁冬学的是童小华的话,让肖佳玫一训,羞得满脸通红:"不不不,我不是这个意思,我这人没文化,不会说话。我只想说,像你这样每天跑车,又赚不到钱,又改变不了生活。你要是去了特区……"

肖佳玫脸更难看了,说:"别特区特区的,特区有什么了不起,不就有两个臭钱吗。你吃不吃?不吃我回去了。"说着真的站起来。

丁冬连忙作揖:"肖警官,得罪了。我不是这个意思。"

"那你是什么意思?"

丁冬见肖佳玫又坐下来了,心里安定了一点,他生怕眼前的美人一气之下走掉了呀。"肖警官,我从来没跟你这样的女警察打过交道,但是我感觉到你对我们老百姓很好。你这么好的人……你的脾气其实也很好,就像书里说的,刀子嘴豆腐心,应该过得更好一点。"

"我过得很好呀,钱是比你们特区少一点,可是我很潇洒呀!"

丁冬偷看一眼肖佳玫,见她一脸正气凛然的样子,打心里为她惋惜,于是他便放胆道:"像你这样的人,有地位,长得又漂亮,到特区去你可以赚到很多钱,然后就有房有车啦……"

一提房子车子,肖佳玫无名火就蹿起来:"你能给我两房一厅的房子吗?你能给我嘉陵摩托车吗?"说着,她转过头去,眼圈有点红了。

丁冬不忍直视,低下头去喃喃地说:"我,当然不能。"

肖佳玫讥讽地"哼"了一声。

丁冬抬起头来,壮着胆子说道:"肖警官,以你的身份,还有你这么……

这么漂亮的样貌，你应该有一套大房子，起码要有四房两厅，有一间卧室，有一间小孩的房间，还有一间书房，一间化妆间。你怎么好去开摩托车？你起码要有一辆宝马，你当警察的，开起来太帅了！"

丁冬自己也不知道一下子哪来了这么多词，自己都陶醉了。肖佳玫端着盖盅茶，像看傻子似的看着他。

"我都可以给你。"

"嘭"，盖盅茶碗摔碎在地下。

肖佳玫连忙掩饰地吹了吹手指头："烫死我了。"

丁冬喊道："老板，换一碗茶。"

肖佳玫稳定了情绪："你还是去跟小姑娘吹牛吧，我们蓉城，你走错了路都能碰到美女，你随便都能骗到小姑娘的。"

丁冬瞪着眼睛，着急地说："你怎么不相信，我真的是大公司的董事，我真的可以给你这一切，还不只这些，还有名牌包包。"

肖佳玫正色道："丁董事，我知道你没坏心眼，但我肖佳玫不是你想的那种人，你搞错对象了。别忘了，我是人民警察！"

丁冬头脑已经完全恢复了他见到女孩时惯常的灵活，他昂起脖子说："对呀，我的意思是你可以到特区去当警察呀。我看你们火车上的警察好像不怎么样，连房子都没有分。你要是到特区去当警察，不但工资多很多，还可以分到政府的福利房，都是花园小区，环境比起这里，简直就是天壤之别。"

肖佳玫自从失恋后，情绪就没有好好收拾过，素昧平生的丁冬一番话让她的小心脏不觉为之一动。这些年，位于西部的合川省到特区打工的人数数以十万计，经济特区，在肖佳玫心中并不陌生。

"你是说，我可以调到特区去？你认得那里的铁路公安吗？"

丁冬没关心过这个，他挠挠头："这个？公安不都一样吗？"

话题聊得渐入佳境，肖佳玫的性格开朗了很多，脸上的笑容比先前好看多了，她笑着说："本系统调动方便嘛。"

丁冬不懂什么调动的事情，但他觉得好像天下公安是一家才对，穿的衣服都是一样的嘛。于是他老老实实地说："这个我就不懂了，不过我回去后可以帮你了解一下。我有个老乡在特区是个领导。"

"你那个朋友是什么领导？"

"高新区的主任，大领导呢。"

"他会帮你的忙吗？"

丁冬大包大揽地拍起了胸脯："我们是老同学。"

一盅茶功夫，肖佳玫已经决定去特区看看了。她当然不会傻到完全相信胖子的老乡领导会调她去特区，但胖子说的好，去特区耍耍也好呀。至于安全问题，哈，如果真有问题，就是揍这个胖子一顿还是关他几天的问题了。对了，他说什么来着，肥仔！

她脸色开朗多了，沉吟了好一会儿，才说："等明年春天吧，这不马上要春运了，走不开。"

丁冬大喜过望："没问题没问题，我等你！这是我的地址，你来之前打电话给我。还有……"他又从皮包里掏出一沓百元大钞，"你先留着，路费。"

肖佳玫一把推了回去："去你的！"

第三十四章　失败了心还就不服

朱锦生呆呆地坐在轮椅上，两眼死鱼眼一样黯淡无光，也不转动，蓉城的天气有点冷，朱蓉生给他裹上了一床毛毯。丁冬在后面推着他，朱蓉生在一旁走着，这么多年没见，朱蓉生不复80年代特区商人风采，胖瘦变化不大，但腰身已经佝偻，最让丁冬揪心的是，那双一度转得比轴承还快、比贼眼还亮的眼睛完全没有了热度。他穿着一件半新的、厚厚的黑呢大衣，戴着绒帽，就像一个内地退休老人。三个人在空空荡荡的巷子里散着步。

"不去了，不去了。"朱蓉生喃喃地说。

"老板，你才40岁出头，每天就这样打打麻将打40年？"

"人生一晃就过去了，什么40年40天的。"

"是啊，我在洪州也晃了两年，打麻将、喝酒、唱歌，日子过得太快了，快得我很怕。"丁冬扭头看了朱蓉生一眼，继续说道："我就赶紧又回特区了。刚去的时候，我有几万块钱，开了家小馆子，心想总有一天会做大的。没想到，刚开张就被黑社会砸了。"

朱蓉生一激灵："特区的治安这么差？"

"不是，是……你还记得阿梅吗？"

朱蓉生嘴角漾起一点笑意："你说房东老林家的那个女娃。"

"是她。"丁冬也笑了，"她给我生了个娃娃。"

"啊！恭喜恭喜，多大了，你怎么不带过来我看看？"

"唉，录像机事件后，我跑掉了，阿梅就嫁人了……就是她老公把我的店给砸了。"

朱蓉生终于爽朗地笑出了声："哦，是这么回事呀。你个瓜娃子，砸得好。"

"我就去找朋友摆平。这才知道，我已经是一个百万富翁了。跟朱老板炒股的时候我赚了点钱，借了点给朋友开公司。那个朋友把这笔钱算了我的股份，他的公司一年赚两个亿，给我分了500万。"

"呵，难怪你穿这么好的皮夹克。"朱蓉生波澜不惊地说，作为第一代经济特区的生意人，他是见过大钱的，500万并没有让他很吃惊。

丁冬认真地说："现在，我准备投资开一间更大的。朱老板，我到特区快15年了，做什么都失败。但很奇怪，在特区吧，失败了心里就不服，就想再干一把，总有成功的一天。"

朱蓉生停下脚步，手有点哆嗦地从兜里掏出烟，点上，深深地吸了一口，然后喃喃地说："你说什么？总有成功的一天。"

三个又不作声地往前走着。朱蓉生一根烟抽完了，终于迟疑地说："可是我兄弟……"

丁冬笑笑："一起去，他也是我老板，是我大哥。"

朱蓉生又点起一根烟，狠狠地抽了几口，终于说："等春天吧。"

从蓉城回来，丁冬用钥匙打开家门，顿时吓得不轻：父母和阿梅，还有一个不认识的、油头粉面的男人围着桌子在吃饭。小丁冬被夹在爷爷奶奶中间，两个老人都拿着勺子交叉着喂他。见丁冬进来，大家一起瞪着他。

"叔叔。"小丁冬反应最快，冷冷地叫了一声。

缪新彪尴尬地站起来，想伸出手又缩了回来，脸上红一阵白一阵。

"丁……丁老弟，小姓缪……"

丁冬张口结舌地"啊啊"了半天。

丁父看了他一眼，不满地说："回来也不说一声，没弄你的饭呀。"

丁母赶紧站起来："我去给你煮面。"

丁冬赶紧拦住，说："不用不用，我在飞机上吃过了，你们吃你们吃，我要去公司看看。"说着，逃也似的破门而出，一直跑到院里还在喘着粗气。"这是怎么回事？"他想。

和缪新彪的死疙瘩解开了，丁冬现在可以经常看到小丁冬了。当然，他不会再和阿梅那个啥了。父母来了而且决定住下，也是丁冬最为开心的事。本来，丁冬说接父母来特区享福就不是真心，他看中的是父亲的手艺，有心让父亲来给他当大厨。老厨师用不着丁冬开口，听熊立伟说丁冬要开一家大酒店，就迫不及待地去看了现场，而且马上进入角色，筹划起厨房的装修。不久，店到手了，父子俩默契地配合，工程进展很快。

丁冬也没忘记给朱家兄弟在附近租了一套房子，请人布置了一番。

总之，丁冬的生活格外充实。

丁冬一家人在特区过了一个春节，徐洪波夫妇、熊立伟，还有公司的几个高层都先后上门拜年，宾客非富即贵，老丁夫妇觉得很有面子，都感慨儿子终于混出人样了。

春天来了，朱家兄弟果然重返特区。

丁冬兴高采烈地开着宝马，到机场把哥俩接上，这是下午4点多钟的时候，路上车不多，宝马开得飞快。一路上朱蓉生饶有兴致地看着陌生的特区，沉默不语，丁冬跟他说话，他有一句没一句地应着，眼睛就是不离开外面的风景。朱锦生呆呆地、漫无目标地看着前方，没人注意到，一进市中心，他嘴角翕动了几下。

丁冬拐进一条秋枫树掩映的小街，放慢车速，说："我给你们租的房子就在前面那个小区，很安静，你推着朱老板散步比较好。"

"这到龙湖区了吧？"朱蓉生应了一声。

突然，朱锦生躁动不安起来，他竟然抬起手，拍打车门，吓得丁冬一脚刹车，把车急停下来。

"老二，你怎么了？"朱蓉生想按住他的手。朱锦生不知哪来的劲，一下子挣脱了，并且打开了车门。"哎，小心摔跤！"

朱锦生居然稳稳地站在路旁，眼睛直直地盯着花园小区的入口。

丁冬大叫一声："我的天啊！"

朱蓉生不明就里，慌慌张张地从另一个门跳下车："老丁快开后备箱，拿轮椅！"

来不及了，朱锦生眼睛亮得令人打寒战，他竟然迈开大步，向小区大门稳稳地走去。

"老二，你干什么？"朱蓉生追过去，想拉他，但朱锦生还是倔强地往里走去。丁冬把车停在路边，赶紧跟了上来，一边示意朱蓉生别拉他。两人不吭声，紧张地跟在他身后。

朱锦生完全看不出是一个痴呆,他信步走到一栋楼,走上了楼梯,上了二楼,在一个单元门口站下,摸了摸口袋,然后又开始敲门。

门开了。开门的妇女一见朱锦生,倒抽了一口冷气,"你……"却没有拦他,由着他信步走进去。

一个十几岁、像是刚放学回家的女孩盯着他看。

"爸爸?"

朱锦生脸上竟然有了点笑容,"嗯"了一声,向卧室走去。

"老二!"朱蓉生想过去拉他,丁冬拦住了他。开门的妇女看看朱蓉生,"大哥,要不先让他在这里。老丁,还记得我吧?"丁冬早迷糊了,只会一个劲地点头。这个女人,就是朱锦生的前妻陈丽梅。

"这……"

陈丽梅冷冷地说:"反正我是老太婆了,他能拿我怎么样。"

小女孩跟了进去,不一会儿,朱锦生竟然拿着自己的内衣出来了,又折向浴室。

陈丽梅看看,没理他,问朱蓉生:"大哥要不要坐坐?"

朱蓉生手足无措,好在丁冬会来事,赶紧说:"不坐不坐,你们先聊聊。"然后拉起朱蓉生就跑。

朱锦生睡得很踏实,从傍晚睡到深夜,终于醒了过来,他睁开眼,房间里的灯若明若暗,他眨巴眨巴眼睛,盯着天花板看了半天,这才转转头,他看见两个女人坐在床边盯着他,吓得腾地坐了起来,再看看面前的两个女人,准备下床,口里还说着:"对不起,对不起,我不是故意的。"

陈丽梅一把按住他,面无表情但语气温柔地说:"你接着睡吧。"说完拉起女儿就走。不一会儿,隔壁房间传来母女俩酣畅的哭声。

南国春来早,1997年的春天格外温暖。

第三十五章 美国是华尔街的

美国,加利福尼亚,圣克拉拉。

一队顶上闪着警灯的车队拉着警笛,呼啸着开进了位于圣克拉拉的罗氏微电子技术公司研发中心,一群穿着背部印有"FBI"字母的防弹背心的男女,端着枪，不由分说闯进了大楼，训练有素地控制了各个进出通道和车库出入口。

一个西装革履的中年白人男子和一个年轻的棕色皮肤的女子径直向童小华工作室走来。正在电脑前工作的童小华察觉到了外面的骚动，正准备出来探个究竟，迎面遇上了他俩。

"FBI，戴芙妮小姐，请你回到办公室去。"男探员掏出一本黑色的证件，在童小华面前晃了晃，彬彬有礼地对童小华说。女探员则斜着眼睛，一副藐视的样子。

"罗伯特他怎么了？"童小华忘了自己堵在门口，她惊得脸色煞白，第一反应竟是询问自己的丈夫出了什么事——罗伯特在东部开会。

女探员推了她一把，把她推进了房间，冷冷地说："很遗憾，戴芙妮小姐，罗伯特先生很好，可能你有些麻烦。"

童小华松了口气："我？太遗憾了，可能我帮不上你们。"

"你可以保持沉默，但你说的一切都将成为呈堂供词。戴芙妮小姐，你一定认得艾米小姐，她说，她曾经给过你一份文件。据我们侦察，这份文件涉及KC公司的商业秘密。"

童小华彻底放松了，她笑着说："看来要让你们失望了。艾米小姐半年多以前是给过我一份文件，这份文件应该还在她手上。遗憾的是，恰恰是我把我的商业秘密告诉了艾米，而不是相反。"

女探员有点吃惊："可艾米的供词……你说你的商业秘密……"

童小华说："首先要确定一下，我和艾米这半年来只见过一次面，她只给了我一份文件。"

女探员迟疑地看了一眼男探员："是的……"

"那好，我现在告诉你，她差点被KC公司解雇，因为她的设计糟透了，所以来找我。我帮她完善了架构。实际上，KC是一家设计最低端的通用芯片的小规模公司，和我们有两个代差，只能提供给东南亚一些小国生产VCD，他们任何产品都不存在商业秘密。"

男探员傲慢地说："我们会调查清楚的，不过现在我们需要你跟我们走，接受调查，同时，我们要搜查你的办公室。"

"我需要通知我的律师！"

"当然，你可以，但不是现在，现在你必须先跟我们走。我不希望给您这双美丽的手腕戴上这个不雅观的东西。"男探员几乎是有点狞笑着撩开衣襟，露出一副锃亮的手铐。

童小华火了，她眯起眼睛，一脸不屑地伸出双手："不，如果你觉得开心的话。"

两个探员交换一下眼神，女探员耸耸肩，说："戴芙妮小姐，你是受人尊敬的人，还是免了。"

就这样，童小华被带到了警察局，换上了一身橘色的囚服，被拘押了，一夜无人过问。童小华一夜无眠，到凌晨时，她恍然大悟。

第二天中午，满脸灰白、头发凌乱的罗伯特才带着律师杰克·杨来到拘押所，跟在他们身边的，是头天到研发总部带走她的那个女探员，只见她嬉皮笑脸地对童小华说："你被保释了，罗伯特先生保证你不会离开圣克拉拉。我想，你能配合，对吗？"罗伯特瞪了她一眼，恨恨地说："你们会接到我的指控的！"

女探员耸耸肩："嗯哼。"

童小华面无表情地跟着罗伯特回到了家中。一进家门，她终于忍不住扑在罗伯特怀里，放声大哭起来：

"为什么，他们为什么这样对我！"

"戴芙妮，我不会放过他们！"

"罗伯特，你知道的，艾米，我刚到美国时，她妈妈帮助过我，就这，我才帮她修改了架构，没想到……他们是故意找茬！"

"听我说，KC公司已经上告到司法部了，杨律师已经开始搜集资料，为你上诉。"

"他们怎么可以这样！他们怎么可以这样！"

"我昨晚就知道了。戴芙妮，今天我搭第一班飞机回圣弗朗西斯科，在机场，我被商业道德委员会截走了，如果不是要去接你，他们还想跟我谈下去。"

"商业道德委员会？"

"是的，一个很奇怪的机构，我以前也没跟他们打过交道。但是，显然，他们有很大的能耐。"

"什么意思？"

"他们希望你不要去中国。"

"希望我不去中国，为什么？"

"因为你掌握着世界上最先进的芯片技术，他们担心你会把这种技术泄露给中国人，会被用于军事方面对美国和盟国构成威胁。"

童小华苦笑起来："这太荒唐了，IBM、惠普、德州仪器卖了多少芯片和尖端设备给中国,为什么不担心他们的产品被用于军事?"

罗伯特低下头,良久,才闷声说:"那是不同的,你是中国人。"

童小华急了:"我是华人,但我已经加入了美国籍,我效忠美国。"

罗伯特摇摇头:"不不,亲爱的,我当然相信你。可是,并不是每个人都相信你,你血管里流的依然是中国人的血。"

"可是,我血管里流的是中国血还是美国血,对我的研究我的企业有什么影响呢?我不是在为美国的企业服务,为美国赚中国人的钱吗?"

"亲爱的,你偏离主题了,他们认为,因为你是中国人,你就会把美国的技术泄露给中国人,而……"

"这是没有根据的,并不能因为我有中国血统就认为我一定会干损害美国利益的事。"

"可是我不能说服商业道德委员会那些官僚。"罗伯特无奈地说。他小心地瞥一眼童小华,又补充道:"这是国家利益。"

童小华气得满脸通红,她愤愤地说:"我明白了,你们永远也不会把我当美国人的。"

罗伯特过去搂着她的双肩,温柔地说:"不,不是这样的,主要还是因为他们怕你会被中国人利用。"

童小华执拗劲上来,擦了把眼泪,果决地说:"罗伯特,我一直在犹豫,让我放弃美国的生活,那么长时间地离开你和安娜,我还真的下不了决心。但现在,我非去中国不可!"

"可是,你现在是我的妻子,是罗氏集团的董事、总工程师。"罗伯特长叹一口气,接着说道:"戴芙妮,你是个优秀的工程师,但对美国太不了解了,这里面有政治原因。你知道,苏联没有了,欧洲没落了,日本停滞了,现在,世界上唯一可能赶上美国的,只有中国。那是个可怕的国家,他们有十几亿人口,每年的经济增长已经达到了惊人的10%;他们有很强的制造能力,有层出不穷的工程师,他们在工业的所有领域都有完整的生产链条,现在全世界都到中国去办工厂,他们已经成为世界工厂。如果我们不能在高新技术领域遏制住他们,一旦他们在基础科学和核心技术上追上美国,我们将失去立足之地。"

童小华苦笑道:"我不理解,中国人为什么不怕美国,他们甚至还在鼓励美国人到中国去赚钱,他们怎么不怕自己没有立足之地。再说,我不过是一个工程师,我不过是认为中国现在有很好的发展机会,想到那赚点钱而已,而且这是为美国赚钱,我可以赚很多钱。"

"当然，我也这么想，可是我也不明白，你为什么非要在中国建立研发中心，你要知道，集成电路是我们的核心技术，一旦让中国人加入了，我们的垄断地位将不复存在。"

"罗伯特，你也是工程师，你很清楚电子技术的发展，我们要研发很多芯片，我们需要更多的工程师攻关，如果我们在美国做，我们的成本将高于高通、IBM，我们没有任何竞争力，而中国有很多优秀的工程师，他们的年薪只有两三千美元，我可以给他们更多的钱，让他们花更多的时间，干更多的事情。"

罗伯特失态地惊叫道："Stop，戴芙妮，这才是中国最可怕的地方，他们越让我们赚钱，他们的发展就越快，这太可怕了！"

童小华不解地说："可这有利于美国。"

罗伯特已经恢复了平静，他觉得无法跟女人谈政治，她不会明白的，他需要直截了当把问题的实质告诉她：

"戴芙妮，我们离不开美国。我们发展到今天，硅谷的大学、我们协作的公司、美国培养出来的人才，还有宝贵的资金，也就是那些风险投资，都是美国给我们的。一旦离开了美国，我们将出现不可克服的困难。你不这么认为吗？"

童小华眼睛一亮，她走过去搂住罗伯特："亲爱的，你不认为这正是我们要去中国发展最好的理由吗？中国会给我们机会，他们的半导体现在差不多比我们落后了30年，我们将在那里发展成为世界最大的半导体公司。"

罗伯特摇摇头："你太天真了，我们根本不可能有这样的机会，只要我们决定到中国去投资，我们的公司马上就会陷入绝境。"他犹豫了一下，终于一咬牙，口气生硬地说道："戴芙妮，你还记得咱们刚刚开始研发芯片的那个阶段吗？就因为你是中国人，所以我们的融资总是没有着落！要不是我父亲出面四处游说，咱们一分钱风投都拿不到。明白了吗，亲爱的，他们要绞杀我们，再大的公司也承受不了。"

童小华的眼睛里写着满满的迷惑和不解。

"这就是我们引以为豪的自由经济？"

"当然，对美国人是！"

罗伯特一番话不啻是晴天霹雳，童小华咬着牙，喃喃道："原来是这样。我是这么爱这个国家，爱它美丽的国土、善良的人民、发达的科技，爱你，爱我们的父亲罗伯特，可是，你们并不信任我，因为我出生在中国。"

第三十六章　我不能看着别人欺负咱们

"徐主任，童小华被他们抓起来了！"

童小刚接到罗伯特的越洋电话。他的英语也不差，和罗伯特做起码的沟通没问题，但他还是花了很长的时间才听明白：童小华涉嫌盗取其他公司的商业秘密，被FBI带走了。

当时，美国已是深夜。

童小刚惊得嘴巴半天也合不拢，小华做事有胆魄，但无论如何也不会干盗取他人商业秘密的事情，特别是罗伯特言辞凿凿地说：就那样一家小公司，也配！

"我马上去美国。"他对着电话喊了起来。

童小刚连工作都没来得及交代，便匆匆开车去找徐洪波。这种时刻，无论如何都要徐洪波给拿主意了！他来到新岸高新区徐洪波办公室，一见徐洪波，就忍不住着急地想大声说，不料嗓子完全哑了。

徐洪波面容严峻，却沉着镇定。

童小刚说道："昨天晚上，FBI把童小华抓走了，说她盗窃了一家小公司的商业秘密。罗伯特说，这比侵犯知识产权还严重。当然，罗伯特说，那是不可能的，童小华的水平比他们高不止两代，犯不着去偷他们的东西……"

徐洪波声音低沉地说："我知道了，咱们不会坐视不管的！"

童小刚这才注意到徐洪波脸色铁青得吓人。

荆江龙第一时间通过《维港》杂志社的专线向徐洪波通报了童小华被捕的情况，他掩饰着内心的焦急，尽量用平淡的口吻与徐洪波通了气，荆江龙在电话里还说，他跟李朝仁也通了气，他建议徐洪波适当的时候跟李先生接触一下，毕竟，李先生也很关心童小华。末了，他告诉他自己很快要去美国采访。电话里，荆江龙的声音低沉而坚定：

"我们不会坐视不管的！"

但此刻徐洪波一筹莫展，心里堵得慌，两手放在桌子底下攥着拳头。他从来没想过世界上会有人这样耍流氓，从来没做过这种预案，完全措手不及。他为自己的无能感到很懊恼！

"我要去美国看看小华，我应该做什么？"

徐洪波看了一眼一脸焦急的童小刚，说："你当然应该去，这个时候，童小华需要中国的亲人在身边。至于……我也在等相关信息。他们抓童小华根本就不是什么商业秘密的问题，而是要阻止童小华回国。说白了，童小华案，不是经济案，是政治案。"

"我也想到了。徐主任，你说，这，这不是耍流氓吗？"

"童小华掌握着先进的半导体技术，这是未来高科技产业的命脉，有人不愿意让中国人和他们并驾齐驱，他们会不择手段打压向中国输出先进技术的可能。我们和童小华都太天真了。"

童小刚说："他们越这样，越证明童小华的价值！我刚刚跟罗伯特通电话，他也很气愤，他说这次FBI侵犯人权，他要去揭露他们。他们不是老说什么人权，可看看他们干的事！"

徐洪波鼻子里"哧"了一声："与虎谋皮。"他眼睛越过窗户，看见了远处的那片待开发的土地，夏季风吹拂着低矮的灌木丛，那是规划中的高新区微电子片区；再远处，越过一片短短的海湾，是香港青青的山角。南国的阳光霎时照亮了他的胸膛，一个想法渐渐在他脑海中成形：我们自己干！

他长吁一口气，对童小刚说："不，我们不能光想着跟人家打官司，这个时候，是用实力说话的时候。童小华一定会洗刷掉泼在她身上的污水的，咱们要把她接回来，我们为她建一座芯片厂！"

童小刚眼神被点亮了："对呀，咱们自己干！我们自己可以融资啊，我身边还有不少有钱人呢。"

徐洪波胸中的块垒在加速消融，他的脸色开朗了许多："你们放手干吧，美国佬给了我们一次好机会呢。不就几十亿美元吗，我们的融资系统现在完全有能力解决。"

对，就是这个意思！他的想法更成熟，他想起荆江龙提醒他找下李朝仁的建议。他站在窗前，对着微电子区以及隔海相望的香港的青山望了很久，童小刚走了都没察觉，只听小刚说了声："小华的生命力很强！"

徐洪波终于来到张力力办公室。

"哦，洪波啊，我正要找你呢。"张力力脸上的表情是徐洪波能想象得到的严峻，他把徐洪波让到沙发上坐下，又仔细看了看他："嗯？你不会还不知道吧？"

"我都知道了。"徐洪波淡淡地说了句。

张力力脸色也稍缓，徐洪波的淡定，说明他有想法了。他在徐洪波身边坐下，说："宝枫市长刚刚给我来电话了，要求我们目标不变，阵脚不乱，沉着应战，利用一切可以利用的资源，采取一切措施，保证童小华回国创业成功！宝枫市长决定亲自抓这个项目。他也转达了晓光书记的意见，政治问题通过政治渠道解决，市场的事情通过市场解决，我们要严格按市场规则办事。这两天市政府就要召开相关部门参加的工作会议，专题讨论。现在由你牵头，组织一下材料。"

徐洪波说："我就是来向你请示这个问题的，好呀，这么快就上升到市级的层面了，还怕解决不了问题吗？刚刚童小华的哥哥也来过了，他想为童小华募集资金，为童小华建芯片厂。我想再去找下香港的李朝仁先生，大家一起干！"

张力力点头称许："这很符合晓光书记强调的'市场的事情通过市场解决'的原则啊。洪波，现在新兴半导体技术列入了国家发展战略，特区当然要走在全国的前列。当年，咱们的前辈凭借朴素的爱国心，回到祖国，建设起强大的国家。今天，改革开放让我们有充足的底气，帮助爱国人士回国创业，一起实现中华民族的崛起。咱们国家有童小华这样的儿女，有强大的经济实力，谁也阻挡不了我们前进的步伐！"说到最后，他几乎是咬牙切齿了。

徐洪波说："如果没有改革开放，没有特区，碰到这种事咱们哪有这样的底气。"

徐洪波召集园区各有关部门，制定扶持集成电路发展的政策，包括减免征关税、企业所得税，提供专项贷款优惠利率、用地保障，还有优质企业落户奖励。徐洪波将此称为财税、投融资、进出口等的"政策套餐"。在完成政策层面的设计后，他拨通了李朝仁的秘书王子凡的电话，请他尽快安排自己见一见李朝仁。王子凡在电话中甚至都没按惯例问一下具体事宜，就满口答应了。第二天，王子凡就给徐洪波打电话说：李先生请徐先生到香港打高尔夫。身心疲惫的徐洪波听了，忍不住呵呵笑了起来，这个大富豪，总是想展示他举大事若烹小鲜的酷劲，他压根不相信二公子有兴致请他打什么高尔夫。徐洪波自然很爽快地说："好啊，谢谢李先生关爱，我正想休息一下呢。"

他已经想好怎么说服李二公子。

待徐洪波跟张力力请好假，又报了市委同意。李朝仁派来接他的那辆高顶大众旅行车已经停在了小院里，王子凡毕恭毕敬地站在一旁，等候徐洪波上车。

一路无话，旅行车沿着沿海公路，一路狂飙，直接开到了香港清水湾高尔夫俱乐部。李二公子已经上场了，王子凡带着徐洪波来到更衣室，请他换上高尔夫球衫。徐洪波表情有点尴尬地说："还真打球啊？我不会呀。"王子凡也装不了恭敬了，笑了起来，说："徐先生，你们是老朋友啦，您陪他聊聊天就可以啦。"徐洪波点头称好，换上衣服就跟王子凡坐上奔驰电瓶车，上场去会李朝仁。

李朝仁刚刚向果岭打了个漂亮的球，正支着球杆自我欣赏，见徐洪波来了，笑着打个招呼，把杆递过去。徐洪波扬扬手中的杆，说："我还是一会儿到练习场打吧，这里我可不擅长。"

李朝仁知道这个土老帽内地官员没有打球的天赋，便不再坚持，兀自扛着球杆向果岭走过去。徐洪波连忙跟上。其他人包括球童都识趣地远远跟在后面。

两人走了几步，李朝仁看了一眼跟在身边的徐洪波，僵硬着脸："你和戴芙妮一样的死脑筋，非要在鹏港。搞成这个样子！"

徐洪波云淡风轻地笑笑，说："没什么大不了，咱们自己干呗。"

李朝仁一脸冷嘲热讽："自己干？我都听说了，我鹏港的那些可敬的朋友行动很快啦，他们在搞一个基金，要接戴芙妮回来。是你的创意吧？"

徐洪波没理他那副嘴脸，认真地问："李先生认为怎么样？"

"怎么样？他们没有一点概念。"李朝仁蹙起眉头，看了一眼正色的徐洪波，便也认真起来："芯片工厂是他们几个人能搞起来的吗？海量资金、制程设备、工程师、管理人员，他们有吗？那个童小刚，造个机器人都要到我这买芯片，还搞芯片研发，也不怕他妹妹笑话。"

"又不是童小刚做，童小华总懂吧。"

李朝仁是从不在乎别人的观点的，依然自顾说道："芯片生产与工业革命几百年来所有的生产都有根本性的不同，技术含量之高只有少数国家和地区能涉足。它的制程系统你们很难配套，从前端工序的单晶炉、气相外延炉、氧化炉，到晶圆制造环节的低压化学气相沉积系统、磁控溅射台、光刻机、刻蚀机，再到封装环节的离子注入机、晶片减薄机、晶圆划片机，还有测试环节的测试机、分选机、探针台，全是西方国家才有能力生产的设备。特别是光刻机，全球只有荷兰的 ASML 能生产，那是因为《瓦森纳协定》严格控制向中国这样的国家出口的。"

徐洪波的确不懂，他相信斯坦福毕业的李朝仁说的。他有些气馁，小声辩解道："我不相信离开西方我们就做不出芯片，我们那么多工控芯片哪来的。"

李朝仁气呼呼地摇摇头："徐先生，说真的，我很喜欢你，又很烦你。你为什么不帮我？把戴芙妮拉到香港来，现在正是好机会嘛！你是为了政绩吗？想当官吗？在你们共产党里面当多大的官能赚到我给你的这么多钱！"

徐洪波有心跟他谈谈理想、人生，马上又转念，算了，跟香港资本家谈这个不啻对牛弹琴，晓光书记说得好：政治问题通过政治渠道解决，市场的事情通过市场解决。于是，他换上一副笑脸："李先生，承蒙您厚爱，我也想怎么帮李先生您发财呢。"

李朝仁不知他葫芦里卖的什么药，不吭声。

徐洪波说道："以我愚见，像李先生这样的全球投资家，在产业布局方面格局一定要大。内地对芯片的需求今后一定是全球最大的。李先生应该知道，内地其实并不是不能生产芯片，只是我们的设备还不够先进，但现在半导体已经有了很完善的体系，我们的军工企业在闷声发展而已啦，如果哪天全部转向民用，你想想……"

李朝仁有点沮丧，他闷闷不乐地"嗯"了一声，没表态。

徐洪波又说："香港、台湾地区，充其量是千万人口级的，美国日本也不过是一两亿人口级的，咱们可是十几亿人口级的。而且内地工业已经形成了全世界最完善的体系，产业分类名录中的500多个工业门类，内地全有，而且都成体系，这一点连美国都没有做到。你在内地抢占了这块市场，理论上讲比推进香港的电子园更紧迫呀。"

徐洪波说着，正好看见脚下有一个球，操起球杆就是一下，结果……李朝仁终于忍不住笑起来："清水湾的草皮很贵的，你别在这里挖草。"笑完，他又有点感慨："徐先生，我真的很遗憾没能把你请到公司来。咱们认识时间不长，你的意志力给我留下了很深刻的印象，懂管理的人一抓一大把，像你这样意志坚定的人不多。"

徐洪波尬笑着朝他拱手。

"晚上你别回鹏港了，我请你吃饭，咱们再详细商谈。"李朝仁根本就没想征求徐洪波的意见，自顾说着，"你跟童先生他们讲，和我一起干。他那个基金搞那点钱，刚够买台光刻机。没有50亿美元搞不掂的。还有，我手上有一个人才……谁都请不到的。"

"李先生……"

"我来搞个财团，一定要让戴芙妮做起来！"说着，他把手中的球杆在草地上重重一顿：

"我不能看着别人欺负咱们！"

第三十七章　立即解除对罗伯特夫人的软禁

《邮报》是圣克拉拉发行量最大的报纸。时事记者爱普森习惯性地点开了邮箱，顿时，一封题目为"艾米真相"的邮件引起了他的注意，他连忙点开，看到了一个大家都熟悉的头像：艾米！下面，是一段很不清晰的录音，但这段时间一直在采访艾米的爱普森听得出，是艾米的声音：

"罗伯特夫人帮助过我，我不能……"

一个男人阴沉沉的声音："想想你的账单吧，我的小猫。"

"可是 KC 不值得罗伯特夫人……这是众所周知的。"

"商业道德委员会你听说过吗？他们会告诉大家是值得的……"

"不，我不能……"艾米的声音小得几乎听不见。

"想想你的房子，你的丈夫还在牢里呢……"

另一个男人的声音，似乎很爽朗："哈哈，KC 不值钱，罗伯特夫人不会有事的，不过是让她别去中国。艾米，国家需要你这样做。你是个爱国者，国家会帮助你的。"

"不——"艾米的声音充满了绝望。

"My God！"爱普森跌坐在椅子上，额头上沁满了汗珠。他很快站起来，发疯似的往主编室跑去，"格林先生！我这有篇普利策奖的报道！"

第二天，《邮报》头版整版是一幅艾米的照片，她绝望地瞪着无神的眼睛，像在看着头顶巨大的黑洞。压图一个简洁的标题：

"国家需要你这样做！"

第二版，是记者爱普森的深度报道全文。

市长克莱尔深深陷在办公桌后面的转椅里，隔着并不宽大的办公桌，一个身材高大，红头发红脸膛的彪形大汉站在他面前，弓着脖子，以俯瞰的姿势逼近克莱尔：

"市长先生，你看了今天的报纸吗？"

答案是肯定的，市长桌上摊着当天的《邮报》。而这个敢到办公室来质疑他的大汉，当然不仅仅是因为体格上的优势，他是半导体工程师工会主席菲尔斯。

"这是我们的耻辱，市长先生。司法部随便找个借口就可以拘押你的市民，理由仅仅因为她是一个中国出生的女孩。在硅谷，我们有很多亚裔的工程师，今天他们抓华人，明天就会抓印度人，后天就会抓韩国人，再后天，My God，天晓得他们还要抓谁。我要你马上去华盛顿，马上，OK？去告诉那些狗娘养的，让他们的人马上滚蛋，滚出硅谷！"

"菲尔斯，你冷静点，罗伯特夫人盗窃了 KC 公司的先进技术，FBI 有证据……"

菲尔斯冷笑一声，毫不客气地打断市长的话："你看看这个再开口吧。"他把一个大信封扔到市长办公桌上，用粗大的手指点着说："这是一份证明，50多个教授和工程师签名的证明，证明罗伯特夫人掌握的技术比 KC 公司的先进两个世代，KC 公司那些垃圾，只配给电动儿童玩具使用，没有任何有价值的东西值得罗伯特夫人感兴趣。"

市长讪讪地说："可是菲尔斯，不是这样的，据我所知，罗伯特夫人去了趟中国，她要把芯片工厂搬到中国去，有可能威胁美国利益。"

"麦道都去了中国！你认为中国人因此会造出轰炸机来轰炸圣弗朗西斯科？"

"菲尔斯……罗伯特夫人是中国人。"

"No，我知道她是罗伯特的妻子，是我的老朋友老罗伯特的儿媳妇。老罗伯特给本市创造了 2000 多个就业岗位，而现在，他为此躺在南美洲一家臭烘烘的医院的急救室里。"

克莱尔市长蔫蔫地说："我们市政府当然很关心他。事实上，我已经给老罗伯特先生的秘书打过电话了，我还托人给他带了雪茄。"

"克莱尔，你别跟我打官腔，我要游行示威，向司法部示威，要求他们立刻释放罗伯特夫人！"

"当然，你当然可以。"市长的声音小得像蚊子。

"行了，我还要去找丘副市长，他们中国人胆子太小了，竟然不上街抗议！"

工会的效率出奇地高，第二天，一支四五百人的游行队伍沿着大街向市政厅缓缓走去，队伍中有白人，有黑人，更多的是亚裔。他们穿着统一的白色 T 恤，上面印着童小华的头像和两只手，手上，是一副被砸断的锁链，有的人还举着巨大的童小华的照片。走在队伍最前列的，就是那位身材高大的工会领袖菲尔斯。

"给童小华小姐人权！"

"人权，人权，人权！"

"给我的妹妹自由！"

"童小华无罪！"

"爱美国，爱童小华！"

队伍行进到了市政厅前的小广场，一身正装的克莱尔市长早已肃立在那里。游行队伍又喊了一阵口号，菲尔斯挥挥手，示意大家安静，然后他展开一封请愿书。这时，有人给他搬了一张椅子来，他灵活地跳上去，大声读了起来：

"……我们强烈要求立即解除对罗伯特夫人的软禁！……"

徐洪波在办公室，翻看着一沓照片，那是旧金山要求释放童小华的游行场景的照片。荆江龙坐在他对面，这沓照片就是他带来的。徐洪波一张一张，仔细地看着，眼眶不觉有些湿润。

"美国司法部已经宣布对童小华的指控没有找到事实依据，解除了对童小华的软禁。不过，他们有个什么商业道德委员会还在找罗伯特先生的麻烦。这个委员会很有能耐，他们有很多手段阻碍罗氏公司到中国投资。据我们所知，童小华已经不上班了，在家带孩子。"

徐洪波的眼泪终于没有止住，滴在了照片上。他连忙掩饰地使劲眨巴眼睛，悄悄擦掉眼泪。"啊？好啊，罗伯特先生有麻烦，我们当然不能勉强他。童小华人没事就好了。"

荆江龙识趣地端起烧水的铁壶，到外间去找徐洪波的秘书小陈接水。回来后，见徐洪波已经把照片整理好，放回了大信封。荆江龙接过信封，装进自己的皮包里，正准备告辞，外间有一点骚动。

"徐主任在吗？"

徐洪波听得真切，是丁冬，连忙应了一声："丁冬吧，进来！"

第三十八章　跟我去香港，现在

丁冬左盼右望，肖佳玫终于来了。特区已是炎夏，肖佳玫短衣短裙，美艳四射，白净温润的皮肤晃得丁冬眼神没处放。

丁冬开车带她在特区转了一圈下来，肖佳玫真心爱上了这座年轻亮丽的城市。丁冬还带着她到自己的公司炫耀了一番，让韩主任韩梦雪亲自过来给她倒茶续水，把韩梦雪整得心里堵了好几天。

终于到了要谈正事的时候了，丁冬慌了，他事先并没有问过徐洪波。他在电话里支支吾吾地把事情的来龙去脉说了一遍，末了说，如果有困难，就算了。谁知徐洪波很爽快地说："你的女朋友我当然要帮，我们高新区有公安分局，虽然公安系统的干部调动我管不了，不过公安系统也是要引进人才的。你先带人给我看看呗。"

丁冬就带着肖佳玫来到了高新区。

进门的时候，丁冬走在前面，他硕大的身躯把秀气的肖佳玫完全遮挡了，等他闪到一旁时，肖佳玫在徐洪波办公室的出场就有了惊艳的戏剧效果，徐洪波只觉得眼前一亮，正要跟她握手，不曾想肖佳玫脸色大变，一个健步越过徐洪波，飞也似的蹿到了荆江龙面前，照着他的脸"啪"地就是一记响亮的耳光。

徐洪波伸着手僵化在原地。

丁冬的嘴巴张得看不见他的脸了。

荆江龙低着头，像一截木头似的戳在原地，脸上五个鲜红的指印格外刺眼，那个样子，是抗日神剧里挨了长官巴掌的日本鬼子才有的模样。

肖佳玫喘着粗气瞪着他，眼泪却不争气地滚滚而下。

荆江龙何许人啊，竟然被这个小女人打成这模样！

徐洪波好像明白了点什么，连忙拉着瞠目结舌的丁冬出来，没忘记把门带上，又没忘贴着门缝听了一下，只听得里面又传出撕打声，又听到荆江龙捏着嗓子叫道："你干吗你干吗！"

徐洪波好容易才憋住笑：好啊，你小子装神弄鬼的，也有今天！唉，这就是恶人自有恶人磨啊。徐洪波暗笑了一回，对一脸张皇的小陈说："你守在这，别让人进去。"

徐洪波和丁冬走了出来，丁冬还没醒过神来，他一脸蒙圈地望着徐洪波。徐洪波拍拍他的宽肩膀："老丁，你先回吧。小肖的事回头再说。"

"这……"

"回吧，回吧。"徐洪波劝道。

徐洪波的办公室里，显然发生过一场打斗，现在，荆江龙用一条胳膊从背后抱住了肖佳玫，另一条胳膊锁住了她的喉咙，只听他小声但威严地说了声："你给我坐下！"顺手一抛，肖佳玫腾空而起，跌坐在房间另一侧的沙发上。肖佳玫没占着便宜，但显然不敢再打下去了，她用仇恨的眼光瞪着荆江龙。

荆江龙在她对面坐了下来，说道："佳玫，当时真的很紧急……后来，只听说你又回了蓉城……"

肖佳玫可没荆江龙的修养，她还在哭闹："那后来呢？你知道我等你等得多苦！"话音未落，她已经放声大哭起来。

荆江龙急得不知道怎么是好："佳玫，别这样……这是人家的办公室。"

"我不管！"肖佳玫改成嘤嘤地哭。

荆江龙叹口气说："这么多年了，我以为再也见不到你了，原来还打算找个老婆的……"

这句话就这么灵，肖佳玫一下子止住了哭，眼泪还挂在脸上，就急切地问："你还没找老婆呀？"

荆江龙苦着脸摇摇头："我有心理障碍，有些印象老是抹不去。"

"去你的心理障碍！"肖佳玫一跃而起，不知是一个什么样的高难动作，飞过横在他俩面前的茶几，扑向荆江龙。坐在折叠椅上的荆江龙接住她，顺势就倒在地上……

肖佳玫滚烫的嘴唇准确地寻找到了目标。

现在，两人喘息甫定，平躺在办公室的地板上——荆江龙聪明过人，知道徐洪波不会这时让人闯进来，他侧过头，望了一眼闭着眼睛、一脸陶醉神情的肖佳玫，说："没想到，你还没忘记这些功夫。"

肖佳玫说："我们公安要经常跟坏蛋搏斗呢。"

"那……"荆江龙腾地坐了起来："枪法呢？"

"还行，我经常去教导队练习，长枪短枪都打。"

荆江龙一把拉起她："跟我走。"

肖佳玫敛容道："去哪？"

"香港。"

肖佳玫条件反射似的立正，平静地问：

"什么时候出发？"

"现在！"

第三十九章　智擒飞天大盗

香港，弥敦道。

庄志强被眼前的女人彻底迷倒了，身家数亿、在黑社会被誉为"黄金强"

的庄志强也算是阅女无数，可那些女人跟眼前这位一比，就是烟花女和贵家女的差别。

这位从云南来的肖姓女子端坐茶楼一处靠窗的位置，似乎漫不经心地望着窗外车水马龙的街道，她薄施粉黛，面若桃花，一条香港并不多见的乳白色旗袍款短裙把她的胳膊和半条大腿衬得更加光滑洁白。她斜乜着星眼看着外面，那姿态真是说不尽风情。

庄志强快要流涎水了。

女子漫不经心地轻轻用一把折扇扇着风，扇子上是一幅水彩画，上面有两个古装人物互相作揖，旁边四个醒目的大字"李白乘舟"。

女子按约定时间在这里坐了5分钟了，庄志强匿在一侧的屏风后面观察了她5分钟，心里打鼓5分钟："接头的暗号是对的，但这个女人怎么看也不像是那条路上的女人呀。"

几个月前，庄志强通过道上的人从西南境外的金三角走私一批枪支，准备在香港回归前再大干一票，西南方面一个叫"蒙哥"的人带着这批枪支来了特区东部的海洪市，那里是庄志强的拍档、受伤入监的卓企雄的老家。双方以往都是在海洪外海一手交钱一手交货。在办理正式交易之前，庄志强会亲自或派自己最信任的马仔到特区去和蒙哥商量确定一些事宜，反之亦然，蒙哥亲自过香港和庄志强会谈。最近庄志强第六感意识到特区方面风声有点紧，催蒙哥下香港商量，但一直等到昨天，蒙哥才亲自打电话给他，说自己有点不方便，请了一位姓肖的小姐到香港去见他。肖小姐会带一份文件。

眼前这位美艳女子，无疑就是肖小姐了。

虽说有点不像，但绝对是尤物！

庄志强拿着一把同样的扇子，边走边轻轻摇着，走到肖佳玫面前，快速扫了一眼肖佳玫，便捏着嗓子，酸文假醋地问道："小姐，这个位子有没有人坐啊？"

肖佳玫早看到他过来了，对那张还算得上俊朗的大脸，肖佳玫已经通过各个角度的照片看了许多遍。这个"飞天大盗"曾经被香港警方抓获，但他都利用香港法律的漏洞逃过了制裁，香港警方恨得直咬牙，又奈何他不得。这一次，内地警方抓获了从金三角一带给庄志强运送武器的缅甸人蒙哥，罪案现场发生在内地，荆江龙不客气了。庄志强狡诈过人，极为敏感，轻易不踏足内地。在香港和特区从未露过面的肖佳玫恰在此时出现，荆江龙大喜过望，就是她了！肖佳玫曾经在他手下接受过集训，身手非同小可，更兼胆大心细，是充当"诱饵"的最佳人选。就这样,肖佳玫跟着荆江龙来到了香港。

现在,这个人就站在肖佳玫面前。

肖佳玫用懒懒的眼神看了他一眼,抬手指指对面卡座。

庄志强涎着脸就要往肖佳玫身边坐,这时,他看见了肖佳玫的LV包放在卡座上,像一道堤坝挡住他接近那双美腿。庄志强干笑一声,不由分说伸出手想把包包拎起来,肖佳玫不动声色地用手一挡,顺手推了他一把,然后又抬手指指对面。

"呃。"庄志强尴尬地笑笑,"肖小姐,你这么贵重的包这样放,很容易被盗哦。"

肖佳玫歪着头,带点嘲讽地说:"是吗?这个包包跟我起码走了几万里路吧,还没见有谁敢动一下呢。"

庄志强在抬腿退回到对面座位时,不忘仔细看看那个1990款的LV,果然表面的皮质磨得很亮,看上去像是用了很久。他心里骂了句"顶你的肺",口里却说:"肖小姐,这里可是香港。"

肖佳玫夸张地撇了一下嘴:"本小姐在金三角出生入死,谅香港的小扒手也没那么肥的胆。"

庄志强气急:顶你的肺,你不知道我是谁吗,不知道香港人半夜吓小孩都是说"强哥来了"?他也学着肖佳玫撇下嘴,说:"肖小姐出生入死就背个名牌包包,本强哥出生入死一斩就是10亿港纸。"

肖佳玫一听这话,连忙收起刚才的高冷表情,两眼浮着妩媚之色:"我早听说强哥的传奇故事了。不过,强哥钱再多,只要我愿意,也是探囊取物。"说着,她脸色陡变,一扬手,照着庄志强投去一个厚厚的皮夹。庄志强眼明手快,连忙接过,一看,竟然是自己的支票夹,他下意识地摸摸自己的西装内袋,已经被划开了一道缝。眼前这个女人不知道什么时候"探"了他的"囊"。

肖佳玫见庄志强脸上红一阵白一阵,"哧哧"地笑了起来,她把手掌摊在庄志强面前,上面有一枚小小的刀片。庄志强一看,也呵呵地笑了起来,连忙向她竖起拇指:"高手,高手。"

庄志强放心了:这个肖小姐看来真是飞檐走壁的黑道人物,这种下三烂的手段,也就内地那些小混混会用。这个肖小姐想在自己面前露一手,实际上暴露了她不过是个跟着大佬混的小女贼。不过,这个无脑女贼倒真是个尤物,值得好好享受哦。

庄志强心理上一放松,便恢复了往日的轻狂,抖着二郎腿,口气轻佻地问:"肖小姐以前来过香港吗?香港可是很开放的地方哦,肖小姐没有想过在香港发展?"

肖佳玫淡淡地说:"我就是个柴火妞,在你们这么开放的地方发展,想都不敢想。"

庄志强把头伸过桌子:"跟着强哥,混香港洒洒水啦。"

肖佳玫好像不堪庄志强的骚扰,打断他的话头,轻声说:"好啦好啦,强哥,我是替蒙老大来跟你约时间交货的,咱们还是谈正事吧。"

和肖佳玫见面还不到10分钟,眼前这个美人已经变了好几副面孔,一会儿是高冷,一会儿是妩媚,一会儿是端庄,一会儿是轻佻,真是演尽了万千风情,看得庄志强心痒难忍,恨不得手。他已经确定这个女人是道上的人,这么个尤物送到眼前,不玩一玩遗憾终生啊。于是他有点迫不及待地说:"蒙老板的事情不急,肖小姐来一趟香港不容易,晚上我做东,请小姐到香港最好的酒店赏赏维港夜景。"

肖佳玫冷冷地说:"对不起,我没兴趣,我马上要回缅甸。"

庄志强急得有点语无伦次:"别别别,良宵一刻值千金呀。"

"对不起,我是帮朋友的忙才来会你的,我自己还有生意。"

庄志强这才想起了正事:"对呀,原来蒙哥说好来香港的,怎么……"

肖佳玫淡淡地说:"蒙哥证件出问题了。"

"那,那个缅甸佬?"

"你真是强哥吗?"

"怎么?"

"你不知道阮基文被……"肖佳玫熟练地做了个割喉的动作。

庄志强依然不动声色地问:"那蒙太……"

肖佳玫冷笑道:"你说的是哪位蒙太太?据我所知,没有一位蒙太太有本事到香港来见你。"

"呃?"庄志强打消了对这位陌生小姐最后一点疑问,终于说:"那你是蒙哥的……"

"蒙哥救过我,要不,我才不会为了二十几万港币的生意替他跑这趟腿呢。好了,蒙哥说电话里约不方便,他特意让我带了这封信给你,时间地点都写在里面了。"说着,肖佳玫把一个特区万豪酒店的信封交给庄志强,"就你这副港灿相,可以确定你就是强哥,这个交给你了。"说完,肖佳玫拎起自己的包站起身来,就要往外走。

庄志强早已神魂颠倒,特别是肖小姐竟然说他"一副港灿相"更让人吃瘪,那是香港最厉害的骂人话,他有些着急地站起身来,拦住肖佳玫:"肖小姐,请留步。"说着,他就势坐到肖佳玫这一侧,掏出支票本,匆匆写了一张,撕下来递给一直站在一旁的肖佳玫,"10万港币,请小姐赏光吃晚饭,如何?"

肖佳玫接过来,卷成一个纸筒,插在庄志强的西装口袋里:"本小姐不识字,只认得钞票。"

庄志强说:"我车后尾箱正好放着十万港币。"

肖佳玫好像很不情愿似的又坐了下来,抬起脸看着天花板,看了一会儿,才软软地说:"强哥,不好吧,我真的跟朋友约了,今天一定要回特区。再说,带着10万港币,也过不了关呀。"

庄志强心口乱跳:搞掂!还是没见过世面啊,作什么作,什么女人不爱钱啊?才10万港纸,她就软了。于是他拍拍胸:"没问题,我开车送你过关,咱们到特区吃饭好了。"

"那,麻烦强哥了。不过,你见到蒙老板……"

庄志强哈哈一笑:"我识做(懂)的啦。"

两人一前一后走出酒楼,庄志强的红色法拉利就停在酒楼门口,庄志强很绅士地帮肖佳玫拉开车门,护卫她上车坐定,然后启动法拉利,只听得一声"呜呜"的轰鸣,法拉利已经灵巧地冲上了弥敦道,向北驶去。

庄志强的法拉利挂的是两地牌,很顺利地过了关,向鹏港飞驶而去。

次日,香港各大报纸在头版位置登出新闻:《"飞天大盗"庄志强被收监,疑在内地私藏大批武器!》

第四十章　中国人联手干

美国,旧金山。

童小华被FBI解除了软禁,商业道德委员会却希望罗伯特劝她暂时"休养"一段时间,罗伯特的倔劲上来了,一口回绝说:"不,我夫人的研究一天也不能中断。"但童小华却有点心灰意冷地说:"罗伯特,算了,我真有点累了,我想在家好好陪陪安娜。"

就这样,童小华给自己放了个大假,每天接送小安娜上学放学,带她到游乐场，母女俩从来没这么开心过。童小华不停地自责，安娜都这么大了，自己还真没这样陪过她呢。也许，以后又没有这样的机会了。想到这里，她踌躇起来。这天，她送完安娜上学，刚回到家就接到了一个电话。一听到话筒里的声音，她忍不住开心地笑了起来："我的天啊，公子，你怎么有空给我打电话呀？"

电话那端，李朝仁也开心地说："戴芙妮，你的声音听上去好开心，这我就放心了。"

童小华调皮地说："当然了，我现在是全职太太，当然开心啦。"

"全职太太，太好了，太好了。呃，我到旧金山了。"

"等等，你在哪……我过去。"

一听到李朝仁的声音，童小华就有点急不可待的感觉，潜意识中她觉得应该尽快见到他。

唐人街里连续多年被米其林美食指南推荐的岭南小馆，这天中午被一群穿黑西装的年轻男子包了，他们一边慢慢地撕着岭南白斩鸡，一边用眼角睃巡着四周。不用说，这是二公子李朝仁的做派。果然，在里面的一张餐台，李朝仁一身休闲装，背对着门，和一个她不认识的、头发花白的男人悠闲地喝茶聊天。

童小华一到，马上有人把她领到了李朝仁的座上，李朝仁轻轻地握了一下童小华的手，他边上的那个白发男子也站起来，朝童小华微微鞠了个躬，然后给她的杯子里倒上茶。童小华快速地打量了他一眼，此公虽说头发花白，但面相也就40岁出头的模样，身材匀称，脸上的神态不温不火，眼神沉定，看上去像极了李家的某一位账房先生。

童小华用探寻的眼光望了一眼李朝仁，李二公子却仿佛没注意到，只是问："戴芙妮，近来可好啊？"

童小华见到香港来的熟人，自然撒撒娇，便说："电话里不是跟你说了，好，好，好。你怎么……又要买谁家的公司？"

"你说你现在是全职太太。"

童小华心头一阵凉意，便把脸凑到李二公子耳边，悄声说："商业道德委员会建议我休养一阵。你明白吗？"

李朝仁没心没肺地哈哈一笑，说："戴芙妮，你是该休养了，你给社会的贡献已经超出全世界绝大多数女人一辈子能做到的了。"

童小华嗔怪道："你总是什么都无所谓。"

李朝仁舒舒服服地靠在椅背上："其实我知道，我们的戴芙妮是休息不下来的。我来找你谈一笔生意，请你出山。"

"出什么山？你以为我真的退隐江湖了？"

"不不，我的意思，是换个地方发展。什么东西！这里不适合你。"

童小华脸一沉："别说了。"

"你不是一直想回去发展吗？"

童小华痛苦地摇摇头："公子，我现在才知道，我太天真了，罗氏公司背后是美国的财团，财团背后还有一股势力。你懂吗？"

李朝仁是见过大世面的，他云淡风轻地一笑，说："不就是钱吗？我出头建一个财团，还有什么搞不掂？"

"我不明白你的意思。"

李朝仁亲自给她的杯子里加上水，看也不看她一眼，说："我都跟你说过多少次啦，到我的电子园去啦。"

童小华一嘟嘴："不去。"

"账房先生"连忙接过话茬，他操着一口台湾腔的普通话说："罗小姐，这里有一份计划书，请您过目。"说着，把一个文件夹递给了童小华。

童小华接过来一看，马上入定了，这是一条完整的芯片生产线！

童小华一进入专业领域马上就忘了其他，她边看边问道："你们对技术指标有什么想法？12英寸的晶圆、55纳米的芯片有没有问题？"

李朝仁说："这是你考虑的问题。"

"账房先生"说："大陆军方可能已经覆盖了半导体生产制程的各个环节，像拉晶、光刻、沉积、刻蚀、清洗、检测、封装应该都有，但目前大陆民用半导体企业布局还远远没有成形，长江三角洲一带有厂商在布局覆盖。你看，我们要建一个完备的芯片公司，从存储器 DRAM NAND Flash，到逻辑电路的 CPU、GPU MCU，还有模拟电路芯片、射频芯片、半导体 IGBT 等，我们都要覆盖。你说的那个指标，是起码的。"

童小华把文件夹还给"账房先生"，扭头对李朝仁说："50亿美元耶，真是大手笔。这应该是你的电子园最大的项目吧。"

李朝仁瞪圆双眼："我说电子园了吗？为童小华董事长打造的项目，怎么能不听童小华小姐自己说要建在哪呢。"

"去你的。"童小华擂了他一拳，"还拿我寻开心。"

"你不认为自己是董事长合适的人选吗？戴芙妮，你放心，我们只是投资方，你是公司的决策者，公司设在哪里，研发制造，一切你说了算。"

"我要说放到鹏港去呢？"

"悉听尊便。"

童小华白了他一眼："你就拿我寻开心吧，这么好的项目你不要？"

李朝仁喝了口茶，说："我说不过鹏港的那个徐洪波啊。当然，肖先生也执意要放到新岸去，他说在内地才能把工厂做到世界最大。"

"等等，你刚才说肖先生，……肖汉？"

"在下就是肖汉。""账房先生"冷不丁插了句话。

童小华一口茶全都"噗"地喷了出来，连擦一下都忘了，两眼直勾勾地看着这个蔫不拉几的台湾人：

我的天啊，他是肖汉，半导体业的传奇！

台湾从 1975 年获得美国无线电公司授权制造芯片，台湾联华电子开创了台湾的 IT 产业，到 20 世纪 90 年代，台湾地区在世界 IT 产业奇迹般地独树一帜，个中奥妙，竟然是"术有专攻"这一中国智慧的结晶。

在此之前，全球知名半导体企业都是从设计到制造一条龙，像罗氏微电子就是这种模式。芯片设计的投入动辄十亿美金起步，芯片制造的装备投入只多不少。这让半导体成了技术与资金双密集型的昂贵产业，整个市场也都被几家巨头牢牢掌控，后来者很难有机会切入。当时，肖汉的协友超级电子公司是一家集设计制造于一体的大型企业，但在台积电、联华等超级大企业的压力下，举步维艰。肖汉于是做出了一个痛苦的决定，把公司一分为二，让设计公司专注设计，制造公司专注制造，由此催生出了两个新的产业：芯片设计、芯片制造。

台积电和联华马上跟进。

这种细分在几年时间内见了成效，由少数寡头把持的市场变局，连当时在传统模式里一时半会儿还无法与英特尔竞争的高通、苹果等企业都受益于这一模式，他们把扩充生产的资金和精力都甩给了台湾等地的代工企业，一门心思搞研发。罗氏微电子开始也想走这条路，但碍于老罗伯特的制造欲望，没有实现。童小华也因此与肖汉错失合作机会，但她心中非常欣赏这位远在台湾的老大哥的才华和魄力。

这位半导体经营天才竟然如此低调地坐在自己身边。

"童小华小姐，肖汉仰慕你很久了。"肖汉还是账房先生似的不苟言笑，掏出一张名片递过来。

童小华机械地接过来，机械地看着名片，百感交集，同是天涯沦落人啊！

在20世纪90年代半导体发展最火的时候，台湾当局对于晶圆企业严防死守，严令禁止台资芯片厂投资大陆，肖汉却置若罔闻，开始到长江三角洲一带考察，签下了协议。此举触怒了当局：你肖汉敢"强行登陆"，我就大动作"检调"你。于是，公司遭超频率搜索，包括肖汉本人的高层人员私宅遭多次突击检查。但肖汉并未作罢，这个模样不温不火，实则性格执拗的男人多次在公开场合讥刺当局，还屡次在报纸上打广告抨击当局的作为。他半讥半讽地说："如果早上搭飞机去上海，傍晚再坐飞机回台湾，就不算出走大陆了吧。"强硬的态度最终给他带来了法院的起诉以及绵延不绝的麻烦，协友超级电子出现了几乎无法克服的经营危机。

童小华虽说不认识肖汉，但这一切她有所耳闻。

"真没想到，你原来是这样的人。"

肖汉摸不着头脑，他老老实实地问："你觉得我是什么样的人？"

"我以为……我以为你是二公子的会计师。"

肖汉难得露出了一丝笑意，说："那就这么定了，我不当总经理，当你的会计师吧。"

"你也去鹏港建厂？"

"准确地说，是咱们一起建厂，咱们建一个华芯半导体公司，研发生产一条龙。我给你当总经理。"

"华芯？"童小华看看肖汉，又看看李朝仁，问："有什么说法吗？"

李朝仁说："这是徐先生起的名，我觉得很好呀。'华'，是中华，再加上你这个美国华人；'芯'，就是芯片啦。徐先生说，中国人联手干，什么人间奇迹都能创造出来！"说着，他看看童小华，见她面无表情，又补充道："徐先生为了你可费了不少心啊。"

童小华咬牙切齿："徐洪波，他还记得我！"

眼泪却不争气地喷涌而出。

第四十一章　回——家——了

我们等啊，等啊，我们等得心都碎了。

我们盼啊，盼啊，我们盼望着女儿扑进妈妈的怀抱！

我们终于等到了这一天：香港回归了！

大桥口岸人山人海。口岸的入口处，搭着一个巨大的弧形彩门，口岸前开阔的空地上，天空中早已升起几个巨大的彩色气球，气球上挂着一串彩色的标语，在空中迎风起舞，标语上写着"鹏港人民爱戴威武文明之师""热烈欢送驻港部队进驻香港"。

通往过境大桥的道路两侧，站满了欢送驻港部队的人群，大家手里拿着国旗、香港特别行政区区旗和鲜花，兴奋地交谈着。

1997年6月30日晚，驻港部队先遣队在鹏港中心区完成集结，分乘39辆东风汽车公司为驻港部队特制的右舵草绿色军用卡车，向口岸挺进。

鹏港街头，灯火辉煌，钢铁部队隆隆开进，气势如虹。

"来了来了，大军过来了！"站在彩门边的群众最早看见远处的军车队，高声告诉人们。口岸马上响起了一片欢呼声。只见军车一辆接一辆，等速依次驶来。

"欢送欢送，热烈欢送！"欢送的人群齐声高呼。

军车上，驻港部队战士神色庄严地屹立在缓缓行进的军车上。年轻的战士身材颀长，笔挺的1997式军装衬得他们坚毅的面容更加英俊，灯影中，那一双双年轻的眸子里闪烁着重任在肩的独有的豪情与凝重。

祖国，在这样的时刻，派遣这样的男儿，去守护我们无价的明珠！

"哇，大军好帅啊！太帅了！太帅了！"

一群女中学生忘记了自己是来欢送解放军的，她们被年轻战士的英武劲迷倒了，忍不住在原地跳跃着，小手还鼓着掌。一个女中学生泪流满面，忍不住把手中的花束扔向车上的解放军：

"我爱你们！"她跳跃着，忘情地喊道。

顿时，所有的女孩都把手中的鲜花向军车里的战士们扔过去。

"我爱你们！"她们跳跃着，齐声喊道。

被她们所感染、所带动，所有的人都把自己手中的花束往军车上扔。一些站在后面的人急得不行，一路挤过来，追着军车。

晚8时25分，驻港部队先遣队首车毫秒不差地驶过口岸，随即，车队依次跨过界河大桥，进入了香港。

这一幕，中华民族等了百年。

晚10点，中国人民解放军进驻驻港英军总部——位于港岛中环的威尔斯亲王军营。

威尔斯大厦因其模样像一个巨大的漏斗，被香港人戏称为"漏斗大厦"。自 1976 年建成后，一直是英军驻港部队的司令部，这里将成为中国人民解放军驻港部队的指挥中心。在威尔斯军营大院里，身材魁梧的解放军中校军官对着英军的一名军官喊道：

"现在，我上岗，你下岗！"

米字旗徐徐降下，八一军旗冉冉升起。

中英双方香港防务交接完毕，香港土地上的最后一支英军部队撤离。与此同时，我驻港部队 14 处军营上空都升起了八一军旗。我人民解放军开始在香港地区全面执行防务。

香港进入历史新纪元。

鹏港在沸腾。特区内外华灯齐放，一片灿烂。在最偏远的东鹏半岛、珠江口畔的蚝村，高大的公用建筑里、住宅区内、工业村里，到处都是欢天喜地的人们。

50 里特区大道流光溢彩，这天晚上，似乎全城的人都涌到这条被灯光和鲜花装点得格外华丽的街道上来了，人们忘情地在街上行走着，三三两两的人群中时不时就传来大笑声，大家都不问笑的理由，就是高兴。人们还互相打着招呼，分享着自己的兴奋心情。

大堆的人流汇到了大剧院前的下沉式广场里，今天晚上，剧院顶端的大电视屏幕将直播香港回归。虽然电视的效果一点也不理想，但这里是特区传统的群众聚会场所，人们很自然就聚在这里。在灯光下，人们脸上闪动着红光。一些小姑娘着急地嚷嚷道：

"怎么这么久啊。"

于是人们都叫了起来："零点零点，零点零点！"

"哈哈哈哈！"

只有一个姑娘，似乎是一个人来的，她默不作声地坐在地上，双手托腮，眼巴巴地盯着电视，一动也不动。

1997 年 6 月 30 日晚上 11 点 45 分，十几亿中国人翘首以盼的时刻终于到来了——香港政权交接仪式在香港会展中心举行。中国国家领导人、香港特别行政区领导人，大不列颠及北爱尔兰联合王国王储等进场。

联合王国的米字旗在低沉的音乐声中缓缓下降，英国王储查尔斯呆呆地看着自己的国旗缓缓下降，一脸茫然不知所措；大英帝国香港末代总督彭定康则身体僵硬地站着，深深地低着头。这时，在鹏港各个公共场所的电视机前，人们已经按捺不住了，谁也没注意英国旗的下降过程和英国人的沮丧，大家齐声倒数：

"5、4、3、2……"

1997年7月1日0点，高亢雄壮的《义勇军进行曲》在香港会展中心，在香港，在全国各地同时响起。有人和着乐曲唱起来：

起来！不愿做奴隶的人们！
把我们的血肉筑成我们新的长城……

所有的人立刻加入了高唱的行列，鹏港大剧院前回响着声势浩大的国歌声：

中华民族到了最危险的时候，
每个人被迫着发出最后的吼声。
起来！起来！起来！
我们万众一心，冒着敌人的炮火，前进！
冒着敌人的炮火，前进！前进！前进！进！

伴随着国歌声，中华人民共和国国旗升上了香港会展中心旗杆的顶端。
"噢！"
在大剧院广场，在鹏港，在全国，人们发出了声势浩大的欢呼声。特区大道上的汽车也一起鸣响了喇叭。
大剧院前广场，人们一齐跳了起来：
"香港回家了！"
那个一直一个人坐着的姑娘"嚯"地站了起来，掩面而泣。
"回——家——了——！"

美国，圣克拉拉。
童小华面前摆着两台电视机，一台直播中国中央电视台的香港回归专题，一台直播鹏港卫视的同一专题。她在电视机前坐了一天了，一刻也舍不得离开那激动人心的场面：

北京时间1997年7月1日清晨5时，驻港部队主力3000余人从海陆空向香港立体式挺进。鹏港主要干道上铁流滚滚；东部海域，战舰劈波斩浪；最新式的国产军用直升机迎着晨曦，穿云破雾。钢铁大军直指香港。

鹏港大雨如注，手握钢枪站立在军车上的战士任凭黄豆大的雨点打在身上、脸上，纹丝不动。

特区大道上的欢送队伍人山人海，一群穿着通体红色裙服的少女早已全身湿透，她们还在起劲地跳着优雅的扇子舞；一支中学生鼓乐队在雨中巍然肃立，一丝不苟地演奏着《歌唱祖国》。

沿途群众全身湿透，仰着脸对着缓缓驶过面前的军车高唱：

五星红旗迎风飘扬，
胜利歌声多么响亮，
歌唱我们亲爱的祖国，
从此走向繁荣富强……

童小华擦拭着脸上止不住的泪水，"嚯"地站起来：
"我也要回中国！"

童小华辞去自己在罗氏微电子公司的一切职务。

童小华定下回程的机票后，鹏港的一众亲人却都变得没来由地五神不定，总觉得有什么地方不对。徐洪波、熊立伟、丁冬、赵丽芳、童小刚和菲菲在百里香聚会，商量迎接童小华回国的事情，赵丽芳突然冒出一句："小华就这样回来啊，当年她孤身一人去美国，现在又孤身一人回中国？"

徐洪波愣了一下，嗫嗫嚅嚅地说："她不会一个人，她要带一个团队回来。"

赵丽芳白了他一眼："你懂什么，她是个女人啊，人家这是回娘家好不好，咱们娘家人要让她心里暖暖地回来。"

徐洪波瓮声瓮气地说："小刚，你妹妹回娘家该怎么着你考虑吧。"

童小刚说："谢谢芳姐提醒，我去美国接她吧。"末了，他尴尬地笑着补充一句："都怪她自己，从小野惯了，我从来没把她当女孩看。"

丁冬笑着说："我陪你去吧，我穿上西装，戴上墨镜，就像个保镖。"

赵丽芳憋不住笑了起来，说："你是去猪八戒背媳妇啊。"

丁冬呵呵一笑："哪有这么好看的猪八戒。"

熊立伟在啃卤鸡爪，看看丁冬，说："也对哦，老丁你代表股东去接一下嘛。"

菲菲说:"你们都是男人,不方便,还是我去吧,我们姑嫂好说话。"

童小刚说:"干脆都去。"

数天后,美国,圣弗朗西斯科国际机场。刚刚还"嗡嗡"地有一阵微微喧哗的候机大厅突然鸦雀无声,连正在打扫卫生的墨西哥大妈也停下了手中的工作,所有的人都张大嘴巴,看着一群亮丽的中国人昂首挺胸走向登机口:

前面,是三个美女:童小华、菲菲,还有韩梦雪。

韩梦雪听说丁冬要代表华芯股东去接童董事长,便在熊立伟的办公室磨磨蹭蹭,最后小心翼翼地说:"熊董,我还没去过美国呢……他们那么多人,总要个跑腿的吧?"熊立伟气都没喘一下,说:"好啊,跑腿就不用了,你一个山里丫头到了美国还不是两眼一抹黑,想去玩就去吧。"

熊董事长,你怎么那么喜欢说真话?

于是,韩梦雪也来了。

三个面容娇好的女郎,一样的身材挺拔,一样的丰腴健美,昂首挺胸,目不斜视,步履稳健,款款而行。她们穿着一模一样的中国丝绸质地的红色旗袍,袅袅婷婷的仪态,透着非同一般的典丽高贵。

在美女身后,一个穿黑色西装、戴墨镜的男子拖着一个轻便行李箱,另一个身材硕大、同样装束的男子手里攥着一部"大哥大",迈着方步,一副目中无人的神气。不用说,他俩是童小刚和丁冬。

一个着装花里胡哨却毫无品味、正在给自己的"粉丝"签名的三线明星情不自禁地站了起来,口中喃喃道:"My God,这就是传说中的东方女神吗?"

一个小伙子突然对身边的女友来了句:"亲爱的,我去买杯咖啡。"头也不回向着红衣女郎行进的方向迅步疾走。

这时,"啪"一声清脆的巴掌声响彻全场,只见一个肥硕的白人妇女狠狠地打了身边一个红脖子男人一巴掌:

"有本事你去中国啊!"

红衣女郎完全无感,径直向登机口走去。

波音747腾空而起,直指云端,向中国香港飞去……

此时,东方正是清晨。

第四十二章　给张副市长送一份礼物

转眼，又是深秋。

天渐渐黑了，新岸高新区张力力办公室暗了下来，他没有开灯。窗外，黄昏的新岸高新园区灯火齐放，塔吊如林，工程车来往穿梭，一栋栋高楼和厂房的巨大身影拔地而起……张力力坐在窗前，贪婪地看着这一切。

徐洪波坐在他对面，也看着窗外。

两个人内心都很不平静。此前，省委已批准张力力为鹏港市委常委兼副市长。下午，市委组织部在新区召开了干部大会，宣布张力力同志不再担任新岸高新园区党工委书记、主任。徐洪波同志任园区党工委书记、主任。

张力力终于长长地吁了口气，说："要回市里工作了。说实话，真有点舍不得呢，高新区发展这么快，好多事情都还没来得及做就要走了。"

徐洪波说："你管科技这一块，高新区不还是你管吗？"

张力力说："不说了。洪波，你的担子更重了，现在有什么想法？"

徐洪波当上了特区这个明星园区的一把手，虽说早有耳闻，但还是大喜过望。现在，这股劲过去，又有点舍不得张力力这个领导了，觉得还想跟着他再干点什么才好。就这么一想，一个冷藏的念头就闪现出来了。他起身开了灯，张力力在他转身回办公桌的一刹那看见徐洪波脸上洋溢着意味深长的笑容，便故意冷笑一声说：

"是不是想拿出点超过我的政绩？"

徐洪波没理会这种朋友式的挖苦，在张力力面前坐下来，故弄玄虚地说："你当副市长了，我得送你件礼物。"

张力力撇了一下嘴："礼物？我听说你朋友开了家很好的菜馆，要不今天就上那去。"

徐洪波说："吃饭先放一放。有件事我琢磨有一阵了，非你莫属！"

"嗯？"张力力坐直身体，他知道徐洪波鬼点子层出不穷，听这口气，应该又有好戏唱了。

"建议你举全市之力干一件大活。"徐洪波眼睛亮晶晶的。"鹏港建市快20年了，各方面都是全国的标杆，是不是该像世界上发达城市一样，有一个属于特区的盛会了？"

饶是新晋的张副市长早已修炼得泰山崩于前而面不改色，一听"盛会"二字也蹦了起来。

"盛会！对呀，盛会！你小子的脑袋怎么长的。"

"经济特区高新科技产业在世界上小有名气了，咱们是不是可以围绕这个做点文章，搞个科技博览会。"

张力力早站到办公室中央，像拉磨的驴一样转着圈，口里喃喃地说："这个好，这个好。把世界上一流大学、研究所和大科技公司的成果都弄到特区来展示、交易，让咱们国家的科技工作者和工程师们开开眼界，还可以引进吸收最新的科技产业。"

"你还记得德国的汉诺威工业博览会吧？就干那样的。他们在北海，咱们在南海；他们办了50多年了，我们是新生代；他们叫工业博览会，咱们就叫科技产业博览会。"说完，徐洪波又补了一句："会展本身也是一种很有前途的产业。"

"值得干，太值得干了。"

"张市长，你要快呀，2000年是经济特区建立20周年，又是新世纪第一年，很有纪念意义呀。"

张力力点点头，想了想又摆手道："不！只争朝夕！明年是中华人民共和国成立50周年，咱们明年就办！"

果然是张力力的风格，徐洪波想不拍马屁都不行了，他竖起大拇指："张市长雷厉风行，痛快呀！我怀着喜悦的心情看你成功！"

张力力板起脸："看？看什么看！你马上组织人，拟一个行动方案，我尽快向书记、市长汇报。"

徐洪波叫冤道："这有我什么事？我是新岸园区的干部，又不是办公厅的人。"

"笑话，新岸园区不是市委、市政府领导的？洪波，我用人一向有个诀窍，谁的创意让谁去干，因为他最有想法最有激情。这事是你的创意，你就是最佳人选。"

到特区工作14年了，徐洪波每次和张力力合作，都会被他套上个牛轭，成为拉车的老牛。好在徐洪波乐此不疲。举办世界级的科技成果博览会这个想法，的确是在他心中酝酿了很长一段时间。前年，他随秦宝枫市长出席汉诺威工业博览会，见其盛况心有所动，自然就想到了鹏港什么时候有个类似的盛会。以中国高新技术产业今天的发展态势，如果鹏港举办科技产业博览会，其影响很快会和汉诺威工博会并驾齐驱。现在，张力力到市里担任领导，自然可以把它提上议事日程。

他真想参与其中。

张力力见他不作声了,又问:"洪波,你既然想了很久,有没有一点成形的想法?"

徐洪波说:"成形不敢说,简单的还是有的。"

"说说看。"

"这第一,我想要干就干大的,特区是中国的特区,特区干的事应该放在全国的背景之下,这个名头得冠上中国。你看叫中国国际科技产业博览会怎么样?"

张力力沉吟一下:"国字号?那得国务院批。这个应该可以做到,发展高新技术产业是国家战略,全国很多城市都把高新科技产业列入发展纲要了。只是……会不会咱们一提,中央觉得好,又把项目交给京城、浦城了,毕竟人家才是中国高新科技的代表啊。尤其是京城,人家的燕西科技园,那气魄,那底蕴,那规模,啧啧。"

徐洪波搔搔头,有点郁闷地说:"要不,叫鹏港科技产业博览会?"

张力力坐回办公桌,皱起眉头,语气沉闷地说:"我怎么就觉得叫中国来劲呢。这可是中国从来没有过的呀,咱们能办科技博览会,那在世界上是什么地位,给世界传递的是什么信号?"张力力说完这番话,马上又大度地说:"行了,先不纠结这个,咱们还是按国字头报,即便最后落不着,也算是为国家做了点贡献嘛。你接着说。"

徐洪波说:"举办的时间嘛,我看咱们的秋天比较好,天高气爽,放在10月份,你看怎么样。"

张力力不吭声,只是用眼神鼓励他说下去。

徐洪波说:"高新科技博览会,我们定位是具有世界影响力的科技类展会。展会的原则是国家级、国际化、高水平、专业化、大规模、落地化。总体目标是搭建一个平台,为科技产业发展提供支持和服务。根据这个原则,可以考虑设这么几项,产品展示、成果交易、高新技术发展论坛、高新技术人才交流、项目招商。这就打通了项目、技术、产品、市场、资金、人才的通道。"

张力力兴奋起来:"名字有了,定位有了,目标有了,科目有了。行啊,老弟,你考虑得很全面,你就按这个思路,尽快做一个方案,赶紧报市里。"

在鹏港举办中国高新科技博览会的请示,很快由省长和宋晓光带队,上京报告。张力力也跟着去了。

第四十三章　风帆

徐洪波带着余汝明等园区一众干部，开始在新岸园区巡视。他们在相地。

从跟张力力献计举办高新博览会起，徐洪波就一直在纠结场地问题，硬件是特区的硬伤。特区建市10周年的时候，在龙湖北部建了一座特区成就展览馆，从造型到面积，从功能到环境，现在勉强可以开展中型商事活动，用于科博会是绝对不行的。本来，从职权上说，展馆不应该是他考虑的事，但他有一个小私心，就是把科博会办在高新园区。高新技术园区里办科技博览会，逻辑上特别顺啊。

科技博览会会址，当然应该在高新园区！

地址很快相中了，就是特区大道以北100米处的一片8万平方米的坡地。规划分局的潘祥跟他说，这地块可以建一座5万平方米的展馆，只是时间来不及。"如果2000年办就好了。咱们可以充分发挥想象力，建一座现代化的展馆。"潘祥说。

"时间不能改，1999年是新中国成立50周年，这是献礼工程。"

潘祥是徐洪波基层锻炼时的规划科科长，因为他本人是学建筑的，后来调回市规划局了。徐洪波主政后，把他要了过来，某种程度上说，是徐洪波的"嫡系"，所以他在徐洪波面前说话也就比较自由。这会儿，他拼命摇头："就算明天就动手，咱们也只剩下不到一年的时间，建一个展览馆，这是不可能的。"

徐洪波瞪了他一眼："这里是特区，三天一层楼速度诞生的地方，你们要想办法创造奇迹。不是你说的吗，用钢铝预制件拼出来，速度可以大大提高。"

潘祥依旧大摇其头："徐书记，咱们还是别揽这个活，我跟你说，设计、基坑、拼装、水电铺设、装修、环境绿化美化，每一个环节都要时间的。"

徐洪波喜不自胜："我怎么就想不到这一层？你说的有道理，谁都揽不了这活，不就只剩下咱们了吗？"

"你……"潘祥对着这个"好大喜功"的园区党工委书记兼管委会主任，彻底崩溃了。

"你马上组织设计。就按刚才说的，5万平方米。"

余汝明把徐洪波拉到一边，小声提醒道："徐书记，不是潘局长说的一年时间。即便现在批下来，前期手续办完，怎么也得到3月份了，我们只有7个月的时间。这，太悬了。你是年轻干部，前途无量，万一出岔子，会影响你前途的。"

徐洪波一愣，沉吟一下，说："老余，你听到潘祥的话没有，听上去好像是不可能完成的任务，那就没人跟咱争了，千载难逢的机会呀。再说，即便咱们不争，我想张市长也会把展馆放在这儿。我还有机会去考虑什么前途吗？与其让人推着走，不如咱们主动请缨，还给领导留下争当先进的好印象呢。"

余汝明跟着徐洪波干了两年，对他的工作作风早已熟悉，知道他认定的事情很难改变，更知道他总有创造奇迹的能力，于是他咬咬牙："书记，如果你决定，到时我把铺盖搬到工地来，给你24小时盯着。"

徐洪波抚掌大笑："好啊，到时我多送你些蚊香。"

徐洪波又扭头看潘祥，发现他正呆呆地看着自己，便点着他的鼻子说："你看看你什么觉悟。现在就组织人开始设计，三天，三天够不够？"

潘祥愣愣地说："还要市局下任务书呢。"

徐洪波一挥手："不等了，特事特办。"

"没有任务书就没钱啊。"

"先干起来，特区还差钱吗？"

"那，那我写个报告，你签个字。"潘祥还是坚持道。

徐洪波不耐烦地说："去吧去吧。"

潘祥走了两步，突然又转回身："书记，你说什么三天？"

"三天出图纸呀！"

"这是不可能的！"

徐洪波对建筑完全外行，看潘祥急了，马上冷静下来，略一思考，说："那要几天？我是这样想的，时间紧迫，我们只能直奔核心问题，核心问题是什么，就是空间啊，你把这个搞出来。咱们把展览馆争取到高新区来就算胜利了。"

潘祥不客气地顶回去："你想得简单，空间结构、展厅布局、进出口、展览流线设计、办公区的安排，等等，复杂得很呢。"

徐洪波武断地说："这是你们专家的事情，我想先要一张图，我好拿去争取啊。"

徐洪波在特区政界浸淫了几年，果然深得精髓，他早就洞悉了更高层领导对科博会志在必得的心情。潘祥的图还没在电脑上描出个大概，京城的电话就打到了徐洪波的办公室。电话里，张力力明显压抑着兴奋，打着官腔问道："洪波同志啊，现在最大的问题就是展馆问题了。这事可是你最早提出来的，你有没有考虑在哪举办啊？"

徐洪波一听这话就知道有戏了，也沉着地说："张市长，以特区现有的会场展馆，当然是不行的。我已经看中了一块地方，可以建一座新的展馆，保证科博会顺利举办。"

"洪波，上级对咱们特区的硬件设施很担心啊。你跟我说实话，到底有几成把握？"

徐洪波知道在硬件上不能让人家对特区有丝毫疑虑，特区没有退路，他也没有退路了！于是他声音不大但斩钉截铁地说：

"十成！"

"好！"在京城的张力力精神大振。他当然也不是傻乐观，和徐洪波合作了这么多年，他深知徐洪波没把握的事情不会随便放炮。于是他说："你马上向宋书记汇报一次，然后赶紧到京城来，越快越好，我们要向部长再做一次汇报。"

徐洪波放下电话，马上叫上车，赶到了规划分局，他知道，这会儿，潘祥一定在局里。果然，潘祥在绘图室和几个年轻的设计师正在设计科博会展馆。听到徐洪波来了，潘祥连忙迎了出来。两天不见，潘祥脱了形，双颊和眼眶都凹了下去，脸色很黑，不过精神很亢奋。他把徐洪波让进来，指着电脑上活动着的三维图给徐洪波看：

"您看，这是外立面的效果图，标准的展馆样式……展馆建筑面积有近5万平方米，基本可以满足……我们把主体以内庭的形式分隔成两部分，减少了主梁的长度，主梁强度的要求会有所降低，也便于安装……内庭还可以作为采光、绿化美化之用……正门口这个挑檐，可起到丰富造型的效果，下面是一个大台阶，同时也是个主席台……周边的环境我们考虑以特区的市花为主基调……"

徐洪波看了半天，除了觉得略带拱形的屋顶部分过于庸常，其他也挑不出毛病，只好说："技术问题我不懂，能满足会展就行。"他看了一眼消瘦了一大圈的潘祥，又说："老潘，你身体还扛得住吧？这两天能不能跟我去一趟京城。"

潘祥眼睛一亮："我身体没问题。通过了？"

"就看能不能拿下展馆了。"

潘祥想了想，说："大部分都用预制件拼装，7个月时间也不是不可能。"

徐洪波很快联系上了宋晓光，然后带着潘祥和电脑来到了市委。他们被安排到离宋晓光办公室不远的一间小会议室里，潘祥架起了电脑。不一会儿，宋晓光就出现在小会议室。他一进门就直奔主题："开始吧，咱们看看展馆。"说完，一屁股坐在电脑前。潘祥站在他身边，弓着腰，边操作电脑边向大书记解释。宋晓光听得、看得都很仔细。潘祥介绍完毕，宋晓光没有夸奖，扭头对徐洪波说："嗯，你觉得有什么遗憾没有？"

徐洪波心下一凛，沉吟一下说："就是觉得有点平。"

宋晓光说："我就是这感觉。我印象中展览馆都是城市的地标建筑呢，就拿咱们洪州的胜利馆来说，几十年过去了还不落后哩。我怎么觉得咱们这个馆太……朴素了点，好像一个大仓库。"

宋晓光说的胜利馆是20世纪60年代中期洪州建的"胜利展览馆"，现在已改名省展览馆了，不过洪州人还是习惯性地叫它"胜利馆"。胜利馆的造型有点像京城大会堂，主楼和裙楼正立面两侧各有一个小塔楼，楼顶是中国传统"攒尖"样式，使这幢方方正正的建筑有了灵动之气。30年过去，依然是洪州市的标志性建筑之一。

潘祥一肚子官司，心想：老大，知足吧，这不是时间太仓促了吗。但在市委书记面前却不敢造次，脸憋得通红。宋晓光察觉到了，便笑着说："潘局长，我不是说你啊，你们在这么短的时间里考虑得这么充分很不错嘛。我只是觉得，特区是一个时尚城市，标志性建筑应该有点时代特征，如果时尚一点就更好了。当然，我就这么一说，主要是听你们这些专家的。"

时尚？胜利馆？徐洪波灵光一闪，却没抓着，有点着急。他急得直搓手，是什么呢？哦，刚才书记说到胜利馆，胜利馆的攒尖顶，是不是这个？就是它！他声音有点发颤："老潘，你去过德国吗？"见潘祥傻子似的看着自己，他笑了，就是它了！

"德国，慕尼黑，奥林匹克！"

"对啊！"潘祥惊叫一声，"有纸吗？有纸吗？"说着不顾一切地跑了出去。

这回轮到宋晓光惊诧了，他抬头看看徐洪波，问道："你们一惊一乍的干什么？"

徐洪波嘿嘿一笑，讨好地说："宋书记，您解决了一个天大的问题呢。"

宋晓光瞪圆了眼说："我？我说什么了吗？"

潘祥颠了回来，手里拿着几张市委的信笺和一支签字笔，一屁股坐下来，目不斜视，兀自画着。宋晓光和徐洪波好奇地走过来，站在他身边，看他"刷刷"地在纸上画着一条条横线竖线斜线。宋晓光看出道道了，他点点头："这个飘檐不要了，用这两个帐篷。这个小帐篷是……外回廊……上面这个？休息观光区屋顶。嗯，有点意思，有点意思。"

潘祥画完草图，苍白的脸色此刻飘着红晕，声音也大了许多："书记，我建议建筑主体不大改，我们采用膜结构强化入口和廊道，以及部分区域的功能。这样一来，建筑主体样式就不呆板了。"

宋晓光手指点着那些帐篷样的构造说："你说这是 mo，什么 mo？"

"塑料薄膜。膜材料是国际上最新的塑料建筑材料，用得最多的就是玻璃纤维编织的基布涂上聚四氟乙烯，用钢缆和铝材支撑。它的特点就是造型自由、轻巧、透光、环保节能，而且还防火。西方国家称它是 21 世纪的建筑材料，1970 年日本大阪万国博览会的美国馆和富士馆就开始使用，1972 年的慕尼黑奥运会，德国建筑师弗雷·奥托第一次大规模使用这种材料，他用这种支撑膜结构第一次构建了大空间的膜建筑。现在游乐场、购物商场之类的场所开始广泛使用了。"

宋晓光又把草图看了一遍，呵呵一笑："不错，很洋气嘛。小徐，你看这些是帐篷吗？你大记者出身，词多，给取个好名字啊。"

徐洪波站在他身边，看了一会儿，也笑着说："说大帐篷有点脱离咱们的地理元素，我看还像风帆，要不咱们就叫风帆吧，以后这里就叫新岸风帆广场。书记您看怎么样？"

宋晓光颔首称许："嗯，风帆、风帆广场，很有诗意，也象征着特区扬帆启航，很好。我赞成。"

徐洪波和潘祥相视一笑。

宋晓光高瞻远瞩地说："你们抓紧时间完善一下，不要为用膜结构而用膜结构，主要是完善展览馆的功能，提高它的现代化水平。"

徐洪波如释重负地说："真亏了宋书记提醒啊，要不是您提醒，我们都想不到。"

宋晓光哈哈笑道："谁要你拍马屁啊，你们把展馆给我建好了比说什么都好。"

徐洪波一脸真诚："书记，真是您启发的。您说到洪州的胜利馆，说到它的造型，我才想到它的四个尖角，自然才想到大帐篷。"

宋晓光说："呵呵，看来古人说的'三个臭皮匠抵得上一个诸葛亮'是有道理的。"

第四十四章　部长，相信特区人民吧

京城方面的各项工作开展得很顺利，风帆造型和风帆广场的图纸出来后，徐洪波和潘祥马上去京城和张力力一行会合，提交国家有关部门和领导审阅。从京城回来不久，张力力就得到消息，特区科博会馆的时尚设计惊艳了京城一干高级领导干部，为鹏港经济特区申办加了很多分。中央领导和一干相关干部都表示支持特区举办中国国际科技产业博览会。

中国国际科技产业博览会新闻发布会！

特区国际金融中心大厦48楼主会议室座无虚席，连后排和两侧的空地也站满了记者，各种摄影摄像器材十八般武器从各个角度对准主席台，主席台一侧的背景墙上挂着"中国国际科技产业博览会新闻发布会"的会标，下面是一张铺了红色台布的长条桌。

现场挤着来自欧美、日本和港澳台等56个国家和地区，以及京、浦、穗及特区本地的记者差不多有两百人。

面对记者——有些就是跟他同一架飞机从京城赶来的，坐在主席台正中的刘穆然想和蔼一点，但脸色还是很僵硬。

1999年元旦刚过，一支特殊的队伍就浩浩荡荡地开到了鹏港经济特区，带队的是国家外经贸部副部长刘穆然。刘穆然名字很文艺，实际上此公长年从事对外谈判，为了国家利益早已磨炼得性格刚强，杀伐决断。欧美许多国家的商务代表说起中国的刘穆然，无不色变，但背地里又不得不折服于他的专业能力和折冲樽俎的水平。

在刘副部长身边的是鹏港市长秦宝枫。

刘穆然照着稿子宣布："中国政府决定从今年起，每年举办一届科技产业博览会，即中国国际科技产业博览会，主办单位为国家有关部、院和鹏港市人民政府，永久性举办地点为中国的鹏港市。首届科博会定于1999年10月8日举办。"

记者手上已经有了通稿，但提问环节一到，他们的手还是举得像森林一样。秦宝枫笑着征询刘副部长："请境外媒体先问吧。"

刘穆然挤了点笑容，点点头。

"我是今日美国的记者卡尔，请问部长先生，在我的印象中，中国国家级的会展一般都是在中国的京城举办，为什么这么高规格的博览会，中国政府决定放在偏远的、据说20年前还是个小渔村的鹏港市举办？"

刘穆然当然早就有准备，毫不迟疑地说："鹏港是中国重要的经济特区，是改革开放的窗口，是中国实行社会主义市场经济的先行示范地区。大家知道，进入90年代后，中国的高新技术产业有了长足的发展，这不仅为我国开展国际技术贸易提供了物质基础，也使我国高新技术产业跻身国际市场、参与国际市场竞争成为可能。然而，我国开展技术贸易目前尚无一个成形的国家级国际技术贸易市场。科博会，就其本质而言，就是中国政府打造的一个高新技术贸易市场。把这样一件新生事物放在我们的一个窗口来举办，有它特殊的意义。至于说到鹏港是不是小渔村，是不是偏远的城市，这个问题请鹏港的市长先生来回答更合适。"

秦宝枫的笑容明显比刘穆然的好看多了："这位美国记者对鹏港的认识，让我这个当市长的觉得很害羞……"

会场上响起一阵善意的哄笑。

秦宝枫也笑了，接着说："连见多识广的记者先生都认为鹏港是一个偏远的城市，是一个刚刚从小渔村脱胎而出的小地方，说明我们对自己的城市宣传得很不够，世界还不够了解我们。不过，这位记者先生可能是对中国地理状况缺乏相应的知识。我去过希腊，希腊有一处遗址，叫'世界之脐'，说那个地方就像人的肚脐的位置一样，是世界的中心。鹏港从地理位置上说，也可以说是中国之脐。各位先生，学过中国地理的都知道，中国的最北端是一个叫漠河的城市，而最南端是曾母暗沙，鹏港距这两地差不多是2000至3000公里……"

秦宝枫的话还没说完，不少记者已经会心地笑了起来，有的还鼓起了掌。

秦宝枫摆摆手，接着说："站在有着5000多年文明的中国历史的大背景来看，鹏港作为城市的确年轻了一点。我们从不把小渔村这个苦出身藏着掖着，相反，我们很自豪。20年前，中国共产党发誓要把这个小渔村变成改革开放的窗口、一座现代化的城市，带领全国人民同心勠力，用不到20年的时间，真的就把这个贫穷落后的小渔村建设成了可以跻身世界大都市之列的伟大城市，成为全世界最重要的工业基地之一。今天的鹏港，不仅在传统的轻工业方面在全球具有强大的影响力，而且在很多高科技产业领域，比如电子信息产业方面，足以影响世界的产业走向……

"我想告诉各位记者朋友，早在10年前，鹏港的工业就已经很令人自豪了。

我说两个数字，10年前，全世界每4块手表有一块是鹏港制造的，每4辆自行车就有一辆是鹏港生产的。而现在，鹏港的电脑产量占全中国的1/4，计算机磁头占全球的1/3。鹏港加工出口的高科技产品主要包括计算机、信息通信、广播视听设备、光学仪器、微电子及生物医药。我们有1500家计算机配套工厂，生产除芯片之外的机箱、卡板、接插件、显示器到磁头、硬盘驱动器等几乎所有的计算机部件。

"我们在发展高新科技产业方面有三个方面的优势：一是高新技术产业已经形成规模，到1998年达到了656亿元，占工业总产值的35%。二是具备了相当的开发能力，我们已经有520家开发企业，其中有开发能力的达到477家。我们的企业与全国130所高校和科研院校建立了稳定的合作关系，已经初步建立起以企业为主体，以全国的科研院所、高校为依托的技术开发体系。三是鹏港有相当数量的高科技人才，而且这些人才的成本比香港低得多。四是鹏港有发展高科技的良好环境。"

全体记者不再发出会心的笑声，而是报以热烈的掌声。刘穆然副部长也转过身来，对着端坐得腰身笔挺的秦宝枫鼓掌。

秦宝枫抑制一下激动的心情，又说道："各位记者朋友，中国政府把这么一个重要的国际展会放在鹏港，放在经济特区，就是为了向全世界的朋友展示，中国特色社会主义可以创造出人间奇迹！"

现场所有的中国记者都站起来为秦宝枫热情洋溢的讲话长时间鼓掌，连外国记者也情不自禁地站起来鼓掌。

新闻发布会在热烈的气氛中结束，刘穆然随即带着一干人马直奔科博会会址而来了，除了鹏港市的领导，还有诸如罗尔斯·罗伊斯、诺基亚、朗讯、IBM、苹果、德州仪器、思科、西门子等欧美企业的中国大区总裁。一路上，看着欣欣向荣的中国特区，这些老外没少惊呼"My God"，但到了现场，却全都哑了。

新岸高新区北部这片芳草萋萋的空地沐浴在南方冬日的阳光下，几台挖掘机静静地停放在一侧，一大群身穿崭新的橘色工作服的工人正在安装活动板房，见一大堆老外过来，都好奇地停下手中的活，交头接耳地小声议论起来。老外们也开始交头接耳地小声议论起来，一些人不停地在摇着头。

在工地入口处不远，架了一张电脑绘制的示意图，上面画着一幢美轮美奂的展览馆，其风帆造型的门厅尤其醒目。张力力、徐洪波、余汝明、潘祥、孟桐等一众官员在一旁等候着。

宋晓光亲自到工地来迎接刘穆然一行。

两人是老相识了，根本用不着任何客套，象征性地握一下手，黑脸刘穆然手指点了点那片空地："老宋，这里空气很新鲜嘛。"

宋晓光陪着刘穆然向示意图走过去，用自信的口吻说："我们做了科学的测算，7个月之内把展馆建起来没问题。"

刘穆然没有因为这个明确的承诺露出哪怕一点微笑，依旧黑着脸说："老宋，科博会是国字号的，事关国家形象。展馆不能只有一个空壳，它必须是一个完备的展馆。展览、会议、洽谈，甚至厕所——对了，厕所很重要，都必须达到国际水平！"

宋晓光点头应道："我们特区做事从来都是一流水平的，这点请刘部长放心。"

刘穆然小声但明显不悦地说："你听到那些老外说什么了没有？我隐约听他们说，什么重新评估。你明白他们的意思了？"

宋晓光哈哈一笑："他们懂什么？他们都不相信中国在20年之内在南方建了一座大城市。老刘你相信我就行了。科博会是10月初举办，8月份你来鹏港，我再陪你来视察。"

刘穆然硬邦邦地说："什么8月份，咱俩是一根绳子上的俩蚂蚱，谁也跑不掉。我会派人在特区盯着。但是我建议你还是做个预案。"

宋晓光执拗地说："科博会必须在新馆举办，我不留退路！"

这时，张力力见两个大领导谈得差不多了，便率属下迎了上来，请领导移步示意图前，听新岸高新区的工作人员介绍展馆工程进展情况。

徐洪波在高新区是一把手，但在刘穆然面前无非就是个基层干部。张力力把他介绍过后，刘穆然鼻子"嗯"了几声，说："那就请徐书记介绍一下吧。"

徐洪波见来宾大多是老外，而刘穆然则是留美博士，便用英语流利介绍起来："先生们，欢迎大家光临中国科技博览会展馆建设工地。……展馆占地8万平方米，展馆第一期建筑面积5.5万平方米，可完全满足首届科博会之需……在结构上，我们采用轻型钢网结构，净高13米，展位1700个……"

徐洪波流利的美式英语不但让那群老外听得如醉如痴，也大出刘穆然的意外。他把头凑到宋晓光耳朵边："老宋，这个徐……是留美的吗？"

"不是，在新加坡进修过一年。我也没想到这小子英语这么流利。"

徐洪波还在介绍："……先生们，请大家注意一下这个大门，运用了世界上目前最先进的膜技术，我们特区非常重视环境保护，密切关注当代最先进的环保建筑材料的应用……"

徐洪波的介绍如行云流水酣畅淋漓又简洁明了,短短的5分钟时间就把这座现代化的展馆清晰地介绍完毕了。他刚放下指示棒,刘穆然便以他一贯的咄咄逼人的口吻问道:"徐书记,你必须在7个月内把这座展馆建成,你想过有什么困难和不可预料的因素没有?如果不能按时完成,你知道会有什么后果?"

徐洪波这会儿看刘穆然已经和刚刚见面时有些不同,这会儿的刘穆然脸还是那么黑——当然不是颜色的黑,而是严肃的黑,但已经对自己有几分欣赏的样子,他知道是自己一番英语操作让这个常年活跃于国际舞台的京官有点认可了,于是他满面春风地说:"报告刘部长,我们非常清楚这一切,我可以负责任地说,您说的'如果'不会发生!"

刘穆然口气少有地和蔼:"徐书记,你是做具体工作的,我再提醒一句,要高度重视展馆工程,这是国家工程,在时间和质量上出不得半点差错。"

徐洪波说:"大会堂那么大的工程也就用了一年时间呢。我们测算过,7个月,只会少不会多。"

刘穆然脸上挤出了一点不怎么难看的笑容:"那是不一样的,当年那种干劲……"说到这他马上意识到自己这种身份这样说不妥,便刹了车。

徐洪波说:"刘部长,相信特区人民吧,我们的干劲一点也不比那个年代的差。"

第四十五章　网聊软件

由国家"三部一院"和鹏港市政府组织的科博会正式启动了。

1999年春节,徐洪波只能在鹏港过了。

科博会会馆1月底就开工了,大年初一也满负荷运转,徐洪波和余汝明一直泡在工地,年三十还到工地进行慰问,和工人技术人员在工地包饺子。一直到年初三,童小刚联系上徐洪波和芳姐,要到家里拜访。徐洪波这才想起自己的洪州老朋友们,熊立伟到香港去会新婚妻子赖玲了,丁冬一家回洪州了——丁父一定要让小丁冬在洪州过一个年,最后阿梅总算同意让丁冬和两个老人带儿子去一趟洪州,毕竟林思聪的祖籍还是洪州,加上小东西现在一天也离不开两个老人。

童小刚和林菲菲带着女儿阳阳一身新装来到徐家,三口之家后面跟着一个呆头呆脑的大个子男孩。芳姐给阳阳派了红包，又给他派一个。童小刚这才笑着介绍："向文俊。你看看他像谁。"

徐洪波饶有兴趣地打量了一下这个大帅哥，小伙子身高足有1米8，眼神却稚气得很，像只呆呆的大企鹅，好在人长得白白净净，还架一副金丝边眼镜。他快速搜索了一番脑海中存放的人物形象，怎么也想不起是谁，只好笑着摇摇头。

"向火荣，向总！想起来了吧。"

徐洪波当然记得，他刚到特区当记者，为了采访门难进事难办的华夏自行车厂，和该厂的老总向火荣还有过一番博弈呢。童小刚当年就是华夏自行车厂的，好像向火荣还很欣赏他。他伸手给向文俊握了一下，说："一点也不像。"他后来跟向火荣多有接触，向总长脸、浓眉，眼角有些向下耷拉，隆鼻薄唇，很少有笑容，活脱脱一个冷面人。

"叫大哥、大嫂。"童小刚吩咐向文俊道。

呆企鹅朝徐洪波和赵丽芳微微鞠了个躬："徐大哥好，姐姐好。"

赵丽芳心花怒放，说："这小伙子真会说话。"

赵丽芳把菲菲和阳阳拉到里屋去了，三个男人在沙发上坐定，扯了半天闲话，童小刚才转入主题："向总让我带这个小孩过来，想请你帮点小忙。"

徐洪波差点爆笑："在鹏港还有什么事向总搞不掂的。"

童小刚挠头了："文俊，你给徐书记说说。"

向文俊在浦城读完大学就留下来了，到底是大城市过来的孩子，加上人看上去比较傻，所以也不怯场。他说："徐大哥，是这样的，我读大学的时候开发了一个实时聊天软件，主要是供同学在网上交流，同学都挺喜欢。我看这种聊天形式很受年轻人欢迎，想推给我们公司用，给BP机做一个增值服务，用这个软件传输一些简短的文字，让公司给点分成，但没做成。我们就自己接了几部电话机，租了几条网线，把这个软件挂在网上让人免费下载，然后开通即时聊天服务。现在倒是有几十万活跃用户，就是没法盈利……"

"网上聊天？"这边徐洪波还没应答，童小刚用嘲讽的口吻抢先开了口。"读那么多书不去搞点实业，就搞了这个破玩意？在网吧对着电脑聊天吧？"

向文俊"呃"了一声，心中很不满，却不敢发作，只好嘟哝一句："我们都是谈学习的事情好不好，也交流工作。"

"打电话不是更方便吗？噼里啪啦啥都说清楚了。"

徐洪波赶紧打圆场："年轻人的生活总是丰富多彩的，几十万人喜欢这种交流方式一定有它存在的理由。"他对向文俊说:"你刚才说你们公司,你是什么公司?你要我做什么?没事,就像小刚说的,噼里啪啦直说。"

向文俊说:"我在浦城电信公司。我想把这个软件卖了,在浦城找了几家公司,人家都觉得不来钱。我想特区这边年轻人多,思想开放一点,来碰碰运气,看能不能卖掉。听说您是高新技术园区的领导,那互联网公司多,看看能不能帮我找一家有兴趣的。"

中国信息技术产业的发展,很大程度上得益于一拨又一拨的年轻科技工作者将开发的软件推向市场,很多人靠卖软件一夜之间成了富翁,所以徐洪波觉得向文俊的想法也不算离谱,只是觉得这小孩的软件可能真不怎么样,要不在浦城怎么卖不出去?不过他不好打击年轻人,便说:"我们那倒是有一些互联网公司入驻,但谁会买我可说不好。你说你开始想给你们电信公司做什么服务?小刚,你说老熊懂不懂这个?"

童小刚虚应一声:"也许吧,他做这一行,肯定比咱们懂。向总给我的指示是把这小子的这个破软件赶紧卖了,让他安心工作。他们单位可是浦城硬邦邦的央企呢。"

"什么,你要卖掉?"熊立伟一脸诧异地盯着坐在自己面前的这个傻大个。

节后上班,徐洪波就把向文俊介绍给了熊立伟。向文俊在熊立伟的办公室架上电脑,把他的即时聊天软件演示了一遍:"……1996年,三个以色列人开发了一种软件,ICQ,一种互联网通信工具,可以在线聊天和共享文件。当年底ICQ就拥有了1000万用户,被美国在线AOL收购。也就是受到这个启发,我们放弃了原来给我公司做的那个寻呼增值服务软件,在这个基础上发展了即时聊天软件。"

熊立伟想了想说:"有道理,别看现在浦城和特区的寻呼机都有几百万用户,但寻呼软件不会有太大市场,信息容纳量太小。现在的白领基本都有一台PC机,网上交流会成为趋势。据我所知,IBM正在跟电信和移动谈,最迟下半年要开通IP电话,如果IP电话一拉通,全球通信都可以免费。到时加一个网上即时对话的软件就不是增值服务,而是重要的辅助手段了,比如传输文件、图片。这比打电话发传真更有效更保真。"

IP电话是基于互联网的实时传送语音的信息应用,1995年才开始在PC机上互联,到1996年3月便实现了普通电话机之间的通话。IP电话的出现使长途电话尤其是国际长途的通话费几乎降到了零,应用前景很为业内人士看好。

向文俊露出了灿烂的笑容："我知道 IP 电话，我们浦城电信已经组织了一批人在试验了。熊老师说的是，我再坚持坚持，等 IP 电话出来再卖，肯定比现在更值钱。"刚说完，他稚气未脱的脸又爬上了愁云，"可是我现在连服务器都租不起了。"

熊立伟还趴在桌上看向文俊的软件运行，脸上浮起笑容："你看看，这个寒假就新增加了 1 万多用户，100 万很快就来了呀。你还要卖？"

向文俊不知道说什么好，只好傻傻地看着熊老师。

"你可以办一家公司吸引投资慢慢做起来呀。"

向文俊脸色有点白了："我怎么能办公司？我是有正式工作的。"

熊立伟"哧"了他一声："都什么年代了，还在想着那个正式工作，辞了不就完了。"

向文俊期期艾艾地说："我们那个单位可不容易进，很多人都是通过很硬的关系才进去。当然，我是交大的高才生。"

熊立伟说："再好的单位你也不过是一个员工，说好听点，工程师，你的想法不一定有人重视。要是你当上了老板，你就可以按自己的理想去干了，想怎么干怎么干。多爽。"

"那不就是个体户吗？"

熊立伟彻底崩溃了："你还像个跨世纪的年轻人吗？你怎么给自己定位是个体户？要当企业家嘛。"他还想骂这小子几句，幸好反应过来是徐洪波介绍来的，话到嘴边又咽了回去，他缓和一下口气，循循善诱地说道："我是科学院的研究生，你看，我现在不是干自己的公司吗？"

向文俊瞪圆双眼："这家公司是你自己的？私人的？"

熊立伟支吾了一下，说："当然不是我一个人的，我是大股东而已。"

"我还以为你们是保安区的。我明白了，我们浦城这几年也有很多私人开的公司，有的也很大呢。"向文俊的脸色爽朗了很多，好像开窍了。

熊立伟说："我研究生毕业后留在科学院搞科研，后来觉得手脚施展不开，就约了几个朋友到特区来开了这家公司。这还不到十年呢，我们现在一年的营收就干到 10 个亿了。有了这个钱，我们就可以开发很多自己想要的新产品了。我们也不用找哪个领导批什么经费，只要市场有需要，我们几个人一碰头，马上就可以组织人开发。这滋味，就一个字，爽！"

向文俊看着眼前这个穿着蓝灰色工装，像国有大厂里的工程师的熊老师，内心像打翻了厨房里所有的佐料瓶，五味杂陈。过了好一会儿才喃喃地说道：

"我只会写软件,写出来又卖不出去,要是再没了工作,真像我爸爸说的,要他养着了。"

熊立伟气得想撞墙:"你有点出息好不好!会写软件还要爸爸养,你随便在特区找家公司,也比你爸爸赚得多呢。"

"说岔了,还是那句话,我只会写软件,这也能开公司吗?能赚钱吗?"

熊立伟搔搔后脑勺,有点尴尬地说:"说实话,这个问题我真不好回答,特区每年新生的公司上千家都不止,但倒掉的可能也是这个数。那些潮州佬,从香港批发点电脑配件来,一组装就卖出去,一点技术含量都没有,反而发大财了。"说到这,他怕吓着这个小孩,马上又说:"不过没什么呀,你这么小,失败了爬起来再干就是了,人生不摔几跤,枉为男人啊!我刚创业的时候,穷得连到香港打版的5万美元都拿不出,是我们一个董事把房子卖了给我筹钱,我们才挺过来了。"

向文俊心一动,说:"你们真了不起,我怕我没你们这么勇敢。我觉得自己就是个书呆子,只会写软件。"

熊立伟哂笑道:"你也敢自称书呆子?我还是科学院的研究生呢。"

向文俊一点也不怵,犟着嘴:"我们交大也不差好不好,我们的专业不比你们科学院差。"见熊立伟想争论的样子,马上又说:"你们特区人都喜欢自己当老板,问题是……你看我行吗?"

熊立伟瞪着他:"你是不是真有本事!你是不是个男人!"

这句话直戳向文俊脆弱的心,他忍不住挺直腰:"我怎么不是!"

"那你还磨叽什么,干起来!你如果要开公司,我可以给你点帮助,比如借个车库给你。"

向文俊笑了:"硅谷好多人都是在车库里工作的。"

告别熊立伟,向文俊又去了高新园区管委会,徐洪波也刚回来,见他来了,就问:"回来了,谈得怎么样?"

向文俊说:"徐大哥,熊老师叫我别卖,自己开公司做。"说着,把和熊立伟的一番对话大致说了一遍。徐洪波矜持地笑起来:"他说的有道理,年轻人嘛,就是要干点大事!"

向文俊被熊立伟忽悠得五迷三道,到现在还有点迷迷怔怔的,听徐洪波这口气,好像也鼓励他"单干",便说:"要是开公司,我的工作就没了,我们单位可不容易进去。"

徐洪波说:"改革开放最大的好处就是解放了生产力,劳动力可以自由流动。你浦城的工作没了,以你的条件,在特区随随便便都能找到一份好工作。"

向文俊从徐洪波嘴里得到了很明确的信号,他不再平静的心这会儿跳得更厉害了。"看来,你也像熊老师一样,希望我自己开公司。"

徐洪波说:"自己当老板,自己对自己负责,对社会负责,多好啊,这才是该做的事情嘛。"

向文俊脸上终于又露出他这个年纪特有的纯粹而阳光的笑容:"徐大哥,其实熊老师已经有点说服我了,我现在特别想大干一场,就是失败了也在所不惜。熊老师说得好,人生不摔几跤,枉为人!我基本决定就在特区干了,这里更适合年轻人!"

向文俊真的就留在特区了,不过他没要熊立伟的车库。他在高新区注册了公司,向火荣帮他在小电脑公司云集的工业路租了一间办公室,向文俊回浦城召来了几个同学,"百灵Q"即时通信公司就在特区成立了。

第四十六章　我们对华尔街充满好奇

鹏港的科博会已全面启动,一个涉及政府多个部门的庞大团队组织起来,企业动员、宣传推介、国内外招展、场馆建设、环境整治、交通组织、文艺晚会策划排练、义工培训、迎宾接待等各项工作同步推进。

徐洪波够忙的,根据市里的安排,新岸高新园区主要负责展馆建设的进度监管和辖区内企业招展等。当然,作为园区的主要领导,他还有很多其他的日常工作。

余汝明这个老主任真的全天钉在科博会展馆建设现场不挪窝,而市里相关部门,像科技局、工务局和承建商华建东方公司的主要领导也几乎每天到现场视察或解决问题,市领导隔三岔五就来视察、督导、调研,科展馆进展速度超过了预期。

就在徐洪波忙得不亦乐乎的时候,张力力到科博馆工地视察来了。徐洪波赶过来,张力力已经转了一圈,两人就在工地站着聊了起来。

"洪波,你准备一下,下个月跟我去旧金山招展。"

"哦?非得去吗,你看这里……"徐洪波指了指上千人同时进场施工的热火朝天的工地,皱起了眉头。

张力力也皱着眉头看着工地:"是啊,不过到旧金山和洛杉矶的招展也很重要，美国很多大电子公司都在加州呢。我还得到情报，老罗伯特有意撤出南美，重新回中国。"

徐洪波点点头："我明白了。"

所谓招展，就是宣传推介吸引和确定参展的目标单位。从5月份起，鹏港市政府便派出多路招展团到欧美、东亚、东南亚各国和地区推介科博会，连秦宝枫市长也亲自到香港，与香港各大学科研所、科技企业的老板和风投公司老板们茶叙，亲自推介。张力力副市长率的这个团是赴美国西海岸的西雅图、旧金山、洛杉矶等地推介招展。张力力希望带上徐洪波，表面理由很简单，徐洪波曾经去过旧金山，在那接触过不少高新科技企业的人士；私下里，徐洪波是他最得心应手的部下，带上他自己可以减轻一多半压力。

听到老罗伯特，徐洪波心有所动，不久前在动员企业参展和交易时，童小华跟他说起过的一件事情浮出脑海：对，就是它，大陆基金！

徐洪波陪着张力力走了一下，突然说："我想去拜访一下老罗伯特先生，可能还要去一趟纽约。力力市长你觉得怎么样？"

"拜访老罗伯特当然没问题。只是你去纽约干什么？"

"我想去一个叫大陆基金的风投公司。"

引进风险投资公司，是按国际惯例为科技创新企业吸纳国际资本的重要手段，而助推企业发展是科博会的重要内容之一。张力力想了想，说："为什么非要找大陆基金？"

"大陆基金是美国最大的科技产业风投之一，有风向标作用呢。当初在童小华的问题上，他们起了很坏的作用。"

张力力何其聪明之人，他抿着嘴唇，意味深长地颔首一笑。

徐洪波继续说："他们老板跟老罗伯特关系很好。"

张力力说："我回头跟宋书记汇报一下。不过你也考虑一下，如果对方很不友好……"

"我让赵丽芳——我老婆，和我一起去。当然她的旅差费自己掏。有个女人在场，气氛应该好一点。当然，我也不确定能成，所以想自己先去办办看。"

张力力点点头："有点道理。我原则上同意。"

在中国驻旧金山总领馆和当地华商会的协助下，旧金山刮起了中国鹏港科博会旋风：主要大街上，到处是首届中国国际科技产业博览会的巨幅精美招贴；报纸和电视每天都有中国科博会招展团到旧金山活动的消息和专访；街头的大屏幕，反复播放中国南方城市鹏港旖旎的风光，一点也不逊色于旧金山的高楼大厦、清澈的海湾、候鸟翱翔的红树林、巨大的厂房内生机勃勃的生产场景、充满了科技时代气息的研发中心里专注的年轻工程师，特别是许多美丽的年轻女工程师让旧金山人感到格外亲切，因为他们也拥有一个了不起的美丽的华人女工程师；就连公共汽车上，也喷涂了科博会的大幅广告；街头，一群中国年轻人在科博会的大背景板前的红地毯上，表演着令人眼花缭乱的中国功夫、号称东方歌剧的中国京剧……

在大都会酒店的推介会，吸引了硅谷和附近城市的许多科技企业的老总们，他们中有不少已经到过鹏港甚至在鹏港有着巨大的投资。张力力和市科技局、信息工业局领导的推介发言进一步吊足了大家的胃口。会议按程序举行，一结束，张力力等早被上百家企业和风投基金围在核心，推介团成员几乎是被快乐地拉拉扯扯着进入了设在酒店的临时洽谈室。

徐洪波交代完工作，便带着芳姐，乘坐童小华派来的车子，到圣克拉拉小城去拜访罗伯特一家。

老罗伯特年过六旬，但依然健壮得像一头苏格兰公牛。他一头花白的头发，蓝眼睛闪烁着热情的活力，通红的双颊说明老爷子牛肉的摄入量一点也没减少。他带着小罗伯特、童小华早已等候在门口，大家礼貌地握手致意。老罗伯特和赵丽芳握手的时候，故态复萌，拉着她的手舍不得放，妙语连珠。事后小罗伯特郁闷地说：老头在几分钟内对徐夫人的赞美，超过了他作为儿子30多年从父亲那所得到的。

也难怪，因为童小华，芳姐刻意修饰了一下，穿上一袭素雅但高贵的裙服，高跟鞋，脖子、手腕和无名指上，装点了必要的、恰到好处但价格不菲的珠宝饰品。其实芳姐大可不必这样，在装扮上，来自中国时尚之都的她，即便日常打扮也足以让只认识T恤和牛仔裤的工程师童小华变成柴火妞。

罗伯特把徐洪波夫妇让进客厅，分宾主坐定，相互寒暄，童小华酸溜溜地借故到厨房忙去了。罗伯特愉快地回忆起了当年和鹏港电子局创办美港电子厂的往事，一晃20年，不胜唏嘘。

老罗伯特后来停止了对美港的投资，集中财力让儿子小罗伯特创办芯片研发中心和芯片工厂，事实证明老罗伯特是有远见的。小罗伯特成功后，这个老工程师又按捺不住内心的制造欲，开始到南美投资，建设电器工厂，生产家用电器。当然，业内的人都知道，老罗伯特到南美，跟他那个年轻漂亮的南美籍女秘书有着说不清道不明的关系。对此，小罗伯特和他妈妈都很烦恼，却也无可奈何。谁知，老罗伯特在南美的投资很失败，和中国工人打过交道的老罗伯特很快发现，南美工人实在太逊色了，在中国、韩国的电器面前，南美人根本生产不出有竞争力的产品。

老罗伯特又想起了中国。正好，在童小华的带动下，小罗伯特也开始关注中国，他亲自担任总工程师的团队正在研发新一代高效低耗的铜制程芯片，打算把开始落后的铝制程芯片生产线迁到中国台湾，但老罗伯特却希望自己亲自出马，到中国大陆去建厂。1999年，中国台湾地区与韩国等国家已经在中国大陆的中部开始布局芯片厂，利用中国大陆丰富而廉价的人力资源攫取巨大的利润，老罗伯特看得心里痒痒的。于是，他又找了大陆创业基金，这个风投基金的理事长，正是跟他合作了多年的朋友埃文斯先生，虽说在两年前阻击罗氏微电子技术公司迁往中国时，这个基金扮演了很不光彩的角色。

埃文斯动心了，但基金内部却出现了巨大的阻力，阻力来自总经理马克因先生，一个偏执得令人无法忍受的老头……

这一切，徐洪波在中国时，听童小华详细说过，当时，他就有一个念头，找机会去会会那个偏执的老头。他是搞政治的，伟人说过，搞政治，就是把敌人搞得少少的，把朋友搞得多多的！

再说，科博会不正需要欧美和中国香港的风投进来吗？

现在，徐洪波和赵丽芳坐在老罗伯特家宽大的客厅里，喝着下午茶，有意无意，就把话题引到了老罗伯特希望得到的资金上。

老罗伯特的红脸颊涨得更红了，他愤愤地说："埃文斯完全没有主见！他想干什么，他是总统吗？他去管中国会不会成为超级大国干什么？他应该考虑的是那里有Money！"

徐洪波呵呵地打着圆场说："你们这一代成功人士都很有个性。"

老罗伯特一口气飙出了好几个"No"："东部的人就喜欢假正经。你们看，现在的铁锈带都在东部，他们太讲政治正确了。像我能给几千个美国人提供就业，让他们买得起海滨的房子才是政治正确！"——老罗伯特说的"铁锈带"是指美国东部传统的制造业20世纪90年代后期出现的大规模倒闭潮，汽车、钢铁等行业的机械都因停工停产锈蚀了。

"我觉得恰恰相反，东部的企业家非常英明，据我所知，他们及时把工厂迁到了合适的地方，他们赚了更多的钱。"

老罗伯特郁闷地说："也许，不过埃文斯不这么想。"

徐洪波假装天真地说："是吗？我对埃文斯先生突然很感兴趣了。"

老罗伯特说:"埃文斯吗?当然没问题。不过他的总经理,那个马克因很不喜欢中国人。"

徐洪波哈哈大笑:"我对他更感兴趣,我倒是希望他能见见我,看看他能不能喜欢我。"

"你是说真的?"

"不可以吗?恰巧我的夫人准备去纽约,我答应陪她去旅游一趟。"

老罗伯特顿时一扫颓唐。他已经看出这个年轻的中国官员很有自信,他的魅力有希望征服东部那些假正经,这样,他的投资就更有着落了。于是老罗伯特高兴地望着芳姐:"漂亮的徐夫人,我不知道是否有幸陪您去纽约。"

"当然,我和我先生都对华尔街充满好奇。"

第四十七章　我不拒绝和世界上任何人握手

纽约,华尔街。

有着200多年历史的大陆银行顶层这间会议室,陈设一如当初建造和装饰时的模样。这是一间典型的老欧洲洛可可装饰风格的厅室,天花板上绘着怀抱小耶稣的圣母玛利亚被一群小天使围绕着的温馨场景,四壁全部被老橡木板覆盖,上面挂着巨幅的大陆银行历代掌门人的油画像,地下铺着厚厚的来自伊朗的猩红色羊毛地毯,临街的四扇高大如门的拱形玻璃窗,把下午的阳光洒在厚重的橡木会议桌上,也洒在围坐在桌旁、就着几片麦麸饼干喝着斯里兰卡立顿红茶的这几个盛装男女身上。

在老罗伯特的引领下,徐洪波和赵丽芳走进了美国银行家的世界,赵丽芳一袭中国红旗袍亮"瞎"了深色西装的男人的眼睛。如果说基金会突然来了两个中国人而出现某种不适,那么这瞬间便被赵丽芳彻底平息了——当然,并不是对所有人都这样。

大陆创业基金理事长埃文斯先生礼貌但不热情地握了握徐洪波和赵丽芳的手,又礼貌地赞美了赵丽芳几句。徐洪波不等老罗伯特特意为他请的译员翻译,便把埃文斯的话译给了芳姐。芳姐微笑着点点头,向埃文斯表示感谢。埃文斯对这个俊朗的中国男人有了一点好感——开始,他并不想见这个中国官员,因为老罗伯特那头苏格兰倔牛执意要他见一下,并且说起了童小华——罗伯特夫人的工厂就在他领导的中国的某个园区,他才同意一起喝个下午茶,毕竟,在童小华的问题上，他觉得欠老罗伯特这个老朋友的。

埃文斯顺势指指坐在最里端的一个干瘦老头："马克因先生，我们基金会的总经理，一位伟大的银行家。"——这个人，其实埃文斯也不想他出现。但他执意要出现，因为他抱怨说："中国人来一定是为了你的钱，我必须亲自看着。中国人不但会武术，他们还有很强的煽动能力。"

徐洪波心里一咯噔。路上，老罗伯特先生隐隐约约透露，马克因先生的哥哥，一位西点毕业、非常有前途的青年军官，在几十年前发生在东亚半岛上的一场战争中，被中国人击毙了，所以马克因先生对中国一直抱有很深的成见，两年多前阻止童小华回国就是他唱主角。徐洪波注意到，从他进门起，这位马克因就一直坐着，正眼也不给一个。徐洪波呵呵一笑，大度地走过去，向他伸出手去，双眼微笑着紧盯着他："马克因先生，很高兴认识你。"他用纯正的英语说道。

徐洪波高大的身躯挡住了窗户洒进来的光亮，把这个干瘦老头完全笼罩在一片阴影里。马克因先生没来由地慌乱了，他站起身来，却没有伸出手，而是嘶哑着嗓音问道："你是共产党吧。"

徐洪波依然一副轻松而爽朗的表情，说道："所以我才不拒绝和世界上任何人握手。"

马克因没想到徐洪波突然来这么一句，有些尴尬，脸上似笑非笑，连忙用餐巾擦手掩饰。徐洪波举起两只手，攥了攥拳头，像是在欣赏自己强健的双手，然后看着马克因说："当然，也许你认为我像李小龙一样……"

埃文斯正在为马克因的失礼而懊恼，听徐洪波这么一说，也忍不住笑了起来。

徐洪波并不理会气氛的变化。他徐洪波是谁啊，当了这么多年领导干部，连这点气场都没有？他反客为主地朝马克因做了个手势："请坐吧。"说着自顾坐了下来。"好了，华尔街的银行家总是很忙的。我想我和我的老朋友罗伯特都不想耽误各位更多的时间，我想谈谈我们中国的科技产业博览会。"

"等等，来自红色中国的先生，你难道认为我们真有时间关心远在太平洋对岸的一个三流博览会吗？"马克因已经从徐洪波刚刚施加给他的巨大阴影中脱了身，恢复了元气，阴阳怪气地插上话来。

"怎么？"徐洪波一脸夸张的呆萌，望着一脸尴尬的老罗伯特："罗伯特先生，难道我们上错了电梯，我们不是来到了一家投资公司，不是来帮人家寻找赚钱机会的？"

现场一片诡异的静谧。

徐洪波沉着地喝了一口茶，装模作样地陶醉一番："啊，好茶，和我在伦敦城贝尔威先生那里喝的相比一点也不逊色。"

——徐洪波说的伦敦城是伦敦市中心的1平方公里金融城，贝尔威是中英友协会长，当年的伦敦金融城市长。徐洪波嘚瑟着，又看了一眼埃文斯，装出很抱歉的样子说："董事长先生，非常抱歉，我们中国人有一个非常传统的说法，叫作礼尚往来。既然我们那个三流的博览会不能给贵基金会带来好处，我却喝了你们这么名贵的茶，真有点难为情呢。"

埃文斯其实已经按照待客程序，准备了欢迎徐洪波先生、赵丽芳小姐和罗伯特先生的一套礼貌的说辞，但还没开口就让马克因给搅和了。这个自负的中国年轻官员显然也不是省油的灯，进门才几分钟，就把那个老家伙呛了两回了。埃文斯本来对一向固执己见的马克因没什么好感，希望他早点回苏格兰农庄去享受那里总也不停的冷雨，这会也乐见老头吃瘪。不过，埃文斯脸上是不会表露出一点这种情绪的，他像什么事也没发生似的，笑容可掬地对徐洪波说：

"美丽的徐夫人、徐先生，欢迎光临大陆银行。大陆银行是一家有着230年历史的银行，我们的信誉就像我们的祖先苏格兰人那样，有着不屈不挠的精神。由本行牵头，华尔街和伦敦金融城以及英格兰、苏格兰近百家银行和基金会参加的大陆创业投资基金会是世界最大的风险投资公司之一。我们对全球任何有价值的事业都有投资兴趣，也有投资的能力。我的老朋友罗伯特先生已经通过e-mail，把你们科技博览会的介绍和罗伯特先生将投资的项目发给我们了，我们理事会正在做进一步的评估。"

徐洪波来之前就预料到，在纽约他会受到很难堪的待遇，也有相应的预案，包括被人拒绝握手，所以一路执锐披坚，大举杀伐，现在见埃文斯先生言辞诚恳，便也收敛起锋芒，说道："我非常抱歉我和太太唐突的来访，诚如埃文斯先生所言，大陆基金是有着全球影响的公司，我们希望贵基金能为鹏港的科博会增光。"

马克因突然又神经质地站了起来，他摇晃着身子，断然说道："不，我们大陆基金是不可能到红色中国去投资的！"

徐洪波刚想说话，这边，芳姐微笑着，伸出纤纤玉指，指指马克因的西装。马克因低头一看，脸唰地红了，原来他扣错扣子了，导致西装的衣襟一边长一边短。他连忙背过身去收拾他的西装。

对东部人本来就没有好感的老罗伯特"嘎嘎"地笑了起来。

埃文斯把头埋进了手掌中：竟然在这么漂亮的夫人面前……！

徐洪波礼貌地克制住自己对这幕喜剧的爱好，接过刚才自己的话题，和风细雨地说道："尊敬的先生们，中国是第一次举办科博会，有人不感兴趣一点也不奇怪。我本人不具备说服你们两位伟大的银行家出席的能力，但我想你们不反对让我见证一下，罗伯特先生能顺利实现他在中国办一家伟大企业的梦想。罗伯特先生是我非常尊敬的企业家。罗伯特是有战略眼光的，20年前，正因为得到贵基金的支持，罗伯特先生在我所在的城市开了一家工厂，现在这家工厂已经是全球最大的平面电视机生产厂家了。"

埃文斯频频点头："是的，罗伯特一天也不想在南美那个可怕的国家待下去了。"说着，他瞪了老罗伯特一眼，"我说什么来着，那个狐狸精会毁了你的生活！"

老罗伯特脸涨得通红，也回瞪了埃文斯一眼，想岔开这个不愉快的话题，便说："我将在中国新建的工厂更了不起。"

埃文斯说："我完全相信你的能力，老伙计。"说完，他又冷冷地说："起码，这比那个黑皮肤的女秘书给你出的主意靠谱得多。"

老罗伯特额头上青筋毕露："今天你已经第二次说了……"

"我还会说的。因为给你投资，芭芭拉打了我一耳光。我是有尊严的……"

老罗伯特又羞又恼："让你的尊严见鬼去吧！"

徐洪波终于忍不住，顾不上礼貌笑了起来——芭芭拉是老罗伯特的夫人，小罗伯特的母亲。

到了这个份上，老罗伯特必须结束自己的尴尬了，他冒着得罪老朋友的风险带徐洪波到纽约来，目的就是让他的投资人看看今天的中国人是什么样子的，现在看来这个目的是达到了。他扭动一下巨大的身躯，干笑着说："Stop！好了，我的老伙计，我让你们见识了一下中国的官员，特别是认识了这位美丽的夫人，我想你们一定理解我为什么一定要去中国投资了。我答应这位美丽的夫人，陪她逛逛纽约，我希望明天能和你们谈谈投资的事情。"

徐洪波内心呵呵笑道：我是为你拉投资来的？我还要跟美国银行家谈"政治正确"呢！

第四十八章　今天错过了中国，将错过 21 世纪

徐洪波扣着西装扣子，做出一副要告辞的样子，边问道："埃文斯先生，我对罗伯特先生的话有点好奇，难道你们认为中国的官员是一种很新奇的动物吗？"

埃文斯心里一凛：这个像大炮一样的年轻人每句话都像在发射炮弹。虽然他并不重要，可我不想让人觉得我们对特定国家和特定种族的人有什么偏见。而且那个该死的马克因表现得很不友好。我是银行家，是讲政治的。埃文斯没有徐洪波的政治素养和政治智慧，他有点着急地说："徐先生，也许您误会了罗伯特的意思。罗伯特此前告诉我，您有意邀请大陆基金参加你们的博览会，我想听听您将如何宣传你们的博览会。"

徐洪波表情严肃起来了。作为一个从事过宣传工作的官员，他敏锐地听出了埃文斯在说"宣传"时，用了 Propaganda，而非 Publicity，前者指的是虚假或夸张的传播，大多用来为某个政治领导人或政党获取支持，影响民意，而后者则中性得多。于是他清晰地说：

"我们科博会的 Publicity，对您这样一位目光老到的银行家而言，有一本小册子就够了。我想今天主题应该是，咱们认识了，你我终于坐在一间屋子里。人民的往来、文化的交流，才是世界和谐发展的根本。如果您真的能理解中国人，我们的博览会用不着 Publicity，冲着钱您也会去的。我不客气地说，西方人喜欢待在'白人的营地'里，实际上，中国也可以成为你们一个很好的'营地'，我们中国是一个悲天悯人的民族。"

"不！"埃文斯脸上浮起了类似圣徒表情，一说到民族和文化，苏格兰血统的人似乎都有这种本能，"徐，我同意你说的民族间友好交往的必要性，这种必要性当然包括了我们的投资。但是，我的朋友们似乎对中国人都有一种深刻戒备。比如，我的朋友杰克·李，他会那么果断地为罗伯特夫人投资，而且拉上了台湾的肖，直接投到了红色中国。你明白我的意思吗？"

埃文斯说的杰克·李是香港的李朝仁的英文名字。埃文斯在阻止童小华把罗氏企业搬到中国去这件事情上，与马克因是一致的。作为美国的投资公司老板，他当然知道芯片对于美国的重要性，所以他稍加犹豫就听从了马克因的劝导，动用资本的力量逼小罗伯特就范。他没想到的是，中国人竟然集合了资本，成功帮助童小华在中国建起独立的研发中心和工厂。他怎么也想不通制度不同

的三方,怎么会联起手来!

中国人太可怕了!

徐洪波认真地听了两遍,一遍是埃文斯说的,一遍是译员翻译的。听完,他没有马上回答,内心甚至有点感谢这个苏格兰裔美国人的直率。过了一会儿,他才斟词酌句地说:"埃文斯先生,很高兴您的开诚布公。您刚才提到李公子和台湾的肖先生。他们把资金投到大陆,无非是他们看好中国大陆的工程师非常便宜,更有利于企业的发展。他不过是做了企业家都会做的事,不值得写进我们伟大历史的传奇,更不值得您惊讶。"

埃文斯当然能听出这个中国官员的避重就轻,在原则问题上,苏格兰人是执拗的。他不顾客套,坚持说:"不止这些,中国人如果放弃意识形态的纠纷,团结起来,对世界而言是可怕的!"

"中国威胁"在这时已经上升到民族性格和爱国伦理的高度了。徐洪波心咚咚乱跳,一股无名火蹿上脑门。但他不是来吵架的,他竭力压抑着愤懑,尽可能平和地说:

"也许您的朋友缺乏对中国人的了解。我的国家非常古老,古老国家的人民有一种情怀,我们都认同自己的国家价值。我们还有一个价值观,叫作兼济天下(take more care of the world,徐洪波卡了卡壳,终于用英语说出了这个中国成语)。即便我们有一点点钱,我们也会去帮助比我们更穷更落后的人。我们的民族太古老了,所以我们总觉得对世界背负着非常沉重的责任。这样的民族,对世界来说不是可怕,而是这个世界的依靠!"

徐洪波说得有点动情,差点词不达意。他停下来,平复一下心情,然后柔声说道:"埃文斯先生,中国人值得美国人交朋友,中国人不可怕。"

埃文斯也在认真听徐洪波讲话。对方在英语表达方面有些拙劣,他听懂了,但不能完全理解。他张着口一时不知道如何回应,感到很郁闷。

"哈哈哈哈!"桌子的另一端传来一阵嘶哑的笑声,那是几乎被遗忘的马克因发出的,他轻轻地鼓了一下掌,说道:"徐先生,您的演说实在是太精彩了。您其实更应该自豪地说,你们的巡航导弹已经可以打到我们西海岸了!"

徐洪波愀然作色:"不,理论上说,中国的巡航导弹今天可以打遍全球。但不要忘记,即便你们炸了我们的大使馆,我们也没有用导弹威胁美国!我们搞几颗导弹,不过是想别人再不敢炸我们的大使馆而已!"

即便远在角落的马克因也看得出徐洪波身体在剧烈地发抖。

芳姐紧紧抓住丈夫的手。

埃文斯低下了头，用小得不能再小的声音说了声：

"I'm sorry."

在刚刚过去的5月8日，武装干涉南联盟科索沃问题的美国飞机向中国驻南斯拉夫大使馆发射了三枚激光制导导弹，致我三名记者牺牲。中国各地爆发了大规模反美示威游行。《鹏港晚报》套用鲁迅先生的诗句写道：

"忍看朋辈成新鬼，怒向刀丛觅崛起！"

厅室里一片死寂。

每个人的心都在咚咚乱跳。

徐洪波目光炯炯地看着埃文斯，说："埃文斯先生，我本人是政府官员，我是搞政治的，但今天我真没想谈政治，更不想谈导弹。我们是一个发展中国家，我们现在最紧迫的任务是发展，我今天不过是想谈谈大家怎么一起赚钱发展。中国有十几亿人，这10年经济增速每年都在10%左右。这样的速度意味着什么，你们银行家心里是有数的。"说到这里，徐洪波环视众人，语气坚定地说：

"如果今天错过了中国，您将错过整个21世纪！"

埃文斯用怨怼的眼神看了一眼马克因，然后柔声说："徐先生，也许您误会了。我们的主题始终没有偏离你的博览会啊。"

徐洪波知道埃文斯的心结在解开，心情些许平静，便顺水推舟说："没有误会，咱们不过是讨论了一些宏观话题，不牵涉罗伯特先生的投资吧？至于我们的博览会……我想，您和马克因先生会有很多朋友也到场……"他一口气报了几个美国大企业家和风投家的名字，埃文斯越听表情越沮丧。

"你说的是真的？"

徐洪波笑笑说："他们都是您的朋友。"

徐洪波和芳姐告辞的时候，芳姐从包里取出两个漂亮的礼盒送给埃文斯和马克因。埃文斯像小孩一样，马上打开了礼盒：是一条图案精美素雅的中国丝巾。埃文斯眼睛亮了，他看着丝巾，对老罗伯特说："朱莉娅会喜欢得发疯的，这是她今年收到的最好的礼物。"马克因没有接礼品——芳姐巧妙地把为他准备的一份放在了桌子上，却站在埃文斯身后，眼睛一眨不眨地盯着他的丝巾看。

三个人下了楼，来到了繁华的华尔街上。徐洪波是第一次到纽约，但他心情显然还没平复，有点漫无目标地看着街景。芳姐有意让他忘掉刚才的不快，便拉拉他："洪波，你说，大陆基金给罗伯特投资的可能性有多大？"

徐洪波勉强地笑笑，指指老罗伯特说："得问他。"说着，把芳姐的问题翻译给老罗伯特。

老罗伯特爽朗地哈哈一笑："你没看出来吗？那个浑蛋动心了，我可以肯定地说，他会去中国。你们那个博览会才不是三流展会，硅谷的很多大公司都决定参展了，我想交易应该会在百亿美元之上，这只老猫会闻到腥味的。我记住了你说的一句话——如果今天错过了中国，将错过整个21世纪。"

第四十九章　核心技术

十月的南国，阳光明媚。一座造型时尚别致、簇新的展览会馆耸立在蓝天碧草之中，大王椰树和灿烂的鲜花簇拥着浅灰色的、有着明亮的大玻璃幕墙的主建筑。风帆门厅更是独出心裁。门厅下面的宽大风帆形门楣上，悬挂着一条鲜红的会标，上书：首届中国国际科技产业博览会开幕仪式。天空中，十几个大红气球悬挂着长长的条幅，上书："热烈庆祝中国国际科技产业博览会胜利开幕""祝中国国际科技产业博览会圆满成功"。

高音喇叭播放着热烈的岭南音乐，现场又平添了一分喜庆。

风帆广场上早已人山人海，来自世界各地和全国各省区、市、计划单列市、大专院校、科研院所和高科技企业的代表全都穿上节日的盛装，一个个喜气洋洋。这一年，特区内外的各种媒体把科博会炒得火热，所以开幕这天，虽然不是市民开放日，但还是吸引了不少鹏城市民从四面八方赶来。到上午9点，黄牛票已经炒到了100块钱一张。

上午9时50分，中央首长在广南省委书记、省长和鹏港市委书记、市长等陪同下，率一众部长和各省、市长，健步登上了门口简朴的主席台。

会场上顿时响起了长久而热烈的掌声，一些企业家情不自禁地大喊起来："首长好！"

"首长辛苦了！"

接着又是一阵热烈的掌声。

首长和蔼地拱着手举过头顶，向与会者致意。

张力力、徐洪波，还有市科技局局长、电子公司总经理等一干特区官员、企业家站在台下，心情都很激动。

迄今为止，一切都非常顺利，非常完美，体现了特区的速度和特区水平。

秦宝枫走上讲台，宣布开幕式开始，请首长致辞。现场又是一阵热烈的掌声。

首长神采奕奕地走到麦克风前，他首先代表中国政府对参加鹏港科博会的海内外朋友表示热烈欢迎。

"……当今世界，知识不断创新，科技突飞猛进，科技成果产业化、商品化日益加快，促进了全球经济迅速发展，推动世界产业结构深刻调整，带动国际贸易与合作全面加强……为了促进中国与世界各国的经济技术合作，中国政府决定每年在鹏港举办国际科技产业博览会，集中展示新中国50年来特别是改革开放20年来的高新技术成果，为中国企业和科研机构走向国际市场创造条件，加快中国高新技术产业发展和现代化进程。"

首长大声宣布："我宣布，首届中国国际科技产业博览会开幕！"

山呼海啸般的掌声和欢呼声顿时响起。

简短的开幕式过后，首长与5个组织了国家展团的国家领导人、跨国公司总裁，并一众省部级官员，在宋晓光、秦宝枫及相关工作人员的导引下，先行入馆参观指导。紧跟他们的，是一群老外——美国、加拿大、德国、日本、英国、法国、以色列、芬兰、新加坡、韩国等26个国家的400多家企业参加了本届科博会，那些有资格跟在中国领导人身后的老外，都是他们国家的老总或大区老总。

徐洪波一直等到下午才进入展馆，他作为鹏港市新岸高新技术园区的主官，有一系列签约和企业家的洽谈。等这些忙完了，他才脱身，准备认真逛一逛鹏港市的展区。

展馆内部，人潮汹涌。组织者原本以为这种专业性很强的博览会只有专业人士才会感兴趣，见多识广的特区人不会光顾，所以只安排了一天的市民开放日，谁知第一天就混进了大批的市民，场内场外的广播已经是第十次广播小孩走失的通知了——不过后来都是虚惊一场。

科博会馆的信息网络系统采用了世界一流的ATM及快速以太网，与科技大厦的科技信息网和常设交易厅信息网相连接，组成一个国内独有的科技信息区域网，四处分布的3000多个信息点保证了随时随地可以进行登录和撮合服务。此外，还有一个超过1900线的固定电话容量和9000部手机可以同时拨打而不会发生频变的通信保障系统。

结果，通信还是经常出现塞车。

A馆以一面电视墙先声夺人。美港电器公司排出强大的"电视机群",9台29英寸的高清电视机以3×3的排列方式,组成了一道16:9的矩阵,播放着法国巴黎春夏时装展示会。以"国际计算机、通信、网络产品展"为主题的A馆容纳了朗讯、IBM、微软、西门子、爱立信、松下、爱普生、三星、富士通等全球110家企业。

　　鹏港的展区得天时地利,被安排在京城正对面,300多家企业参加了展示,电子信息、生物技术、新材料、机电一体化、激光等五大产业组成鹏港高新科技产业的豪华阵容,微机、高清晰电视、超大规模集成电路、通信设备、硬盘驱动器、计算机磁头等数十种产品既是鹏港的最新高新技术成果,又是出口量在全国名列前茅的"神器"。美港电子、华赛电脑、金辉财务软件、小熊通信自主研发的第三代移动通信设备及基站设备、兄弟机器人、雷影激光、时代工控芯片、晶睛医疗等悉数在列。

　　徐洪波很快就遇上了熟人:熊立伟和周大宝、季新国几个急匆匆地走着,脸上一点也没有参加盛会的喜庆颜色。徐洪波心情很好,就大声喊住了他们。"收获不小吧?"他打着哈哈。

　　熊立伟脸色严峻:"收获的尽是压力!"

　　徐洪波说:"是啊,我也粗略地看了一圈,才知道咱们国家有那么多大玩意啊。待在鹏港只知道电子啊、轻化啊,还有你的交换机,真有点坐井观天的感觉。"

　　"别提我的交换机,太落后了!"

　　徐洪波有心逗逗他:"这好像不是熊立伟的话,你不是在技术上一向不服输吗?"

　　"唉,我刚从倍通的展区出来。"熊立伟叹口气道。

　　熊立伟带着周大宝等轻车熟路直奔倍通的展台。

　　"啊,老朋友,我正在找你呢。"倍通中国(浦城)大区董事长高大伟(David G.)听说熊立伟来了,马上冒出来了。这个身高近两米、年龄却和熊立伟相仿的美国佬一脸嘚瑟。"我想,你对我们的这个新玩意儿会有兴趣。"说着,他毫不费力就一把把熊立伟拉进了自己公司的展台,指着一台闪着乳白色光亮的机箱,并塞给他一份印刷精美的资料:

　　"我特意选择您所在的城市做全球发布。"

　　熊立伟一直笑着,等他草草溜一眼资料,笑容有些僵了。

　　"光纤波分复用系统,你们真搞出来了?"

高大伟得意地"嘎嘎"笑道:"我的老朋友,我真要感谢你,你在章南的设备我去看了,你的光纤概念启发了我,于是,我就想到了密集波分复用光纤传输技术。"

熊立伟脸色明显变得很难看:"传输容量?"

"嗯哼,400G。"

"支持 3G 方面?"

"宽带码多分多址。我们还有最新的电信级 IP 电话解决方案……"

熊立伟郁闷地说:"你们又走到世界前列了。"

高大伟一摊双手:"我们是美国,美国!不应该吗?"见熊立伟一脸不悦,他连忙拍拍他的肩膀,"其实原理你是没问题的,关键是你们的核心技术。"

告别高大伟,熊立伟已经无心再看下去,闷闷地往前走。周大宝拉拉他:"熊总,别呀,咱们知道方向了,这就好办了。"

熊立伟咬着牙:"不,不好办。大宝,记住,咱们一定要抓自己的核心技术。咱们就是没有他们那样的世界顶尖技术,所以不管咱们的终端产品多丰富,产能有多大,都不能控制市场。这技术一升级,搞不好几亿的生产线就得报废,从头再来。"

周大宝撇了下嘴:"那倒没那么严重,咱们的市场还大得很呢。"

熊立伟一摆手:"不行,咱们的研发还得加大投入,先进技术要用钱去砸。倍通一年的销售收入 300 亿美元,有 2.5 万名研发人员,每年砸下去的研发基金是 37 亿美元。再看看我们,在国内算最大的,也不过 3600 人,开发基金也只有区区 9 亿元,还是人民币。大宝,咱们得勒紧裤带,最少要拿出 20% 的营收额来砸,瞄准 3G,储备 4G。"

首届中国国际科技产业博览会圆满结束!

大喇叭里,岭南风格的《步步高》再度响起。

一号洽谈室里,去年以来参加科博会筹办工作的政府和相关企业人员熙熙攘攘,互相握手道贺,"祝贺""谢谢"声不绝于耳。徐洪波突然心有所感,感到一阵寂寥。他悄悄出了门,拔腿向科博会会馆后面的高地走过去。一组硕大的大王椰树下,是一片花灌木围起来的草坡,在一天的骄阳曝晒之后,青草散发出一阵阵诱人的芳香。徐洪波一屁股坐了下来,想让脑袋完全放空。

一眼望出去,他看见远处高新园区那栋低矮的办公楼。一年前,一个将暗若明的深秋的傍晚,他在那里给新晋副市长张力力献了一份礼物:科博会的构想……

"嘿,你原来在这。"

徐洪波正遐想着,突然被一阵熟悉的声音惊醒,是张力力。他手臂上搭着西装,雪白的衬衣已经有了汗渍,脸上因为走路急了有些泛红。"到处找你。"

徐洪波连忙站起身来,向张力力伸出手去,说:"张副市长,我刚想到你,你就来了。祝贺你!"

张力力拍了一下徐洪波的手,说:"也祝贺你,这可是一件要载入特区发展史册的大事呢。"他也像徐洪波一样,有一种说不出的感慨在心中发酵,便和徐洪波站了一会儿,问道:"你在这想什么呢?"

徐洪波一指前方:"你看,咱们的办公楼。一年前,在你办公室,你叫我连夜写方案……"

张力力双手叉腰,朝那里久久望去。

徐洪波陪他站着。

南国十月的斜阳把金光镀在两个中年汉子的脸上,使他俩显出一种特殊的华彩。

张力力有点动情地拍拍徐洪波的肩膀:"谢谢你,洪波,现在想起来,真的感谢你。"

"说什么呀。"徐洪波笑着回了一句,"我还要谢你呢,要不是那年你阴差阳错把我拉上谢书记的车,我就没有今天的成绩。"

张力力摇摇头:"不对,洪波,你说得不对。你赶上的不是谢书记的车,而是一个时代,在这个时代,是金子一定会发光的!"

"是啊,咱们赶上了一个时代,哪怕在其中只是普通一兵,也够咱自豪一辈子呀。"

"呵呵,洪波,你到特区有15年了吧,这15年,你可干了不少大事啊,我给你捋捋,从你的释放科技人员生产力的内参,跟我吵吵要不要把建设科技城市放进市委全会报告,到科博会落户特区……"

"哎,哎,大市长,你可别给我戴大帽子,都是您领导得好呀。"

"哈哈,咱就老夫聊发少年狂,可劲地吹一下吧。"张力力笑完,马上又庄重地说:"咱们是幸运,咱们的幸运就是生活在一个干事创业的伟大时代,工作在鼓励也允许你去闯去试的经济特区。我有时也会有这种感慨,咱们的一切成就,一切成长,不都是这个时代,不都是经济特区赋予我们的吗?"

徐洪波说:"是啊,老领导。"

眼下，两人都正值人生最好的年华，一门心思都想着创造更大的成就。所以，聊发少年狂刚开个头，张力力又严肃起来："咱先别回首往事了。你最好想想，科博会后，咱再干点啥？"

徐洪波想了想："你还真问到点子上了。我看了各地的展示，尤其是京城、浦城、穗城的，还有中西部几个省的，鹏港的高新技术还缺一些大家伙呢。"

"嗯。"

"前段时间，我打发掉了一个电池厂，不符合我们高新区的产业政策，但他们的电池的确比较先进，在电脑、手提电话方面有很广的应用前景，但那个老板心也很大，他想搞新能源汽车。他已经在着手收购汽车厂了——我说张市长，咱能不能先不谈工作？"

张力力拍拍后脑勺，说："对呀，忘了忘了，秦市长今晚宴请老罗伯特先生。"

徐洪波笑着说："还有埃文斯和马克因吧？"

老罗伯特和埃文斯来鹏港参加中国的首届科博会了。大陆基金对中国的兴趣超出了徐洪波的预料，那边，徐洪波刚刚离开美国，大陆基金的两个董事便带着一个工作组到了中国鹏港经济特区，考察了近一周。在鹏港科博会开幕前，大陆基金在香港的办事处已经揭幕了。因此，埃文斯和马克因都来了。

三个老头在科博会上签署了为罗伯特新的中国公司投资的协议，然后，徐洪波、余汝明和童小华陪着三个老头在特区参观了童小华的芯片研发中心和在建的工厂，参观了美港电器公司。老罗伯特在参观美港公司的新岸工厂时还很淡定，但一来到在新坪的美港老厂、今天的中国最大电子器材交易中心时，老头流下了眼泪。马克因一路什么话也没说，只是有点贪婪地看着特区的一切，手里的相机不停地拍照。

在百里香，老头又犯倔了。戴着大厨高帽子的丁冬唾沫横飞地讲述太后老太太喝了百里香，年轻了30岁，还没来得及暗示自己神秘而光荣的身份——皇帝继父的后代，马克因就噌地站起来，对着担任翻译的童小华喊道："No，这是不科学的，太荒唐了！"

丁冬也急了："百里香有20多味中药、纯天然……"

马克因嚷嚷道："你们华人说西洋参延年益寿，你看看我！"

徐洪波逃到洗手间，才敢扶着墙笑开来，他肚子上的肌肉已经憋得僵硬。等他从洗手间出来，大家包括马克因在内终于喝上了百里香，马克因老头吸吸呼呼地喝了两盅，才冷冷地对一直关切地看着他的徐洪波说：

"徐,我依然觉得,中国跑得太快了,它会把世界的秩序都碾碎的。"

"哈哈哈哈!"听了徐洪波接待老罗伯特一行的介绍,张力力大笑起来,接着又摇摇头:"现在西方世界就有这么一种论调,中国的崛起是一个威胁,中国威胁论在一些国家还很有市场呢。没办法呀,人家领先了 200 年,眼看一个当年他们谁不高兴都可以踢上一脚的国家就要和他们平起平坐了,不慌乱才怪呢。暂时让他们慌乱一阵吧,慢慢就适应了。"

第五十章 我们有文化有内涵的女人

20 世纪最后的几天,中国人又办了一件值得骄傲的盛事。1999 年 12 月 20 日,澳门回归。那一天,徐洪波端坐小会议室,和同事们一起观看澳门回归、解放军驻澳部队进驻澳门的盛况。在人群中,他看到荆江龙背着相机闪了一下,他身边跟着一个面熟的漂亮女子。徐洪波想起来了,那是丁冬从铁路系统挖来的女警官肖佳玫。

徐洪波不禁会心地笑了起来:难怪老荆这么久没露面,原来是到澳门采访去了。

心有灵犀吗?徐洪波刚刚想到荆江龙,荆江龙就到鹏港了。他打电话告诉徐洪波,自己调到鹏港工作了,在华建旗下的特区东方公司"谋"了个总经理职务。他在电话里絮絮叨叨地对徐洪波说,在香港写文章赚不到钱,生活又那么贵,还是到特区来找份工作吧。徐洪波心中冷笑,哄鬼去吧,央企一个正局级职务,是你一个小小的爱国爱港杂志的记者随便可以"谋"到的?不过他已经习惯了荆江龙的说话风格,也就呵呵一笑而已。荆江龙又说,熊立伟的太太赖玲因为两地分居问题,也"谋"到了特区日报社一个部门副主任也就是副处级干部的职位。

徐洪波乐不可支,说:"好呀好呀,咱们会师特区了,以后多联系。"

荆江龙说:"我想请你吃个饭,我当总经理了,总得表示一下吧。当然,我自己掏钱。不算拉你下水吧?"

徐洪波大笑,说:"老荆你得了吧。欢迎你到特区工作。饭嘛,我请!"

荆江龙支支吾吾起来:"我想元旦前订婚,一起吃个饭,算是个仪式吧。你知道,她们女人……"

徐洪波心里涌过一阵暖流,嗓子眼竟莫名其妙有点哽。他诚恳地说:"祝福你。老荆，这些年你真是太辛苦了。"

荆江龙不阴阳怪气了，说："谢谢洪波，你也很辛苦。"

徐洪波说："让我给你安排一个非正式的小仪式吧，一来祝贺你订婚，二来祝贺你调特区工作，三来赖玲是我老上级的女儿，回特区来工作我也要表示一下。你看怎么样？"

荆江龙说："钱就我出吧。"

徐洪波说："你就别矫情了，听我的吧。对了，女方……肖？"

"就是她，还得感谢你呢，还有丁总。"

"呃。"徐洪波突然发现事情有点不对头了。他既然是请荆江龙这对新人和熊立伟夫妇，自然要捎带上童小刚和菲菲，那丁冬呢？胖子还单着呢，何况，当初他对肖佳玫好像……他匆匆挂了电话。回到家，他把为难跟芳姐说了。芳姐撇了撇嘴，说：刺激一下胖子呗，催他快点找！徐洪波想想也是，就跟丁冬说了，不过他留了个口子，"如果你元旦生意忙就算了，改天再请你"。

谁知没心没肺的丁冬抱怨道："徐书记你看不起我吗？我现成的大酒店你不来，去什么粤丰。到我这来吧，我亲自下厨，让你们吃一顿地道的昌江菜！"

"这……"徐洪波更纠结了：大家都成双成对，丁冬还是孑然一身，还在自己家里。丁冬急了，嚷嚷道："就这么说定了，12月31号晚上，我把最大的房间留下来。"放下电话，徐洪波一脸官司。芳姐笑了："纠结什么呀，不说了就是为了刺激一下那个胖子吗？对了，我还得给他们包红包，包多少好？"

徐洪波怔怔地说："这个我哪懂，你看着办吧。"

到了日子，小熊公司的旅行车先到，先跳下车的竟是韩梦雪，她穿一袭很喜气的时装，红上衣，藏青色短裙，高跟鞋，浅浅地化了妆，看上去楚楚动人的样子。丁冬一头雾水地看了她一眼，熊立伟连忙解释说："今天人多，小韩怕你忙不过来，特意过来帮忙招呼一下。我觉得也对，办公室主任嘛。"丁冬连忙朝韩梦雪作揖："韩主任真是有心，谢谢谢谢。一会人齐了你帮着指挥上菜倒酒。"韩梦雪爽快地说："放心，一定不砸你'百里香'的牌子。"

这边说着话，童小刚的商务车到了。童小刚和菲菲带着女儿阳阳，徐洪波一手牵着赵垒，一手牵着芳姐，走进门来。丁冬连忙迎上去寒暄。徐洪波一眼看到一个姑娘笑吟吟看着自己。这是个娟秀的姑娘，个子不高，身材匀称，看上去跟熊立伟是很配，便径直向她伸出手："是赖玲吧。"

赖玲落落大方地说："我是赖玲，徐书记好！"

徐洪波"呃"了一声，想了想，说："不对呀，你是不是该叫我叔叔？"

赖玲是市委办公厅原副主任赖本忠的养女，徐洪波是特区日报原记者，所以和赖本忠也算是上下级同事。

赖玲闹了个大红脸，忸怩了一下，还是小声喊了声："徐叔叔。"

熊立伟眼珠子四周都是眼白，拽了她一把："你叫他叔叔，我往哪摆？"

赖玲白了他一眼："你是你，我是我。"

童小刚听到也插了过来打趣道："那我也是叔叔了。"

正闹着，荆江龙和肖佳玫到了。荆江龙到央企当老总了，便西装领带起来，头发也梳成了老板喜欢的大背头，看上去人模狗样的。也奇怪了，这人一换打扮就变了样，眼前的荆江龙也不再阴阳怪气，眼神似乎也不狡诈了。肖佳玫没穿警服，而是一套特区产的名牌裙装，有特区女子的味道了。

丁冬见人到齐了，连忙叫韩梦雪领大家进去。

肖佳玫故意走到最后，见大家都进去了，她眼神复杂地看了一眼丁冬，小声说："丁总，我……来打搅你了。丁总，我真的……我不知道该怎么感谢你。"

丁冬脸涨得通红，说："你说哪去了。"

"你真好，你真是个好人。"

丁冬"嘿嘿"干笑一声，声音有点发抖："我就是一个厨子，没什么文化……"

肖佳玫连忙走进去了。丁冬望着肖佳玫背影，不让人察觉地叹一口气，也慢慢走进去。不一会儿，他就换上大厨的白大褂，戴上高高的厨师帽，昂首阔步地走进厨房。同一装束的丁父丁道福已经在炒菜了。老师傅就是老师傅，丁道福穿一身雪白的厨师服，忙活一个下午，愣是一点油星污渍也没沾上。丁母彭八妹帮不上忙，一会儿到贵宾房门口张望一下，一会儿去厨房看看老头子炒菜，进进出出，手足无措却喜气洋洋。见丁冬进来，丁道福扭过头，说："你去陪领导，别过来吧。"丁冬说："什么领导哦，都是我朋友，我要亲自做给他们吃。"丁道福说："你还有我做得好啊？"彭八妹也帮腔道："是啊，你爸爸做了一辈子酒（洪州人管做宴席叫做酒），等下记得叫你朋友夸他几句啊。"

丁冬笑着说："这些人都是见过大世面的，什么好吃的没吃过。"

丁道福正想争辩几句，韩梦雪匆匆赶了来，跟两位老人点了一下头，叫了声叔叔阿姨——两位老人来特区后，韩梦雪也见过他们，都熟了，便对丁冬说："你怎么还在这里，今天是你朋友来，你也不去陪一下。"

丁冬笑着说:"你不是来帮忙作陪的吗?"

韩梦雪说:"我看他们都在说过去的事呢,你还是去搭搭话比较礼貌。走吧走吧。"

丁冬只好跟着她出去了。韩梦雪没带他去贵宾房,却拉着他去了休息室。一进门,韩梦雪就把门"嘭"地关上,背顶着门,盯着丁冬看。丁冬心里发毛,说:"小韩……"

"丁冬,你想不想要老婆?"

丁冬一愣,看着韩梦雪。

韩梦雪脸红得像喝了酒:"说啊,想不想要老婆?"

丁冬圆睁着双眼,呆呆地看着她,不住地点头。

"我给你当老婆,要不要!"

丁冬差不多要瘫倒在地,他连忙撑住柜门,怔怔地说:"你?你开什么玩笑?"

韩梦雪瞪着他:"你说,我好还是那个姓肖的狐狸精好?"

丁冬吓瘫了,声音小语气急:"我的娘唉,你小声点,那是人民警察!"

韩梦雪声音更大了:"本来嘛!你看那骚样,哪像我们有文化有内涵的女人!"

丁冬声音抖得厉害:"你……你不是瞧不起我没文化吗?"

"不说了,快换上西装。我丁总穿上西装还不比那个姓荆的更像老板?"

"你声音小点!你在这里我怎么换?"

"我马上都是你老婆了!"

丁冬跟跟跄跄走到韩梦雪面前,想拉她的手又不敢:"你是认真的?"

韩梦雪说:"你到底要不要我?"

丁冬像得了打摆子,一个劲地颤抖,机械地说:"要要要。我去跟我妈说。"

韩梦雪温柔了:"等下一起去说吧。你先换衣服。其实你穿西装挺好看的,真像老板。我就说那个狐狸精瞎了眼!"

丁冬的眼睛又看到天上去了:"那还用说!你怎么会想到我……"

"你放开手……换衣服……"

贵宾房里,赖玲已经完成了"荆叔叔"的确认。熊立伟一脸不悦。大家正嘻嘻哈哈,红衣短裙的韩梦雪拖着丁冬进来了。胖子西装革履、衬衣雪白、领带鲜红、头发打了摩丝,表情像一个要上台表演的中学生一样狼狈。一身大厨装束的丁道福和丁母也跟了进来,这是韩梦雪派人去通知的,两个老人也早就想到儿子的朋友圈里露下脸了。

韩梦雪张罗两个老人坐,丁道福摆着手说:"我们不坐,就是来看看丁冬的朋友,谢谢你们到店里来关照我们的生意。"

韩梦雪说:"老人家您坐,听我说。各位领导各位老乡,今天借荆总订婚的喜气,丁冬也订婚了!"

全场乐了一阵,还鼓了掌,突然就寂静无声,所有的眼睛都像刀一样扎向丁冬。

胖子大脸涨得通红,天气一点也不热,额角却汗如雨下。熊立伟最先反应过来,他结结巴巴地说:"丁冬订婚?我这个董事长怎么不知道?和谁……和谁?"

"是啊,和谁?"

韩梦雪的脸也红了。到底是办公室主任,她马上稳住了阵脚,清晰地吐出两个字:

"和我。"

熊立伟手指着她,嘴巴张得老大却发不出声。突然,他腾地站起来,像一头小猎狗向丁冬扑过去,一拳擂在他厚实的胸脯上,又照着他肥大的身躯好一顿拳打脚踢。两个西装革履的男人在地上滚成一团。

"浑小子,还敢跟我保密……竟然吃窝边草……"

徐洪波和童小刚乐得在一旁补刀:"打!打死他!"

韩梦雪在一旁跺着脚大叫:"别打我老公!"

丁冬把满脸泪水的熊立伟推过去,张开双臂紧紧箍着三个人,泪水汩汩流淌,口里喃喃道:"好兄弟,我的好兄弟……"

韩梦雪脸对着墙,也在流着泪。

彭八妹已经从这突如其来的惊喜中恢复了神智,她搂着韩梦雪,毫无节制地放声大哭:

"老天开眼了……"

那只祖传的玉镯,套在了韩梦雪的手腕上。

尾　声

　　荆江龙肖佳玫和丁冬韩梦雪的订婚仪式一直持续到深夜，酒精让局级领导和企业老总们都忘记了时间，他们像小孩一样放开嗓门吹开了牛皮。警察肖佳玫敏锐地听到外面有些异常声响，起身推开了窗户，顿时，包房里的人都听到了外面响起了一声声炸响，大家赶紧挤到窗前。

　　原来，是工业路对面的工厂区里的人在放烟花。烟花散去，紧接着又传来一阵歌声：

　　一九七九年，
　　那是一个春天，
　　有一位老人在中国的南海边画了一个圈。
　　神话般地崛起座座城，
　　奇迹般地聚起座座金山。
　　春雷啊唤醒了长城内外，
　　春晖啊暖透了大江两岸。
　　啊，中国，啊，中国，
　　你迈开了气壮山河的新步伐
　　走进万象更新的春天……

　　徐洪波看看表，时针指向23点50分，2000年、21世纪就要到来了！他兴奋地喊道："你们还记不记得，那年年三十！"

　　熊立伟呵呵傻笑起来："我怎么不记得？那天认识了童小刚，这小子还算是刺激我回来的人呢！"

　　童小刚拍了他一把："你早跟着我干不早发达了？"

　　丁冬"嘿"一声，说："你们怎么不记得我的百里香！"

　　徐洪波眼眶一热，那是他刚到特区的第一个春节，也是窗外，也是这年轻的歌声，带着他走进了一群年轻科技创业者的世界，从此，他和他们一道，开始了一个长长的追梦旅程。

一九九二年，
又是一个春天，
有一位老人在中国的南海边写下诗篇。
天地间荡起滚滚春潮，
征途上扬起浩浩风帆。
春风啊吹绿了东方神州，
春雨啊滋润了华夏故园。
啊，中国，啊，中国，
你展开了一幅百年的新画卷，
捧出万紫千红的春天……

突然，站在窗口的徐洪波看到一个熟悉的身影，那个傻大个不是向文俊吗？只见他带着几个和他差不多年纪的小青年，兴高采烈地捧着一包什么东西，从一栋写字楼里蹿出来。徐洪波童心大发，说了声："看看去。"就小跑下楼。其他人稀里糊涂也跟了过去。

向文俊和那几个小孩正准备在路边放烟花，徐洪波喊了一声："向文俊，干吗呢，不知道城区不许放烟花？"

向文俊一激灵，抬头看见徐洪波，咧开大嘴笑了起来："徐大哥你怎么在这？"

徐洪波板着脸反问："你怎么在这？"

"我？我们公司在这里呀。过了元旦我们就搬新岸去了……哎，熊老师，你也在呀。"向文俊一见他崇拜的熊立伟也过来了，便无视眼前威严的大官徐洪波，撩开长腿直趋过去和他握手。"熊老师，我们公司也赚钱了，我们马上要搬到新岸去了，马上还要招工。熊老师太谢谢你了，我也当老板了！"

被冷落的徐洪波苦笑着摇摇头：这个傻大个……为了维持身份，他又大喝一声："向文俊，我说什么来着，不准放烟花！"

"哦——"向文俊一脸委屈，"你们老人就不要管我们了。今天是一个特别的日子，我们年轻人要庆祝新世纪到来呢！"

赵丽芳、丁冬、熊立伟、荆江龙、菲菲、韩梦雪、赖玲一伙这会儿都挤到了马路边上，看着这群准备嬉闹的小年轻，一听这话全都大笑起来。

徐洪波却走神了，自从在科博会上第一次遭遇向文俊和他比年龄，他对"年轻"这个词就变得敏感。因为年轻而自信，新一代正在蹑踪而至，接力前行,这不就是特区的活力所在吗?当然,他要是知道10年后这个傻大个会成为特区首富,这会儿一定会揪他的耳朵。

欢呼般的倒计时声突然响起,从近处的写字楼到远处的街心花园:

"10、9、8、7……"

徐洪波看看手表,果然已经是1999年最后一天的最后时刻了,新世纪就要到来了!他的心像年轻人一样激动,他紧紧攥住芳姐的手。向文俊就站在他跟前,差不多是跳着脚加入到倒计时的呐喊中:

"4、3、2、1——"

"新世纪到来了——"

"新世纪到了!"

全城都回荡起一片宏大的欢呼声:

"2000、新世纪,到来了!"

"万岁!"

"欢迎你,21世纪!"

"我爱你!"

"呼——""咻——""嘀——"

一声巨响接着一声巨响,在城市的楼宇中腾起,直冲黑黝黝的夜空,在高远的天空绽放出一朵朵耀眼的火球,火球逐一炸响,迸发成千万朵火花,像硕大的菊花、像飞流的瀑布、像镀金的花环、像跳跃的飞龙,在空中碰撞、迸发、绽放、炸响,映红了夜空,映红了城市,映红了地上每一张年轻的、流淌着激动和幸福泪水的脸。

21世纪初始,年仅20岁的经济特区,有几百万像向文俊一样傻傻的年轻人在无拘无束恣意挥洒地欢腾,正是他们的欢腾,让新世纪有着令人神往的光荣与梦想……

(第二部完)

2020年3月9日